Desejo
& ESCÂNDALO

CB006118

TRADUÇÃO DE

THALITA UBA

HARLEQUIN

Rio de Janeiro, 2022

Título original: Beyond Scandal and Desire

A Harlequin é um selo da HarperCollins Brasil.

Contatos:
Rua da Quitanda, 86, sala 218 — Centro — 20091-005
Rio de Janeiro — RJ
Tel.: (21) 3175-1030

DIRETORA EDITORIAL
Raquel Cozer

GERENTE EDITORIAL
Alice Mello

EDITOR
Ulisses Teixeira

COPIDESQUE
Anna Beatriz Seilhe

REVISÃO
Este livro foi revisado pelas alunas da LabPub:
Monique D'Orazio (coord.)
Camila Villalba
Juliane C. Livramento
Úrsula Antunes
Juliana Araújo
Beatriz Landgraf
Daniel Austie

DIAGRAMAÇÃO
Abreu's System

CAPA
Renata Vidal

IMAGEM DE CAPA
Lee Avison/ Arcangel

CIP-Brasil. Catalogação na Publicação
Sindicato Nacional dos Editores de Livros, RJ

H348d

Heath, Lorraine, 1954-
Desejo e escândalo / Lorraine Heath; tradução Thalita Uba. – 1. ed. – Rio de Janeiro: Harlequin, 2018.
304p.

Tradução de: Beyond scandal and desire
ISBN 9788539826650

1. Romance inglês. I. Uba, Thalita. II. Título.

18-49514 CDD: 823
CDU: 82-31(410)

Leandra Felix da Cruz – Bibliotecária – CRB-7/6135

Em memória de Patti Wade Hickerson. Você viveu a vida intensamente, minha querida amiga. Obrigada por todos os sorrisos, abraços e pelas belas memórias. Sua amizade enriqueceu minha vida.

Prólogo

Londres, 1840

ELE ESTAVA COM MEDO. Com mais medo do que já estivera em seus 24 anos de vida.

Durante dezesseis horas, afogando-se em mais uísque do que era prudente, ele rezou para que a tormenta passasse, enquanto ouvia os gritos de sua amada. Portanto, quando o silêncio finalmente chegou, achou estranho sentir que seu corpo se preenchia com um pavor inesperado. Sem tirar os olhos da porta que dava para o quarto dela, ele se sentou imóvel como a morte na cadeira de encosto reto no corredor mal iluminado. Sem conseguir fazer seus membros se mexerem, simplesmente esperou, mal respirando, ouvindo com atenção, rezando, agora que não ouvia gritos, para que o bebê tivesse nascido morto.

Mas os urros de fúria por ser forçado a sair em um mundo cruel finalmente chegaram até ele, fortes e vigorosos, e ele maldisse o céu e o inferno pela injustiça daquilo.

A pesada porta de carvalho se abriu. Uma jovem criada — droga, qual era o nome dela? Ele não se lembrava; ele não se importava — fez uma reverência breve.

— É um menino, Sua Graça.

Praguejando severamente, ele fechou os olhos. O gênero não deveria importar, mas o anúncio o atingiu como um soco forte no peito.

Depois de tirar os óculos, ele se levantou lenta e penosamente e, com pernas que pareciam não pertencer a seu corpo, arrastou-se para dentro do quarto que cheirava a suor, sangue e medo. A criança tinha parado de berrar. Envolta em um cobertor que trazia o escudo ducal, estava então aninhada nos braços de outra criada.

Ela sorriu esperançosamente para ele.

— É um belo garoto, Sua Graça.

Ele não sentiu nenhum orgulho, nenhum consolo com as palavras dela. Cuidadosamente, aproximou-se. Viu o chumaço de cabelos pretos, do mesmo tom dos dele, e o rostinho amassado. Era difícil acreditar que uma coisinha tão pequena poderia ser a causa de tanta dor, angústia e desespero.

— Gostaria de segurá-lo, senhor?

Sabendo que estaria perdido se o fizesse, ele meneou a cabeça.

— Deixem-nos agora. Todas vocês. Saiam.

A criada colocou o embrulho no berço antes de se apressar atrás da parteira e da outra criada, fechando a porta ao sair, deixando-o só para encarar o que precisava ser feito naquele quarto que ainda parecia ecoar a agonia de sua amada.

De forma silenciosa e hesitante, ele caminhou até a cama de quatro colunas na qual ela estava deitada, seu rosto virado, seu olhar nas janelas e na profunda escuridão da meia-noite além delas. Parecia adequado que a criança tivesse chegado durante a madrugada, nessa residência onde seu próprio pai abrigara sua amante. Ambos já tinham falecido havia muito tempo, mas a propriedade ainda tinha sua utilidade, desde que nenhuma lembrança daquela noite assombrasse seus amados imóveis ou sua residência de Londres.

A mulher na cama era inteiramente outra questão. Depois de ter suportado o que suportou, como podia não ser assombrada? Ele jamais a vira tão pálida, tão sem vida, como se toda alegria e todos os sonhos tivessem sido sugados dela. Pegando sua mão, ele não ficou surpreso ao notar que estava fria como gelo.

— Você o viu?

A cabeça dela mal se moveu em uma negativa.

— Ele é um bastardo. Você sabe o que precisa fazer — disse ela com a voz rouca, antes de se virar suplicante para ele, com os olhos cheios de lágrimas. — Por mim. Precisamos nos livrar dele. Você sabe que precisamos.

Ela soltou um soluço, mordeu as juntas dos próprios dedos e começou a chorar compulsivamente.

Sentado na beirada do colchão, ele a envolveu em seus braços e a aninhou delicadamente. Essa criança nunca devia ter nascido. Ele sabia que sua presença a atormentaria impiedosamente.

— Shh, meu amor, não se preocupe. Vou cuidar disso.

— Eu sinto muito, eu sinto muito mesmo.

— Você não tem culpa. Se eu tivesse sido mais cauteloso...

A voz dele sumiu, as incriminações presas em sua garganta. Ele não tinha tomado as precauções necessárias para protegê-la. Agora faria tudo que fosse necessário para salvá-la da vergonha.

Ele a abraçou até ela se acalmar e cair em um sono vacilante. Então, pegou o bebê do berço onde fora colocado. Aquele ser. Aquilo. Não pensaria nele como uma criança, mas como uma criatura. O ser olhou para ele com seus enormes olhos azuis. Carregando seu fardo, ele saiu do quarto a passos largos sem olhar para trás.

O trajeto até o coche foi o mais longo de sua vida. Parecia errado largar a criança no banco, então ele a segurou, o tempo todo sentindo seus olhos nele, sabendo que sentiria aquele olhar que não piscava até o dia de sua morte.

Finalmente, o coche parou em frente a um imóvel decrépito nos subúrbios de Londres. A neblina cada vez mais densa que rodopiava silenciosamente na varanda tornava tudo ainda mais sinistro. Ao hesitar, ele meneou a cabeça. Aquela não era hora de se acovardar. Com o bebê ainda pressionado contra o peito, ele desceu do coche e fez sua mente se esvaziar para não pensar nas consequências do que estava fazendo.

Ele bateu bruscamente à porta. A juventude da mulher que a abriu o chocou. Não era nada parecida com o que havia imaginado. Mas ele podia muito bem ter errado de endereço.

— Estou procurando a Viúva Trewlove.

— O senhor a encontrou. — Os olhos dela migraram para o fardo que ele carregava, seu rosto impassível, como se ela também não conseguisse assimilar o que estava prestes a se suceder. — Vai me pagar por mês ou devo acolher seu bastardo por completo?

A voz dela não continha nenhuma acusação, nenhuma condenação. Ele pensou quase ter ouvido um pouco de empatia, de bondade.

— Por completo.

— Quinze libras.

Ele sabia a quantia. Lera o anúncio dela com cuidado uma centena de vezes durante os últimos meses, enquanto aguardava a chegada. Viúvas que acolhiam crianças nascidas fora do casamento eram muito comuns. Um de seus amigos distribuía todos os seus filhotes ilegítimos. Com um único pagamento, nunca mais era preciso pensar neles novamente. Ou ao menos essa era a teoria. Ele duvidava que fosse esquecer aquele ali.

A sra. Trewlove pegou a criança e a aninhou nos braços como se fosse algo precioso. Ao encará-lo, ela estendeu a mão. O homem largou a pesada bolsa na palma da mão dela, e seu estômago revirou quando ela fechou os dedos em torno do dinheiro pago pelo trabalho sujo.

— Estou pagando dez vezes o que você pediu. Não quero que isso sofra.

— Não se aflija. Vou cuidar bem do seu bastardo.

Virando-se, ela entrou e fechou a porta atrás de si em silêncio.

Dando as costas para a casa, ele correu de volta para o coche, saltou para dentro e esmurrou o teto. Quando o veículo arrancou rapidamente, ele deixou as lágrimas caírem e reconheceu o monstro que era.

Só podia esperar que suas ações daquela noite ajudassem a restaurar a sanidade de sua amada, que a fizessem voltar a ser quem fora um dia.

Ele duvidava, no entanto, que fosse conseguir olhar para o seu próprio reflexo no espelho novamente.

Capítulo 1

Londres, 1871

MICK TREWLOVE CONHECIA OS Jardins de Cremorne muito bem, mas, como regra, limitava suas visitas às horas mais avançadas, quando as mulheres fáceis podiam ser possuídas por preços baixos, assassinos abundavam, a decadência florescia, homens tremendamente embriagados estavam prontos para vomitar segredos, e aqueles que um dia o insultaram podiam pagar devidamente por isso.

Mas vagar pela trilha no início da noite — enquanto o crepúsculo estava começando se instalar e a escuridão completa ainda era uma leve promessa de sedução — fazia sua pele coçar e suas roupas muito bem-ajustadas parecerem apertadas demais. Pessoas decentes perambulavam por ali, aproveitando as atrações inocentes da noite, algumas se regozijando simplesmente por passear pelos jardins que o Tâmisa mantinha verdes e exuberantes. Ele não conseguia imaginar ter tão poucas preocupações, estar tão relaxado que sua risada preenchesse o ar com facilidade. Para sermos perfeitamente justos, no entanto, ele não era mesmo conhecido por rir — ao menos não com alegria. Seu latido bruto tendia a deixar as pessoas receosas, especialmente quando era dirigido a elas. E por um bom motivo. Geralmente era um sinal de que ele estava prestes a reclamar sua retribuição.

— Por que estamos seguindo aquele casal?

Ele sempre soube que a beldade que o acompanhava não era nada boba, mas estava torcendo para que o fato de ele finalmente ter sanado a dúvida dela com relação aos jardins a tivesse distraído de seu propósito.

— Não sei do que você está falando.

— Mentiroso.

Com um braço enganchado no dele, ela lhe deu um tapa com a mão que estava livre. Trewlove não tinha atentado para o fato de que, ao passear com ela em público, poderia acabar comprometendo sua reputação — conquistada a duras penas — de ser do tipo que não perdoa. Ele duvidava, contudo, que qualquer um de seus conhecidos fosse estar por ali tão cedo.

— Um grupo de pessoas passou por nós — continuou ela —, e você nem sequer olhou para elas. Quando alguém entra em seu caminho, você fica rijo e o ultrapassa rapidamente, como se fosse um obstáculo aos seus objetivos. Você ignorou completamente os mágicos e acrobatas, não importando o quanto eles se esforçaram para chamar sua atenção. Deduzi que não me trouxe aqui como um presente de aniversário, como alegou, mas porque concluiu que chamaria menos atenção com uma mulher ao seu lado.

— Você é apenas uma menina, minha pequena.

— Tenho 17 anos. Já é idade suficiente para me casar.

— Você não vai se casar.

— Um dia, eu vou.

— Não existe um único rapaz vivo a quem eu concederia minha aprovação para desposá-la.

— Não é uma decisão que cabe a você.

— Sem um pai por perto, como seu irmão mais velho, certamente cabe.

A fedelha deu outro tapa em seu braço.

— Você está tentando me distrair para que eu não o importune com minhas perguntas. Não vou cair nessa.

O casal à frente parou para ouvir uma pequena orquestra que estava tocando uma música suave e melancólica. Parando também, ele baixou os olhos e viu a expressão triunfante da irmã.

— Você é espertinha demais — resmungou.

Com aquele elogio, ela apertou o braço dele e deu um sorriso contente.

— Conte-me tudo sobre eles.

— Shh. Fale baixo.

Não precisava que alguém ali perto ouvisse suas palavras e soubesse que tinha, de fato, um forte interesse por aquele casal.

— Está bem — sussurrou ela. — Quem são eles?

— O homem é o conde de Kipwick, filho do duque de Hedley, um título que herdará um dia.

— Há algo de familiar nele. Não podemos chegar mais perto para que eu possa vê-lo com mais clareza?

— Não. Ainda não.

Não queria que ela examinasse o conde muito de perto e acabasse descobrindo exatamente por que ele estava interessado naquele lorde em particular.

— Eu o conheço?

— Duvido muito. Ele não costuma frequentar os seus círculos.

— Ele frequenta os seus?

— Frequentará… afinal.

— E a mulher que está com ele? Conte-me o que sabe dela.

Como só tinha começado a prestar atenção nela recentemente, ele ainda não tinha muitas informações, mas isso mudaria com o tempo. Se seu plano corresse como o esperado, ela mesma daria todos os detalhes avidamente.

— Ela é lady Aslyn Hastings, filha do conde de Eames. Embora esteja sob a guarda do duque de Hedley desde a morte dos pais, quando ainda era criança.

A pena se instalou no rosto de sua irmã. Ela era sensível demais para o mundo em que vivia.

— Então ela é órfã, assim como você.

Ela não tinha semelhança alguma com ele. Ninguém tinha.

— Você sabe como os pais dela morreram? — perguntou Fancy, a tristeza permeando a curiosidade de sua voz. Talvez por nunca ter conhecido o próprio pai, ela sempre se referia a si mesma como uma "meio-órfã", um termo muito mais delicado do que o atribuído a ele.

— Ainda não.

Mas, no fim das contas, ele saberia de cada detalhe sobre ela: do que gostava, do que não gostava, seus sonhos, seus medos, suas esperanças, suas preocupações.

— Ela é bem bonita. Sempre penso que quando uma pessoa é bem-apessoada, ela — ou ele, dependendo do caso — é imune à desgraça.

— Ninguém é imune à desgraça.

O casal voltou a andar, tendo ficado obviamente entediado com o musical. Fancy não hesitou quando Mick começou a caminhar novamente, apressando o passo para mantê-los à vista enquanto eles entravam em uma área em que a multidão engrossava e mais artistas buscavam garantir seu ganha-pão, fazendo pequenas apresentações, torcendo para que uma ou duas moedas fossem arremessadas em sua direção.

— Então, por que os estamos seguindo? — perguntou Fancy.

— Estou procurando uma oportunidade de ser apresentado ao conde.

— Com que propósito?

— Pretendo tirar dele tudo que ama, incluindo a dama ao seu lado.

Com o braço confortavelmente encaixado no do conde de Kipwick, lady Aslyn Hastings não conseguia afastar a sensação sinistra de que estava sendo vigiada. Por outro lado, para ser honesta, ela sempre se sentia sob vigilância. Talvez fosse por conta de seus guardiões superprotetores ou por causa dos alertas terríveis quanto aos perigos que espreitavam pelo mundo que a duquesa de Hedley lhe fazia continuamente. Ou pelo fato de que a duquesa nunca saía de casa e encorajava Aslyn a seguir seu exemplo e permanecer dentro dos limites da Mansão Hedley. Só que Aslyn ansiava por mais: a independência proporcionada aos que não tinham expectativas de conseguir um bom casamento, os momentos de tranquilidade usufruídos por aqueles que não são algemados pelas obrigações, a euforia ofertada pelas sombras da noite.

Essas mesmas sombras estavam se expandindo rapidamente e se aprofundando agora. Os poucos postes da rua estavam sendo ligados, mas a luz fraca não era páreo para a escuridão que se espalhava ao redor dela. Aslyn estava torcendo para conseguir convencer Kip a permanecer nos jardins até bem depois do horário adequado às pessoas decentes. Ela queria dar uma espiada nas atividades obscenas que eram mencionadas nos artigos de jornal e nos tabloides de fofoca que lia quando ninguém a estava observando. Eles não entravam em muitos detalhes — apenas o suficiente para atiçar a imaginação.

Felizmente — ou infelizmente, dependendo da perspectiva da pessoa —, Aslyn sempre teve uma imaginação bastante ativa e criativa. Ela assumia que a música que preenchia o ar depois das dez da noite não era algo que se encontraria nas partituras dela, nem que seus dedos pudessem extrai-la de teclas de marfim. Os vestidos usados pelas damas que passeavam com os cavalheiros revelariam muito mais do que apenas uma sugestão de colo. As mulheres certamente se aconchegariam em seus acompanhantes — e não apenas caminhariam ao seu lado, como ela estava fazendo, com a mão meramente repousando no braço dele com a mesma leveza com que uma borboleta pousaria em uma pétala de rosa. Não haveria nada de pudico, nada de decente nas ações das outras damas. Mas aí sua imaginação freava subitamente, pois ela não conseguia vislumbrar bem quais seriam tais atividades indecentes. Será que um cavalheiro encostaria os lábios em seu ombro desnudo? Será que acariciaria seu pescoço?

E qual seria a sensação?

Apesar de todo o interesse de Kip por ela, ele nunca fora impróprio, nunca sequer tentara roubar um beijo. Ele a respeitava, a honrava, lutava contra seus instintos primitivos para garantir que ela chegaria intocada à cama da noite de núpcias. Que era como a duquesa lhe garantia que deveria ser entre um homem e uma mulher — se o homem realmente se importasse com ela. Apenas os mais moralmente inadequados tentariam tirar vantagem de uma dama, tentariam seduzi-la fora do vínculo do casamento. Aslyn não queria pensar no que dizia sobre sua própria moral o fato de estar, de certa forma, torcendo para que Kip pedisse permissão para encostar os lábios nos dela, para tirar a luva e tocar em seu rosto, para sussurrar palavras doces e apaixonadas em seu ouvido.

Ela já tinha 20 anos e nunca fora beijada. Não que soubesse de qualquer outra donzela ainda-não-prometida que tivesse sido. As mulheres na sua situação deviam preservar sua virtude e permanecer irrepreensíveis o tempo todo. Mesmo assim, havia momentos em que ser moralmente íntegra irritava. Era possível flertar inocentemente, mas sem se envolver em qualquer atitude questionável. Botões deviam permanecer abotoados; laços, amarrados; e barras de saias, escondendo tornozelos.

Ela não ia se colocar em uma posição comprometedora, mas frequentemente se perguntava se Kip achava todas aquelas regras tão chatas quanto ela, se ele ansiava por fazer mais do que simplesmente caminhar ao lado dela. A culpa cutucou sua consciência, pois ela devia ser grata por ele ser um rapaz tão gentil e íntegro, de modo que ela nunca precisava se proteger de nenhum atrevimento indesejado dele.

— Estou ouvindo o canto agudo de uma soprano — disse Kip de repente, colocando a mão sobre a dela, que repousava no braço dele, e apertando-a bem de leve. — Vamos seguir naquela direção?

— Se você assim desejar.

Ele a fitou. Embora a escuridão estivesse se expandindo de modo que o chapéu lançava uma sombra sobre o rosto dele, ela ainda conseguia distinguir seus belos traços. Ele herdara os olhos azuis brilhantes do pai, os grossos cabelos pretos e a covinha inconfundível no queixo. Aquilo a fascinava quando ela era criança, e, muitas vezes, ela enfiava o dedo ali, especialmente quando ele estava dormindo. Tinha ficado mais pronunciada à medida que Kip foi crescendo, e não deixava dúvidas de que ele era mesmo o herdeiro de seu pai. Não que qualquer um duvidasse disso. O duque e a duquesa eram devotados um ao outro, tanto que, às vezes, era como se ninguém mais existisse além deles.

— Não está se divertindo? — perguntou ele. — Tem alguma outra coisa que você prefira ver?

Nada que ela pudesse pronunciar em voz alta sem ganhar um olhar de reprovação, então Aslyn guardou seus pensamentos para si mesma, como era de costume, e sorriu para ele.

— Sim, estou me divertindo. É só que está um pouco mais monótono do que eu esperava.

Foram semanas de bajulação até ela conseguir convencê-lo a levá-la ali, e ela sabia que era improvável que ele a levasse novamente. A duquesa fora veementemente contra a saída, receando que aquilo expusesse sua protegida a algum tipo de perigo. Kip passara boa parte do jantar da noite anterior convencendo a mãe de que manteria Aslyn em segurança. Ela achava que nunca gostara tanto dele quanto naquele momento, quando ele lutou para lhe dar algo que ela queria: uma noite nos Jardins de Cremorne. Embora ela *estivesse* gostando, não conseguia evitar sentir que algo estava faltando.

— Você alguma vez veio aos jardins e encontrou o lugar não tão civilizado? — quis saber ela.

— Um cavalheiro não fala de atividades que não são adequadas aos ouvidos de uma jovem dama.

Mas ele não teria tais preocupações com os ouvidos de uma velha dama? Aslyn mal podia esperar para ser considerada idosa o bastante para não ser privada do conhecimento que lhe era negado no momento.

— Então já esteve.

Revirando os olhos, ele suspirou, exasperado.

— Talvez eu...

Inesperadamente, ele tombou para frente, os braços abanando, tentando recuperar o equilíbrio enquanto seu chapéu saía voando. Para não cair junto com ele, Aslyn o soltou rapidamente. Ao ouvir um arquejo feminino, ela olhou para trás e viu uma mulher com expressão horrorizada, os olhos arregalados, as mãos pressionando a boca aberta.

— Meu caro senhor, minhas sinceras desculpas. Estava tão absorta observando os arredores que não olhei para onde estava indo. Por favor, diga que não o machuquei.

Abaixando-se, Kip pegou o chapéu e bateu os dedos nele para remover qualquer sujeira. Aslyn esperava que ele o colocasse imediatamente de volta na cabeça. Em vez disso, ele congelou, talvez finalmente conseguindo olhar bem para a mulher à sua frente. Ela era uma menina, para falar a verdade, mais jovem que Aslyn, mas seus olhos, de um tom dourado estranho que lembravam os olhos de um gato, diziam muito, revelando uma vida que não era carente de desafios. A despeito de seu belo vestido lilás e do gorro decorado com muitas fitas, ela passava a impressão de não ter sido sempre acostumada com tais confortos.

— Não foi nada demais, senhoritaaaa...

Ele estendeu a palavra como se parte dela estivesse faltando e ele estivesse procurando pela peça faltante.

— Senhorita Fancy Trewlove.

— Fancy? Uma palavra que significa "sofisticado"? Que nome incomum.

— Minha mãe o escolheu, torcendo para que eu crescesse e me casasse com um homem sofisticado, vivesse em uma casa sofisticada e tivesse coisas sofisticadas. Até agora, as esperanças dela foram frustradas, mas não sou de desistir de sonhos tão facilmente. E o senhor? Posso perguntar seu nome?

— Lorde Kipwick.

— Ah, minha nossa. — Ficando pálida, ela fez uma longa e elegante reverência. — Milorde, por favor, perdoe minha total e desprezível falta de jeito.

— É facilmente perdoável, visto que nada de mau aconteceu. Minha acompanhante e eu estamos igualmente absortos nas festividades desta noite. Lady Aslyn Hastings, permita-me que apresente a srta. Trewlove.

— É certamente um prazer — cumprimentou Aslyn, combatendo a surpresa por Kip se esforçar tanto para apresentá-la a uma cidadã comum.

— Milady. — A garota fez outra reverência. Foi uma reverência bem-feita. Aslyn apostava que ela tivesse tido aulas. Sua mãe contava com mais do que um nome para dar a ela aquela vida sofisticada. — Espero não ter estragado seu passeio. Meu irmão vive me dizendo que preciso andar mais devagar, mas há tanto para ver que tenho medo de perder algo maravilhoso e fico um tanto perdida nas frivolidades. — Ela se virou de leve. — Não é, Mick?

— De fato.

A voz grossa enviou um arrepio de consciência pelo corpo de Aslyn, e ela se pegou olhando fixamente para o homem que se aproximou, silencioso como a neblina, em meio à escuridão invasora como se fosse dominado por ela e, ao mesmo tempo, seu mestre. Ela sabia, sem sombra de dúvida, que ele era o tipo de homem que vagava por aquele local depois que as pessoas decentes estavam acomodadas na segurança de suas camas. Ele estava bem-vestido, suas roupas eram do melhor tecido e seus botões, os mais brilhantes. Ela suspeitava de que ele tivesse um alfaiate particular, pois seu casaco preto encobria confortavelmente os ombros largos. Seus cachos negros eram antiquadamente longos, encaracolando-se sobre o colarinho. A barba grossa estava aparada de maneira uniforme, e Aslyn tinha certeza de que ele cuidava dela com zelo. Mas eram seus olhos escuros que a seduziam. Havia uma sobriedade, uma solenidade neles. O olhar dele pairou sobre ela como uma presença física.

— Mick, permita-me apresentá-lo a lorde Kipwick e a lady Aslyn.

— Acredito, Fancy — disse ele em uma voz rouca que indicava que devia ter passado boa parte da vida gritando —, que, nos círculos sociais adequados, eu é que devia ser apresentado a eles.

— É claro. Acho que eu devia ter prestado mais atenção às aulas de etiqueta, mas a professora falava sem parar de um jeito tão monótono... Receio ter ficado entediada rapidamente e desperdiçado o seu dinheiro com isso.

— Não precisamos ser tão formais — interrompeu Kip bruscamente, dispensando de forma atípica as tradições que ele costumava seguir como se fossem ordens de algum ser divino. — Com base na conversa que tivemos com a srta. Trewlove até então, suponho que o senhor seja Mick Trewlove.

Aslyn lutou para esconder o choque por Kip conhecer aquele homem, aquela criatura da noite, aquele plebeu. E ficou ainda mais abismada por ele parecer estar disposto a um diálogo com alguém inferior a ele. Kip, como a maioria dos aristocratas, tendia a ostentar sua posição de lorde sobre aqueles que não eram de sua estirpe.

O cavalheiro, em um gesto cortês, tirou o chapéu.

— De fato, sou eu. É um prazer conhecê-los, milorde, milady.

— Já ouvi falar do senhor, sr. Trewlove.

Aslyn se perguntou como ele podia conhecê-lo, o que Mick Trewlove podia ter feito para chamar a atenção de Kip. Nada de bom, ela imaginava.

— Nada de bom, imagino.

Ela quase arfou quando ele verbalizou seus exatos pensamentos. Aslyn de fato torcia para que eles não se refletissem em seu rosto, para que aquele homem não soubesse que, embora ele atiçasse, sim, sua curiosidade, ela não confiava muito nele. Ou talvez ela não confiasse em si mesma, pois, sendo sincera, ele deixava intrigado cada centímetro de seu ser. Ela nunca havia conhecido uma pessoa com uma conduta tão imponente, como se dominasse tudo aquilo que seus olhos tocavam. Trewlove tinha uma presença dominadora que era tanto perturbadora quanto excitante.

— Pelo contrário. Ouvi dizer que o senhor tem um tino para ajudar homens a fazerem fortunas.

Ele ergueu o ombro e abaixou a cabeça de uma maneira que pareceria humilde na maioria dos homens, mas Aslyn sentia que ele não tinha um único osso modesto naquele corpo maravilhosamente alto e de ombros largos. Havia um aspecto incivilizado nele que estava fazendo suas partes mais femininas palpitarem — vergonhosamente. Ela nunca tivera uma reação física tão descarada diante de um homem. Queria passar os dedos pela barba dele para ver se era mesmo tão macia e exuberante quanto parecia, mesmo sentindo uma forte vontade de sair correndo e se proteger como a duquesa lhe dissera incansavelmente que era a atitude correta a se tomar quando confrontada por um homem perigoso. Seu instinto dizia que ele era perigoso, muito perigoso, de fato, em sentidos que ela jamais sequer considerara que um homem poderia ser.

— Às vezes, nossas empreitadas são financeiramente bem-sucedidas — afirmou ele. — Poucos homens comentam sobre quando elas não são.

— Por favor, não vamos falar de negócios — pediu a srta. Trewlove. — Os fogos de artifício iluminarão o céu em breve. Ouvi dizer que são maravilhosos, e essa será a primeira vez que os verei. Não quero perder nem uma única explosão. Milorde, o senhor, por acaso, não saberia qual o melhor lugar para vê-los, saberia?

— Na verdade, eu sei.

Unindo as mãos envoltas pelas luvas à sua frente, a srta. Trewlove saltitou até ele como se fosse um filhote alvoroçado que acaba de adivinhar quem está escondendo um biscoito.

— O senhor faria a gentileza de me mostrar?

— Ficaria contente em ter essa honra. Se a senhorita nunca os viu antes, precisa vê-los do melhor lugar possível.

E *ele* iria com eles, aquele homem que meramente observava, observava-a como se estivesse se esforçando para descobrir cada faceta sua. Ela não sabia ao certo se o queria por perto. Algo nela lhe dizia que ela estaria mais segura se ele ficasse para trás. Não receava que ele a atacasse ou a machucasse de alguma forma. Mesmo assim, ela não conseguia afastar a sensação de que aquele homem a estava reivindicando. Essa era uma ideia ridícula. Ela não o conhecia. Ele era um plebeu. Depois daquela noite, seus caminhos nunca mais se cruzariam, e toda a sua curiosidade com relação a ele desapareceria.

— Aslyn?

Inclinando a cabeça para o lado, libertando-se de qualquer que fosse o feitiço que Mick Trewlove lançara sobre ela, Aslyn olhou para Kip, e ficou surpresa ao ver que ele lhe estendia a mão.

— Vamos? — chamou.

— Sim, é claro.

Ela se forçou a se mexer e pôs a mão no braço dele, embora preferisse ter ficado ali como um ganso tonto analisando Mick Trewlove. Ela nunca conhecera um homem que expressasse seus pensamentos ou emoções. Ele não parecia incomodado pela audácia da irmã; por outro lado, não era como se uma amada sua estivesse flertando com outro homem. Apesar de a garota certamente estar flertando, sem dúvida analisando o terreno para determinar se Kip poderia ser o homem sofisticado que a mãe queria para ela. Mas ele era comprometido. Não havia sido anunciado formalmente, mas Londres inteira — a Grã-Bretanha inteira, por sinal — sabia a quem ele pertencia, com quem ele finalmente se casaria, quem se tornaria sua condessa.

Ela estava ciente da presença da srta. Trewlove e de seu irmão logo atrás deles. Mais uma vez, teve a sensação de estar sendo observada. Queria olhar para trás, para ver se os olhos dele a fitavam. Em vez disso, continuou caminhando adiante, perguntando-se o que teria feito se ele tivesse lhe oferecido o braço antes de Kip. Ela temia que tivesse aceitado. Algo nele a chamava, a atraía. Aslyn não compreendia essa atração, não tinha certeza se queria.

Capítulo 2

MICK ESTAVA DIVIDIDO ENTRE ficar furioso com Fancy por ela ter assumido as rédeas da situação ou aplaudi-la por sua engenhosidade. Por conseguir para ele a apresentação que desejava, ela ficaria insuportável por, pelo menos, uma semana. Mas, enquanto seguia o casal que os estava levando na direção dos fogos de artifício, ele parecia não segurar a irritação com a irmã, e nem tirar os olhos daquela mulher. Ela não era exatamente o que ele esperava. As mulheres da nobreza tendiam a ser arrogantes, inacessíveis. Elas o olhavam como se ele fosse estrume preso na sola de seu sapato.

Mas lady Aslyn não parecia se encaixar muito bem nesse estereótipo. Seus olhos, azuis como o céu do verão, refletiam curiosidade, ou talvez algo até mais provocativo: tentação. Ele a intrigava. Desde o momento em que se tornara ciente da existência de Mick, ela não tirara os olhos dele, mas o estudava com a testa suavemente franzida, como se ele fosse um enigma a ser desvendado. Apostaria metade de sua fortuna que ela estava tentando localizá-lo, tentando entender de onde o conhecia. Ela provavelmente não faria a conexão — ao menos não até que seus planos estivessem concretizados. Então ela saberia a verdade sobre ele, a verdade sobre aqueles que ela considerava sua família, aqueles que ela amava. Ambas as verdades provavelmente a levariam às lágrimas, encheriam-na de vergonha e humilhação. E certamente aniquilariam de seu peito qualquer desejo que pudesse ter faiscado por ele.

Se ele fosse qualquer outro homem, talvez sentisse uma pontada de remorso, mas Mick aprendera cedo que não havia nada de bom no arrependimento.

— Eu nunca havia conversado com alguém da nobreza antes — confessou Fancy baixinho. — Eles parecem bastante agradáveis.

— Fique longe deles depois desta noite.

Ele fora imprudente ao levá-la ali, ao deixar que ela tivesse um vislumbre de sua vítima.

— Por quê?

— Porque ele se sente atraído por você.

Aquilo também fora visível desde o início. Havia cobiça, desejo, paixão nos olhos no conde, e Mick precisara de cada gota de controle que possuía para não apresentar seu punho àquela covinha no queixo do lorde.

— Você deu a entender que ele estava interessado naquela mulher.

— Ela é do tipo com quem ele se casaria. Você é do tipo que ele levaria para a cama.

Os olhos dela se arregalaram, suas bochechas coraram.

— E a mulher que está com *ele*? É do tipo com quem você se casaria?

— Nem em um milhão de anos.

Ela parou de andar, fazendo-o parar também.

— Mesmo assim, você vai se esforçar para roubá-la dele. O que ele fez para merecer sua ira?

Ele nascera, fora protegido e amado. Embora não fosse ele, na verdade, o alvo de sua desaprovação, era um meio de alcançar uma reparação. Não que ele estivesse disposto a explicar qualquer um de seus motivos à irmã. Ela o criticaria. Geralmente, ele não se importava com o que as pessoas pensavam, mas, desde o momento em que nasceu, ela era a única coisa pura a amá-lo. Ele faria o que fosse necessário para garantir que nada contaminasse essa pureza.

— Por esta noite, simplesmente aprecie os fogos de artifício.

— Mas sou parte da sua tramoia agora.

— Não depois desta noite.

— Eu lhe consegui a apresentação. Posso fazer mais...

— Você estava certa mais cedo, Fancy. Você era apenas parte do meu disfarce. O que acontecerá depois desta noite não é para uma moça sensível como você.

Nem para nenhuma pessoa com qualquer pingo de bondade ou civilidade, mas a educação que Mick recebera nas ruas garantiu que ele crescesse sem nenhuma dessas qualidades irritantes e limitantes. Se ainda existiam, ele não conseguia localizar nem um resquício delas em sua personalidade, em sua alma, em seu coração.

— Eu detesto a forma como você me desconsidera tão facilmente, com tão pouco zelo.

— Não se trata de desconsideração, estou protegendo você.

Ela abriu a boca, certamente para continuar seu protesto, fazendo-o se lembrar de um cachorro que ele um dia tivera que nunca soltava o osso uma vez que o tivesse preso entre as mandíbulas.

— Podemos ir embora agora, se você preferir — proclamou ele secamente antes que ela pudesse verbalizar qualquer outra objeção.

O rosto dela desmoronou, sem dúvida porque percebera que discutir com ele seria uma batalha perdida. Homens com experiências de vida muito mais amplas não conseguiam vencê-lo, então como conseguiria um mero fiapo de mulher?

— Quero ver os fogos de artifício.

Ele ficou impressionado por ela ser capaz de não soar muito impertinente ou petulante.

— Então deixe isso para lá.

Ela mostrou brevemente a língua para ele antes de seguir em frente, pisando duro. Suas pernas curtas não eram empecilho para as pernas longas dele, e ele a alcançou facilmente. Era estranho o fato de ela não perceber que suas atitudes infantis comprovavam o que seu irmão dizia: ela não servia para o mundo em que ele vivia.

Kipwick e lady Aslyn estavam aguardando em uma área aberta que daria a eles uma vista desobstruída do céu. A mulher se moveu para cumprimentar Fancy como se fossem velhas amigas que não se viam há tempos, o que deixou o conde e Mick parados atrás delas. Ele devia ter aproveitado a oportunidade para estudar o inimigo, mas parecia não conseguir tirar os olhos do perfil de lady Aslyn enquanto ela sorria e conversava com sua irmã.

Seus traços não eram perfeitos. A ponta de seu nariz se empinava ligeiramente, como se ela tivesse passado a juventude pressionando-o em uma vitrine, cobiçando algo que avistara em uma prateleira. Uma luz distante reluzia em seus cílios, que eram anormalmente longos, e ele suspeitava de que, quando ela dormia, eles se espalhavam por suas bochechas. Os olhos se curvavam levemente para cima, como se os cantos próximos às têmporas tivessem sido acomodados pelas suas maçãs do rosto extremamente pronunciadas. Mesmo assim, cada imperfeição se harmonizava no tecido de seu rosto, dando a ela a aparência da perfeição.

Sua pele cor de alabastro era impecável, sem nenhuma sarda em vista, e Mick duvidava que ela permitisse que o sol tocasse seu rosto. Nem homem algum, aliás. Algumas mechas louras, encaracoladas e soltas, haviam se desprendido dos grampos por debaixo do chapéu de babados. Ele desconfiava de que aquela fosse a parte mais rebelde dela. Sua postura, a maneira como se portava, toda rígida, e a falta de entusiasmo em seus movimentos indicavam uma mulher consciente de que estava continuamente sendo exibida e que devia constantemente demonstrar equilíbrio e ter um comportamento adequado.

Ele estava bastante ansioso para o desafio de destruir aquele equilíbrio.

— Já nos encontramos antes? — perguntou Kipwick baixinho.

Mick desviou o olhar para aquele homem, que talvez fosse poucos centímetros mais baixo que ele e muito mais esguio. O lorde certamente nunca precisara transportar lixo para fora da cidade a fim de ganhar alguns xelins para que sua família não passasse fome.

— Não.

As sobrancelhas escuras e grossas do conde se uniram, formando um vinco profundo entre elas.

— O senhor me parece familiar. Eu poderia jurar que nossos caminhos já se cruzaram em algum momento.

— Não frequento os seus círculos sociais, milorde. E duvido muito que o senhor frequente os meus.

Kipwick empalideceu, desviando o olhar. Mick não ficou surpreso. Ele aprendera o bastante sobre o conde durante os últimos meses para ter uma boa ideia dos círculos de sua preferência. Antes que o verão acabasse, eles seriam sua ruína.

— Embora seja bastante possível que o senhor tenha me visto de passagem no Clube Cerberus. Parece ser um cruzamento das várias estirpes da vida, um lugar no qual as classes mais altas e as mais baixas não se importam em se misturar, porque seus interesses em comum se sobrepõem a todo o resto.

— É muito improvável que eu o tenha visto lá, uma vez que não sou sócio.

Mick sabia muito bem que Kipwick andava fazendo perguntas sobre o clube, e que nunca estivera lá. O estabelecimento era meramente uma isca, o primeiro passo para arrastar o conde para sua derrocada.

— Não é necessário ser sócio. Basta ter os bolsos cheios.

Ele ficou plenamente ciente da atenção total que o conde passou a demonstrar. A decepção o inundou. Ele previra certo desafio, torcera para que

Kipwick ao menos resistisse a ser arrastado para o abate. Nada na vida de Mick fora fácil. Ele não queria que a vingança fosse entregue a ele de mão beijada, sem que tivesse que se esforçar para isso.

— Para ser sincero — confessou Kipwick hesitante —, eu não tinha certeza de que o clube realmente existia. Nenhum dos meus conhecidos jamais admitiu frequentar os antros de jogatina.

— Não me surpreendo. A maioria dos aristocratas que frequenta o lugar foi banida dos clubes mais respeitáveis. Admitir frequentar o Cerberus certamente não melhora a reputação de ninguém.

— O senhor acha que fui banido?

O tom pungente de sua voz indicava que o conde se sentira insultado. Talvez não fosse ser tão fácil assim, afinal de contas.

— Não, milorde. Eu estava apresentando um palpite de um local onde talvez nossos caminhos pudessem ter se cruzado. O senhor me parece ser um homem de intelecto aguçado, que se sairia bem nas mesas de jogos, e um tanto aventureiro, que poderia estar em busca de vários tipos de entretenimento. Suspeito de que o senhor se entedie facilmente.

— O senhor deduziu isso tudo a partir deste um encontro casual?

Não, ele deduzira aquilo tudo após meses de pesquisa, mas precisava acabar com as suspeitas do conde.

— Exato. Simplesmente porque eu aprecio ambientes mais arrojados, não significa que todos os homens apreciem.

Especialmente aqueles que foram mimados e paparicados, que viveram uma vida de privilégios, privilégios que Mick deveria ter tido, ao menos em parte. Uma boa escola, uma boa casa, boa comida, boas vestes. Ele não se importava em ter que se virar agora, já homem, mas, quando era criança, não devia ter precisado fazer as coisas que fez para sobreviver. Contudo, Mick não permitiu que a fúria ardente ascendesse à superfície, tomasse conta de sua postura ou sua voz.

— Peço desculpas por acreditar que tínhamos algo em comum — acrescentou ele.

— Não me ofendi. Estou apenas curioso quanto ao que o senhor parece saber.

E, aparentemente, sem confiar muito nele. Mick ficou pensando naquilo.

— O senhor vem de uma família tradicional. Já li relatos nos jornais.

— O senhor presta atenção em todas as famílias?

— Presto atenção e me lembro de tudo. Sou um homem de negócios. Nunca sei quando uma ideia ou uma oportunidade para uma nova empreitada pode aparecer. Também sou muito habilidoso em julgar rapidamente o valor de uma pessoa, assim não aceito investidores que não devo.

— Agora eu é que lhe devo um pedido de desculpas. Já houve mais de uma vez em que tentaram se aproveitar de minha posição. Isso nos torna cautelosos.

— É sempre bom se aproximar de estranhos com cautela.

Kipwick desdenhou.

— Eu estava falando de amigos. Ou ao menos eu achava que fossem. Preciso admitir que estou curioso quanto ao Clube Cerberus. Mas, pelo que sei, a localização é mantida em total sigilo.

Mick deu de ombros com indiferença.

— Encontre-me na entrada dos jardins amanhã às dez da noite e eu o levarei lá.

A boca do conde se curvou em um sorriso.

— Talvez eu faça isso mesmo.

Ele o faria. Suas dívidas fizeram com que ele fosse banido de um clube de cavalheiros, e estava prestes a ser banido de outro. O conde tinha propensão a jogar quando não devia, a aumentar a aposta quando as probabilidades não estavam ao seu favor. Aparentemente, ele era um péssimo jogador de cartas, incapaz de parar quando a sorte se virava contra ele.

Uma explosão rasgou a quietude da noite e foi só então que Mick percebeu os clarões vermelhos e verdes preenchendo o céu. Ele ouviu o arquejo perplexo de Fancy. Ela certamente não se lembrava que ele a levara a uma exibição de fogos de artifício quando ainda tinha 4 anos. Sentada em seus ombros, ela vibrara de contentamento, arrancando o chapéu dele com seu entusiasmo. Agora, aplaudia com um pouco mais de decoro, mas o júbilo transparecia em seu rosto.

O que o surpreendeu foi ver como lady Aslyn parecia deslumbrada. Ele precisou mudar de posição leve e imperceptivelmente para continuar conseguindo ver o perfil dela. Com as labaredas coloridas dançando sobre seus traços e o resplendor de seu sorriso, ela era bela de um jeito que ele não reparara antes. Infantil em sua euforia. Trewlove ficou chocado ao perceber de repente como ela parecia jovem, não muito mais velha que Fancy. Inocente. Ele suspeitava de que aquela mulher jamais tivesse pecado na vida.

Se fosse um homem decente, ele deixaria seus planos de lado. Mas depois de ter se libertado do esgoto em que fora despejado, Mick Trewlove não era nem decente, e nem do tipo que desiste facilmente porque calculou mal alguns elementos de seu plano. Ele era conhecido por ser um teimoso detestável. Aquela veia persistente lhe conquistara riqueza e a reputação de ser cruel quando se tratava de conseguir o que queria — fosse o que fosse.

Naquele momento, ele desejava o reconhecimento de seu lugar no mundo. Sem isso, era meramente um marginal. Com isso, Mick se tornaria um dos homens mais poderosos da Grã-Bretanha. Portas que um dia se fecharam para ele seriam escancaradas. Aqueles que o haviam rejeitado antes o acolheriam.

Ele estava planejando aquilo havia tempo demais para abandonar tudo agora. Ele subira o mais alto que pôde na escada social. Para chegar aos degraus mais altos, outros precisavam cair — brutal e espetacularmente, como os fogos de artifício que explodiam no céu. Ele teria o pagamento que lhe cabia. E que Deus tivesse misericórdia de qualquer um que atravancasse seu caminho.

Aslyn podia sentir o olhar de Mick Trewlove sobre ela. E o esquisito era que aquilo fazia todo o seu corpo formigar, como se ele a estivesse tocando com as mãos, e não com os olhos. Ela achava que nunca tinha prestado tanta atenção em um homem. Isso era excitante, assustador, confuso. Fazia com que ela ansiasse por se aninhar nele e a deixava apavorada ao mesmo tempo. Fazia com que fosse quase impossível se concentrar na beleza dos magníficos fogos de artifício que explodiam lá em cima.

E a fazia se sentir culpada. Culpada porque sua reação a Kip sempre que ele estava por perto era ínfima em comparação com aquilo. Aslyn disse a si mesma que era porque tinha intimidade com seu amigo de infância, porque o tinha conhecido por boa parte de sua vida, morava na residência dos pais dele, costumava fazer as refeições com ele, dançava com ele em bailes, e os dois tinham uma relação tão próxima que seus tutores não exigiam que ela andasse com uma dama de companhia quando estava com ele, porque sabiam que Kip não iria se aproveitar dela.

Ela suspeitava de que nem mesmo a dama de companhia mais rígida seria um impeditivo para Mick Trewlove se ele quisesse se aproveitar dela para se envolver em algum tipo de comportamento devasso. Ele certamente era bastante habilidoso em esconder um toque impróprio de uma matrona, bem como em roubar beijos de moças dispostas. Aslyn ficou inquieta com a percepção aterrorizante de que não se importaria em ser uma dessas moças. Só por um tempinho.

Céus! Quando é que ela se tornara obcecada por beijos, desejosa por sentir a pressão dos lábios de um homem nos seus, por conhecer os segredos da paixão que, até então, lhe escapavam?

Ela era uma dama, e as damas se comportavam de maneiras apropriadas. Não se permitiam ser pegas em situações comprometedoras — na verdade, não *se metiam* em situações comprometedoras. Não suscitavam escândalos e nem eram objeto de escândalos criados por outras pessoas. Certamente não tencionavam tirar uma luva e passar os dedos pela barba de um cavalheiro. A duquesa ficaria perplexa se soubesse que todos os seus alertas terríveis sobre a facilidade com que os cavalheiros podiam escapulir da coleira da decência estavam sendo empurrados para um canto da mente de sua protegida, de onde apenas conseguiam cutucar, de maneira ineficaz, sua consciência.

Ou não tão ineficaz assim. Ela não devia estar tendo esses pensamentos sobre Mick Trewlove. Se fosse para tê-los, deveriam girar em torno de Kip. Ela devia ansiar que ele se libertasse das correntes da sociedade e a beijasse. Era inconcebível estar tão ciente da presença do estranho parado atrás dela. Desde seu debute, Aslyn fora apresentada a muitos homens jovens e qualificados, mas nenhum despertara seu interesse. Apenas Kip chamara sua atenção — até agora. E isso era bastante desconcertante.

— Os fogos de artifício são espetaculares — sussurrou a srta. Trewlove com um suspiro, como se temesse que falar alto demais pudesse perturbar o divertimento das pessoas diante daquela exibição fantástica. — A senhorita os vê com frequência?

— Esta é minha primeira vez nos jardins.

— Seu irmão parece ser tão difícil de lidar quanto o meu.

Aslyn franziu o cenho.

— Meu irmão?

A srta. Trewlove olhou por cima do ombro e apontou de leve com a cabeça.

— Kipwick? — Surpresa pela suposição da garota, Aslyn riu de leve. — Ele não é meu irmão.

A srta. Trewlove piscou repetidas vezes.

— Mas a senhorita não tem uma dama de companhia.

Seu tom era de incredulidade, ecoando a possibilidade de um escândalo.

— Sou tutelada dos pais dele. Ele é praticamente um irmão. — Mesmo tendo dito aquilo, parecia errado se referir ao futuro marido naqueles termos, até mesmo pensar nele de um jeito neutro. — Quero dizer, ele é mais que isso, é claro. Mas não se aproveitaria de mim.

— Mick me diz que todos os homens se aproveitariam.

— Kip não o faria.

— Que sorte a sua. Meus irmãos jamais me deixariam sair com um homem que não fosse meu parente. E se depender de Mick, eu jamais poderei sair com homem algum.

— Quantos irmãos a senhorita tem? — quis saber Aslyn.

— Quatro. E uma irmã, que é mais velha e tem muito mais liberdade que eu. É bastante irritante.

Discretamente, Aslyn apontou por cima do ombro.

— Ele é o mais velho?

A srta. Trewlove confirmou com a cabeça e revirou os olhos.

— E o mais mandão.

Sim, Aslyn podia imaginar. Ela estava acostumada a estar rodeada de homens confiantes, mas nenhum deles exalava autoconfiança de tal forma que parecia esmagar qualquer outro aspecto da pessoa. Mick Trewlove era assim. Ela conseguia praticamente ver a segurança emanando dele em ondas que tinham o poder de envolver tudo ao seu redor — inclusive ela. Aslyn queria vivenciar esse poder, ser atraída por ele, capturada por ele, seduzida por ele. Todos esses pensamentos selvagens eram marcantes, traziam à tona uma autoconsciência que ela nunca tinha experimentado antes. Pela primeira vez na vida, Aslyn reconhecia que uma mulher tinha necessidades — que *ela* tinha necessidades — que iam além de danças respeitosas e passeios corteses por um jardim. Ela queria mãos tocando-a onde não deviam, lábios deslizando onde não deviam. Queria que seu autocontrole se despedaçasse, que sua moral estivesse em perigo...

De repente, se deu conta de que as pessoas ao seu redor estavam vibrando, aplaudindo, afastando-se, e percebeu que os fogos de artifício haviam terminado. Havia uma fragrância estranha de fumaça e algo mais pairando no ar. O que quer que tinha provocado as explosões, ela supunha. Aslyn inspirou fundo, perguntando-se se a paixão explosiva também tinha um aroma único.

— Bem, é melhor irmos — disse Kip. — Prometi à mamãe que você estaria em casa antes das dez.

— Certamente nem todas as atrações já estão se encerrando.

— As que você pode apreciar estão.

Se os Trewlove não estivessem por perto, talvez ela tivesse argumentado, mas uma dama de verdade não criava cenas em público. Além disso, permanecer na companhia de Mick Trewlove estava causando alvoroços em sua imaginação e em seu corpo. Ela provavelmente constrangeria a si mesma se não tomasse cuidado.

— Foi um prazer conhecê-la, srta. Trewlove.

A garota sorriu.

— Foi uma honra assistir aos fogos de artifício com a senhorita. — Ela abaixou a cabeça de leve, fazendo uma breve reverência. — Milorde.

— Srta. Trewlove.

Aslyn se voltou para o irmão da srta. Trewlove e lutou para não imaginar todas as explosões, das pequenas às grandes, que ele poderia criar dentro de uma mulher.

— Sr. Trewlove.

Pegando sua mão, ele a levou até a boca, sem nunca tirar os olhos dos dela. Pela luva, ela podia sentir o calor e a força dos dedos dele, a quentura de seus lábios transpassando a pelica.

— Lady Aslyn, obrigado pela gentileza para com minha irmã.

Ela não conseguiu fazer mais nada além de acenar com a cabeça e recolher a mão. O que havia de errado com ela? Durante suas Temporadas, diversos homens seguraram sua mão, até mesmo a beijaram, mas nenhum a deixara com um nó na garganta. Ela estava vagamente consciente de Kip pegando seu braço e levando-a para longe dali.

Não olhar por cima do ombro para um último relance de Mick Trewlove foi um desafio. Ela não sabia por que a consciência de que nunca mais o veria de novo lhe provocava tamanha sensação de perda.

Enquanto sua carruagem chacoalhava pela rua, Mick olhava pela janela e tentava se concentrar em seu encontro com Kipwick e na melhor forma de tirar vantagem de seu compromisso eminente com ele, mas sua mente continuava migrando para lady Aslyn — e para seus planos com relação a ela. Estes requeriam um pouco mais de finesse. Era improvável que ela se dispusesse a um *rendez-vous* com um malandro. Garantir que seus caminhos se cruzassem para que ele pudesse seduzi-la seria um tanto capcioso. Os eventos dos quais ela participava não eram aqueles para os quais ele era convidado. Ao menos não no momento, mas em um futuro próximo...

— Imagino que você não queira que mamãe fique sabendo do seu real propósito ao me levar aos jardins esta noite — disse Fancy, e o tom de sua voz indicava que ele iria pagar caro pelo silêncio dela.

Talvez ele a visse como uma criança inocente, mas ela sempre fora esperta demais. Quando ele chegava em casa ferido e cheio de hematomas, podia ser sua irmã Gillie quem cuidava dele, mas era Fancy quem se agachava diante dele e o observava com total interesse, declarando, depois que tudo fora dito e feito, que precisaria ganhar doces para manter a boca ocupada e não contar à mãe o que vira.

Ela tinha muita sorte de ele a amar tanto.

— Qual é o preço? — resmungou ele.

A maioria dos homens recuava quando ele usava aquele tom. Ela meramente sorriu.

— Uma livraria.

Ele franziu o cenho.

— Você quer comprar um livro?

— Não. Quero ter uma livraria.

A risada dele ecoou dentro do veículo.

— Não seja tola. Você estará casada dentro de um ano.

— Mais cedo, você disse que eu nunca me casaria.

— Sim, bem, eu falei besteira. A verdade, Fancy, é que vê-la bem casada é meu objetivo. É o objetivo de todo mundo, para ser sincero.

— Os esforços desta noite foram parte desse objetivo?

Tinham sido cruciais para ele.

— Não preocupe sua linda cabecinha com isso.

— Até eu me casar, posso ter uma livraria.

— Fancy...

— Você está construindo todos esses edifícios. Por que não pode me dar uma loja? Você ajudou Gillie a adquirir sua taberna.

— Com Gillie é diferente.

— Por quê? Porque você acha que nenhum homem a aceitará?

— Porque acho que ela não aceitará homem nenhum. Ela é independente demais, sempre foi.

— Eu também gostaria de ser independente.

— E será. Mas será casada e independente. — Ele olhou para fora da janela. — Estamos em casa. Vamos encerrar por aqui.

Enquanto o veículo parava suavemente diante da residência degradada em um dos cortiços mais famosos de Londres, Mick lamentou profundamente que sua mãe se recusasse a aceitar sua proposta de se mudar para uma habitação mais luxuosa. Ele suspeitava de que a recusa se desse por dois motivos: ela não achava que merecia nada melhor do que a miséria que a rodeava e tinha um medo irracional de que quem quer que se mudasse para lá depois dela fizesse um pouco de jardinagem e descobrisse os segredos sombrios enterrados atrás da casa.

Mick tinha 8 anos quando os descobriu. Ele não estava tentando plantar um novo arbusto ou moita, estava procurando por um tesouro enterrado. O que encontrou foi a verdade sobre seu passado.

Antes que o lacaio pudesse chegar à porta, ele a escancarou e saltou. Virando-se, estendeu a mão para ajudar a irmã a descer. Ela tinha voltado havia pouco tempo do internato para morar ali. Ele lhe oferecera um apartamento ou um sobrado em uma região mais chique, mas ela não gostava da ideia de que a mãe morasse sozinha. Mick torcia para que, com o tempo, Fancy convencesse Ettie Trewlove de que deixar todos os seus pecados para trás seria melhor para todo mundo.

Ele não se deu o trabalho de bater, apenas abriu a porta, permitindo que Fancy entrasse antes dele no calor da habitação. Embora fosse impossível perceber de fora, a parte de dentro era bastante acolhedora. Mick e seus irmãos se encarregaram disso, depenando boa parte da casa e reconstruindo para garantir que sua mãe teria os confortos que eles achavam que ela merecia. O proprietário não reclamou. Na verdade, quando conversou com Mick, estava feliz em vender todas as suas propriedades na região por uma quantia bem modesta. No fim das contas, Mick iria demolir tudo e construir algo novo. Mas fazer isso desenterraria todos os esqueletos remanescentes, então ele não tinha pressa.

Sorrindo para eles, sua mãe se levantou da poltrona de brocado laranja e amarelo perto da lareira. Ela não reclamava mais do frio agora que Mick mandava entregar carvão todos os dias. Ele queria contratar uma criada para atender a todas as necessidades dela, mas, novamente, seus medos não permitiram. Ele não conseguia suportar ver as lágrimas se acumularem nos olhos da mãe — o que acontecia toda vez que ele sugeria alguma mudança no modo como ela vivia.

Ettie Trewlove se encaminhou para a pequena cozinha.

— Vou colocar a chaleira no fogo.

Ela sempre oferecia chá.

— Eu não quero — declarou ele com firmeza. — Não vou ficar.

Ela o encarou por cima do ombro.

— Por que a pressa? Você não tem aparecido muito ultimamente.

— Tenho estado ocupado.

— Certamente pode dispensar alguns minutos.

— Ele pode, sim — afirmou Fancy, pendurando seu xale antes de assumir a tarefa de preparar o chá. — Enquanto eu faço isso, convença-o de que eu deveria ter uma livraria.

Sempre que as mulheres de sua família se uniam contra ele, Mick sabia que perderia.

Sua mãe voltou para a poltrona e se sentou, colocando os pés sobre a banqueta adornada.

— Ela sempre amou livros. Talvez eu tivesse conseguido criar vocês todos melhor se soubesse ler direito, mas entender as letras sempre foi uma dificuldade.

Sentando-se na poltrona diante dela, Mick esticou as pernas.

— A senhora nos criou bem o bastante.

— Você teve que trabalhar tão duro...

— Sinto prazer em trabalhar.

— Eu gostaria de sentir esse tipo de prazer — gritou Fancy. — A satisfação de uma conquista.

— Paguei para você frequentar uma escola requintada por um motivo: para lhe dar o refinamento de que você precisava para se casar bem.

— Por que não posso me casar e ter uma livraria?

— Ela tem razão — disse sua mãe.

— Ela será uma dama virtuosa, ocupada demais para perder tempo com uma livraria.

— E como ela vai conhecer um cavalheiro virtuoso?

— Estou trabalhando nisso.

A mulher que criara Mick o estudou atentamente. Boa parte de seu cabelo preto tinha ficado grisalho, e ela jurava saber qual filho era responsável pelo branqueamento de cada fio. Mick receava que a maioria deles fosse resultado de suas atitudes.

— Estou preocupada com Gillie — contou ela delicadamente, mudando de assunto para um tópico que periodicamente a afligia.

— Ela pode cuidar de si mesma.

Se sua outra irmã não era autossuficiente, ninguém mais o era. Quando criança, ela sempre se agarrara a ele. Talvez Mick devesse ter sido mais protetor, mas, ao mesmo tempo, todos eles estavam lutando para sobreviver.

— Mas administrar uma taberna...

A voz dela sumiu, como se ela não conseguisse decidir direito o que pensar a respeito daquilo.

Gillie fazia mais que administrar; ela era a dona. Mick se encarregara disso. Nenhuma de suas irmãs ficaria à mercê de homem algum, como acontecera com sua mãe. Ele iria garantir isso a qualquer custo.

— Passarei lá para vê-la esta noite.

O alívio se espalhou pelo semblante enrugado dela.

— Obrigada.

— Pois bem, vou embora.

Ele se levantou.

— Ah, não vai, não. — Fancy se aproximou, segurando uma bandeja. — Acabei de preparar seu chá.

Colocando o dedo sob o queixo dela, ele ergueu sua cabeça e lhe deu uma piscadela.

— Por que eu me contentaria com um chá se Gil pode me oferecer uísque?

Indo até a mãe, ele se curvou e deu um beijo em sua testa.

— Não se preocupe demais. Tenho tudo sob controle. Peça a Fancy para descrever os fogos de artifício para você.

Ela fez um carinho em seu rosto.

— Você foi uma bênção desde o começo.

— Assim como a senhora.

Encaminhando-se para a porta, ele enfiou a mão no bolso do paletó e esfregou os dedos nas linhas desbotadas e desgastadas que formavam o brasão dos Hedley, tudo que restava do cobertor em que ele fora embrulhado quando o duque o entregara a ela.

Capítulo 3

REVOLVENDO-SE NO CALOR DEBAIXO da pilha de cobertas, Aslyn ergueu as mãos acima da cabeça e se espreguiçou, decidida a deixar de lado a irritação com Kip. Não era justo. Menos de quinze minutos depois de tê-la deixado em casa na noite anterior, ele dera um beijo em sua testa antes de dar uma desculpa e sair — certamente para se engajar em algum tipo de vício. Jogar, beber, possivelmente vadiar. Embora todos esperassem que eles se casassem, ele ainda não havia anunciado suas intenções, então ela supunha que não podia se afligir com as folganças do rapaz.

Em contrapartida, ele não podia se perturbar com o fato de Mick Trewlove ter garantido um lugar para si num cantinho da mente de Aslyn. Ela nunca ficara tão curiosa com relação a um homem antes. Como ele tinha conquistado sua fortuna? Será que era um homem dado a prazeres? Se ela tirasse as luvas dele, descobriria que suas mãos eram ásperas e cheias de cicatrizes dos anos de trabalho? Ela não fizera nenhuma pergunta a Kip sobre aquele homem porque tinha ficado perplexa com seu interesse sobre ele. Kip certamente o acharia inapropriado.

Damas respeitosas não faziam indagações sobre homens indecentes. Instintivamente, ela sabia que Mick Trewlove era indecente — a despeito de sua carinhosa consideração pela irmã. Ele analisara Aslyn com atenção e intensidade demais. Nenhum homem jamais havia olhado para ela como se quisesse beijá-la dos pés à cabeça.

Atirando as cobertas para longe, ela saiu da cama, correu até a mesa de cabeceira e jogou água fria no rosto. O que havia naquele homem que estava fazendo pensamentos tão maliciosos explodirem em sua mente como se fossem perfeitamente normais? Nunca antes ela havia vivenciado um tipo de ideia que a deixasse tão acalorada. Ela não compreendia por que não conseguia exorcizá-lo de sua mente. E não havia qualquer pessoa com quem pudesse discutir esses pensamentos insubordinados.

Ela não podia fazer perguntas à duquesa porque, se fizesse, talvez precisasse explicar por que andava conversando com plebeus, estranhos, e os convidando para assistir aos fogos de artifício com eles. Kip e ela concordaram que não mencionariam os irmãos que haviam cruzado seu caminho na noite anterior. Se a duquesa soubesse que Aslyn andara conversando com pessoas que não figuram no *Debrett's*, cuja linhagem não pudesse ser rastreada por gerações passadas, ela certamente restringiria ainda mais as saídas de sua tutelada, e estas já eram poucas e espaçadas, com quase nenhuma liberdade.

Aslyn jogou mais água no rosto, então pegou uma toalha para se secar. Então saltou de susto quando viu a porta se abrir, como se tivesse sido pega fazendo algo que não devia.

— Não percebi que já estava acordada, milady. A senhorita não tocou o sino para me chamar.

Nan costumava entrar de mansinho no quarto e abrir as cortinas, permitindo que a luz do sol despertasse sua patroa delicadamente.

— Acabei de levantar.

Fechando a porta, a criada parecia um tanto culpada ao fazê-lo. Então, aproximou-se com cuidado.

— Tenho algo para a senhorita, milady — sussurrou ela, como se as paredes tivessem ouvidos. — Um cavalheiro bateu à porta dos criados perto do amanhecer. Ele disse ao rapaz que abriu que precisava falar com a aia de lady Aslyn. Então mandaram me chamar. Ele me entregou isto, dizendo que era para a senhorita e que eu não devia contar a ninguém.

Na mão dela havia uma pequena caixa de couro. Aslyn mal conseguia se obrigar a pegá-la.

— Como ele era?

— Do tipo que deveria entrar pela porta da frente. Belas roupas de alfaiataria. Botas polidas brilhantes. Bem cuidado. Cabelos escuros. Barba cheia. Estava escuro demais para eu reparar bem nos olhos dele, e o chapéu os escondia, de toda forma. Ele tinha uma postura confiante, mas tive a sensação fugaz de que se eu fosse do tipo que faz coisas erradas, jamais gostaria de encontrá-lo em um beco escuro.

Embora já tivesse deduzido de quem se tratava, Aslyn perguntou:

— Ele não disse o nome?

— Não, milady. Eu perguntei, mas ele apenas sorriu, um sorriso tão cruel que, para ser sincera, fez meu coração palpitar, e seguiu seu caminho. Acho que ele não queria que soubessem.

Aslyn ficou surpresa ao perceber que seus dedos tremiam de leve quando pegou a caixa. Embora não guardasse segredos de sua aia, deu as costas para ela mesmo assim e caminhou até a saleta de estar para dar a si mesma um pouco de privacidade. Quando abriu a caixa, deparou-se com um pedaço dobrado de papel almaço. Erguendo-o, ela suspirou ao ver o que havia debaixo dele: o camafeu mais lindo que já vira. O fundo era de um azul-claro que combinava com o tom de seus olhos quase com perfeição. Ela desdobrou o bilhete e leu as palavras rabiscadas em uma letra masculina: *Em agradecimento por sua gentileza para com minha irmã.*

Nenhum nome, nenhuma inicial, nenhuma indicação da identidade da pessoa que o escrevera, embora Aslyn não precisasse de identificação. As pistas eram abundantes. Ela se perguntou como ele teria arranjado um presente tão depressa. Seria algo que já tinha comprado para outra pessoa? Uma estimada relíquia de família? Teria ele encontrado um joalheiro que abrisse sua loja nas primeiras horas do dia?

Sua curiosidade a respeito de Mick Trewlove apenas aumentou com a chegada daquele presente. Ela não fazia ideia de como localizá-lo para rejeitar o gesto inapropriado — ou como mandar para ele uma carta adequada expressando sua apreciação caso decidisse ficar com o presente. Ele tirara a escolha de suas mãos. Aslyn não sabia se devia se sentir irritada ou grata.

Enfiou o bilhete de volta na caixa e fechou a tampa. Apertando-a contra o peito, ela caminhou até a penteadeira.

— Não comente nada sobre isso, Nan.

— Eu jamais comentaria, milady. Acho que o cavalheiro me encontraria nos meus sonhos e me estrangularia.

Abrindo uma pequena gaveta, Aslyn colocou o presente com cuidado dentro dela.

— Não acho que ele faria isso, mas não quero causar nenhuma perturbação à duquesa. Ela certamente não aprovaria nenhum presente sendo enviado a mim por um cavalheiro que não deixou claras as suas intenções.

Não que deixar suas intenções claras fosse levá-lo a algum lugar. Seus tutores jamais permitiram que ela se relacionasse com um plebeu, muito menos que se casasse com um. Embora Aslyn não estivesse absolutamente considerando se casar com ele. Sua vida estava planejada, e ela fora preparada para, um dia, vestir o manto do ducado. Kip era seu destino. Tinha sido desde que ela era uma menina. Até mesmo seus pais haviam concordado que era com ele que Aslyn se casaria. Eles nomearam o duque e a duquesa de Hedley como seus tutores para garantir que seus desejos para ela fossem realizados.

Uma hora mais tarde, Aslyn entrou na sala de café da manhã e encontrou o duque ainda à mesa, apreciando seus ovos cremosos com presunto e outros quitutes variados enquanto lia o jornal. A duquesa fazia a primeira refeição do dia na cama, e encorajava Aslyn a fazer o mesmo, mas ela achava isso muito silencioso e solitário.

O duque se levantou.

— Ah, que bela companhia tenho comigo esta manhã.

Ele disse a mesma coisa a ela na primeira vez que ela escapulira do quarto das crianças quando tinha 9 anos e insistira em tomar café da manhã na mesa grande. Ele a mimou naquele dia, e em todos os outros após aquele, criando um pequeno ritual entre eles do qual ela sentiria falta quando se mudasse para sua própria casa.

Indo até ele, Aslyn ficou na ponta dos pés e deu um beijo na bochecha recém-barbeada do duque.

— Eu jamais perderia a chance de começar meu dia com meu cavalheiro preferido.

— Gostou da visita aos jardins na noite passada?

— Gostei. A música, as atrações, os fogos de artifício, foi tudo maravilhoso. Espero convencer Kip a me levar novamente em um futuro próximo.

Virando-se, ela se encaminhou até o aparador e preparou seu prato, escolhendo os ovos cremosos, mas optando por bacon em vez de presunto, algumas fatias de banana e morangos. Quando se aproximou da mesa, um lacaio puxou a cadeira para ela. Aslyn se acomodou e esperou que o criado colocasse o guardanapo sobre seu colo. Esperou mais um momento enquanto ele lhe servia chá. Ela acrescentou três torrões de açúcar e mexeu, mal se dando conta de que o duque finalmente voltara a se sentar.

— Do que você mais gostou? — quis saber Hedley.

De conhecer Mick Trewlove.

— Dos fogos de artifício, eu acho.

— Ouvi dizer que são um espetáculo.

— O senhor deveria levar a duquesa para vê-los.

A tristeza inundou o semblante dele. A duquesa raramente saía de casa, nunca frequentava bailes ou saraus. Aslyn suspeitava de que eles nunca deixariam a propriedade do campo se não fosse pelo fato de que uma dama da posição dela devia participar das Temporadas, mesmo que seu caminho para o altar já estivesse definido. Ela precisava começar a estabelecer seu lugar na sociedade para poder se tornar uma boa esposa e cumprir suas obrigações.

— Falarei com ela a respeito — respondeu ele baixinho.

Aslyn, no entanto, sabia tanto quanto ele que a discussão não renderia fruto algum. Ela se perguntou se Kip seria tão paciente com suas idiossincrasias quanto o duque era com as de sua esposa. Ela sabia que o casal se amava profundamente. Não era incomum encontrá-los sentados no jardim à noite de mãos dadas. Aslyn suspeitava de que não havia nada que a duquesa pudesse pedir que o duque não lhe desse.

— Quais são seus planos para o dia? — indagou ele.

— Algumas visitas esta manhã. Tenho uma prova de vestido na costureira às duas e meia. Espero que meu vestido fique pronto a tempo do baile de Collinsworth, na semana que vem.

— Acho que eu e a duquesa não iremos a esse. Collinsworth ficou um tanto insuportável desde que ganhou seu herdeiro.

Ele sempre inventava uma desculpa para o fato de eles nunca saírem, como se, depois de todo aquele tempo, justificativas ainda fossem necessárias.

— Não ficam todos os homens insuportáveis depois que ganham seu primeiro filho homem? — provocou ela.

— Nós, homens, realmente temos uma noção estranha com relação ao que deveria contar como uma conquista.

Às vezes ela se perguntava por que o duque e a duquesa não haviam tido mais filhos, mas aquele era o tipo de assunto sobre o qual uma dama virtuosa não levantava indagações. Kip, com apenas 28 anos, tinha vindo relativamente cedo no casamento deles; a duquesa era jovem o bastante para ter tido mais filhos. Talvez ela tivesse sofrido algum tipo de lesão durante o parto — outro assunto proibido. Quando se tratava do corpo e de todos os seus mistérios, parecia que ela seria relegada a descobrir as verdades por conta própria, por meio de experiências pessoais, e não pelo conhecimento compartilhado por alguém que detivesse todas as respostas.

— Sabe se Kip jantará conosco esta noite? — perguntou o duque.

— Sim, acredito que sim.

Ele alugava um sobrado não muito longe dali. Três anos antes, aos 25 anos, anunciara que tinha idade suficiente para ter sua própria residência, que um jovem homem usufruindo dos prazeres da juventude não devia morar sob o teto dos pais. Outra injustiça que por vezes a aborrecia. Embora ela amasse imensamente o duque e a duquesa, ocasionalmente achava inconveniente não ter seu próprio espaço. Jovens damas de sua estirpe, no entanto, não saíam da casa dos pais ou dos tutores até se casarem e poderem morar com o marido. Aslyn se perguntou se a srta. Trewlove morava com os pais ou se, como uma plebeia, era livre para morar onde bem entendesse. Certamente seu irmão parecia dispor dos meios para dar a ela qualquer coisa que seu coração desejasse.

Aslyn considerou perguntar ao duque se ele já ouvira falar de Mick Trewlove, mas aquilo poderia levar a uma conversa mais constrangedora do que discutir intimidades e partos. Além disso, ela estaria quebrando a promessa que fizera a Kip de manter o encontro da noite anterior entre eles. Suspirando, depois de ter comido muito pouco, ela empurrou o prato.

— Bem, suponho que eu deva ir me vestir para sair.

O duque franziu o cenho.

— Você mal tocou no café da manhã.

Porque seu estômago se contraía toda vez que ela pensava em Mick Trewlove.

— Está indisposta? — perguntou ele.

Dando um sorriso delicado, ela meneou a cabeça.

— Só não estou com muita fome esta manhã. Compensarei no jantar.

— Faça isso. Não quero que você fique fraca.

Ela riu levemente.

— Se não aconteceu até agora, não vai acontecer.

Ela sempre fora magra demais, não importava o quanto comesse. A duquesa, bem como algumas outras senhoras que conheceram sua mãe, já a haviam informado que ela puxara à mãe na altura e na constituição física. Embora encontrasse alento e certa alegria melancólica em saber que se parecia com a mãe, Aslyn às vezes receava não dispor do suficiente para um homem pegar

— que, talvez, a falta de iniciativa de Kip se desse pelo fato de ele não se sentir fisicamente atraído por ela, não importava o quanto ele a amasse.

— Vejo o senhor no jantar.

Empurrando a cadeira para trás, ela se levantou.

— Dois lacaios, duas criadas.

Suspirando, ela se forçou a sorrir.

— Sempre.

Eles eram extremamente superprotetores. Aslyn supunha que não podia culpá-los. Eles se tornaram responsáveis por ela quando seus pais morreram em um acidente de trem. Assustada, confusa e triste, ela obteve a confirmação de que a vida era frágil, que nunca deveria ser subestimada. A duquesa reforçava essa lição com suas preocupações constantes.

Duas horas depois, ela se pegou sendo escoltada até o escritório de um advogado, um desvio de seu caminho até a costureira que ela decidira ser necessário no último minuto antes de sair da residência.

— Lady Aslyn.

— Sr. Beckwith — cumprimentou ela com um sorriso delicado quando o cavalheiro se levantou de sua poltrona de couro de trás da mesa.

Aslyn achava que nunca havia visto um homem com olhos mais bondosos. Depois do falecimento de seu pai, ele cuidou dos negócios do conde, lidou com as propriedades e leu o testamento. Embora tivesse apenas 7 anos na época, ela ainda se lembrava da doçura com que ele lhe prometera que tudo ficaria bem no fim. Ele lhe dera uma boneca de pano e lhe dissera para abraçá-la com força sempre que a tristeza a assolasse. Tantos anos depois, ainda havia momentos em que ela encontrava conforto na boneca esfiapada.

— Por favor, sente-se — indicou ele. — Devo pedir um chá?

— Não, obrigada. Não ficarei muito.

Ele esperou Aslyn se acomodar na poltrona de veludo antes de se sentar e entrelaçar as mãos sobre a mesa de carvalho.

— Em que posso ajudá-la?

— Eu gostaria de saber se o senhor conhece um cavalheiro chamado Mick Trewlove.

Ele a estudou por um instante, e Aslyn se esforçou para não se encolher. Os óculos que repousavam sobre o dorso de seu fino nariz deixavam os olhos azuis ainda maiores e fazia com que parecesse que ele podia olhar diretamente na alma de uma pessoa.

— Já ouvi falar dele — respondeu ele finalmente, falando baixo e secamente, sem revelar a ela qual poderia ser sua opinião sobre aquele homem.

— Ele me pareceu ser o tipo de homem que, se precisasse de um advogado, procuraria o senhor, visto que certamente estaria disposto a pagar pelo melhor que Londres tem a ofertar.

— A senhorita me lisonjeia.

Ela sabia que ele queria muito perguntar como ela conhecera Mick Trewlove, mas se o sr. Beckwith era conhecido por alguma coisa, era por ser discreto e respeitar a privacidade dos outros.

— Ele por acaso é seu cliente?

Ele inclinou a cabeça de leve.

— Não tenho liberdade para informar quem são meus clientes.

A discrição que a levara até ele se tornara um obstáculo para conseguir o que queria.

— O senhor, por acaso, não saberia onde se localizam a casa ou o escritório dele?

Pigarreando, ele se recostou na poltrona.

— Se ele fosse um cliente meu, seria inapropriado compartilhar qualquer informação que eu tenha a respeito dele. Assim como eu não compartilharia qualquer detalhe relacionado à senhorita.

— Se eu deixasse uma caixa no canto da sua mesa, o senhor acha que ela poderia magicamente chegar até ele?

— Se eu não souber onde ele está, tenho certeza de que consigo encontrar alguém que saiba.

— Então eu a deixarei aos seus cuidados.

Ela tirou a pequena caixa de couro da bolsa e a colocou com cuidado na beirada da mesa.

— Alguma mensagem deve acompanhá-la?

— Não, acho que a mensagem ficará bastante clara quando ele a receber. — Ela se levantou. O sr. Beckwith também se pôs de pé. — Obrigada por não fazer perguntas.

— Meu papel na vida é servir, e não julgar.

— Eu sabia que podia contar com a sua discrição. Obrigada, sr. Beckwith. Espero que tenha um bom dia.

— Lady Aslyn, cada dia que estou vivo é um bom dia.

Ao sair do escritório, Aslyn se perguntou se Mick Trewlove também estava tendo um bom dia.

Pois ela tinha devolvido seu presente. Charles Beckwith aparecera no escritório de Mick sem marcar horário e o entregara ele mesmo, juntamente com uma advertência: lady Aslyn não era para o bico de pessoas como Mick Trewlove.

Ele pensou que o conde seria um desafio, mas jamais esperara aquilo da moça. Quando botava os olhos em uma mulher, ele geralmente a possuía antes que a noite terminasse. Ele sabia que uma mulher da aristocracia exigiria um pouco mais de persuasão e estímulo. Pensou que exibir penduricalhos para ela, especialmente um comprado no meio da noite de um joalheiro que tinha dívidas com ele, seria a chave.

Ele estava errado.

Parado à janela do último andar de seu hotel, olhando para a pequena porção de Londres que lhe pertencia, ele observou os trabalhadores transportarem madeira, pregarem tábuas, empilharem tijolos, montarem telhados, instalarem vidros. As lojas trariam mais movimento para a região, mais clientes para seu hotel. Os alojamentos que ele pretendia construir mais além renderiam os aluguéis daqueles que trabalhariam nas lojas, daqueles a quem ele pagaria para manterem a região limpa, daqueles que cumpririam os vários afazeres nos quais a maioria das pessoas nem sequer pensava.

Quando era jovem, ele trabalhou como aprendiz de lixeiro e depois como lixeiro, vendendo a fuligem e o cascalho que encontrava a fabricantes de tijolos — até conseguir bancar seu próprio negócio de tijolos e argamassa. Londres estava expandindo rapidamente. Podia-se ganhar um bom dinheiro com tijolos. Uma vez que tinha os tijolos, ele começou a construir. Sua vida fora um pequeno passo após o outro, até ele conseguir parar de sujar as próprias mãos permanentemente. Mas isso não era o bastante.

Ele queria ser reconhecido como o melhor filho, provar que seu valor era maior do que o da cria legítima. Ele queria que seu pai soubesse que havia julgado erroneamente o potencial de seu bastardo, que se arrependesse por um dia tê-lo condenado à morte.

Capítulo 4

— PAI, O QUE o senhor sabe sobre Mick Trewlove? — perguntou Kip, e Aslyn quase engasgou com seu faisão com calda de xarope. Eles haviam concordado em não mencioná-lo, e lá estava Kip mencionando o tal homem.

Estranhamente, o duque se concentrou em fatiar sua ave como se aquilo fosse muito complicado de fazer.

— Não o conheço.

— Ele demoliu todas as construções de uma região degradada de Londres e agora está reconstruindo. Já construiu um hotel imenso, e, pelo que sei, tem planos de abrir uma série de lojas. Pensei que talvez pudéssemos investir com ele...

— Não vamos falar de negócios durante o jantar.

— Oh, vamos, sim — intrometeu-se Aslyn, querendo saber mais sobre o enigmático sr. Trewlove, embora soubesse que não era adequado demonstrar qualquer interesse por outro homem. Mas seu interesse era mera curiosidade, nada impróprio. — Bem, não de negócios, necessariamente, mas das novas lojas. As mulheres sempre se interessam por novas lojas. Que tipo de lojas são, exatamente?

— Não tenho certeza — disse Kip. — Ele é extremamente discreto com relação aos próprios planos.

— Então você conversou com ele.

Quando, onde? O que ele disse?

— Não, mas alguns rapazes do clube conversaram. Ele angariou uma fortuna para eles em outro empreendimento.

— Discutir sobre dinheiro é grosseiro — declarou a duquesa de seu lugar ao lado do marido. Ela parecia extremamente pequena e frágil ao lado do robusto duque. Estava usando um vestido rosa-claro que combinava bem com seus cabelos grisalhos. — Além disso, nós por acaso conhecemos a família desse cavalheiro?

— Duvido muito. Existem algumas questões quanto à — Kip pigarreou — legitimidade dele.

A duquesa pareceu totalmente escandalizada.

— Então você não deveria se relacionar com ele, muito menos discuti-lo à mesa de jantar com duas damas presentes.

Mick Trewlove era fruto do pecado? Não era de se admirar que parecesse o diabo. Ela teria apreciado se ele lhe segurasse a mão e a beijasse, quando, na verdade, ele nem sequer deveria poder chegar perto o suficiente para respirar o mesmo ar que ela.

— Não é como se eu estivesse planejando convidá-lo para jantar — defendeu-se Kip. — Mas ele se tornou um homem rico...

— Não nos relacionamos com imorais.

— Mas não é à mãe dele que essa designação deveria ser aplicada? — questionou Aslyn. — Certamente uma criança não pode ser responsabilizada pelos pecados de seus pais.

— Uma criança nascida fora do casamento é corrompida. — A duquesa ficou mais agitada. — Você não deve se relacionar com esse homem, Kip. Eu o proíbo.

— Mas... — começou o conde.

— Você ouviu sua mãe — reforçou o duque, interrompendo quaisquer objeções que seu filho pudesse apresentar. — Não haverá mais discussão quanto a esse homem ou a esse assunto.

— No entanto, vocês podem rezar pela alma dele, pois certamente ele necessita de redenção — concluiu a duquesa. — Aslyn, como foi sua visita à costureira?

A mudança abrupta de assunto fez a cabeça de Aslyn girar. Ela olhou rapidamente para Kip, que estava pedindo por mais vinho — um sinal de que não iria insistir em seu tema de conversa preferencial. Eles não discutiriam o muito interessante Mick Trewlove. Em vez disso, ela teria de entretê-los com uma conversa sobre seda e cetim.

— Meu novo vestido está encaminhado. Retornarei em alguns dias para a prova final.

— Seria mais conveniente que a costureira viesse aqui.

Assim era como a duquesa procedia quando queria novas roupas. Mas Aslyn não podia viver sua vida sem sair de dentro daquela casa.

— O dia estava lindo. Fiquei contente por ter um motivo para sair.

E ela precisava conversar com o sr. Beckwith. Aslyn se perguntou se ele teria feito a entrega que ela pediu.

A conversa mudou para os bailes e eventos de que ela e Kip participariam. Os bailes nunca eram realizados ali. Ela se perguntou se a condessa sentia falta deles. Ou será que chegava um momento em que eles não tinham mais nenhum encanto, em que se participava apenas por obrigação, e não por divertimento?

Finalmente, o jantar terminou.

— Worsted, lady Aslyn e eu tomaremos o chá na sala de estar — anunciou a duquesa ao mordomo.

O duque se levantou e puxou a cadeira para ela. Aslyn e Kip ficaram de pé.

— Kip e eu tomaremos nosso vinho do porto na biblioteca — disse Hedley —, e depois encontraremos as duas na sala de estar.

— Na verdade, não vou ficar — avisou Kip. — Tenho um compromisso.

— A essa hora da noite? — perguntou sua mãe.

Kip corou.

— Mal passa das nove horas. A maioria dos solteiros da minha idade tem compromissos a essa hora da noite.

— Eu estava esperando jogar uma partida de cartas — protestou Aslyn.

Não era justo que ele pudesse sair e fazer o que bem entendesse e ela ficasse ali com pouquíssimas opções de entretenimento.

— Você sabe o quanto eu gosto de jogar com você, mas já tinha feito planos e algumas pessoas estão contando com a minha presença. Talvez você possa me derrotar uma outra hora.

Ela, de fato, geralmente vencia.

— Eu o acompanharei até a porta, então, posso?

Ele inclinou a cabeça de leve e sorriu.

— Eu adoraria.

Aslyn duvidava de que ele continuasse gostando da ideia depois que ela lhe dissesse umas poucas e boas.

— Vou com você à biblioteca — disse a duquesa ao duque.

Aslyn os observou se afastarem, de braços dados, antes de voltar sua atenção novamente para Kip, que estava dando a volta na mesa para se aproximar dela.

— Não faça careta — disse ele, oferecendo-lhe o braço. — Eu a livrei do chá.

Ela enganchou o braço no dele.

— Vai aos Jardins de Cremorne?

— Vou, sim.

Ele a acompanhou ao sair sala de jantar e atravessar o corredor.

— Eu gostaria de ir com você.

— Ficarei até tarde esta noite.

— Com o sr. Trewlove? E antes que você negue, eu ouvi vocês dois fazendo planos ontem.

— Malandrinha.

Não era exatamente uma negação.

— Seus pais não ficarão felizes ao descobrir que você está passando seu tempo na companhia dele.

— É por isso que você não vai contar nada a eles.

— Se você me levar junto.

Parando no saguão, ele se virou para ela, suas feições com um semblante determinado.

— Participaremos de atividades inapropriadas para mulheres.

— Eu poderia ficar nas sombras. Ninguém me veria.

Ele colocou o dedo debaixo do queixo dela.

— Certamente reparariam em você. Sair comigo esta noite está absolutamente fora de cogitação.

— Você me levará aos jardins novamente um dia? Muito em breve?

— Não muito em breve — respondeu ele com uma careta exagerada, que indicava que ele não estava falando sério. — Não quero que você fique mimada.

Mas se ele a amava, não deveria querer mimá-la? A reflexão cruel passou espontaneamente por sua cabeça. Nunca antes ela tivera um pensamento desagradável com relação a ele. Por outro lado, nunca antes conhecera outra pessoa com quem compará-lo, nunca tivera interesse algum por qualquer outra pessoa que não fosse ele. Aslyn tentou convencer a si mesma de que ainda não tinha, mas aquela inverdade apenas zombou dela.

Trewlove. Era um nome que enviava uma sensação gelada pela espinha dele, mesmo depois de todos aqueles anos.

Gerard Lennox, o duque de Hedley, havia recebido do homem uma meia dúzia de cartas pedindo por um encontro com ele. As palavras eram concisas e diretas: *Sou seu bastardo. Quero reconhecimento público.*

Ele ignorara todas, com exceção da primeira, visto que não tinha intenção alguma de um dia reconhecer o bastardo. Ele dera moedas extras à Viúva Trewlove para que a criança tivesse um começo justo na vida. Fora isso, Hedley não se responsabilizaria por ele.

— Querido?

Ele olhou para a esposa, que estava sentada na poltrona de veludo diante dele, bebericando seu conhaque enquanto o fogo crepitava, aquecendo-a confortavelmente, mas fazendo com que o duque suasse.

— Sim, meu bem?

— Você parece a quilômetros de distância.

A anos de distância. Trinta e um, para ser exato. Ele era jovem, assustado e morria de medo de perder a única mulher que um dia amara. Imprudente, tomou atitudes que o assombravam a cada hora, a cada dia. Ele fora estúpido, descuidado, nem de longe tão cauteloso quanto deveria ter sido. Todo seu foco estava em fazer o que era melhor para sua amada. Apesar de tudo, aquela noite custara caro a eles dois, e ele a perdera.

Havia momentos em que ele ainda buscava por ela, torcia para encontrá-la novamente.

— Onde estão seus pensamentos? — perguntou sua esposa.

— Eu estava pensando que Kip chegou a uma idade em que precisa de mais responsabilidades. Aos 28 anos, ele se diverte demais.

— O casamento mudará isso. Mudou para você.

Ah, sim, o casamento o havia mudado, não necessariamente para melhor. Bebericando seu vinho do porto, o duque ficou olhando para o fogo. Quem dera ele soubesse o que sabia agora. Olhar em retrospectiva era uma maldição.

— Sempre pensei que Kip e Aslyn acabariam juntos — comentou Bella. — Mas se ele não a pedir em casamento nesta Temporada... Ela já tem 20 anos. Ele a tornará uma solteirona.

— Não se inquiete. Vou conversar com ele.

Ela assentiu com a cabeça.

— Kip é um bom rapaz. Dará um bom marido. — Ela sorriu de leve, de um jeito excêntrico. — Você deu um bom exemplo.

Ele fora um bom marido, mas não tinha certeza alguma de ter sido o melhor dos homens. E *o bastardo* provavelmente o faria pagar por sua falha de julgamento.

O conde de Kipwick era um apostador negligente. Mick percebeu isso após quinze minutos sentado com ele a uma mesa no Clube Cerberus. Eles haviam se encontrado na entrada dos Jardins de Cremorne e ido juntos na carruagem do conde, sem dizer uma única palavra, como se seu novo amigo estivesse distraído com as possibilidades de aventuras daquela noite.

Em pouco tempo, ele ficaria distraído com o vazio de seus bolsos.

O clube era escuro, barulhento, cheio de fumaça. Tanto plebeus quanto nobres frequentavam aquele lugar, jogavam uns contra os outros. As mesas tornavam homens díspares iguais.

Aiden Trewlove tinha regras de comportamento rígidas em seu clube. Trapacear não era tolerado. Ele era conhecido por quebrar dedos, havia se regozijado tremendamente ao quebrar o de um duque certa vez. Os títulos eram deixados da porta para fora. Não tinham valor no mundo que Aiden havia criado no confinamento daquelas paredes. Mick frequentemente se perguntava o que aconteceria se o pai de Aiden ou um de seus filhos legítimos entrasse por aquela porta. Ele suspeitava de que alguns bons dedos poderiam ser quebrados.

Era estranho como as pessoas que deixavam seus problemas à porta de Ettie Trewlove não se importavam muito em esconder sua identidade. Por outro lado, que peso as palavras dela teriam em comparação com as de alguém com recursos, influência e poder? Eles se achavam seguros diante de uma viúva desesperada precisando de moedas para sobreviver, disposta a fazer o que fosse necessário para se manter viva.

— Sua irmã costuma vir aqui? — perguntou Kipwick, erguendo as cartas da mesa para analisá-las.

Mick sentiu um impulso protetor se espalhar por ele. Algumas mulheres estavam jogando — nenhuma delas nobre ou nem sequer passando a impressão de que tinha um tostão furado. De toda forma, a moeda delas costumava envolver levantar as saias.

— Não.

Kipwick olhou para Mick, sem dúvidas surpreso com sua resposta curta e grossa.

— Suponho que ela esteja bem.

— Está.

O conde sorriu.

— O senhor não gosta que eu pergunte dela.

— Ele é bem ciumento com relação às irmãs — comentou o pedreiro à sua esquerda.

— Irmãs?

— São duas. Uma é a coisa mais graciosa que você já viu. A outra nem tanto. Alta como um poste.

— Eu odiaria que a Gillie parasse de servir gim para você, Billy — disse Mick, sua voz grave direcionada ao pedreiro.

— Eu não quis dizer nada com isso. É uma boa mulher, a sua irmã. Só não para o meu gosto.

— Feche a matraca enquanto estiver ganhando.

O homem concordou brevemente com a cabeça e analisou suas cartas como se sua vida dependesse que elas somassem 21.

— Ela parece fascinante — disse Kipwick. — Não estava com o senhor ontem à noite?

— Ela estava ocupada. — Embora não gostasse das indagações sobre suas irmãs, Mick sabia muito bem que elas tornariam suas próprias perguntas menos suspeitas. Ele sinalizou para um rapaz próximo encher o copo de Kipwick. — A mulher que o acompanhava, suponho que o senhor tenha um interesse por ela.

Kipwick virou a bebida. O copo foi imediatamente enchido novamente. O conde parecia ter um interesse equivalente pela bebida e pela jogatina.

— É esperado que nos casemos.

Aquela era uma frase estranha. Antes que Mick pudesse refletir mais sobre ela, Kipwick deu um sorriso melancólico.

— Eu a venero desde que éramos crianças.

Então havia um investimento ali. Era sempre mais satisfatório roubar de um homem quando ele havia dado parte de si àquilo que estava sendo tomado.

— Nossos pais eram próximos. Desde o momento em que ela nasceu, eles nos viram como um casal. Famílias tradicionais, aliados políticos e tudo o mais.

Famílias tradicionais que lutavam para manter seu sangue puro ao se livrar das impurezas que poluíam suas dinastias. Mick não se deixaria eliminar tão facilmente. Havia uma satisfação em nascer das cinzas.

Kipwick perdeu a mão com serenidade. Chegou a rir da situação, como se o dinheiro não significasse nada para ele. Devia ser fácil para ele agir assim quando nunca passou necessidade, nunca foi forçado a se contentar com o pior para sobreviver, nunca sentiu a fome corroer a barriga, os ventos gélidos tomarem conta de seus ossos, ou a dor de ter os músculos forçados além do limite.

O conde pediu mais uísque e então olhou para Mick.

— Tenho interesse em investir com o senhor.

— Não estou precisando de investidores atualmente.

Ele sentiu certa satisfação naquelas palavras, na decepção que se espalhou pelo rosto de Kipwick antes de ele virar o uísque em um único e longo gole e pedir mais um. Depois que o rapaz encheu o copo, o conde simplesmente pegou a garrafa e a bateu na mesa, obviamente decidido a terminá-la.

— O senhor deve ter alguma oportunidade de negócio em vista. Não é conhecido por ficar parado.

— Andou angariando informações sobre mim?

— Meramente lendo os jornais e os tabloides de fofoca. — Kipwick franziu o cenho. — Embora eu não tenha tido a sorte de encontrar nada sobre o senhor nas colunas sociais.

— A Sociedade não aprecia minha presença.

— A riqueza pode fazê-los ignorar muitos defeitos. Tanto a riqueza quanto os amigos certos, é claro. Alguém que pudesse apresentá-lo. Se fosse, digamos, um sócio.

— Manterei isso em mente.

O conde pareceu um tanto descontente por Mick não ter agarrado aquela oportunidade de imediato. *Mas o inferno congelará no dia em que eu tomar qualquer atitude que vá encher seus bolsos de moedas.*

Ele podia, contudo, ver por que Kipwick parecia desesperado por dinheiro. Não tinha sorte alguma nos jogos, perdia muito mais mãos do que ganhava. Seu copo sempre se enchia com mais uísque que era entornado em um só gole. Um homem que não mantinha a mente clara enquanto jogava não despertava empatia alguma em Mick quando se encontrava com os bolsos vazios. Quando o conde se percebeu nessa situação, sua habilidade de raciocínio já o havia abandonado, e ele tinha certeza de que a próxima mão reverteria sua sorte.

Com a assinatura do duque em uma folha de papel almaço, o dono do clube emprestou a Kipwick quinhentas libras, que ele perdeu logo em seguida. Mick duvidava de que fosse o primeiro "vale" que Aiden distribuía. Se o conde conseguisse manter a cabeça ereta, talvez ele tivesse lhe emprestado mais, mas Aiden Trewlove tinha algum escrúpulo.

Mick arrastou o conde.

— Venha, vamos levá-lo para casa.

— Ainda preciso recuperar o que perdi.

— Quem sabe outra noite.

Talvez Kipwick tenha tentado concordar. Mas sua cabeça caiu para trás, os olhos fechados, e ele desabou no chão no mesmo instante. Mick se ajoelhou ao lado dele, checou sua pulsação. Ainda vivo.

— Ele é um bêbado — constatou Aiden por cima do ombro de Mick.

— Aparentemente.

— O que você vai fazer com ele?

— Esta noite, vou levá-lo para casa.

Mas em uma noite futura, ele não seria tão complacente e o conde poderia permanecer onde quer que caísse.

Mick deu um passo para o lado enquanto dois dos homens de Aiden enfiavam Kipwick na carruagem que os aguardava.

— Meu Senhor, vocês são parecidos — sussurrou Aiden ao lado dele. — Não entendo como ele não consiga enxergar a semelhança.

— A nobreza nunca olha de verdade nos rostos daqueles que considera inferiores. Além disso, a barba ajuda. E ele não está procurando por semelhanças; você está.

— Assim como você e Kipwick, eu e Finn temos o mesmo pai e mães diferentes, e não nos parecemos nada um com o outro. Mas vocês dois...

— Ambos somos parecidos com nosso pai. Isso me será útil quando a hora chegar.

— Quanto tempo até isso acontecer?

— Não muito. — Ele ergueu dois dedos. — Eu levo o vale.

Aiden o enfiou entre os dois dedos estendidos de Mick. Ele o guardou no bolso, acariciando-o.

— Agora que ele sabe onde este lugar fica, deve retornar aqui sem mim no futuro. Fique de olho dele e mande me avisar quando ele voltar. Os vícios o levarão à derrocada.

— E a garota?

— Eu serei o caminho da derrocada dela.

Deixando o irmão ali, Mick entrou na carruagem e se acomodou no banco diante de Kipwick. Nenhuma lamparina queimava dentro do veículo. Melhor assim. Ele não queria ter que reparar nas semelhanças entre eles, não queria ser forçado a reconhecer que aquele homem era seu parente, aquele cavalheiro que fora criado debaixo da asa do pai deles.

O ressentimento aflorou novamente e Mick o abafou. Ele não queria pensar que, se seu pai o tivesse dado a outra mulher, talvez ele não estivesse ali agora; talvez tivesse apodrecido debaixo da terra.

Seu pai. Ele precisava de outra palavra para designar o homem que lhe dera a vida. *Cria do diabo*, talvez.

A carruagem parou em frente a um sobrado bastante modesto. Mick ficara surpreso na primeira vez em que o vira. Kipwick e lady Aslyn morariam ali, ele supunha. No fim das contas. Quando se casassem. Se realmente se casassem.

Ele saltou da carruagem, então se esticou para arrastar seu meio-irmão para fora. Outra palavra que não combinava bem com seu significado. Ele tinha irmãos — nenhum que tivesse o mesmo sangue que ele, mas ele morreria por cada um deles sem remorso, arrependimento ou hesitação. Este, no entanto, este com quem ele de fato compartilhava um laço familiar...

Ele o entregou ao lacaio que aguardava.

— Cuidado com ele.

Ele quis morder a língua com aquelas palavras. De que lhe importava se o conde seria tratado com delicadeza ou com rudeza?

— Posso levá-lo a algum lugar, senhor? — perguntou o cocheiro.

— Não, obrigado. Vou andando.

Ele conhecia a região, passeara bastante por ali nos últimos tempos.

Menos de uma hora depois, estava parado diante da Mansão Hedley. Seus pensamentos deveriam estar voltados para o duque. Em vez disso, ele dedicava sua atenção ao único quarto com uma luz acesa na janela do andar superior, e se perguntou se aquele quarto pertenceria à lady Aslyn. Mais que isso, ele se perguntou o que ela poderia estar fazendo. Lendo, bordando, escrevendo uma carta de amor para Kipwick. A última opção não o agradou muito. Será que ela sabia que seu adorado conde era propenso a abusar do álcool, a abrir mão de porções de sua herança por mais alguns minutos à mesa de apostas?

Ele se perguntou se, ao arruiná-la, não estaria, na realidade, salvando-a.

Com a própria risada ecoando ao seu redor, ele se virou e começou a descer a rua. Mick Trewlove nunca salvara uma alma na vida. Certamente não iria começar com ela.

Capítulo 5

TRÊS TARDES DEPOIS, DOIS lacaios e duas criadas acompanhavam Aslyn enquanto ela seguia para a chapeleira depois de a prova final de seu vestido ter acabado. Era um dia exageradamente quente, o sol brilhava forte. A rua estava repleta de carruagens e cavaleiros. As calçadas estavam abarrotadas de pessoas aproveitando o tempo bom para fazer compras. Era muito mais fácil carregar sacolas quando não se estava segurando uma sombrinha aberta — mesmo que ela tivesse os lacaios para levar as sacolas para ela. Talvez, depois de comprar um novo gorro, ela fizesse uma visita ao sapateiro...

Um garoto bem-vestido, cujo topo da cabeça mal alcançava sua cintura, trombou nela. Ele saltou para trás, tirou o chapéu e deu um sorriso cativante.

— Mil perdões, senhorita.

Então voltou correndo para o rumo que tomava antes. Ele não devia ter mais que 8 ou 9 anos. Não era incomum ver crianças perambulando por ali desacompanhadas, apenas não tão arrumadas como aquela. Aslyn sentiu uma pontada de inveja por ele talvez ter conseguido escapar dos olhos atentos de sua babá. Quando era criança, ela certamente contemplara fugir da governanta mais de uma vez. Para conhecer essa liberdade, para ter alguns instantes nos quais nem todo pulo, salto ou pinote fosse criticado, nos quais ela não precisasse manter os ombros para trás, a espinha ereta...

— Ah! Ai! Me solte, seu maldito almofadinha!

Ao ouvir os gritos angustiados, Aslyn parou e se virou, seu coração palpitando contra as costelas ao ver Mick Trewlove segurando o garoto pelo colarinho e arrastando o jovem, que se debatia atrás dele. Ele não parou até chegar até ela.

— Lady Aslyn.

Com a mão livre, Mick tirou o chapéu da cabeça, embora o garoto continuasse se contorcendo ao lado dele.

Ela não podia evitar ficar olhando para a cena. Sob a luz do sol, podia ver os olhos dele com mais clareza do que naquela noite. Eram de um azul intenso, como safiras, não escuros como ela imaginara originalmente. O tom escuro de seus cabelos e da barba os faziam se destacar ainda mais. Ela engoliu em seco em uma tentativa de umedecer a boca, repentinamente seca.

— Sr. Trewlove.

Ele chacoalhou o menino com força.

— Entregue.

— *Num* sei do que o senhor *tá* falando, patrão.

O olhar de Mick Trewlove era severo, ameaçador de um jeito que servia para fazer homens maduros lutarem pela própria vida. Sim, ela podia ver por que Nan não queria que seu caminho se cruzasse com o dele em um beco escuro. Já era intimidador o bastante encontrá-lo ali, em uma rua movimentada, em plena luz do dia.

— Ah, caramba — grunhiu o garoto enquanto colocava a mão no bolso da jaqueta, tirava uma tira curta de pérolas e a largava na mão estendida de Mick Trewlove.

Arfando, Aslyn pegou no próprio pulso envolto pela luva onde, apenas alguns minutos antes, um bracelete de pérolas estava colocado.

— Seu ladrãozinho.

O gatuno chutou a canela de Mick, fazendo-o grunhir e soltá-lo. E então o pequeno criminoso fugiu correndo. Os dois lacaios o seguiram.

— Deixem-no ir! — gritou Trewlove com tanta autoridade que os dois criados pararam imediatamente, como se aquela tivesse sido uma ordem de Deus. — Ele é rápido, e suponho que conheça essas ruas e becos como a palma de sua mão. Além disso, recuperamos o que ele havia roubado.

Nós não havíamos feito nada. Ele fizera tudo sozinho.

O olhar dele parou nela de novo.

— Se me der seu pulso...

Ela teve o pensamento inquietante de que talvez estivesse disposta a dar ele cada parte de seu corpo. Meu Senhor, parecia que o sol havia descido do céu e se instalado em suas bochechas. Se ficasse de frente a um espelho, Aslyn certamente as veria vermelhas como uma maçã. De toda forma, ela fez o que ele pediu, estendendo o braço, torcendo para que ele não reparasse em qualquer rubor em seu rosto.

Rapidamente, ele tirou as luvas — sem dúvida devido à natureza delicada da tarefa. Suas mãos eram bronzeadas; as unhas, bem cuidadas. As únicas marcas eram algumas cicatrizes pequenas e suaves aqui e ali, e ela se perguntou se ele as obtivera durante a juventude. Imaginava que ele tivesse sido o maior malandro, se metendo em uma confusão atrás da outra.

Abaixando a cabeça, ele se concentrou em colocar o bracelete no pulso dela como se não tivesse pressa alguma em completar a tarefa. Apesar de estar usando luvas, ela ainda conseguia estar incrivelmente ciente dos dedos dele tocando perto de seu pulso, e da maneira como sua pulsação parecia acelerar com a proximidade dele. Era tão fascinante e íntima aquela ação de ele praticamente vesti-la. O ar ficou repentinamente quente demais para ser aspirado, uma leve tontura a assolou. Ela certamente não estava prestes a desmaiar. Por que aquele homem tinha tal efeito nela? Por que todas as outras pessoas pareciam ínfimas em comparação?

As pessoas estavam passando por eles, desacelerando o passo, olhando, mas ela mal as notava, considerava-os mais como uma intrusão do que qualquer outra coisa, recusava-se a permitir que eles as distraíssem de reparar em cada detalhe de Mick Trewlove que ela pudesse.

Os dedos dele, tão longos e grossos em comparação com os dela, deviam ser desajeitados e ineptos enquanto ele deslizava uma ponta do pequeno fecho por dentro da outra, mas não havia nada de deselegante nos movimentos dele. Finalmente, as mãos grandes dele a soltaram, e ela observou com uma fascinação e um arrependimento imensos enquanto ele colocava de volta suas luvas pretas de couro. Eram mãos de um trabalhador. Ela devia se sentir repelida por sua proximidade, mas se sentira atraída, como se aquelas mãos tivessem vivido a vida de prazeres experimentada por um cavalheiro.

As mãos de Kip eram esguias, lisas, imaculadas. As veias não saltavam como cordilheiras indisciplinadas, ásperas em sua aparência, mas também majestosas, que refletem força, competência, coragem. Ela não conseguia imaginar as mãos de Mick Trewlove fugindo de qualquer tarefa. Da mais simples à mais complexa, da mais fácil à mais difícil, elas não hesitariam em fazer o que precisasse ser feito. Um dos motivos para a existência das cicatrizes suaves que ela percebera que as marcava; no entanto, elas não diminuíam em nada a beleza das mãos dele. No mínimo, acrescentavam personalidade, davam indícios de histórias que deveriam ser contadas perto de uma lareira quente altas horas da noite.

Nunca antes ela pensara tanto nas mãos de alguém, nunca antes isso a fascinara tanto.

— Obrigada. — Aslyn parecia vergonhosamente sem ar, como se estivesse incomodada por ele, por sua presença, quando, na verdade, ela nunca se sentira mais segura na vida. — Como o senhor sabia o que ele havia feito?

— Eu o vi trombando na senhorita. Não achei que fosse algo inocente ou um mero acidente.

— Mas ele estava vestindo roupas tão refinadas. Uma criança da aristocracia.

— Um malandro encontrará uma maneira de vestir as crianças que explora para que elas se adequem ao ambiente. Podem roubar com mais facilidade quando não suspeitam de que sejam ladrões.

— Como o senhor sabe dessas coisas?

— As ruas nas quais cresci — ele deu uma olhada em volta — não são tão sofisticadas.

As palavras dele atiçaram a curiosidade de Aslyn. Onde ele havia crescido? Como ele podia, agora, dar a impressão de ser um cavalheiro? Como havia sido sua vida? Como ele atingira o sucesso? Devia ter sido um processo longo para chegar ao ponto de ter condições para demolir prédios e reconstruí-los. Mas havia outra coisa que a perturbava. Culpava a duquesa e suas muitas suspeitas quanto às boas intenções das pessoas por sua pergunta seguinte. Ela confiava em pouquíssimas pessoas.

— Uma coincidência e tanto, o senhor estar aqui para recuperar meu bracelete.

— Mais fortuito, eu diria, o fato de eu por acaso estar nas redondezas procurando uma sombrinha para minha irmã. Quando a senhorita percebesse que estava sem sua joia, o rapazinho já teria sumido, e jamais veria seu bracelete de novo.

Havia uma levíssima reprimenda na voz dele, como se ele estivesse se esforçando para não se sentir ofendido por ela estar questionando sua aparição súbita. Aslyn se sentiu um tanto ingrata por tê-lo feito.

— Tem razão. Eu teria ficado desolada se perdesse um bracelete que pertenceu à minha mãe. Sua irmã está por aqui?

— Não, o presente é uma surpresa. Para o aniversário dela.

— O senhor é um irmão bastante atencioso.

— Não muito. Estou buscando paz. Ela mencionou pelo menos uma dúzia de vezes durante a última semana que está precisando de uma sombrinha.

— Milady, talvez devêssemos continuar com nossos afazeres — sugeriu Nan baixinho, seu jeito diplomático de informar Aslyn que ela estava conversando havia tempo demais na rua com um homem que não era seu parente.

Ao menos Aslyn achava que esse era o propósito dela. Ela não podia ter certeza absoluta, visto que nunca antes passara tanto tempo na companhia de um homem que não fosse o duque ou Kip. Nenhum pretendente a visitava, pois achavam que seria uma perda de tempo, que ela era comprometida, ou seria, em breve.

— Sim, precisamos ir. — Ela ergueu a mão, as pérolas capturando e refletindo a luz do sol. — Obrigada novamente pelo resgate. — Ela baixou o tom de voz, mal conseguindo ouvir as próprias palavras. — E pelo presente.

— Embora a senhorita o tenha devolvido.

Então o sr. Beckwith havia resolvido a questão. Ela não estava surpresa. Mesmo que Mick Trewlove não fosse um cliente, Beckwith era um homem de recursos consideráveis.

— Seria inapropriado eu aceitar o presente de um cavalheiro que mal conheço.

— Eu o enviei de tal forma que ninguém importante precisaria saber.

— Eu saberia.

— A senhorita nunca faz nada que não deveria, lady Aslyn?

Bem naquele momento, ela estava pensando em muitas coisas que não deveria sobre o formato maravilhoso da boca dele.

— Novamente, obrigada por resgatar meu bracelete. Prestarei mais atenção aos meus arredores quando fizer meu passeio diário pelo parque às quatro horas, para garantir que ninguém mais tirará proveito da minha ingenuidade.

Ele ergueu a sobrancelha grossa e escura.

— Hyde Park, presumo.

Refletindo sobre a própria audácia, Aslyn apenas conseguiu confirmar com a cabeça. Ela tinha realmente acabado de marcar um encontro? Não podia negar que aquele homem a intrigava, que ela gostaria de saber mais sobre ele. Talvez por ser alguém proibido e por ela nunca antes ter sido tão ousada a ponto de arriscar ir atrás do que não podia ter — nem mesmo um biscoito da lata quando a cozinheira não estava olhando. Ela sempre fora excessivamente boazinha. Que mal havia em um pouquinho de libertinagem que não iria além de uma caminhada?

Ele inclinou o chapéu.

— Manterei isso em mente, caso um dia encontre tempo para um passeio no parque. Bom dia, lady Aslyn.

— Bom dia, sr. Trewlove.

Ela o observou se afastar. Ele compunha uma bela figura, com seus passos longos, porém desapressados. Tinha ombros bem largos. Ela suspeitava de que ele poderia levantar e carregar qualquer fardo, independentemente do peso.

— Ele é daquele tipo de pessoa sobre quem a duquesa a alertou, milady — disse Nan baixinho, perto de seu ombro.

Sim, ela realmente imaginava que fosse. Estranho como naquele exato momento — cansada de ser tão inocente, tão protegida e de ter medo da própria sombra —, Aslyn não parecia conseguir se importar.

Os negócios estavam indo de vento em popa no A Sereia e o Unicórnio, embora Mick nunca houvesse visto uma noite em que não estivessem. A excelente comida era servida por garotas confiantes exibindo sorrisos maliciosos que sabiam que se qualquer cavalheiro tentasse apalpar seu traseiro, seria banido para sempre pela proprietária. A despeito da algazarra, os homens se comportavam. Ninguém queria pisar no calo de Gillie — muito menos no de seus irmãos, dois dos quais, Aiden e Finn, estavam sentados à mesa com ele, tomando goles longos e lentos de cerveja, ao passo que Mick preferia o uísque servido no estabelecimento da irmã.

— Mereci aquele xelim a mais, patrão?

Mick olhou para o pivete de olhos esperançosos, que havia colocado as mãos sujas cerradas em cima da mesa. Ele não estava trajando roupas tão refinadas agora, mas também não estava usando farrapos.

— Você não precisava ter chutado minha canela com tanta força.

O rapazinho fez uma careta.

— Claro que precisava. Tinha que fazer a fuga parecer real. Senão a pombinha *num* ia acreditar.

— A moça.

— Ela era bem chique; era, sim. Aposto que você tem que se limpar até pra dar uns beijos nela.

— E o que você entende de beijar garotas?

— Tudo. Vivo beijando *elas* por aí.

Mick duvidava. O garoto magricela não devia ter mais que 8 anos. Enfiando dois dedos no bolso do colete, ele pegou uma moeda e a atirou para o menino, que a agarrou com um sorriso largo.

— Uia! Caramba! Cinco xelins! Obrigado, patrão. Se precisar que roube alguma outra coisa — ele apontou para si mesmo com o polegar, tocando-o no peito —, é só falar *com eu*.

E então ele saiu correndo, sem dúvida em busca de outros bolsos cheios.

— O que foi isso? — indagou Aiden.

Mick meneou a cabeça.

— Apenas um servicinho para o qual eu precisava de uma assistência.

O fato de o caminho dele ter cruzado com o de lady Aslyn não fora coincidência. Desde que ela saíra de casa no início daquela tarde, ele a estava seguindo, esperando pelo momento mais oportuno para se aproximar dela. Ele sabia que ela iria sair, porque pagara um lacaio para lhe enviar um recado quando soubesse dos planos da moça para o dia. Em qualquer residência, sempre há um criado mais fiel ao dinheiro do que ao patrão.

Ela passara tanto tempo na costureira que ele tinha começado a se perguntar se ela havia se mudado para lá. Quando finalmente saiu e ele a ouviu dizendo aos criados que iria à chapeleira, Mick soube que havia chegado o momento de aproveitar. Tudo tinha corrido muito melhor do que ele imaginara, mesmo que ele tivesse acabado comprando uma sombrinha para Fancy, porque a culpa remoía sua consciência por ter mentido tão descaradamente para a moça. Ele não compreendia essa sua reação. Boa parte de sua ascensão da miséria envolvera mentiras e meias verdades. Ele estava acostumado a contá-las com uma expressão honesta e seguindo em frente, mas naquela tarde, ele gastara algumas moedas em uma quinquilharia. Não que Fancy não tenha ficado contente com o presente.

— Não gosto que você fique usando os meus garotos nas suas façanhas execráveis — reprimiu Gillie ao colocar outro copo de uísque diante dele e canecas à frente de Aiden e Finn.

— Ele não é *seu* garoto.

— Ele trabalha para mim. É meu.

Como sua mãe, ela tinha um coração mole. Ao contrário de sua mãe, que era de estatura baixa, Gillie era quase tão alta quanto Mick. Seus cabelos estavam cortados curtos como os de um homem. Sua camisa larga e as botas lembravam o traje de um trabalhador. Sua saia marrom era simples, ficava solta sobre os quadris como se ela não usasse anágua alguma por baixo. Provavelmente não usava. Enquanto Fancy adorava todos os penduricalhos das vestes de uma dama, Gillie os abominava. Se ele tivesse comprado uma sombrinha para ela, ela a teria usado para acertar a cabeça de Mick por ter gastado dinheiro em algo que considerava totalmente inútil.

Desde o momento em que Ettie Trewlove adotara Gillie, ela a vestira como menino. Mick assumia que era porque a Viúva Trewlove tinha roupas masculinas para passar adiante e não tinha dinheiro para comprar vestidos. Ele pensava que ela cortava os cabelos de Gillie sempre que aparava os dos meninos porque não tinha tempo para pentear e fazer longas tranças, e porque o estilo mais curto era menos propenso a atrair piolhos. Foi só quando um dia a viu, sem querer, achatando os seios de Gillie com um pedaço de tecido quando ela tinha 12 anos que ele compreendeu que sua mãe a fazia parecer um menino para protegê-la de liberdades indesejadas — ou coisa pior.

Ele suspeitava de que se Gillie um dia deixasse os cabelos crescerem e colocasse um vestido decente, seus traços pareceriam mais delicados e ela talvez atraísse a atenção de um homem. Apesar de que, se um rapaz olhasse para ela por tempo demais, ele provavelmente ganharia um olho roxo. Gillie era tão rápida com o punho quanto era com sua bondade.

— Foi uma brincadeira inofensiva — garantiu ele. — Não tirei os olhos dele. Ele não correu risco algum.

— Roubar o bracelete de uma moça coberta de seda poderia ter levado o menino para a forca.

Mick se esforçou para não fazer uma careta. Na próxima vez, pediria para o pivete ficar de boca fechada com relação aos detalhes do serviço se quisesse ganhar moedas extras.

Gillie puxou uma cadeira e se largou nela sem cerimônia, de um jeito que ele duvidava que lady Aslyn costumava se sentar. Ela se acomodaria lenta e elegantemente...

— Por que você está instigando as coisas, Mick? — perguntou ela pungentemente, sempre direta demais.

Ele refletiu sobre sua análise prévia. Mesmo que ela deixasse os cabelos crescerem e colocasse um vestido bonito, nenhum homem iria cortejá-la com ela sendo sempre tão irritantemente franca, olhando diretamente nos olhos de um homem ao fazer suas indagações, exigindo que ele respondesse com sinceridade ou sofresse as consequências.

— Nossas vidas não são nada ruins — complementou ela.

— Fomos sentenciados à morte, e não fizemos nada para merecer isso a não ser ter nascido no lugar errado.

— Nem todas as viúvas assassinaram as crianças que lhes foram entregues.

— Muitas assassinaram.

Mais de mil túmulos haviam sido descobertos no jardim de uma mulher.

— Você nunca pensa sobre suas origens, Gillie? — quis saber Finn.

Ela meneou a cabeça.

— Não. Ao contrário de vocês, eu não sei quem é meu pai, nem nada a respeito da mulher imoral que se deitou com ele, mas Ettie Trewlove é minha mãe. Isso é tudo de que preciso saber.

Nenhum deles sabia nada sobre as mulheres que lhes deram a vida, embora o pai de Aiden e Finn tivesse deixado os dois à porta de Ettie Trewlove com poucas semanas de diferença, então todos assumiam que o homem tinha duas amantes.

— Não quer saber se a mulher que a pôs neste mundo era amante dele ou apenas alguém que ele teve por apenas uma noite? — perguntou Finn. — Eu penso sobre minha mãe, se ela significava alguma coisa para ele.

— Se significasse, você acha que ele teria se livrado de você? — retrucou Gillie. — Não sejam idiotas, rapazes. As mulheres que nos deram à luz eram amantes, ou prostitutas, ou, que Deus nos perdoe, alguma pobre criada que acabou encurralada na copa de casa. Ficar conosco teria arruinado as vidas deles, os teria tornado tão indesejados quanto nós. Olhem para frente, rapazes, não para trás. Não há nada a ser visto no passado a não ser sofrimento.

Mas Mick não conseguia evitar se perguntar se, às vezes, o sofrimento não era necessário para poder seguir em frente.

Capítulo 6

TODOS QUE QUERIAM SER vistos estavam no Hyde Park. Em geral, Mick preferia fazer resolver seus negócios à surdina, mas reconhecia que havia vezes em que um homem precisava se exibir à luz do sol para ser eficiente e ter o que desejava. Aquela tarde era uma dessas vezes.

Escarranchado no cavalo, ele tinha uma visão melhor, e não levou muito tempo para avistar lady Aslyn. Ele esperava encontrá-la em meio a um bando de mulheres. Entretanto, ela parecia estar sozinha, com exceção da comitiva de criados que a estava acompanhando no dia anterior. Sem querer parecer ansioso demais, ele não fora encontrá-la no parque naquele mesmo dia. A sedução requeria sutileza e paciência. Especialmente quando a moça estava supostamente apaixonada por outro.

Ele não traçou um caminho direto até ela. Em vez disso, ficou perambulando por ali, inclinando o chapéu toda vez que algum lorde com quem já devia ter feito algum negócio o reconhecia. As ocorrências eram poucas, mas isso mudaria depois que seu lugar na alta Sociedade fosse reconhecido. Quando sua posição fosse estabelecida, a de Fancy também seria. Desde que ele descobrira, aos 14 anos, que sua mãe estava grávida, se esforçara ao máximo para proteger a ela e o bebê. Foi só então que Mick entendeu plenamente o preço que Ettie Trewlove pagava ao senhorio toda Segunda-Feira Negra quando não tinha moedas suficientes para o aluguel semanal. Se ele fosse mais velho ou mais forte, talvez pudesse tê-la protegido do locador desavergonhado antes, com seus punhos.

Ele certamente a protegia agora — e protegia a filha que ela dera à luz fora do laço do matrimônio, na vergonha e no pecado. Quando se tratava de crianças, a lei não requeria nada do homem e tudo da mulher. Ettie Trewlove tinha pouco para oferecer além de seu coração, mas era suficiente, suficiente para sua própria filha e para as outras cinco crianças indesejadas que ela colocara debaixo de sua asa. Mick devia à mãe um preço que nunca conseguiria pagar, então daria um lugar decente no mundo à filha dela, seu sangue, mesmo que isso custasse sua alma.

Ele notou quando lady Aslyn o avistou. Ela parou de andar, inclinou a sombrinha de leve, fazendo o mesmo com o queixo, e deu um sorriso delicado, como se tivesse ficado presa dentro de casa o dia todo por causa da chuva e o sol tivesse resolvido aparecer subitamente.

— Sr. Trewlove.

— Lady Aslyn, que prazer encontrá-la no parque esta tarde.

— Digo o mesmo ao senhor. Pensei que o veria ontem.

Que moçoila ousada ela era. Ele não esperava a reprimenda sutil.

— Os negócios me impediram de vir. — Ele deu uma olhada furtiva para os criados que a rondavam, todos parecendo prontos para intervir caso ele fizesse algum movimento indevido. — Mas a senhorita ocupou meus pensamentos.

Um rubor adorável subiu pelo pescoço dela e tomou conta de seu rosto, deixando suas bochechas ainda mais pronunciadas. Ele teve o pensamento fugaz de que estava ansioso para descobrir se o rubor começava nos dedos de seus pés. E ele descobriria. Antes que o mês terminasse, ele pretendia tê-la em sua cama. Ela seria para ele o que quer que a mulher que lhe dera à luz tivesse sido para seu pai — e ele jogaria as semelhanças na cara do duque. Vendo a juventude e a inocência dela naquele momento, se recusava a se sentir arrependido quanto ao papel que ela iria interpretar na conquista de sua reparação. Ele dera ao duque a chance de reconhecê-lo publicamente, e aquele maldito homem ignorara todas as cartas, com exceção de uma.

— Será que podemos passear juntos por um tempo? — perguntou ele.

O rubor dela se intensificou, mas Aslyn parecia levemente desconfortável, como se não soubesse ao certo para onde ir dali.

— Suponho que não haja mal algum em caminharmos juntos por alguns minutos.

A culpa o assolou. Seria ele um salafrário por usar uma garota que parecia inocente demais para estar solta entre os lobos? Ele não se dera ao trabalho de oferecer o braço, pois não tinha certeza de que ela aceitaria, e Mick Trewlove nunca tomava uma atitude a não ser que tivesse certeza do resultado. Em um canto distante de sua mente, um pensamento irritante o importunava: ele não oferecera o braço a ela também porque ficaria distraído com seu toque. Ela tinha mãos pequenas, sem dúvida frágeis e delicadas. Nunca houvera nada de delicado na vida dele. Tudo que havia vivenciado tinha sido duro, cruel e desafiador. Até mesmo seus rituais na cama tinham um elemento rude e selvagem. As mulheres com quem ele se deitava eram fortes, ferozes, respondiam na mesma moeda. Ele não conseguia imaginar lady Aslyn de quatro, agindo como uma égua diante de um garanhão.

Maldição. Ela não o estava tocando, mas o simples fato de olhar para ela o distraía de seu propósito. Ele caminhava com as mãos firmemente entrelaçadas nas costas, segurando com força as rédeas do cavalo que o seguia, criando uma barreira eficaz entre a dama e seus lacaios, que andavam atrás deles. Enquanto Mick caminhava à esquerda dela, as duas aias haviam se posicionado à direita, mas estavam mantendo uma distância respeitosa, conferindo a eles um pouco de privacidade, desde que falassem baixinho.

— Encontrou uma sombrinha para sua irmã? — perguntou lady Aslyn, olhando para ele de soslaio.

— Encontrei. Uma branca com renda. Ela pareceu gostar.

— Branco combina com tudo.

Foi só então que ele reparou que a sombrinha cor-de-rosa dela, apoiada no ombro direito, tinha o mesmo tom de seu vestido. Ela certamente tinha uma centena daquelas porcarias, uma para cada traje. Ela vivia em um mundo no qual o dinheiro era tido como garantido. Embora ele agora estivesse em uma situação confortável, nunca esqueceu o preço pago por cada centavo.

O silêncio pairou sobre eles. Mick supunha que ela estivesse esperando que ele continuasse a conversa sobre as parafernálias femininas. O flerte envolvia conversar sobre coisas irrelevantes. Se ele tinha qualquer esperança de seduzi-la, precisava agir rapidamente, antes que o duque ou o conde percebessem suas intenções.

— Quantas línguas o senhor fala? — perguntou ela, pegando-o de surpresa com a mudança de assunto.

Ela estava tentando descobrir onde ele fora educado? Os cortiços haviam sido sua sala de aula; a pobreza e a vulnerabilidade, seus cruéis tutores. Ele aprendera bem suas lições. Elas nunca mais ameaçariam arruiná-lo.

— O inglês da rainha.

Ele sabia falar algumas palavras em outros idiomas, o suficiente para se comunicar com os trabalhadores quando necessário, mas mencionar isso talvez a encorajasse a testá-lo, e ele não ia expor suas deficiências em nenhum quesito, apesar de nunca ter visto vantagem em se gabar. Era melhor manter seus talentos em segredo.

— E a senhorita?

— Cinco — respondeu ela alegremente. — Inglês, é claro. Francês. Lenços, leques e sombrinhas.

Mick ficou olhando para o sorriso maroto que ela lhe lançou. Ele transformou o rosto dela em uma beleza rara, algo que ia além da superfície. Ele não tinha desejo algum de se sentir intrigado ou hipnotizado pela provocação dela — ninguém ousava provocá-lo —, mas ela parecia completamente alheia ao perigo que ele representava.

— Como é? Lenços, leques e sombrinhas?

— Qualquer dama de boa criação entende. O senhor não ensinou à sua irmã quando lhe deu a sombrinha de presente?

— Não sou uma dama de boa criação.

O sorriso dela se alargou, provocando uma sensação estranha no peito dele, algo que ele só sentira uma vez na vida, quando um grande engradado de madeira despencara em cima dele. Tinha sido extremamente desagradável, na época. Não era tão ruim daquela vez, mas ele ainda sentia dificuldade em respirar.

— Não, suponho que não. Está vendo aquele casal caminhando lá? A dama de vestido roxo e o cavalheiro de gravata cinza? Ela está apoiando a sombrinha no ombro esquerdo. Ela não está contente com ele. Ele disse algo que a desagradou.

— Talvez ela consiga bloquear melhor o sol daquele lado.

Lady Aslyn riu de leve.

— Meu caro senhor, carregar uma sombrinha pouco tem a ver com o sol.

Caro senhor? Ele não era seu "caro" nada. Ele sabia disso, sabia que ela não compreendia as consequências das palavras faladas. Mesmo assim, a expressão carinhosa provocou um desejo que ele queria ignorar. Ele estava com 31 anos, chegando àquela fase da vida em que seria natural desposar uma mulher, ter alguém que o tratasse por expressões afetuosas. Ele nunca contemplara de fato isso antes, não sabia por que o estava fazendo agora. Ela não seria uma parte permanente da vida dele. Ela serviria para um propósito, e quando esse propósito tivesse sido alcançado, ele a abandonaria. Mick se perguntou por que ele de repente teve medo de se arrepender ao fazê-lo.

— Está vendo aquela mulher de azul que dobrou a sombrinha e está tocando o cabo nos lábios?

— Aquela que gastou suas moedas comprando algo projetado para protegê-la do sol e o está utilizando de uma forma nada eficiente?

— Depende da sua definição de "eficiência", suponho. Ela está sinalizando para o cavalheiro que caminha ao lado dela que gostaria que ele a beijasse.

— A senhorita está brincando comigo com essas asneiras, não está?

Os olhos dela se arregalaram com o tom agressivo dele, ou talvez tenha sido com a profanação, mas poucas coisas o irritavam mais do que ser feito de tolo. Lady Aslyn meneou a cabeça.

— Não. Não é permitido às mulheres que digam o que pensam, que declarem o que querem, então elas precisam demonstrá-lo por meio de alguma tolice.

A voz dela era permeada por uma dureza que pegou Mick de surpresa. Ele não sabia por que ficava contente em perceber que ela tinha um lado irritadiço, que ela sem dúvida controlava por causa das expectativas sociais.

— E o que é que a senhorita quer declarar?

Ela piscou lentamente, olhou para ele. De repente, começou a rir.

— Neste exato momento, não sei.

— A senhorita nunca precisa medir as palavras comigo. — O que não era justo, visto que ele sempre era cauteloso quanto ao que revelava a ela. — Minhas irmãs dizem o que pensam.

— E fazem o que querem, suponho. A irmã que o acompanhava naquela noite certamente tinha permissão para ficar nos Jardins de Cremorne depois que a ralé chegasse.

— Não, eu me esforço para protegê-la dos elementos menos respeitosos de Londres.

— Minhas desculpas. — Ela suspirou. — Às vezes, eu gostaria de me rebelar contra o comportamento adequado...

— Por que não se rebela?

— O escândalo não me faria bem algum. Lorde Kipwick ficaria desolado e decepcionado comigo.

Mick tinha dificuldades em acreditar que qualquer pessoa pudesse ficar decepcionada com ela, que ela pudesse fazer algo digno de censura — por conta própria, pelo menos. Com a ajuda dele, ela se veria engolida pelo comportamento impróprio. Ela iria decepcionar. Iria provocar censura. Iria desprezá-lo. O arrependimento começou a se acumular, e Mick o afastou. Aquilo podia assolá-lo mais tarde, mas não naquele momento, não quando seus planos ainda estavam engatinhando, antes que começassem a ser materializados.

— Por que ele não está aqui? — perguntou ele, tentando manter a voz neutra, quando, na verdade, havia um pedacinho de sua alma que sentia raiva por ela, porque, ao contrário da miríade de outras moças, ela não estava sendo acompanhada por seu pretendente.

— O parque o entedia tremendamente.

— Mas certamente não a entedia. Eu aturaria qualquer atividade enfadonha para ficar ao lado de uma mulher de meu interesse.

E ela o interessava, muito mais do que deveria, muito mais do que ele queria que interessasse.

Aquele rubor de novo, acompanhado por uma piscada de olhos que ele supunha não ter relação alguma com flerte, mas, sim, com o fato de as palavras dele a terem pego de surpresa, visto que ela não havia considerado a mensagem que a ausência de um homem podia estar transmitindo. Enquanto Mick tinha pensado muito naquilo. Se ela não significava para Kipwick tanto quanto os tabloides de fofoca davam a entender, então não era mais parte crucial de seu plano. Por alguma razão insondável, ele ficou mais decepcionado por ela do que por si próprio.

— Parece que dama que ganhar sua atenção será, portanto, afortunada. — Ela desviou o olhar, soltou uma risada tensa. — E nosso casal da sombrinha fechada se refugiou secretamente.

— A senhorita já se refugiou secretamente com alguém?

Ela voltou-se de supetão para ele novamente.

— É claro que não. Uma dama da minha classe não se envolve em tais comportamentos inapropriados; deve agir de forma a garantir que permanecerá acima dos boatos.

— Não existe uma parte na senhorita, uma parte lá no fundo, que anseia pelo escândalo?

Ele observou, fascinado, os músculos delicados do pescoço marfim dela se moverem quando ela engoliu em seco.

— De forma alguma. — As palavras dela não eram muito convictas. — Acho que já retardei demais seu passeio pelo parque.

Ela o estava dispensando. Ele deveria se sentir ofendido. Em vez disso, enxergou como uma vitória. Ele a estava irritando, fazendo-a duvidar da devoção de Kipwick. Mick se perguntou por que não sentia satisfação alguma com aquilo.

— De fato. — Ele abaixou a cabeça de leve. — Tenho uma reunião com meu advogado a respeito de umas novas propriedades que quero adquirir. Ele me cobra o dobro quando me atraso.

— Então eu não o prenderei.

— Uma pergunta antes que eu me vá: o que quer dizer quando a dama apoia a sombrinha no ombro direito?

Como ela havia feito durante todo o passeio deles.

— Que se um cavalheiro vier conversar com ela, será bem-vindo.

— Bastante inocente, então.

— Suponho que isso dependa do assunto que ela se propõe a conversar com ele.

Ele riu baixinho.

— Suponho que sim. — Ele fez uma reverência elegante. — Foi um prazer passar alguns minutos com a senhorita, lady Aslyn. Espero que nossos caminhos se cruzem novamente.

— Não sei ao certo se isso seria prudente.

— Às vezes, um homem se beneficia mais sendo imprudente.

Antes que ela pudesse responder, Mick montou seu cavalo, levantou o chapéu para ela e partiu em um galope suave.

Ela havia sido uma surpresa. Ele realmente queria que seus caminhos se cruzassem novamente, e isso pouco tinha a ver com retaliações. O pensamento o deixou desconfortável, ele se mexeu na sela e incitou o cavalo a seguir em frente. Se fosse um homem esperto, deixaria de lado essa parte de seu plano. Por outro lado, Mick já admitira encontrar vantagens em nem sempre ser sensato.

— Ouvi dizer que você foi vista passeando pelo Hyde Park com Trewlove ontem à tarde.

Aslyn encarou o rosto sóbrio de seu parceiro de valsa. Ela nunca vira Kip tão sério. Ela chegara ao baile de Collinsworth, com sua aia a reboque, respeitavelmente tarde, esperando que ele fosse chegar ainda mais tarde. Ele, no entanto, já estava lá. Assim que ela cumprimentou os anfitriões, ele a arrastou para a pista de dança.

O interrogatório começou sem que ele sequer perguntasse como ela havia passado desde a última vez que eles tinham se visto.

— Não foi combinado. — Não exatamente. — Nossos caminhos simplesmente se cruzaram, e ele foi cavalheiro o bastante para me acompanhar por alguns minutos.

— Ele é um bastardo, Aslyn.

Ela ficou boquiaberta com a palavra dura, dita de um jeito pungente, de uma forma que ela sabia que Kip jamais falaria diante de Mick Trewlove. A voz dele estava permeada pela decepção, pelo desapontamento, mas também por algo que Aslyn achava que pudesse ser ciúme.

— Você sugeriu naquela noite durante o jantar que a ilegitimidade dele era apenas um boato.

— Agora sei que é verdade.

Ao saber disso, Aslyn deveria menosprezar Mick Trewlove, deveria ter ficado horrorizada pela forma como olhara para as mãos dele enquanto ele a ajudava com o bracelete, mortificada com a satisfação que sentiu quando ele passeou com ela pelo parque. Mas ela parecia incapaz de vê-lo de outra forma.

— Você parou de vê-lo?

Kip pareceu incontestavelmente desconfortável, olhando ao seu redor depressa, como se receasse que alguém pudesse ouvir a conversa deles. Era, no entanto, a expressão sisuda dele que seria a causa de muita fofoca e especulação.

— Ser vista falando com ele não fará nada bem à sua reputação.

— Então o que devo fazer se ele se aproximar de mim? Dar-lhe um corte?

— Simplesmente não o incentive. Se você não falar com ele primeiro, ele não poderá falar com você.

— Ele lhe pareceu ser uma pessoa que segue as regras da Sociedade?

— Você não pode encorajá-lo, nem dar nenhum indicativo de que não se importa com as circunstâncias do nascimento dele.

— Isso não é muito justo. Ele não fez nada para merecer minha censura.

— Ele é um filho ilegítimo.

— E que culpa ele tem?

Kip soltou um suspiro exasperado.

— Meus pais não ficariam nada contentes se soubesse que você andou conversando com ele. Eles deixaram isso bem claro aquele dia.

— Foi você quem o mencionou durante o jantar depois de nós dois termos combinado que não falaríamos do encontro.

As bochechas dele ficaram vermelhas.

— Eu não mencionei o encontro, apenas o homem. Você é que vai causar problemas se continuar se relacionando com ele.

— Não estou *me relacionando* com ele. Apenas conversamos quando nossos caminhos se cruzaram no parque.

E perto das lojas. Não que Aslyn fosse mencionar isso. Apenas aumentaria a perturbação de Kip, que ela já estava achando irritante o suficiente, visto que ele nunca ficara bravo com ela antes.

— Como ele sabia que você estaria no parque?

Nunca o tendo visto tão tremendamente furioso, Aslyn se sentiu um tanto sobrecarregada.

— O que você acha? Eu enviei uma mensagem e disse a ele para me encontrar lá.

A raiva que fagulhou nos olhos de Kip a fez hesitar e perceber que talvez fosse melhor não o provocar. Mas se comunicar apenas com o leque deixava muito a desejar, e, naquele momento, ela sentia a necessidade de dizer tudo que estava em sua cabeça. Ela teve o pensamento fugaz de que Mick Trewlove a aplaudiria e, inapropriadamente, sentiu certo prazer nisso.

— Francamente, Kip, você não pode estar pensando que eu o encorajei de alguma forma.

Embora ela tivesse encorajado um pouquinho, quando mencionara o horário em que costumava passear no parque. Ela de fato esperava que o calor que subia por suas bochechas não a estivesse denunciando. Ansiara por fazer algo que não devia, por ter uma oportunidade, se arriscar, e então Mick Trewlove aparecera, sombrio, perigoso e tentador. Embora jamais fosse além de um passeio com ele, Aslyn se sentia lisonjeada por atrair alguém que não fosse Kip.

— Está terrivelmente quente aqui — disse ele sucintamente. — Vamos dar uma volta nos jardins, permitir que o ar resfresque nossos temperamentos?

— Essa discussão acalorada parece justificar.

Com a mão de Aslyn em seu braço, Kipwick a acompanhou pelas portas até o terraço e desceu os degraus até os jardins. As tochas que ladeavam as trilhas revelaram outros casais caminhando por ali. Aslyn se perguntou quantas damas estariam encostando os leques fechados nos lábios, sinalizando que queriam um beijo. Será que Kip a satisfaria se ela usasse seu leque? Desejou ter mais coragem, de não hesitar em descobrir. Não que estivesse particularmente com vontade de ser beijada no momento. Eles nunca haviam se desentendido antes, nunca tiveram uma discussão. Ela não gostava tanto disso agora, embora, de um jeito estranho, a briga a fizesse se sentir muito viva, como se antes ela tivesse passado a vida em um transe, simplesmente existindo de um momento para o outro.

— Meu encontro com ele foi pura coincidência — insistiu ela, perguntando-se por que sentia que precisava ser a primeira a levantar a bandeira branca. — Se quer mesmo saber, ele chegou a perguntar de você, quis saber por que não estava no parque.

— Disseram-me que você caminhou com ele por uma distância considerável.

— Nada de impróprio aconteceu. — Ela odiava estar se desculpando por algo que não era sua culpa. — Você mandou alguém me espionar?

— Aí é que está, Aslyn. No nosso meio, tudo é observado e comentado. Alguns rapazes tocaram no assunto no clube, e não de uma forma gentil. Ele não é o tipo de homem que devessem ver acompanhando-a.

— Ele não estava me *acompanhando*. Quantas vezes preciso dizer? Além disso, você parece gostar bastante de se relacionar com ele.

— Um homem pode se relacionar com quem ele quiser. Uma mulher, não.

— Foi uma caminhada inocente.

— Eu simplesmente acho estranho que, no espaço de alguns dias, seu caminho tenha se cruzado duas vezes com o desse homem.

Ele não ficaria contente em saber que houve uma terceira vez — ou um presente.

— Ele provavelmente sempre esteve por ali antes. Nós é que nunca o notamos porque ele nunca nos fora apresentado.

— Ela não me parece o tipo de homem que não é percebido.

— Você está com ciúmes?

As palavras esperançosas escaparam antes que ela pudesse detê-las.

— Eu simplesmente não quero que ele se aproveite de você.

— Estávamos em um parque no qual inúmeras pessoas estavam passeando, e meus criados estavam comigo. Não vejo como isso pudesse ter acontecido.

— Se fosse a intenção dele, ele encontraria um jeito.

— Você fala com tanto desdém, quando eu achava que você queria fazer negócios com ele.

— Não confio nele. Ao menos não quando se trata de você. — Ele soltou uma risada áspera. — Meu Deus, talvez eu esteja com ciúmes. Tenho motivo para estar?

— Não.

Ao menos ela achava que não. Um homem como Mick Trewlove jamais seria aceito pelo duque e pela duquesa de Hedley. Ela não tinha certeza nem quanto a se ele seria bem quisto por seus pais. Kip era o tipo de homem com quem uma mulher da sua estirpe se casava. O fato de ele ser seu amigo há tanto tempo ajudava. O fato de ele não provocar os rebuliços estranhos que Mick Trewlove provocava dentro dela de fato era uma coisa boa. Uma dama deveria sempre estar calma, recomposta e no controle de todos os seus pensamentos, afastando os errantes rapidamente.

— Eu gosto muito de você, Kip — afirmou ela.

— E eu de você.

— Então por que você nunca me beijou?

Ela odiava as dúvidas que vinham à tona com relação ao desejo dele por ela, ao desejo dela por ele. Aslyn estava começando a querer que eles nunca tivessem ido aos Jardins de Cremorne. Tudo parecia ter mudado naquela noite: a maneira como ela via Kipwick, a si mesma, seu futuro juntos.

— Por respeito. Um homem não galhofa com a mulher com quem pretende se casar.

O coração dela deu um breve pulo quando ela parou de andar.

— Essa é a primeira vez que você deixa suas intenções claras com relação a mim.

— Sempre ficou implícito. Achei que você soubesse disso.

— Sim, mas uma mulher gosta de ter clareza. Eu me mantive extremamente leal, não aceitei os avanços ou interesses de mais ninguém. E já não sou mais tão jovem.

— Nem eu, para falar a verdade. Meu pai me apontou isso recentemente. — O suspiro profundo dele preencheu a noite. — Vamos tornar oficial, então?

Perplexa, ela o observou se ajoelhar e pegar sua mão.

— Eu a adoro, lady Aslyn Hastings. A senhorita me daria a honra de ser minha esposa?

As palavras oscilavam ao redor dela, ao mesmo tempo fantasmagóricas e concretas. Aslyn não tinha certeza do que esperava de um pedido de casamento. Uma declaração de amor eterno, talvez. Seu coração palpitando em um ritmo errático. Pássaros alçando voo. O sol substituindo a lua. Estrelas cadentes. Ela esperara eras por aquele momento. Parecia que deveria ser mais profundo, que deveria fazer com que seus joelhos tremessem e seus pulmões parassem de funcionar. Em vez disso, seu corpo não emitiu reação alguma, como se o pedido dele ainda não tivesse sido assimilado.

— Aslyn? — chamou Kip. — Eu apreciaria uma resposta rápida, visto que tem uma pedrinha furando meu joelho bem dolorosamente.

As palavras dele a trouxeram de volta à realidade do momento. Um simples pedido de casamento não seria mais profundo? Não seria um indicativo de um relacionamento mais honesto que não se requisessem palavras sofisticadas ou frases decoradas?

— Sim, sim, é claro que me caso com você.

— Maravilha.

Ele se levantou, abaixou a cabeça. Ela fechou os olhos, esperou...

— Minha nossa! Kipwick, nós realmente o vimos se ajoelhar? — gritou uma moça.

Os olhos de Aslyn se abriram de imediato enquanto lady Lavínia e seu acompanhante, o duque de Thornley, se aproximavam. Maldição! Ela não se importava com o fato de eles terem testemunhado o pedido, mas a mulher não podia ficar calada até ela ser beijada?

— A senhorita aceitou, não aceitou, lady Aslyn? — perguntou lady Lavínia.

— Naturalmente.

— Ouso dizer que já era tempo de vocês dois agilizarem as coisas, e ainda por cima no baile da minha família! Vocês permitem que eu faça o anúncio quando retornarmos ao salão, não permitem? Não aceitarei um "não" como resposta.

Erguendo a sobrancelha, Kip olhou para ela.

— Não vejo por que não. Estamos seguindo adiante, afinal de contas.

Aslyn sentiu o rosto esquentar. Aquilo estava realmente acontecendo. A fanfarra estava prestes a começar, e assim que o anúncio fosse feito, não haveria volta, não seria possível mudar de ideia, para nenhum deles.

— Não deveríamos esperar até contarmos aos seus pais?

Sorrindo, ele beliscou o nariz dela.

— Eles já sabem, tolinha. Meu pai é seu tutor, e eu precisava da bênção dele primeiro.

— Ah, sim, é claro.

Quando isso tinha acontecido? Ela não devia ter sido consultada? Não, sempre fora algo presumido...

— Parabéns, meu caro — cumprimentou Thornley, estendendo a mão. — Mesmo que isso me tenha custado quinhentas libras.

Ele certamente estava se referindo à aposta estúpida feita no White's com relação a quando Kip pediria sua mão. Ela se sentia distante, separada de si mesma enquanto observava seu noivo apertar a mão do duque. Agora que o momento havia realmente chegado, não parecia real.

— Minha sorte é muito maior que a sua — disse Kip. — Logo terei a adorável lady Aslyn como esposa.

— Vamos anunciar, então — sugeriu lady Lavínia —, pois mal posso esperar para causar algum frisson.

Enquanto ela enganchava o braço no de Aslyn e começava a levá-la de volta para a casa, Aslyn não conseguia evitar pensar que aquele momento não era o de lady Lavínia — mas a garota ia tomá-lo para si mesmo assim.

— Estou tão animada pela senhorita — afirmou lady Lavínia. — Kipwick é um ótimo partido. Sei de algumas moças que ficarão decepcionadas. Embora todos nós esperássemos que ele se casasse com a senhorita, algumas foram tolas o bastante para se manterem esperançosas.

Aslyn se perguntou se algum cavalheiro se mantinha esperançoso por ela, se o interesse de Mick Trewlove havia sido mais do que mera gentileza. De que importava? Ela traçara aquele caminho durante boa parte de sua vida. Era reconfortante ver o destino no horizonte — finalmente. Mesmo assim, parecia que ela deveria estar sentindo uma excitação tremenda, em vez de só um alívio.

— Minha nossa, não poderíamos estar mais felizes — afirmou a duquesa enquanto envolvia Aslyn em um abraço caloroso.

O duque e a duquesa os estavam aguardando quando eles voltaram do baile. Ela mal havia entregado sua echarpe a um lacaio quando Kip declarou que tinha feito o pedido, e que ela tinha aceitado. Era um anúncio que ela esperava havia muito tempo, no entanto, parecia estranho que agora estivesse no meio daquilo.

— Isso pede uma bebida — declarou o duque, e Aslyn se viu empurrada até a sala de estar, na qual um decanter de conhaque e quatro taças esperavam em uma mesa baixa.

Eles sabiam que o pedido seria feito naquela noite. Ela não deveria ficar surpresa, visto que Kip lhe dissera que havia conversado com o duque, mas não conseguia evitar se sentir como se tudo estivesse acontecendo rápido demais.

— Seus pais ficariam satisfeitíssimos — disse a duquesa enquanto o duque servia o conhaque.

— Tenho certeza de que sim.

Embora ela não tivesse nem um pouco de certeza. Suas lembranças deles eram parcas e distantes, e, recentemente, Aslyn se pegara sofrendo com a ausência deles mais do que sofrera quando os havia perdido. Ela pegou a taça que o duque lhe ofereceu.

Ele ergueu a própria taça.

— Se vocês se amam metade do que eu e Bella nos amamos, então serão mais felizes que a maioria. A um casamento longo, verdadeiro e frutífero.

Ela sentiu suas bochechas esquentarem com a referência a *frutífero*. Filhos. Eles teriam muitos filhos.

— Saúde! — ecoou Kip, antes de virar boa parte da bebida, enquanto Aslyn preferiria que ele tivesse declarado que a amava mais do que seus pais amavam um ao outro. Ela era horrível por querer algum tipo de reafirmação com relação aos sentimentos dele por ela.

Aslyn tomou um gole, sem compreender todas essas dúvidas que a assolavam de repente.

A duquesa se sentou no sofá e passou a mão na almofada ao seu lado.

— Sente-se, conte-me tudo. Onde foi?

Aslyn se acomodou.

— Nos jardins.

— Que romântico.

Deveria ter sido, sim, mas, em retrospecto, não fora, não exatamente.

— Eu fui realmente pega de surpresa.

— Você certamente sabia das minhas intenções — ponderou Kip.

— Sim, mas não tinha certeza de quando você pediria.

— Agora temos um casamento para planejar — exclamou a duquesa. — Suponho que devamos dar um baile de noivado. Aqui. Na Mansão Hedley.

Ela podia ver a ansiedade no rosto de sua tutora.

— Quem sabe um jantar? Pequeno. Íntimo.

— Gosto da ideia — concordou Kip, sorrindo calorosamente para ela como se estivesse reconhecendo seu esforço para poupar sua mãe de preocupações.

— Sim — disse a duquesa. — Vamos discutir os detalhes amanhã. Quando vocês gostariam de realizar o casamento?

— Ainda não discutimos isso — respondeu Aslyn.

— Deixarei as mulheres definirem os detalhes — disse Kip. — Preciso ir.

Incrédula, desapontada e furiosa, Aslyn o encarou.

— Você está de saída?

— Preciso aproveitar ao máximo os dias de solteiro que ainda me restam.

— Você pode ficar um pouco mais — reprimiu o duque.

— Não — declarou Aslyn, subitamente precisando de um tempo sozinha, para ponderar sobre os próprios sentimentos, sobre aquilo com que ela havia concordado, para tentar entender por que não havia um ar mais alegre de celebração. Porque tudo já era esperado? Porque não havia expectativa alguma? — Está tudo bem. Para falar a verdade, estou exausta de toda animação e dos festejos que tomaram conta do baile depois que lady Lavínia anunciou minha boa fortuna. No entanto, eu o acompanharei até a porta.

E trocarei uma palavrinha em privado.

Largando a taça, ela se levantou e aceitou o braço que ele lhe oferecia.

Assim que estavam do lado de fora, nos degraus, com a porta fechada, ela respirou fundo e soltou o ar lentamente.

— Você de fato deseja se casar comigo?

— Não a teria pedido em casamento se não desejasse.

Ela analisou o rosto que amava havia anos, buscando pela verdade, por algo mais.

— Você nem sequer me beijou.

— Suponho que eu tenha passado tantos anos reprimindo e controlando meu desejo por você que isso acabou se tornando um hábito.

Ela odiava o fato de as palavras dele lhe darem tal esperança, de serem necessárias palavras para que ela tivesse qualquer esperança. O amor não deveria se comunicar de outras formas?

— Você me deseja?

— Sem dúvida. — Ele segurou o rosto dela. Quando eles haviam chegado em casa, ele tirara as luvas e ainda não as colocara de volta. A pele dele era macia, sua palma não tinha calos. O calor radiava da ponta de seus dedos, mas não havia fervor algum. — Aslyn, pretendo fazer a coisa certa com você.

— Um beijo seria errado, então?

Ele sorriu, olhou por cima do ombro para as janelas.

— Acho que ninguém está observando.

Mas se estivessem, de que importaria agora? Eles estavam noivos. Ele poderia comprometê-la tanto quanto quisesse, e o resultado de seu futuro não mudaria.

Ele levou os lábios até os dela. Os olhos de Aslyn se fecharam com o calor, a delicadeza, a maneira como a boca dele se movia com suavidade sobre a dela. Lentamente, ele se afastou.

— Não dormirei esta noite, pensando em você.

— Você não dormirá porque estará acordado fazendo travessuras.

Ele deu um sorriso.

— Tenho um encontro com as cartas. Nenhuma outra mulher. Saiba disso, Aslyn; para mim, não há nenhuma outra mulher.

O coração dela ficou apertado, lágrimas despontaram em seus olhos.

— Você sempre foi o único para mim, Kip.

— Não marque uma data muito distante.

Com isso, ele beliscou o nariz dela e desceu os degraus.

Aquele homem certamente sabia como arruinar um momento romântico. Por outro lado, ele beliscava o nariz dela desde que eram crianças. Havia familiaridade e afeto naquele gesto. Mas Aslyn receava que aquilo fosse mais apropriado se direcionado a uma irmã mais nova, não a uma esposa, não a uma mulher com quem um homem deseja ir para a cama.

Eles iriam se casar, mas ela se sentia como uma criança brincando de faz de conta, não como uma mulher ansiando pelos dias — e pelas noites — que estavam por vir com prazer. Ela fora criada para sempre se sentir calma e equilibrada, mas, naquele momento, só queria sentir *mais*.

Capítulo 7

Mick estava sentado à mesa do escritório folheando o *Times*, um entre a meia dúzia de periódicos que ele devorava todas as manhãs junto com seu café. Embora soubesse que a maioria dos cavalheiros se inteirava das notícias durante o café da manhã, ele nunca adquirira o hábito de apreciar um início de dia sossegado. Acordava, se vestia e ia para o escritório — que ficava a uma curta distância de seu apartamento próximo, no mesmo andar.

Ultimamente, ele andava prestando atenção nas colunas sociais, e foi assim que viu o anúncio do noivado entre lady Aslyn Hastings e o conde de Kipwick. Não deveria ser um choque, não deveria ser como um chute no estômago de um cavalo que acaba de colocar suas ferraduras. Ele sabia do interesse do conde, bem como sabia do da moça. O fato de eles estarem noivos era vantajoso para ele. Aumentava as apostas, fazia com que roubar sua noiva fosse ainda mais vergonhoso para o conde e, consequentemente, para o duque. O herdeiro dele não conseguia preservar a própria mulher. Seria um indício de que o conde era fraco demais para preservar qualquer outra coisa.

Aquilo deveria deixá-lo contente. Em vez disso, ele se sentiu tomado por uma sensação de perda, como se algo tivesse sido roubado dele. Era ridículo. No entanto, a sensação estava ali, oprimindo seus pensamentos, fazendo todo o resto parecer irrelevante.

— Tittlefitz!

A porta se abriu de supetão, como se seu secretário estivesse parado ali com o ouvido colado na grossa porta de carvalho. Por outro lado, o homem parecia sempre pronto para servi-lo.

— Sim, senhor?

— A reunião que temos planejada para celebrar a inauguração do hotel... O grande salão... Quero que seja disponibilizada uma área para dançar.

O homem magricela piscou. Seus cabelos eram de um vermelho intenso; seu rosto, coberto por uma constelação de sardas. Assim como Mick, ele era um bastardo. Ao contrário de Mick, ele não fora abandonado pela mãe, e ambos haviam sofrido por causa disso. O governo ajudava os pobres, mas não os pobres com filhos ilegítimos. Embora finalmente houvesse um interesse em reformar o *Ato dos Bastardos* e proteger as crianças, Mick duvidava que a opiniões negativas e o comportamento com relação àqueles que nasceram fora do casamento fosse mudar em curto prazo.

— Teremos de contratar uma orquestra — ponderou Tittlefitz.

— Então contrate uma.

Ele tinha recursos para contratar uma dúzia.

— E a harpista que iria se apresentar?

— Coloque-a no saguão. Não me importa. Seu papel é fazer acontecer o que eu quero, e não me perturbar com os detalhes de como o fará. Se eu tiver que pensar, então por qual serviço eu estou lhe pagando muito bem?

— Tem toda a razão, senhor. Verei isso imediatamente. Algo mais, senhor?

— Não, isso é tudo. — Ele empurrou a cadeira para trás, levantou-se, e caminhou até o cabideiro. Vestiu seu casaco e pegou o chapéu. — Vou sair. Não deixe que as coisas desandem enquanto eu estiver fora.

— Quando o senhor retornará?

Quando sua mente não estivesse mais repleta de imagens de Aslyn dizendo "sim" ao pedido de Kipwick, olhando para ele com a alegria estampada no rosto. Ela era um meio para ele conseguir a aceitação que queria. Ele deveria se sentir grato porque as coisas estavam progredindo com tamanha rapidez.

Mas não se sentia. Enquanto caminhava pela rua na qual os prédios estavam em diversos estágios de construção, ele imaginou que ao ouvir o pedido do conde ela vivenciara o mesmo tipo de felicidade que ele sentira quando observava as estruturas sendo erguidas dos escombros do que um dia fora uma região infestada por vermes de Londres. Ele comprara a propriedade por um valor baixo, muitos hectares. Aquela rua e a seguinte, ele designara para lojas. A área restante seria composta por sobrados nos quais apenas uma única família residiria. Os aluguéis não seriam exorbitantes. Ele duvidava que um dia fosse recuperar o investimento.

As lojas e os hotéis eram outra história. Proveriam emprego para aqueles que iriam morar na região. Ele iria empregar varredores de rua decentes, que receberiam um salário, não rapazes que ganhavam uma moeda depois de limpar um caminho para os ricos. Ele tinha grandes planos, planos que iriam encher de orgulho o povo que vivesse e morasse ali, planos que permitiriam que as moças caminhassem pelo local sem medo de estragarem a barra de suas saias.

Pensar em saias o fez pensar em Aslyn novamente. Ele queria que ela participasse da celebração de seu sucesso. Queria que ela testemunhasse suas conquistas, queria dar a ela a chance de compará-lo a Kipwick. Ele queria que todos os prédios estivessem prontos quando ele abrisse o hotel, mas não havia motivo para esperar para ganhar dinheiro com ele. Além disso, ele precisava encontrar locatários para algumas das lojas, e alguns clientes potenciais estariam ali durante as festividades. Talvez, contudo, ela conseguisse enxergar potencial ali como ele enxergava.

Mick percebeu, para sua imensa consternação, que não era sua necessidade de fazer suas conquistas se sobressaírem às de Kipwick que o estava fazendo pensar em como garantir a presença dela em seu evento, mas um desejo de compartilhar tudo aquilo com ela, de vislumbrar tudo aquilo pelos olhos dela. De ver se ela sentia tanta satisfação quanto ele.

Tudo isso era uma tolice da parte dele. Ele não podia perder seu objetivo final de vista ou o fato de que, quando o atingisse, lady Aslyn o desprezaria.

— Preciso que ele ganhe esta noite.

Parado em um canto escuro ao lado de Aiden, Mick observou Kipwick finalmente passar pela porta de entrada do Clube Cerberus e tirar o casaco, entregando-o a um jovem rapaz cuja tarefa era cuidar dos pertences de cada visitante. Mick esperava que ele fosse aparecer naquela noite, visto que sua presença se tornara um hábito, e todas as manhãs Aiden lhe mandava os vales do conde.

— Isso parece ser contrário aos seus planos — observou Aiden.

Seu tom era neutro, mas Mick conseguiu perceber a pergunta silenciosa do irmão: *O que você está aprontando?*

— Eu o quero de bom humor.

— Não é uma má ideia deixá-lo vencer. Ele teve uma sequência de derrotas nas últimas noites. Para ser sincero, estou surpreso que tenha retornado.

— Ele foi banido de outro clube, o último de certa reputação que o aceitava. Não tem mais aonde ir.

— Há uma série de lugares, menos respeitáveis, é claro, mais perigosos, certamente, para um homem com vícios apaziguar seus demônios, e o seu conde é viciado em jogos.

— Ele não é o "meu" conde.

— Vi no jornal que é o conde *dela*.

As palavras o atingiram de forma dura e rápida, um golpe certeiro que o desequilibrou mentalmente. Seus dentes se cerraram por conta própria, seu estômago se contraiu, suas mãos se fecharam em punhos ao lado do corpo, mas seu rosto não refletiu nenhuma emoção. Nem sua voz, quando ele enfim se encontrou em condições de falar.

— O motivo pelo qual preciso dele de bom humor. Se meu caminho continuar acidentalmente se cruzando com o dela, ela ficará desconfiada. É para meu próprio bem que preciso que ele marque o próximo encontro.

— Você sabe que não tolero trapaça.

— Também sei que você tem um crupiê com a habilidade de controlar quais cartas acabarão diante de cada jogador. Eu o quero na mesa em que o conde acaba de se sentar.

Aiden deu um tapinha no ombro do irmão.

— Lembre-me de nunca pisar no seu calo.

Então, ele se afastou para combinar com o talentoso crupiê, como se não tivesse uma única preocupação do mundo, ao passo que Mick sabia que suas preocupações eram muitas. Ele não estava sozinho nessa. Todas as crias de Ettie Trewlove carregavam fardos demais.

As cartas estavam ao seu lado aquela noite. Kipwick sentira que a maré mudara meia hora depois de iniciados os jogos, quando um novo crupiê substituíra o primeiro. Nas últimas noites, ele sangrara dinheiro, e embora não estivesse, naquele momento, ganhando com a mesma rapidez com que perdera, tal mudança abrupta de sorte era um começo para acertar as coisas. Se ele não tomasse cuidado, não conseguiria impedir que o pai soubesse de sua crescente dívida — embora a dívida não fosse durar mais muito tempo. O dote de Aslyn ajudaria — e muito — a colocá-lo de volta em uma situação financeira confortável.

O fato de que seu pai recentemente transferira os bens não alienáveis para os cuidados dele também era ótimo. Quando ele precisasse comprovar sua solvência para conseguir um empréstimo, só precisaria indicar as propriedades.

Ele limpara um cavalheiro — embora se referir a ele como "cavalheiro" fosse um tanto forçado — e ficou observando o grandalhão arrastar a cadeira para trás e ir embora. A maioria das pessoas ali, plebeus, estava abaixo dele. Os poucos aristocratas que ele reconhecia eram ovelhas negras, em geral segundos filhos, que provavelmente não reportariam nada de relevante ao pai dele, visto que não eram bem-vindos na maioria das casas. Ele gostava do Clube Cerberus e de tudo que ele oferecia: decadência em sua essência. Era um lugar honesto, orgulhava-se de ser o que era. Não tentava se sofisticar com lacaios uniformizados, paredes revestidas com painéis de madeira, candelabros de cristal ou salas silenciosas repletas de livros para que um homem pudesse fingir que o que fazia fora daqueles salões era respeitável.

Ali, ele não era um lorde, com expectativas pesando sobre seus ombros. Era apenas um homem. E ele adorava isso.

Vendo que a cadeira que acabara de ficar vaga era puxada para trás, ele sorriu para Mick Trewlove, que se sentou e começou a trocar mil libras por fichas.

— Estava começando a me perguntar se o senhor um dia retornaria.

Sem olhar para ele, Trewlove alinhou suas fichas cuidadosamente.

— Estive extremamente ocupado preparando a inauguração do meu hotel.

— Ouvi dizer que é uma estrutura e tanto. — As apostas foram solicitadas. Fichas foram jogadas no meio da mesa, cartas foram distribuídas. Ele recebeu um par de valetes. A noite certamente estava a seu favor. — Quem sabe o senhor não me leva em uma visita?

— Farei mais do que isso. Vou convidá-lo para o baile que darei para comemorar a inauguração.

Franzindo o cenho, Kipwick fingiu estar analisando as cartas quando, na verdade, estava se esforçando para determinar as consequências de seu comparecimento se seu pai ficasse sabendo.

— Infelizmente, não estou disponível.

— Eu nem lhe disse a data ainda. — O tom dele era grave, mortalmente grave, beirando a insatisfação. — Com certeza não é o fato de eu ser um bastardo que o impede de comparecer.

Erguendo os olhos, Kipwick se deparou com um rosto inerte como mármore, todos os traços mais pronunciados, os olhos azuis duros como pedra. Nenhum movimento foi feito na mesa, como se todos, inclusive o crupiê, estivessem esperando para ver se havia um insulto no horizonte, um insulto que sem dúvida seria seguido por um soco rápido no queixo dele.

— Sem querer ofender, mas não costumo participar de bailes públicos.

Trewlove descartou duas cartas. A movimentação recomeçou. Kipwick respirou, só então percebendo que seus pulmões tinham sido congelados.

— Minhas desculpas — disse Trewlove, sem tirar os olhos de sua pilha de fichas. — Achei que o senhor tivesse interesse em investir.

— Eu tenho.

Seu olhar se desviou para Kipwick, quase o empalando.

— Meus investidores comparecerão ao baile. Homens abastados que frequentemente ouvem falar de outras oportunidades de investimento, compartilhando o que sabem desses prospectos. Ouso dizer que aprendo mais ao socializar informalmente com homens inteligentes do que fazendo reuniões com eles.

Kipwick trocou três cartas, tentando não sorrir ao receber o terceiro valete.

— Parece que poderia ser um evento frutífero. Quando será?

— Na próxima terça-feira.

Ele assentiu com a cabeça.

— Estarei lá.

Uma rodada de apostas. Quando chegou a Trewlove, ele aumentou em cem libras. O coração de Kipwick palpitou. Antes daquele momento, durante todas as mãos que jogara aquela noite, o máximo que qualquer um apostara havia sido dez libras. Aquelas fichas que tanto simbolizavam eram como o som de uma sirene. Ele pagou e aumentou em mais duzentas libras.

— Talvez o senhor possa trazer lady Aslyn — sugeriu Trewlove enquanto pagava e aumentava em mais cem libras.

Todos os outros desistiram, até só restarem eles dois.

— Os tutores dela não aprovariam.

— O senhor não precisa contar a eles. Além do quê, minha irmã ficaria extasiada em vê-la novamente. E precisamos ter mulheres por perto, caso contrário, com quem iremos dançar? Um baile oferecido por um plebeu não é muito diferente dos oferecidos por um duque.

— Outros nobres comparecerão?

— Alguns poucos selecionados foram convidados.

Ele meneou a cabeça, esforçando-se para decidir se pagava a aposta ou a aumentava.

— Não será bom para a reputação dela.

Trewlove bateu as cartas na mesa.

— Vamos tornar isso interessante. Se eu vencer esta rodada, o senhor trará lady Aslyn. Se o senhor vencer — ele apontou dramaticamente para as fichas —, todas as fichas que me restam são suas.

A boca de Kipwick ficou seca. Com o que os outros haviam acrescentado ao pote, ele ganharia bem mais que mil libras. Três valetes certamente triunfariam sobre quaisquer cartas que Trewlove tivesse. Não havia risco ali. Aslyn não se relacionaria com pessoas inferiores a ela. Ao passo que ele sairia dali com os bolsos transbordando.

— Aceito os termos.

— O senhor primeiro.

Esforçando-se para não se gabar, Kipwick virou os três valetes.

— Quero ver o senhor superar isso.

— Achei que o senhor preferisse que eu perdesse.

Ele jogou suas cartas na mesa, viradas para cima, e Kipwick se pegou olhando nos olhos de três reis. Era estranho como eles pareciam zombar dele.

Trewlove começou a juntar suas fichas.

— Vejo o senhor e lady Aslyn na próxima terça-feira.

— Não vai mais jogar?

— Não.

Recostando-se na cadeira, Kipwick não estava nada contente com a suspeita que o envolvia.

— Seu único propósito ao se sentar à mesa era conseguir que Aslyn comparecesse ao seu baile.

Ele não se deu ao trabalho de esconder sua irritação.

— A presença dos dois agregará ao prestígio do evento.

Ele gostou do fato de que a presença *dele* estivesse incluída, mas ainda se sentia incomodado.

— Ouvi dizer que o senhor a acompanhou em um passeio pelo parque.

— “Acompanhou” implica que eu fui o responsável por estarmos lá. Foi um encontro ocasional. Nada de impróprio aconteceu.

— Foi o que ela disse.

— O senhor não acreditou nela?

— É claro que acreditei. Não há um pingo de falsidade nela. — Ele não achava que o mesmo pudesse ser dito de Trewlove. — Será uma ótima esposa para mim. — Ele se sentiu compelido a lembrá-lo de que ela era comprometida.

— Não tenho dúvida. Avisarei Fancy que ela comparecerá ao baile. Vai agradá-la imensamente.

Foi com um pouco de remorso que ele observou Trewlove se afastar com seus ganhos. Ele suspirou. Devia ter parado quando estava vencendo. Analisando as fichas à sua frente, ele sabia que deveria juntá-las e ir embora também, mas, com um pouco de sorte e mais algumas mãos, ele podia recuperar o que perdera. Sem muita cautela, ele jogou uma ficha no centro da mesa e esperou as cartas serem distribuídas.

Após três mãos, todas perdidas, Aiden Trewlove se aproximou dele e sussurrou:

— Sei da aposta que o senhor fez com meu irmão. Se não pagar o que deve a ele, encontrará as portas deste estabelecimento fechadas.

— Não preciso ser ameaçado. Minha palavra é irrevogável.

— Considerando que o senhor ainda não pagou nenhum de seus vales, eu não posso ter certeza.

— Não precisa se preocupar. Eu pagarei o que lhe devo.

— Não estou com pressa, mas os juros serão altos, milorde, mais altos do que eu acho que o senhor imagina.

— Eu pagarei.

Aiden Trewlove deu um tapinha em suas costas e riu.

— Fico contente em saber, pois acredito que podemos ter uma amizade extremamente lucrativa.

Enquanto ele se afastava, Kipwick percebeu que não era o tipo de lucro que Aiden podia prover que lhe interessava. Eram os lucros que estar perto de Mick Trewlove poderiam lhe render que capturavam sua atenção. Se ele jogasse as cartas certas, uma fortuna incalculável surgiria em seu horizonte.

Capítulo 8

— NÃO CONSIGO ME lembrar da última vez em que fomos ao teatro — disse Aslyn enquanto a carruagem arredondada tinia pelas ruas, carregando ela e Kip para seu destino.

Desde o noivado, as visitas dele eram raras, o que só serviu para fazer com que Aslyn questionasse a própria inteligência ao ter aceitado o pedido dele tão depressa. Não que ela conseguisse se imaginar dizendo "não", mas talvez se tivesse hesitado por um pouco mais de tempo, se o tivesse forçado a trabalhar um pouquinho mais diligentemente pela sua concordância, ele estaria prestando mais atenção nela.

Sentado diante dela, embora agora pudesse se sentar ao seu lado, visto que eles tinham um acordo, elegantemente vestido, com a cartola e a bengala repousadas em seu colo, ele pigarreou, olhou pela janela, voltou a olhar para ela.

— Para falar a verdade, não estamos indo ao teatro.

— Mas você me convidou. Disse aos seus pais...

— Sim, bem, porque eu sabia que eles não aprovariam este passeio.

O coração de Aslyn deu um pequeno chute em suas costelas. Não era extremamente tarde, pouco depois das oito horas, mas, mesmo assim, as palavras dele lhe deram esperança de um pouco de diversão.

— Estamos a caminho de fazer algo que não deveríamos?

— Pode-se dizer que sim. Recebemos um convite para o baile de celebração da inauguração do hotel de Mick Trewlove. Achei que você talvez fosse gostar de comparecer.

Embora tivesse, de fato, um interesse tremendo pelo hotel daquele homem, por ver o que ele podia ter realizado, ela estava um tanto confusa com a mudança de planos da noite.

— Você me repreendeu por caminhar com ele no parque. Ele certamente estará lá esta noite. Devo dar a ele a reprimenda que você sugeriu?

— De forma alguma. Em retrospecto, talvez eu tenha exagerado quanto à situação do parque. Ele me garantiu que nada impróprio aconteceu.

As palavras dele a aborreceram.

— Eu garanti a você. Você não acreditou em mim?

— Acreditei, sem sombra de dúvida — respondeu apressadamente. — Aslyn, você está desvirtuando tudo. Sei que ficou decepcionada por eu não a levar aos Jardins de Cremorne nos horários inapropriados, então pensei em recompensá-la ao trazê-la comigo esta noite.

— Você tem passado mais tempo na companhia dele.

O tom dela não era acusador, mas era direto, uma afirmação que indicava que ela sabia a verdade.

— Um pouco, sim. Meu pai não compreende que não podemos continuar dependendo da renda de nossas propriedades para nos sustentar. Precisamos expandir nossos horizontes se quisermos aumentar nossa receita. Pretendo conhecer alguns investidores esta noite. E estar perto de Trewlove também abrirá oportunidades. Quero que ele me procure na próxima vez que precisar de capital.

Aslyn não tinha tanta certeza de que aquele homem precisasse de qualquer coisa.

— A irmã dele estará lá. Você havia gostado bastante dela, não? — Indagou Kip.

— Sim.

— E você gosta de festas. Como você mesma disse, vamos fazer algo que não deveríamos. Vamos nos divertir muito lá. Você pode fingir que são os Jardins de Cremorne nos horários mais tardios. Com certeza haverá alguns tipos sórdidos por lá.

Ela não podia negar que estava intrigada pela oportunidade de dar uma espiadinha no mundo de Mick Trewlove.

— Quantas vezes você viu o sr. Trewlove desde aquela noite nos jardins?

A luz da lamparina possibilitou que ela o visse dar de ombros.

— Umas duas vezes. Ele me conseguiu acesso a um clube adequado a mim. De vez em quando, ele está lá.

— Suponho que esse clube seja um antro de jogatina.

— Da melhor espécie. Tudo que eles oferecem são jogos e bebidas. É primitivo e excitante. Nem um pouco parecido com um clube de cavalheiros.

— Então o sr. Trewlove joga.

Kip franziu o cenho.

— Não muito, para falar a verdade. Na maior parte do tempo, ele só assiste. Não é um homem de assumir riscos, suponho.

— Esse empreendimento dele me parece ser um risco enorme. — Ela havia conseguido encontrar um artigo sobre os investimentos de Trewlove. — Demolir prédios e construir outros novos. Não deve ser barato.

— Ele pode bancar.

— Desde que seja bem-sucedido. A menos que tenha descoberto como fazer dinheiro nascer em árvores.

Kip riu.

— Eu compraria uma dessas árvores dele em um piscar de olhos, sem nem sequer me importar com o custo.

— Duvido que estariam à venda.

— Eu não duvido de nada quando se trata dele. Pelo que percebi, encontraria uma maneira de fazer ainda mais dinheiro com isso.

— Você o admira.

Ela percebeu no tom de voz dele.

— É difícil não admirar alguém que saiu do nada e conseguiu se elevar acima disso. De toda forma, minha admiração para aí. É melhor eu não o pegar flertando com você.

— Ele estará ocupado demais com os outros convidados para prestar atenção em mim.

— Eu não teria tanta certeza. Você está muito bonita esta noite. Mas lembre-se de que pertence a mim.

Ela franziu o nariz.

— Como é? Como um par de botas?

Sorrindo, ele se inclinou na direção dela, pegou uma de suas mãos e deu um beijo nos dedos encobertos pela luva, tudo sem tirar os olhos dos dela.

— Como algo que eu estimo. Você já definiu uma data?

— Não. Sua mãe quer que seja no final da Temporada, mas eu estava pensando no Natal.

— Escolha a data que você quiser.

— Mas sua mãe tem sido tão gentil comigo. Um casamento mais cedo parece muito pouco a dar a ela.

— Ela escolheu o dia do casamento dela. Você deveria escolher o do seu.

— Você não tem preferência?

— Minha preferência é que você fique feliz.

Aquelas palavras eram reconfortantes, mas Aslyn preferiria que ele alegasse não conseguir esperar até o Natal. Por que desde que dissera "sim", ela encontrava defeitos nele e questionava se deveria ter dito "não".

A carruagem desacelerou e parou. Olhando pela janela, ela reparou vagamente em uma fila de carruagens; sua atenção maior foi capturada pelo imenso prédio de tijolos.

— É esse?

Kip se debruçou na janela e olhou para fora.

— Eu diria que sim.

— É monstruosamente grande.

— Acredito que Trewlove o considere sua coroa de glória. Ele prepara o terreno para o restante do espaço.

— Será uma área incrível, não é?

— Se pudermos acreditar nos rumores.

Ela virou-se para ele.

— Como você pode olhar para isso e não acreditar?

— Sou pragmático demais, suponho. Preciso esperar pelos resultados.

Os resultados seriam espetaculares. Ela não tinha dúvidas. Um homem que conseguia criar algo como aquilo era alguém de visão e com determinação para garantir que tudo fosse viabilizado.

A carruagem se moveu lentamente, aos pouquinhos, e chegou, finalmente, à frente do prédio, com seus degraus amplos que levavam às portas de vidro. Um grupo variado de pessoas — algumas muito mais elegantes que outras — se encaminhava como um enxame em sua direção, desaparecendo na parte de dentro.

Um lacaio abriu a porta da carruagem. Kip saiu, então voltou e a ajudou a descer. O prédio era ainda mais impressionante de perto. De repente, Aslyn se sentiu incrivelmente grata por Kip ter aceitado o convite de Mick Trewlove, por ela estar prestes a ver algo tão grandioso, por ser parte de uma noite que teria repercussões por anos a fio. Aquele homem estava começando algo que iria se expandir e impactar outras pessoas, como uma pedra arremessada em uma lagoa, que cria oscilações que se expandem e, enfim, chegam à margem. Colocando a mão na curva do cotovelo de Kip, ela começou a subir na direção do que certamente seria o paraíso.

Mick Trewlove tinha um gosto notável. Esse foi o pensamento inicial de Aslyn quando eles entraram no saguão no qual as cordas musicais de uma harpa criavam um ambiente calmo. Lacaios abastados perambulavam em meio às pessoas, carregando bandejas de prata com taças de champanhe ou canapés que podiam ser comidos com facilidade em pé. Lamparinas queimavam em uma fila de candelabros de cristal reluzentes, iluminando tudo. As paredes eram de uma madeira escura que ela não podia evitar pensar que refletiam a personalidade do dono do hotel.

O dono do hotel. Que estava parado ao lado da ampla escadaria de carpete vermelho, com seu corrimão escuro polido e sua balaustrada. Usava um traje para a noite: um fraque com cauda de tesoura, colete, calça. Uma camisa branca imaculada, com uma gravata cinza de nó perfeito. Luvas brancas cobriam suas mãos grandes e ásperas, mãos de trabalhador. Se ela não as tivesse visto pessoalmente, não saberia das muitas histórias que revelavam, agora escondidas. Roupas adequadas poderiam fazer o mais comum dos homens parecer quase da realeza — e Mick Trewlove, independentemente de seu nascimento, não era nada comum.

Sua barba estava muito bem aparada. Os cabelos pretos, mais garbosos do que ela jamais vira — e Aslyn podia jurar que estavam um pouquinho mais curtos, como se ele os tivesse cortado apenas para aquela ocasião. Ele era uns trinta centímetros mais alto que todas as pessoas que o rodeavam, então foi com facilidade que capturou e encarou o olhar dela. Aslyn nunca tinha visto alguém exalar tanta segurança, tanto poder, tanta autoconfiança. Ele certamente era de tirar o fôlego.

Ou pelo menos havia tirado o dela, porque seus pulmões pareciam ser incapazes de puxar o ar. Parecia que seu peito tinha sido atingido por uma das marretas que seguramente foram usadas para demolir os prédios que ficavam ali antes. Ela havia se esquecido do impacto da presença dele, da maneira como conseguia irritar ao mesmo tempo em que transmitia conforto, oferecendo um casulo de proteção sem pedir nada em troca.

O hotel era grandioso porque *ele* era grandioso, porque ele o construíra à sua própria imagem, porque era o reflexo de um homem que se erguera acima dos escombros de suas origens. As circunstâncias do nascimento dele deveriam tê-lo relegado à sarjeta, mas, sem saber toda a história dele, Aslyn sabia que Trewlove lutara com unhas e dentes para reinar sobre tudo aquilo que inquiria. Como alguém não podia conferir a ele o respeito que legitimamente merecia?

— Ele passa a impressão de estar em uma corte — observou Kip. — Como um rei.

Mais que um rei. Reis se curvariam diante dele, dispostos a servi-lo a seu bel-prazer. Ele era o soberano de seu domínio e de tudo que o cercava. Ela não podia evitar imaginar a satisfação que uma mulher deveria sentir se estivesse ao seu lado. Ela iria exercer seu próprio poder, seria alguém a ser reconhecida por si própria, pois ele era o tipo de pessoa que requeria uma parceira com força e influência equivalentes às suas.

Se tivesse vivido mil anos atrás, ou até mesmo quinhentos anos, teria sido um conquistador, daqueles que destroem impérios, não para escravizar, mas para libertar.

Então ele estava caminhando na direção deles, chamando a atenção ao atravessar a multidão com a mesma facilidade com que ela cortava um pedaço de manteiga para seu pão. Quando estava perto o bastante, ele pegou a mão de Aslyn, levou-a a seus lábios, deu um beijo demorado em seus dedos, o calor de sua boca penetrando pela pelica e se espalhando por cada centímetro de seu corpo. *Inapropriado!*, era o que sua mente gritava, mas, mesmo assim, ela parecia não se importar.

— Lady Aslyn, fico muito contente que a senhorita tenha podido se juntar a nós.

— Fico contente com a oportunidade de poder lhe desejar o melhor em seu novo empreendimento.

Precisava parecer que ela havia entrado correndo no salão, respirando de maneira esbaforida, em arquejos curtos e breves? Mesmo que não soubesse de seu destino até já estar a caminho, as palavras dela não eram mentira. Ela, de fato, desejava o melhor para ele, desejava a ele mais sucesso do que qualquer outro homem um dia conquistara.

Soltando sua mão, ele se voltou para Kip.

— Lorde Kipwick. Estou igualmente feliz em ver que o senhor encontrou tempo para nos prestigiar.

— Eu não perderia por nada. Ouso dizer que será o assunto de Londres amanhã. O senhor se superou aqui. É muito mais grandioso do que eu esperava.

— Eu sempre acreditei que os sonhos devem ser maiores que nós mesmos. Posso mostrar a propriedade aos senhores?

— Não queremos incomodar — disse Aslyn. — O senhor tem tantos convidados.

— Não será incômodo algum, e tenho certeza de que eles não vão se incomodar.

Antes que ela pudesse aceitar a oferta dele, Aslyn ouviu:

— Lady Aslyn. Lorde Kipwick. Que bela surpresa! Mick não me contou que os havia convidado.

Kip fez uma reverência breve, pegou a mão da srta. Trewlove.

— É um prazer vê-la novamente.

— Digo o mesmo, milorde. E milady. — Ela deu um leve sorriso para Aslyn. — Não é um luxo? Meu irmão parece ser tão bruto, às vezes, que não seria de se imaginar que ele pudesse criar algo de tamanha beleza.

— O hotel é bastante elegante — disse Aslyn à srta. Trewlove, embora o comentário fosse, na verdade, destinado a Mick Trewlove.

Queria que ele soubesse o quanto ela estava impressionada com os feitos dele, mas uma dama de sua posição não bajulava um homem e suas conquistas.

— A senhorita deveria ver o que Tittlefitz fez com o grande salão — disse a srta. Trewlove.

— Tittlefitz? — indagou Aslyn.

— O secretário de Mick. Ele o decorou com tantas flores e grinaldas que duvido ainda haver um único botão em qualquer floricultura da cidade. Ouso dizer que não há salão de baile algum em toda Londres que se compare. Tenho tentado convencer meus irmãos a se juntarem a mim para uma dança. Mas eles agem como se fossem virar sapos se acompanharem uma dama à pista.

— Eles não tiveram as aulas que você teve — ponderou Mick Trewlove.

— Imagino que o senhor deva dançar maravilhosamente, milorde — continuou ela, ignorando por completo o comentário do irmão e voltando toda sua atenção para Kip.

Ele sorriu.

— Eu não deveria ser tão grosseiro a ponto de me gabar de minhas habilidades. O que você acha, Aslyn?

— Concordo. Você não deveria ser tão grosseiro.

O sr. Trewlove sorriu, e uma agitação estranha se instalou no estômago dela. Ela realmente não deveria fazer coisas que encorajassem os sorrisos dele. Eram devastadores para o equilíbrio de uma mulher.

A risada tilintante da srta. Trewlove os circundou.

— Talvez o senhor possa demostrar seus talentos para mim mais tarde, milorde.

— Eu adoraria.

— E quem sabe isso force meus irmãos a se provarem, também.

Olhando para trás, ela acenou na direção de alguém ou *alguéns*.

Três cavalheiros se juntaram depressa ao grupo deles. Dois tinham a aparência levemente similar. O terceiro era um grandalhão de cabelos pretos que escorriam sobre a lateral de seu rosto de modo aparentemente deliberado, como se ele quisesse escondê-lo.

— Lady Aslyn, lorde Kipwick, permitam-me a honra de apresentar Aiden — ela tocou no braço de um homem de cabelos castanhos —, Finn — que era loiro — e Ben.

— Fera — corrigiu o homem de cabelos escuros em uma voz grave e seca. — As pessoas me chamam de Fera.

Sim, Aslyn podia imaginar que chamavam mesmo. Nenhum deles se parecia, nem de longe, com Mick Trewlove. Para ser sincera, ela achava que ele se parecia mais com Kip, mas talvez fosse apenas porque seu traje de noite era mais semelhante ao do conde do que aos ternos comuns que seus irmãos estavam usando. Como eles eram tão diferentes, Aslyn não pôde evitar pensar se seriam todos filhos ilegítimos, se a mãe deles era tão imoral que havia se deitado com vários homens. Ela ficou horrorizada com esse pensamento, e mais ainda com a percepção de que poderia muito bem ser verdade. Não era de se admirar que a duquesa tivesse suas objeções quanto à companhia daqueles que não tinham pedigree algum no nome.

— Escute, milorde — disse Aiden —, montamos algumas mesas de jogos em um salão menor. Meus irmãos e eu estávamos prestes a ir para lá e testar nossa sorte. Gostaria de nos acompanhar?

Por algum motivo, ele franziu o cenho; havia dúvida em seus olhos, e Kip se voltou para Mick Trewlove, como se pedisse permissão.

— Algumas mãos não farão mal.

— Podem até fazer bem. Vários investidores já foram para as mesas. Aiden pode apresentá-lo.

— Excelente. — Ele finalmente a encarou. Aslyn percebeu a culpa que marcava seu rosto. — Você não se importaria, não é, minha querida, se eu a deixasse na companhia da adorável srta. Trewlove?

Ela ficou surpresa com a expressão carinhosa. Ele não costumava usá-las. Para falar a verdade, Aslyn não conseguia se lembrar de uma única vez em que ele usara, mas, dessa vez, as palavras pareciam ter um tom possessivo.

Ele se aproximou e sussurrou:

— Estou tentando assegurar nosso futuro.

Ela supunha que ele estivesse se referindo à oportunidade de conhecer alguns homens de negócios. Embora ela se importasse, sim, que ele estivesse planejando ir para lá sem ela, Aslyn queria explorar o local um pouco e duvidava que ele fosse se interessar por móveis e papéis de parede.

— Tenho certeza de que posso me entreter.

Afinal de contas, ele nunca ficava com ela durante os bailes — apesar de que, nesses eventos, ela costumava conhecer várias outras pessoas, e sempre conseguia encontrar uma ou duas moças para fofocar. Ali, ao olhar em volta, ela percebeu que reconhecia poucas pessoas. Duas, para ser exata, sem se dar ao trabalho de contar os irmãos a quem ela acabara de ser apresentada.

— Não demorarei, e, quando terminar, prometo uma dança a cada uma.

Ela o observou se afastar, conversando e rindo com os irmãos Trewlove — com exceção de Mick. Ela não ficou surpresa por ele ter ficado para trás, visto que era o anfitrião e tinha responsabilidades que demandavam sua atenção. Aparentemente, ele as levava muito a sério. Um homem bem-sucedido como ele, afinal, não teria chegado ao sucesso se fosse relaxado em qualquer sentido.

— Homens e seus jogos — desdenhou a srta. Trewlove. — Meus irmãos nunca se casarão se forem rápidos assim para dispensar a companhia das mulheres. — Os olhos dela se arregalaram. — E por falar em casamento, acredito que devo parabenizá-la, lady Aslyn. Que sorte a sua ter conquistado um par tão excelente.

Com o sr. Trewlove a observando, Aslyn se sentiu subitamente desconfortável sob a análise intensa dele, sentiu-se quase como se ele não aprovasse seu noivado. O que era uma reflexão ridícula da parte dela — afinal, por que ele se importaria?

— Obrigada, srta. Trewlove. Eu de fato me considero afortunada.

— Não precisamos de tanta formalidade entre nós. Ao menos não esta noite. Pode me chamar de Fancy.

— Pode me chamar de Aslyn. — Toda vez que parecia que seu fôlego estava se recuperando, uma olhada rápida para Mick Trewlove roubava seu ar de novo. — Sua outra irmã está por aqui?

— Não, infelizmente ela recusou meu convite — respondeu ele, e Aslyn percebeu o profundo pesar em seu tom de voz.

— Porque, se viesse, precisaria usar um vestido adequado — emendou Fancy.

— Ela não se veste de modo adequado? — questionou Aslyn.

— As roupas dela são algo entre o que um homem e uma cigana usariam. É terrivelmente degradante. Já disse a Gillie mil vezes que, com um pouco de esforço, ela poderia ser linda. Mas ela não quer.

— Ela tem seus motivos — ponderou Mick.

— Suponho que ser proprietária de uma taberna e ser linda só causaria problemas.

— Ela é proprietária de uma taberna? — perguntou Aslyn.

Fancy sorriu.

— Em Whitechapel. Mick a ajudou a adquiri-la, assim como vai me ajudar a ter uma livraria.

— Fancy...

A voz gravemente baixa dele deveria ser assustadora. Aslyn, contudo, ficou intrigada, imaginando-a ainda mais grave, sussurrada na escuridão.

— Aquela lojinha na esquina do outro lado da rua seria perfeita. As janelas de ambos os lados permitiriam a entrada da luz...

— Ter uma parede de janelas significa que você não terá uma parede para os livros.

— Então você tem pensado no assunto?

Fancy deu um sorriso tão radiante que Aslyn ficou surpresa por ela não enrolar os braços no pescoço do irmão de tanta alegria.

Ele suspirou, e naquele som ela ouviu a derrota dele, e se perguntou se seria a primeira que ele sofria. Por outro lado, ela não enxergava problema algum naquilo, pois sabia que ele iria dar à irmã o que ela queria, e invejou Fancy por ter um irmão que não permitia que o orgulho atrapalhasse seu caminho ou ditasse suas ações.

— Vamos discutir isso mais tarde.

— Eu o amo, você sabe. Ah, ali está Tittlefitz. Preciso conversar com ele sobre o champanhe. Com sua licença.

E ela se foi, deixando Aslyn sozinha com o enigmático Mick Trewlove. Bem, não completamente sozinha. Muitas pessoas perambulavam ao redor, mas ela não avistava ninguém que reconhecesse, embora ela e Kip com certeza não fossem os únicos nobres ali. Ela provavelmente encontraria algumas mulheres que conhecia no salão de baile. Ela deveria pedir licença...

— A senhorita está linda esta noite.

Ela se sentia envergonhada em admitir que teria escolhido um vestido mais revelador se soubesse que aquele era seu destino, e contente por ter escolhido o colar de pérolas que valorizava a coluna esguia de seu pescoço. O pente de pérolas e diamantes fincado em seus cabelos presos sempre lhe dera confiança.

— Não estou sempre?

— Sabe que sim.

Ela soltou uma risada acanhada.

— Para falar a verdade, não sei, não. Meu nariz tem um formato esquisito. Arrebita na ponta de forma nada atraente. O primo que herdou o título de meu pai uma vez me disse que eu o fazia lembrar de um porco. É claro que ele só tinha 9 anos na época, dois a mais que eu, mas, mesmo assim. Não sei por quê, mas achei que precisava provar que ele estava certo e comecei a roncar e grunhir como se estivesse chafurdando em um chiqueiro.

— Tenho certeza de que quaisquer que tenham sido os sons que a senhorita fez, eles só a tornaram mais querida para ele.

— Ah, duvido muito. Não o vejo desde o funeral de meus pais. Nunca fomos próximos. Melhor assim, suponho. — Ela deu uma olhada em volta. — Sua mãe está por aqui?

— Não. Assim como Gillie, ela não se sentiria confortável em um ambiente tão requintado, não se sentiria parte disso tudo, não importa o quanto eu tenha garantido o contrário.

— A duquesa de Hedley, minha tutora, também é assim. Nunca fiquei sabendo de ela ter participado nem sequer de um chá da tarde fora de sua própria residência. Acho triste, mas ela parece estar contente com essa decisão. É uma pena que sua mãe não possa ver tudo isso.

— Eu fiz um tour privado com ela. Gostaria de um também?

Ele estava sendo rude com os outros convidados. Sabia disso e não se importava. Ele montara o salão de carteado na esperança de que Kipwick abandonasse a noiva, deixando-o com as rédeas soltas para atender suas necessidades, necessidades que ela provavelmente nem sequer percebia que tinha. Ele satisfaria toda e qualquer necessidade dela de boa vontade, com entusiasmo. Bastava ela pedir. Ela nem mesmo precisaria usar a voz. Seus olhos, um gesto de seu dedo, um rubor. Mas, naquele momento, ela não lhe dava nada daquilo.

Em sua expressão, Mick podia ver que a inadequação de sua proposta estava fazendo a mente dela rodopiar. Ao menos ela não havia recusado de imediato, o que significava que ela estava considerando. Quando um lacaio passou, Mick pegou duas taças de champanhe, entregou uma a ela, observou-a bebericar delicadamente, imaginou-a bebericando a boca dele da mesma forma. Ele não era um novato quando se tratava de mulheres, mas nenhuma outra fizera sua cabeça girar com tantos pensamentos inapropriados. No entanto, não era o desejo que o movia. Era algo que ele não compreendia, que parecia incapaz de compreender de qualquer maneira significativa.

— Quão privado? — perguntou ela finalmente.

— O quanto a senhorita se sentir confortável. Por que não começamos subindo as escadas para que possa olhar do mezanino? A vista é melhor.

Olhando para cima, ela concordou. Ele ofereceu o braço. Ela encostou os dedos no antebraço dele, e seu abdômen se contraiu com o toque delicado. Meu Senhor, ele provavelmente se contorceria todo se ela o tocasse com qualquer propósito real. Ele reconheceu algumas das pessoas que passaram: um padeiro, uma costureira, uma modista... Todos eles seriam locatários de suas lojas. Ele estendera convites a vários membros da nobreza, mas menos de meia dúzia, sem contar Kipwick e lady Aslyn, apareceram. Os que estavam ali eram rapazes jovens com nenhuma reputação com que se preocupar. Para os outros, ele era bom o bastante para se investir, mas não para socializar. O estigma de seu nascimento sempre o assombrava.

— O hotel combina com o senhor — disse ela baixinho. — É forte e ousado, masculino, mas, ao mesmo tempo, caloroso e acolhedor. Uma mulher se sentiria confortável aqui.

— Espero que sim. Preciso das pessoas de persuasão feminina para visitarem meu salão de chá.

Ela sorriu para ele.

— O senhor tem um salão de chá?

— Fancy insistiu. Também temos uma área para os cavalheiros jogarem bilhar e beberem. Meus irmãos foram os responsáveis por isso.

— Acho maravilhoso o fato de o senhor valorizar a opinião deles.

— Eles iriam opinar independentemente de eu valorizar ou não.

— Deve ser maravilhoso ter tantos irmãos. Kip e eu teríamos crescido sozinhos se meus pais não tivessem morrido.

— Como eles morreram? — quis saber Mick.

— Acidente de trem. Um evento horroroso. Vinte e sete almas perdidas. Não fui a única filha de um nobre que ficou órfã naquela noite. Nunca viajei de trem. Não consigo. Até mesmo andar de carruagem me deixa nervosa. Prefiro caminhar, pois assim estou no controle das minhas pernas, ou andar a cavalo, pois tenho controle das rédeas. Suponho que isso faça de mim um tanto covarde.

— Não a acho nem um pouco covarde.

Mas ele gostaria de levá-la para andar de trem. Quando era mais novo, ele encontrava maneiras de entrar em algum vagão sem ter passagem. Prometera a si mesmo que, um dia, teria seu próprio vagão e viajaria para onde bem entendesse. Esse objetivo tinha sido atingido, e o vagão se mostrava útil quando ele saía para avaliar terrenos em cidades menores nas quais poderia investir. Ele tinha muito interesse em construir um hotel no litoral. As pessoas tinham mais tempo livre, e gostavam de escapulir de Londres por curtos períodos de tempo. Um homem de visão poderia lucrar com isso.

Eles chegaram ao patamar da escada, e ele a levou até o mezanino que tinha vista para o saguão. Atrás deles, havia uma série de portas.

— Para que servem esses quartos aqui? — questionou ela. — Dormir?

— Não nesta seção. Estas salas podem ser alugadas para reuniões ou para servirem de escritório.

— O seu escritório fica aqui?

— No último andar. Tenho quartos onde moro, e escritórios onde trabalho.

— Deve tornar as coisas bastante convenientes.

— Por ora.

Por fim, ele construiria um solar em um terreno amplo no qual sua esposa certamente receberia pessoas e seus filhos pudessem correr descalços sobre a grama verde orvalhada, e não sobre paralelepípedos imundos — embora ele achasse que, na maior parte do tempo, eles fossem usar calçados que servissem e roupas que não tivessem sido repassadas de um irmão mais velho ou encontradas em uma pilha de lixo e remendadas para serem utilizáveis.

Pessoas que não tinham título algum, mas possuíam cofres cheios, passavam por eles, acenavam em sua direção. Alguns faziam comentários.

— Esplêndido!

— Belo trabalho, meu velho!

Mas ele pouco se importava com os elogios deles, importava-se apenas com o que ela pensava. Ninguém estava vestido de modo tão sofisticado quanto ela; ninguém era tão elegante. Ninguém tinha seu requinte. Ela não precisava berrar que era superior a eles, não precisava fazer nada para proclamar seu lugar no mundo. Ela já havia nascido nele, vestira-o a vida toda. Mesmo assim, ele suspeitava de que mesmo que ela tivesse sido levada até a porta de Ettie Trewlove, ela teria crescido de modo a refletir suas origens.

— Quem são todas essas pessoas? — perguntou ela delicadamente.

— Alguns serão locatários das casas que logo começaremos a construir. Outros alugarão as lojas. Alguns são amigos, outros são pessoas com quem cresci. Além de advogados, banqueiros e donos de ferrovias.

— O senhor investe em ferrovias?

— Não, mas é útil saber onde elas serão construídas. Uma ferrovia na região aumenta o número de viajantes que passarão pelas lojas ou que podem precisar de acomodação por uma ou duas noites.

— Estou impressionada. Fazer o que o senhor faz requer muita reflexão.

— Gosto do desafio, de descobrir como maximizar lucros.

Ela estava analisando o rosto dele de perto, perto demais. Ele sabia que o melhor a fazer era desviar o olhar, distraí-la, mas ele gostava de catalogar seus traços, de imaginar seus lábios deslizando pelo limite onde o tecido falhava em cobrir a pele. Queria descobrir uma sarda, uma única sarda, para saber se o sol a beijara onde ele ansiava por beijar. Era uma tortura estar na companhia dela sem poder tocá-la, sabendo que ele nunca deveria possuí-la. Ele deveria mandá-la embora, garantir que não estivesse em sua presença. Nunca antes ele se sentira tão fraco. Ele era um homem forte, mas achava que, por ela, teria ficado de joelhos.

— Como o senhor conseguiu construir este império? — indagou ela.

— Está longe de ser um império.

Ela se aproximou um pouquinho dele.

— Minha nossa, o senhor está corando?

— É claro que não.

Ele ficou horrorizado com a ideia. Se havia algum rubor subindo por seu rosto, era porque a proximidade dela fazia com que o ar frio escapasse de seus pulmões enquanto ele refletia sobre capturar aqueles deliciosos lábios cor-de-rosa, devorar aquela boca quente, conhecer seu gosto...

— Acho que está, sim. O senhor é modesto.

— Dificilmente. A modéstia não combina com um homem quando ele precisa que seus feitos sejam reconhecidos para conquistar a confiança daqueles que detêm os meios para ajudá-lo a crescer na vida.

— Não consigo imaginá-lo precisando de muita ajuda. Conte-me como o senhor acabou onde está hoje.

Seu tutor me abandonou.

— Trabalhei como aprendiz de lixeiro, juntando fuligem das casas.

— Como um limpador de chaminé?

— Não exatamente, embora eu tenha trabalhado nisso por um tempo, até ficar grande demais para subir pelas chaminés. — Ele tinha certeza de que ela não sabia dos detalhes de como uma residência era mantida limpa. — Entre uma ocasião e outra em que uma chaminé é limpa, algo precisa ser feito com a fuligem e as cinzas coletadas da lareira. Essa sujeira é colocada em baldes de metal, do lado de fora da casa, para que os lixeiros coletem. Nós a vendíamos para os fabricantes de tijolos, que a utilizam em sua fabricação.

— Eu não fazia ideia.

— Por que deveria precisar saber de todas as coisas necessárias para manter o seu conforto?

— Não sei, mas parece que eu deveria saber. O senhor não deve ter ganhado muito dinheiro fazendo isso.

— Não, mas comecei a pensar: por que vender a fuligem e as cinzas se posso usá-las para fazer meus próprios tijolos? Guardei o suficiente até conseguir produzi-los. Eu tinha 18 anos. Ganhei mais dinheiro vendendo tijolos para pedreiros e empreiteiros. Dali, decidi: por que vender os tijolos se posso usá-los para construir casas ou lojas?

Os olhos dela se arregalaram de leve.

— Os tijolos deste prédio são seus?

— Vieram da minha fábrica. Eu proverei todos os tijolos para todos os edifícios desta região.

— Que feito extraordinário.

Até aquele momento, ele nunca havia pensado dessa forma. Era apenas o que havia sido necessário para que crescesse no mundo. Ela o fazia se sentir como se suas roupas estivessem apertadas demais. Por que precisava fazer isso? Por que precisava fazê-lo se sentir como se fosse extraordinário? A admiração dela tornaria a sedução mais fácil, só que ele não queria que fosse fácil. Queria conquistar o privilégio de tê-la em sua cama.

Maldição! Que pensamento estranho. De que importava como ela acabaria lá? Importava apenas que acabasse lá, que ela fosse negada como herdeira do duque e, em vez disso, terminasse subjugada ao bastardo do duque. Que o duque reconhecesse suas falhas em cuidar de sua pupila assim como falhara com seu filho ilegítimo. Que cada aspecto do legado do duque — seu herdeiro, sua pupila, seus títulos, suas propriedades, sua riqueza, sua posição, seu respeito — pudessem ser levados à ruína por um único homem, o homem que ele tratara com desprezo, que ele não reconhecera.

— Eu o mantive afastado de seus outros convidados, sr. Trewlove.

A voz dela trouxe seus pensamentos vagantes de volta para a tarefa em questão.

— Chame-me de Mick.

— Não seria apropriado.

— A senhorita sempre faz o que é apropriado?

— Eu tento. Acho que gostaria de ver o salão de baile.

— Vou acompanhá-la.

— Não é necessário.

— Eu insisto.

Novamente, ele ofereceu o braço. Novamente, ela aceitou. Ele imaginou a mão dela em seu braço quando ele estivesse velho. Seria possível que ela acabasse o amando, que ela ficasse com ele quando soubesse a verdade? Aquela ideia era intrigante e provocante, e o fez pensar se ela conseguiria enxergá-lo como *bom o bastante* quando ninguém mais na Sociedade enxergava.

— Seus irmãos são seus sócios nos negócios? — perguntou ela.

— Eles têm participações. Mas conquistaram o sucesso por conta própria com seus próprios empreendimentos.

Eles começaram a descer as escadas.

— Eles parecem ter uma idade próxima à sua.

— E têm. Apenas alguns meses nos separam.

— Como isso é possível?

— Nossa mãe, Ettie Trewlove, não nos deu à luz. Ela apenas nos acolheu. — Ele meneou a cabeça. — Não deveria dizer "apenas". Foi um fardo para ela, mas ela conseguiu.

— Onde ela está agora?

— Na espelunca na qual cresci. Eu lhe daria uma suíte daqui, mas ela não tem desejo algum de deixar para trás o que já conhece.

— Acho que a maioria de nós acha difícil se aventurar além do que conhece, daquilo com que se sente confortável. Sei que eu não sou, nem de longe, tão audaz quanto gostaria de ser.

— É por isso que vai se casar com Kipwick? Porque se sente confortável com ele?

Ele queria morder a língua. O motivo pelo qual ela iria se casar com o conde não tinha ligação alguma com aquela questão, mas parecia importante saber se ela tinha dado seu coração àquele homem.

— Eu o amo. Desde que era uma garotinha.

Não havia paixão nas palavras dela, nenhuma convicção.

— O amor de uma menina não é o mesmo que o amor de uma mulher.

— Essa é a voz da experiência falando? — questionou ela secamente quando eles chegaram ao saguão. — O senhor já teve o amor de uma menina e o amor de uma mulher para compará-los?

— Já conheci meninas e já conheci mulheres. Suas paixões são bem diferentes. Uma menina pode desejar uma boneca ou um cachorrinho. Os desejos de uma mulher têm mais consequências, são mais fervorosos, mais... Vamos apenas dizer que provavelmente a fazem se agitar e se revirar na cama durante a noite.

Ele a acompanhou até o salão de baile, satisfeito com seu arquejo de surpresa.

Uma das paredes era coberta por espelhos, ao passo que as outras duas eram adornadas por um papel de parede de brocado vermelho e dourado. Nos fundos, janelas e portas de vidro exibiam a parte externa. Embora lamparinas iluminassem os intricados jardins, ele gostaria que ela os visse sob a luz do dia. Eram pequenos, porém aconchegantes; não haviam sido projetados para longos passeios, mas para tomar o chá da tarde ou relaxar lendo um livro, um livro que poderia muito bem ser comprado na livraria de Fancy.

Em um mezanino dourado, uma orquestra tocava. Tittlefitz havia se superado, decorando os limites do chão com flores e plantas, mas deixando espaço suficiente para se sentar aqui e ali. Lacaios caminhavam por fora, oferecendo comida e bebida.

— É deslumbrante — exclamou ela.

Não tão deslumbrante quanto a senhorita estava na ponta da língua de Mick, mas ele não conseguiu se obrigar a verbalizar as palavras, por mais que acreditasse sinceramente nelas. Chegaria um momento em que ela talvez enxergasse as palavras dele sob uma perspectiva de traição, e ela pensaria que ele estava mentindo. Ver a fascinação espelhada no rosto dela, entretanto, o fez querer fazer tudo que estivesse ao seu alcance para encantá-la.

— Contratei um homem com talento para criar beleza.

— Talvez eu precise pegar o contato dele com o senhor quando estiver montando minha própria casa.

Para a casa na qual ela moraria com Kipwick, na qual ele se deitaria na cama dela. Será que ela estremeceria nos braços dele, sussurraria palavras devassas em seu ouvido? O ciúme que brotou dentro dele o baqueou.

— Seu noivo parece não ter saído do salão de carteado. A senhorita me daria a honra de uma dança?

Os olhos dela quase despencaram do rosto com a pergunta. A raiva revolveu dentro dele, pois ela o acharia grosseiro demais, inferior demais para ela até mesmo para uma valsa.

— Como seus irmãos não dançam, supus que o senhor também não dançasse.

A raiva dele se dissipou como a neblina diante da luz do sol. Talvez ele fosse sensível demais quanto às suas origens.

— É perigoso supor qualquer coisa sobre mim.

Ela deu a ele um sorriso travesso, que curvava seus lábios levemente mais para cima em um dos lados. Outra imperfeição que a tornava a mulher mais intrigante que ele já conhecera.

— Está tentando me espantar?

— Estou tentando ser honesto com a senhorita.

Provavelmente mais honesto do que fora desde que a conheceu. De repente, ele quis uma honestidade real entre eles, quis deixar todas as falsidades para trás, quis contar tudo a ela. Ela que o julgasse, fosse de forma positiva ou negativa. Não, ele queria mais tempo, uma oportunidade de apresentar o melhor de si antes de revelar os aspectos menos favoráveis.

— A honestidade não é algo natural para o senhor, então? Precisa se esforçar para ser honesto?

— Suponho que haja um pouco de desonestidade em todos nós.

Aslyn corou com aquilo, e ele se perguntou em quais engodos ela teria se envolvido. Nada muito funesto. Possivelmente, havia arrancado uma flor do jardim, mesmo sendo proibido. Ela ergueu de maneira soberba aquele nariz arrebitado, e aqueles lábios deliciosos que ele queria provar se franziram em um canto. Então, ela proferiu seu ousado desafio.

— Está bem, então. Prove para mim que sabe dançar.

Capítulo 9

ELA DEVERIA TER RECUSADO. Qualquer dama comprometida de respeito teria recusado. Não que uma mulher noiva não pudesse dançar com um homem que não fosse seu futuro marido, mas ela certamente não deveria estar tão perto de um homem cujas mãos, embora posicionadas de maneira apropriada — uma em suas costas e a outra dando sustentação para seus dedos —, a fizessem desejar que estivessem posicionadas de maneira imprópria, acariciando sua nuca, deslizando sobre seus ombros desnudos, segurando seu rosto enquanto ele se aproximava...

Por Deus. Ela queria aquela boca deliciosamente maliciosa dele fazendo todas aquelas coisas que ela sonhara que suas mãos faziam. Isso era errado, muito errado.

E ele estava errado. Ela sentia paixão por Kip, sim, e era mais do que um desejo infantil por coisas pequenas, como uma borboleta pousando em sua mão estendida ou um dia sem aulas. Ela tinha paixões de mulher. Com que frequência pensara em Kip a beijando? Pelo menos mil vezes, embora não com a mesma frequência com que imaginara Mick a beijando durante o curto período de tempo em que o conhecia.

Mick. Ela não deveria chamá-lo dessa forma diante dele. Era íntimo demais, mas, nos recantos ocultos de sua mente, nos quais ela se perdia em sonhos que nunca se tornariam realidade, ela podia ser menos formal. *Mick*.

— É apelido de Michael? — quis saber ela.

Ele arqueou uma sobrancelha.

— Como?

— Seu nome. É apelido de Michael? É esse o nome do seu registro de nascimento?

— Meu nascimento não foi registrado. Minha mãe simplesmente me chamou de Mick.

Ela nunca pensara muito no fato de que havia pessoas cujo histórico não era registrado. Sua ancestralidade, bem como a de Kip, era registrada havia gerações, seus nascimentos eram anunciados, aplaudidos, abençoados. Ao passo que o de Mick acontecera em segredo e em desgraça. Subitamente, pareceu errado que qualquer criança fosse vista com vergonha, como se fosse responsável por sua existência.

— É um nome forte.

— Acho que era o nome do marido de Ettie Trewlove.

— Ela é viúva, então.

— Sim.

— Sinto muito. É triste, para uma mulher, perder seu homem.

Ele concordou com a cabeça.

— Ela não se casou com ele por prosperidade, título, posição ou riqueza, visto que ele não tinha nada disso. Mas porque seu coração era dele.

Aslyn ficou tocada com aquelas palavras. Ela não esperava tal sensibilidade por parte dele.

— O senhor é um romântico, no fundo.

— Não. Um realista.

— Um realista que dança valsa maravilhosamente.

Ela não podia ter dito palavras mais verdadeiras. Enquanto ele a arrastava pelo salão, seus movimentos eram suaves, confiantes, serenos. Nunca antes ela fora conduzida por um dançarino tão excepcional. Ela não tinha medo algum de que ele pisasse em seus pés.

— Onde o senhor aprendeu? — quis saber Aslyn.

— Com minha primeira amante.

Uma explosão de um riso encabulado escapou dela. Ela mal conseguia acreditar que ele havia proferido aquelas palavras de um jeito tão casual, como se discutir os amantes de alguém não fosse extremamente escandaloso.

— Ah, suponho que eu deveria apreciar sua sinceridade. — Mesmo que ela não quisesse pensar nele nos braços de outra mulher. — Ela gostava de dançar valsa, então?

— Não exatamente. Era viúva de um duque, e gostava de um pouco de rudeza, e eu era adequado aos propósitos dela. Na primeira vez em que ficamos juntos, depois, ela me ofereceu uma libra, como se eu fosse uma maldita prostituta.

Aslyn se esforçou para não parecer perplexa, embora estivesse. Não tanto pelas palavras grosseiras dele, apesar de ninguém nunca ter falado com ela tão abertamente antes, mas porque as ações dele haviam sido enxergadas por uma dama da nobreza como um serviço. Ela ficou igualmente pasma por uma dama da alta sociedade buscar tais serviços. Homens tinham necessidades carnais. Isso ela entendia, aceitava. Mas mulheres estavam acima disso tudo. Ou ao menos era assim que ela pensava. Talvez seus devaneios sensuais dos últimos tempos não fossem tão indignos.

— Isso deve ter ferido seu orgulho.

As palavras pareceram banais e estúpidas quando ditas em voz alta.

— Quero dizer...

— Não faça tanto estardalhaço com relação a isso. Eu lhe disse, as paixões de uma mulher são diferentes das de uma criança. Ela era uma jovem viúva, com muitos apetites reprimidos. Queria coisas de mim na cama. Eu queria coisas dela em troca. Então fizemos um acordo. Ela me ensinou como me vestir para a posição que eu gostaria de ocupar no mundo, não a posição que eu ocupava. Como me dirigir àqueles superiores a mim...

Ela não conseguia realmente imaginá-lo pensando que qualquer um fosse superior a ele.

— ... como tomar chá nos salões dos nobres, como jantar com a rainha, dançar valsa. Em suma, como ser um cavalheiro. Ainda não tomei chá no salão de algum nobre, e nem jantei com a rainha, mas talvez uma oportunidade ainda apareça. Assim como esta noite. É a primeira vez que coloco as aulas de dança dela em prática.

Ele a fazia se sentir especial de maneiras que ela não sentia desde sua apresentação à rainha.

— Sinto-me honrada. Por que esperou tanto tempo?

— Porque não havia ninguém com quem eu desejasse dançar.

Ela quase tropeçou; teria tropeçado se ele não a tivesse segurado com um pouquinho mais de força, sem jamais desviar os olhos dos seus.

— Um cavalheiro de verdade não diz algo assim para uma dama que está noiva — provocou ela.

— Mas eu não sou um cavalheiro de verdade.

— No entanto, alega querer ser um, e isso envolve mais que chás, jantares e danças. Envolve saber o que é adequado dizer a uma dama e o que não é.

Ele abaixou a cabeça de leve.

— Eu a deixei desconfortável. Essa não era minha intenção. Parece que minhas aulas foram falhas em alguns pontos.

Aslyn suspeitava de que ele sabia exatamente o que estava fazendo, o que era aceitável em uma conversa e o que não era. De toda forma, sem querer insultá-lo, ela meneou a cabeça.

— Talvez eu tenha exagerado. Não estou acostumada com o flerte inofensivo. Desde o momento em que fui apresentada à Sociedade, os cavalheiros sabiam que eu era comprometida, mesmo que não tivesse sido formalmente anunciado. Quando eles dançavam comigo, costumávamos discutir sobre o tempo.

— Eles foram uns idiotas.

— Estavam se comportando como cavalheiros. Sua amiga não lhe ensinou os tópicos aceitáveis para essas conversas?

— Eu poderia fazê-la corar se compartilhasse os tópicos que discutíamos.

Ela deveria dar um fim àquela discussão, mas se viu intrigada por ela. Kip jamais falava sobre quaisquer assuntos inadequados; nunca falava com ela com paixão, nunca a fazia corar com mais do que um olhar intenso, um sorriso, uma insinuação.

— Eu realmente espero que o senhor não tente. Não fico bonita quando coro.

— A senhorita está corando neste exato momento, e eu nunca fiquei tão encantado.

— Sr. Trewlove...

— Mick.

— Mick.

— Gosto da maneira como meu nome soa nos seus lábios.

— Por favor, não faça isso.

— Não faça o quê, exatamente, lady Aslyn?

Não me faça desejar que eu não estivesse noiva, questionar a paixão que sinto por Kip — ou a falta dela. Eles eram amigos. Sempre foram amigos. Quantas vezes a duquesa lhe dissera que uma mulher afortunada se casaria com seu melhor amigo? Que um amor intenso e irrevogável poderia não estar ali no início, mas surgiria com o tempo?

— Estamos tomando rumos inapropriados.

— Se a senhorita estivesse ofendida, já não estaria mais em meus braços.

— Fui ensinada a não causar vergonha a meus anfitriões.

— Esse é o único motivo?

— Não. Estou em dívida com a duquesa viúva. O senhor é um parceiro de dança maravilhoso. Faz com que eu me sinta como se estivesse dançando nas nuvens.

Os olhos dele escureceram de satisfação, à medida que a intensidade de seu olhar aumentava. Aslyn teve o fugaz pensamento de que se a música nunca parasse de tocar, ela não reclamaria. No entanto, ela cessou, as últimas notas da melodia se esvaindo.

Soltando a mão dele e dando um passo atrás, Aslyn se esforçou para não se afetar com uma sensação de perda quando a distância entre eles aumentou.

— Obrigada pela dança.

Ela disse aquilo da forma mais delicada, porém mais resoluta possível. Para seu próprio bem e como um lembrete para si mesma de onde suas lealdades residiam.

— Foi um prazer.

— Ouso dizer que já o mantive afastado por tempo demais de seus outros convidados. Tenho certeza de que existem inúmeras mulheres interessadas em uma dança agora que testemunharam a graciosidade com que o senhor domina a pista.

— Então elas ficarão desapontadas.

Aslyn não sabia como responder. Ele dizia coisas que ela gostaria que Kip dissesse. Que noiva horrorosa ela era, comparando seu noivo a um homem que mal conhecia e com quem certamente nunca poderia se casar. Depois de dar a ele um sorriso discreto, ela saiu da pista de dança, grata por ele não ter tentado acompanhá-la ou segui-la.

Ela precisava encontrar Kip. Onde diabos ele estava? Estava sumido havia tempo demais, e ela suspeitava de que ele tivesse se metido em alguma safadeza. Ficou feliz quando avistou Fancy conversando com um homem esguio que tinha os cabelos ruivos mais vibrantes que ela vira na vida.

O rosto da garota se iluminou.

— Lady Aslyn, permita-me apresentar o sr. Tittlefitz.

— É um prazer — cumprimentou ela.

As bochechas dele ficaram tão vermelhas que suas sardas quase desapareceram.

— Milady.

— Está se divertindo? — perguntou Fancy.

— Estou, sim, mas pareço ter perdido meu acompanhante. A senhorita, por acaso, não o viu por aí?

— Não desde que ele foi para o salão de carteado com meus irmãos. Eu os vi, entretanto, andando por aí, visto que as cartas não parecem capturar o interesse deles por muito tempo. Suspeito de que provavelmente seja porque eles perdem com rapidez as moedas ganhas com muito suor. Ouso dizer que, se lorde Kipwick ainda estiver jogando, ele deve ser extremamente habilidoso em vencer.

— A senhorita se importaria em me levar até o salão de carteado, então?

Se Kip ainda estivesse lá, talvez ela pudesse persuadi-lo a deixar as cartas de lado para presenteá-la com uma dança.

— Eu a acompanho — ofereceu Tittlefitz.

— Obrigada.

Ao contrário de Mick, ele não ofereceu o braço ou caminhou tão próximo a ponto dela poder sentir sua colônia.

— Fiquei sabendo que o senhor é o secretário do sr. Trewlove.

— Sim, milady.

— Seu ofício deve envolver uma quantidade enorme de trabalho.

— Eu faria qualquer coisa que aquele homem me pedisse sem reclamar. Só estou vivo por causa dele.

As palavras dele a fizeram parar.

— Como assim?

— As pessoas acham que, porque meu pai se recusou a casar com minha mãe, eu devo ter herdado o péssimo moral dele. Ou dela, por ter se deitado com um homem com quem não era casada. O único trabalho que consegui foi nas docas. — Ele olhou para si mesmo. — Como a senhorita pode ver, não tenho o físico necessário para transportar cargas. Em geral eu era dispensado antes de receber o pagamento. Eu tinha 14 anos, estava pensando em fazer algo que não deveria, algo que provaria que eu era, de fato, composto pela mesma substância que o homem que me empregava, algo que, se me pegassem fazendo, me mandaria para a forca. O sr. Trewlove ficou sabendo da minha situação, de alguma forma. Não sei. Talvez minha mãe tenha contado à mãe dele. Vivíamos na mesma região miserável. Enfim, ele se ofereceu para contratar um tutor para mim e me disse que se eu conseguisse aprender tudo que precisava em um ano, eu nunca passaria fome. Ele proveu para minha mãe para que tivéssemos um teto sobre nossas cabeças e comida em nossas barrigas. Não muita, mas o suficiente. Aprendi tudo que eu precisava aprender. Tornei-me secretário dele. E quando eu quis retribuir cada centavo que lhe custara naquele ano em que ele apostou em mim, ele me instruiu a usar meu dinheiro para ajudar outro rapaz. Se você deve ao sr. Trewlove, você o paga ajudando outra pessoa. E cá estou eu tagarelando, em vez de levar a senhorita ao salão de carteado.

— Você o admira.

— Não existe outro homem melhor, do meu ponto de vista. — Ele abaixou a cabeça de leve, como se estivesse envergonhado por seu apoio veemente ao patrão. — O salão de carteado é logo ali em cima.

Por mais impressionada que Aslyn estivesse com o hotel, ela estava ainda mais impressionada com o que acabara de saber de Mick Trewlove. Um homem que ganhava tanto, mas continuava recuando para erguer os outros consigo. Comparativamente, os cachos — não mais na moda ou dos quais ela enjoara — que ela tinha doado para caridade pareciam um esforço bastante insignificante para melhorar a situação do mundo.

Ela seguiu o sr. Tittlefitz pelo corredor e entrou em um salão que não era, nem de longe, tão bem-iluminado quanto o salão de baile. Uma névoa fumacenta queimou seus olhos. Havia várias mesas circulares em torno das quais homens e mulheres estavam sentados, com cartas sendo distribuídas à frente deles.

— Posso ajudá-la com mais alguma coisa? — indagou o sr. Tittlefitz.

— Não, obrigada. Devo conseguir encontrar o caminho a partir daqui.

Se Kip estivesse ali dentro, ela o encontraria, e se não estivesse, bem, não sabia ao certo o que faria. Talvez mandasse chamar a carruagem para levá-la para casa. Aslyn não acreditava que ele tivesse ido embora sem ela, mas, naquele momento, não sabia o que pensar, apenas sentia certa frustração por ter sido totalmente abandonada por tanto tempo.

Ela vagueou por entre as mesas. Moedas e notas de dinheiro estavam empilhadas no centro de algumas. Lacaios andavam apressados para lá e para cá, não carregando bandejas, mas garrafas, enchendo continuamente os copos à medida que eram esvaziados. Alguns homens baforavam seus charutos, enquanto outros fumavam cachimbos. Ela viu duas damas — embora *damas* talvez fosse uma expressão generosa — com cigarrilhas bem finas entre os lábios. Em meio a ofensas hostis, risadas roucas preenchiam o ambiente, juntamente com a fumaça cada vez mais densa à medida que ela adentrava cada vez mais as entranhas da redução do refinamento.

Mais cedo, quando Mick lhe contara sobre quem havia convidado para o evento, ela admirara o fato de que ele não dividia pessoas em castas sociais, mas acolhia os menos favorecidos como iguais aos abastados. Parecia uma abordagem sem preconceitos, diferente da intolerância sob a qual ela fora criada. Aslyn o achava progressista, mas agora se sentia extremamente incomodada e fora de contexto naquele ambiente. Ela não pertencia àquele lugar. Não porque aquelas pessoas fossem inferiores a ela — não eram. Mas elas eram mais mundanas, mais vividas, mais ousadas. Elas se arriscavam. As damas em especial, sem se importarem em permanecer acima de qualquer reprovação. Elas tinham liberdade, ao passo que Aslyn jamais se sentira tão confinada. Ela precisava ir embora, estava desesperada por isso, mas não podia abandonar Kip. Precisava encontrá-lo, o que significava seguir em frente, ciente dos olhares que a fitavam, dos sussurros. Mantendo a cabeça erguida, ela se esforçou para não passar a impressão de estar se sentindo desconfortável ali; não queria que ninguém se ofendesse, pensasse que ela se considerava melhor que os demais.

Então ela avistou Kip em uma mesa no canto, parecendo muito diferente do cavalheiro elegante que entrara com ela pela porta da frente. Seus cabelos desgrenhados estavam espetados nas pontas, como se ele tivesse passado os dedos por eles repetidas vezes. Seus olhos estavam vermelhos e abrigavam um desespero que ela jamais vira antes. Ele ergueu os olhos da mesa, avistou-a e o alívio tomou conta de seus traços, dando a ele a aparência de um homem muito mais jovem, o homem provocador e brincalhão que ela aprendera a amar. Ela não podia negar o contentamento que se espalhou por seu corpo ao ver o entusiasmo dele por tê-la perto.

Quando ela estava perto o bastante, ele passou o braço por sua cintura, puxou-a para o seu lado e sussurrou no ouvido dela:

— Preciso das suas pérolas.

— Como é?

— Tenho uma mão incrível. Sei que ninguém pode me superar, mas o sujeito que está jogando comigo aumentou a aposta, sabendo muito bem que não tenho condições de cobri-la. Se eu não cobrir a aposta dele, vou perder por desistência. Suas pérolas garantirão que eu não perca.

Ela levou a mão de supetão ao colar em seu pescoço.

— Estas pérolas pertenceram à minha mãe, e à mãe dela antes disso.

— Você não vai perder o colar. Só preciso dele como um sinal de boa-fé para cobrir minha aposta. Você nem sequer precisa tirá-lo. Por favor, Aslyn. É algo pequeno a se pedir, e a recompensa será incomparável.

Ela assumiu que a recompensa seria a pilha de dinheiro no centro da mesa. Havia outros cinco rapazes sentados ao redor dela, mas apenas um estava segurando cartas.

— Tenho um plano — afirmou ele. — Prometo que você irá embora com elas.

Ela hesitou. *Quem tudo quer...*

— Se você me ama... — chantageou ele, em uma voz baixa.

— Você sabe que amo.

— Esplêndido. — Ele voltou ao seu lugar, encarou o homem sentado à sua frente, o que estava usando um paletó marrom que não lhe servia direito e batendo as cartas na mesa. — As pérolas dela devem cobrir a aposta.

O homem abriu a boca, passou a língua pelos dentes, um deles quase totalmente preto. Aslyn se esforçou para não tremer ao ver aquilo.

— São verdadeiras?

— É claro que são — protestou Kip. — Que uso ela teria para pérolas falsas?

O homem ergueu os ombros robustos até quase tocá-los em suas orelhas extremamente grandes, que a lembrava das de um elefante.

— Está bem, então. Já que o senhor pagou...

— Na verdade, agora que determinamos que estamos quites, vou aumentar a aposta... O pente dela. Pérolas e diamantes.

— Kip... — começou Aslyn.

Ele ergueu uma mão para silenciar a objeção dela.

— Não se preocupe. Está tudo sob controle.

— Quanto vale? — perguntou Paletó Marrom.

— Cem libras.

Paletó Marrom riu, um ruído desdenhoso que deixou Aslyn irritada. Ela não conhecia aquele jogo, não entendia bem o que estava acontecendo. Se o homem não pagasse essa quantia, Kip venceria? Era esse o seu plano? Virar o jogo e ganhar por desistência?

— Está bem, meu camarada. Perdido por cem, perdido por mil. — Ele pegou um punhado de moedas e as jogou negligentemente sobre a pilha, como se não valessem nada. — Vamos ver o que o senhor tem aí.

Aslyn prendeu a respiração, mesmo sem fazer ideia de como seria uma mão vencedora. Kip colocou três cartas na mesa e declamou:

— Três ases.

— Nada mal — disse Paletó Marrom.

Ele soltou as outras cartas.

— E dois três.

Os olhos de Paletó Marrom se arregalaram e ele sorriu.

— Nada mal mesmo.

Isso significava que Kip havia vencido? A dramaticidade com que ele exibiu suas cartas a fizeram pensar que ele tinha, de fato, uma ótima mão.

— Posso ver por que o senhor estava disposto a arriscar tanto — continuou Paletó Marrom. — Infelizmente para a madame, eu tenho... — Ele colocou todas as cartas na mesa de uma só vez. — Quatro oitos.

Kip não riu, nem gritou de alegria. Em vez disso, ele pareceu se encolher na frente dela, seus ombros se curvando.

— Kip?

Com a mão trêmula, ele pegou seu copo e virou o conteúdo de cor âmbar.

— Batata, pegue o que eu ganhei da moça.

Batata era muito mais magro que seu amigo, e Aslyn se perguntou se seus traços heterogêneos teriam algo a ver com seu apelido. Embora ele parecesse encabulado ao se aproximar dela, Aslyn não queria que ele a tocasse.

— Eu tiro — avisou ela e, sem hesitação, colocou os braços para trás e removeu o colar.

Cuidadosamente, ela puxou o pente dos cabelos. Com a reverência que eles mereciam, ela os depositou com delicadeza sobre a mesa.

Kip ergueu a cabeça.

— Você tem mais alguma coisa aí?

Ele não podia estar falando sério. Parecia, no entanto, estar falando seriíssimo.

— Não. Acho que está na hora de irmos para casa.

Ele meneou a cabeça.

— Aslyn, só preciso de mais uma chance. Eu estava tão perto. Só preciso de mais uma mão.

Aquele era o futuro que ele estava planejando para os dois? E os investidores que ele estava tão animado para conhecer? Aquela criatura a quem ela entregara suas pérolas e seu pente não podia ser um empresário de sucesso. Ele jamais teria permissão para entrar no salão do duque para discutir investimentos.

— Está na hora de ir embora, meu amigo — disse Mick, enquanto apertava o braço de Kip.

Embora as palavras tenham sido proferidas como uma sugestão, havia certa dureza em seu tom, que indicava que se tratava de uma ordem. Ela se perguntou há quanto tempo ele estava ali, se tinha testemunhado sua humilhação. Se testemunhou, não deu indício algum, parecia meramente concentrado na tarefa em questão: fazer Kip se levantar.

Kip não contestou, mas cambaleou para trás quando ficou de pé.

— Perdi para um maldito pedreiro. Ele provavelmente nem sequer sabe ler.

A fala de Kip estava embaralhada, algo que Aslyn não percebera antes.

— Você está embriagado.

— Não, mas o salão está girando. Que coisa estranha a se colocar em um hotel. Um salão que gira.

— Sua noiva tem razão, milorde — reforçou Mick. — Está na hora de ir embora.

Logo ficou bastante claro, quando Kip bateu em uma mesa, que ele não conseguia andar em linha reta sem ajuda. Mick o socorreu prontamente.

— Guie o caminho — pediu ele a Aslyn.

Ela concordou com a cabeça. Muito melhor marchar adiante do que seguir atrás deles, enquanto Kip cambaleava, apesar de todo o suporte que o dono do hotel lhe fornecia. Evitando olhar nos olhos de qualquer pessoa, ela seguiu em frente, sentindo-se grata quando finalmente chegou ao corredor, no qual havia menos fumaça e ela podia finalmente respirar e seus olhos não ardiam. Ela piscou para afastar as lágrimas, que não retornaram. Ela não pensaria no que havia perdido. Não pensaria.

Se a morte de seus pais lhe ensinara alguma coisa, era que nada se ganhava choramingando pelo que não podia ser mudado, lutando contra aquilo. Raiva, lágrimas, chiliques, nada alterava um resultado depois que já havia acontecido.

Quando chegaram ao saguão, ela avistou Fancy perto da escadaria na qual vira Mick pela primeira vez, e se virou, obviamente pegando-o de surpresa, pois ele quase a atropelou, a despeito do fardo que carregava.

— Se me der um instante, eu gostaria de me despedir de sua irmã.

Ele anuiu com a cabeça.

— Eu o levarei para fora, pedirei que alguém busque sua carruagem.

— Obrigada.

Ela caminhou na direção da escadaria.

Fancy deixou o grupo de pessoas com quem estava conversando e olhou na direção da porta.

— Lorde Kipwick está bem?

— Apenas bebeu um pouco demais.

— Não entendo por que os homens fazem isso. É algo tão estúpido.

— Sim, bem, estamos indo embora agora e eu só queria dizer que foi um prazer vê-la novamente.

— Eu realmente espero que você venha à minha livraria, quando abrir.

— Mal posso esperar. Boa noite, Fancy.

— Tenha um bom retorno para casa, Aslyn. E durma bem.

Ela duvidava que fosse conseguir. Quando chegou do lado de fora, ficou grata por ver que a carruagem já estava lá. Mick Trewlove estava parado ali, de mãos vazias. Ela assumiu que ele já tivesse colocado Kip dentro do veículo.

— Obrigada por nos convidar. O senhor tem um hotel extraordinário aqui, sr. Trewlove. Nós lhe desejamos muito sucesso com ele e em todos os seus futuros empreendimentos.

— Isso está parecendo um "adeus" definitivo, lady Aslyn.

— Acho improvável que nossos caminhos se cruzem muitas vezes no futuro.

— Nunca se sabe o que o futuro nos reserva.

Ele lhe estendeu a mão. Ela aceitou. Havia tanta força ali, tanto calor, tanta certeza. Ele a ajudou a subir na carruagem, e ela se acomodou no banco de frente para Kip, que estava largado em um canto.

— Ele vai ter uma baita dor de cabeça pela manhã — observou Mick.

— Ótimo.

Ele sorriu.

— A senhorita tem uma natureza vingativa, lady Aslyn.

— Até este momento, eu achava que não tivesse. Espero que seja apenas temporária, visto que não é uma característica muito agradável.

— Às vezes a vida pede por atitudes desagradáveis. Boa noite.

Ele fechou a porta, gritou para o cocheiro e a carruagem partiu.

Aslyn se absteve de olhar pela janela, de olhar para trás para ver se ele a estava observando. Por algum motivo inexplicável, ela não queria que ele a dispensasse e seguisse seu caminho alegremente. Mas também não queria que soubesse que ela era, de fato, vingativa. Deu um chute na canela de Kip.

— Maldição! — reclamou ele atropeladamente, agitando-se, endireitando-se um pouco, e olhando para ela com um olho.

— Você perdeu as pérolas e o pente da minha mãe.

— Eu compro outros.

— Não serão os mesmos. Eu gostava deles não pelo que eram, mas por sua origem. Eu tenho tão pouco dela, quase nenhuma lembrança.

— Sinto muito, Aslyn. Achei que fosse vencer. Mas acabei perdendo tudo que tinha comigo.

— Quanto?

— Mil libras.

Ela ficou olhando fixamente para ele, incrédula.

— O que é que você estava fazendo com tanto dinheiro no bolso?

— Achei que iria para o clube depois. O dinheiro é irrelevante.

— Eu não acho.

— Perdi meu relógio de bolso.

— Aquele que seu pai lhe deu quando você atingiu a maioridade?

— Não conte a ele — choramingou Kip, encolhendo-se ainda mais no canto.

Um relógio que havia sido repassado na família por pelo menos três gerações.

— Não entendo como você pode apostar tudo que tem.

— Porque você não sabe como é a sensação.

— De perder?

— De ganhar. — Saindo de sua toca, ele se inclinou animadamente na direção de Aslyn. — Você não faz ideia. Seu coração bate tão forte que é possível ouvir o sangue correndo pelos seus ouvidos. Sua mente entra em um estado de euforia que faz parecer que o universo inteiro está expandindo. Suas terminações nervosas formigam e ficam incrivelmente sensíveis. Todas as sensações, todas as emoções são intensificadas. Não existe nada igual. É como se sentir vivo.

Só que ela se sentira desolada, morta ao entregar suas pérolas.

— Você precisa parar. Não pode continuar fazendo isso depois que nos casarmos.

Ele piscou de maneira lenta, como se estivesse tendo dificuldades em processar as palavras dela. Eles provavelmente deviam esperar até que o álcool não estivesse mais correndo por suas veias, mas a raiva e a decepção estavam revolvendo dentro dela, e era impossível conter tudo aquilo.

— Você está me proibindo? — perguntou ele, incrédulo.

— Sim, acho que estou.

— Esposas não proíbem.

— Maridos honram os pedidos de suas esposas se quiserem harmonia em seu casamento.

— Não quando são irracionais.

— Você perdeu o relógio do seu pai. Perdeu mil libras. Perdeu minhas pérolas e meu pente. Tudo em uma única noite. Não permitirei que o dinheiro da minha herança seja torrado depois que nos casarmos.

— Não vou abrir mão da minha vida. Não vou me tornar meu pai, sempre paparicando minha mãe, a despeito de todo o resto, inclusive de seu filho. Você não pode esperar isso de mim, e se espera, ficará tristemente decepcionada.

— Não, não acho que ficarei decepcionada, visto que dificilmente me casarei com você se você não está disposto a abrir mão dessa jogatina incessante.

Aquelas palavras saíram de forma espontânea, deixando um embrulho em seu estômago. Ela não podia, no entanto, negar a verdade embutida nelas. Aslyn sabia, sem sombra de dúvida, que não encontraria a felicidade com o homem — bêbado, desgrenhado e exigente — que estava sentado à sua frente.

— Você está sendo absurda — afirmou ele. — Exagerando. Eu gosto de jogar. É algo inofensivo. Não é como se eu fosse bater em você.

A conversa estava se deteriorando rapidamente, deixando-a ainda mais chateada. Ela nunca o considerara capaz de um comportamento tão degradante.

— Nunca achei que você fosse me machucar, mas, esta noite, machucou. E envergonhou a mim, bem como a si mesmo. Fez um circo de nós dois.

— Para um bando de plebeus cujas opiniões não têm mérito algum. Eles não são nada... Oh, Céus.

Apoiando a mão no banco dela, ele abaixou a cabeça.

— O que foi? Qual o problema?

— Vou vomitar.

— Pare! Pare! — gritou Aslyn enquanto batia no teto.

A carruagem parou. Kip abriu a porta e saiu aos tropeços. Ela o ouviu regurgitar, sentiu-se enjoada também. Não sentia qualquer admiração pelo homem que a acompanhava naquela carruagem. Ela nem sequer podia afirmar que gostava dele, que apreciava sua companhia.

Temia ter ficado noiva de um homem que não conhecia de verdade. E mais: temia que o homem que vira naquele dia fosse o verdadeiro Kip — um homem com quem não podia se casar.

Algumas horas mais tarde, depois que todos haviam ido embora, todas as luzes foram apagadas e o silêncio permeava todos os recintos, Mick parou diante da janela de sua biblioteca e olhou para a noite, lentamente puxando as pérolas como uma serpentina por entre os dedos. Ele podia até imaginar que sentia o calor do pescoço dela ainda pulsando pelas contas brancas.

Ele nunca tivera muito respeito pela aristocracia. Malditos figurões que ganhavam tanto, não eram gratos e tendiam a perder tudo com uma facilidade tremenda, como se não tivesse relevância alguma e eles pudessem conseguir mais com um estalo de dedos. Na gaveta de sua mesa havia meia dúzia de vales que atestavam essa atitude. Também em sua gaveta havia então um relógio de bolso de ouro que trazia a gravura intrincada de um cervo, parecido com o que ocupava o canto do brasão dos Hedley. Talvez um dia ele prendesse a corrente que o acompanhava ao botão de seu colete e enfiasse o relógio no pequeno bolso, de onde poderia pegá-lo com facilidade, olhar para ele, e ver as horas.

Naquela noite, seu foco estava nas pérolas. Ele reparou no momento em que ela percebeu que as havia perdido. Notara o abalo em seus olhos, que logo passou, bastando que ela piscasse. Se ele não estivesse observando tão atentamente, teria perdido. Mas ele a estava observando, estudando-a a noite toda, buscando por fraquezas — e tudo que encontrara foram pontos fortes.

Ele quis aplaudir quando ela colocou os braços para trás e tirou as pérolas do pescoço. Batata não percebeu como era sortudo por ela ter tomado a iniciativa. Se ele a tivesse tocado, Mick teria quebrado os dedos dele, ou, no mínimo, dado um soco no homem. Batata estava seguindo as ordens do pedreiro para coletar seu prêmio, mas Mick reconhecia que, quando se tratava de lady Aslyn, ele parecia não ter a habilidade de pensar racionalmente.

Quando ela saiu do salão com a cabeça erguida, os ombros para trás, a espinha ereta — a despeito da vergonha que o bêbado que Mick estava carregando lhe causara —, ele pensou que nunca tinha visto ninguém com um comportamento tão majestoso. E a dama — uma verdadeira lady, se é que isso existia —, apesar de tudo, tinha se dado ao trabalho de dizer algumas palavras de despedida para sua irmã.

Kipwick não a merecia. Ele se perguntou se ela perceberia antes que fosse tarde demais. Ou se caberia a ele provar isso a ela.

Antes ele a julgava essencial para seu esquema de provocar a queda dos Hedley. Agora receava que ela pudesse muito bem causar a sua.

Capítulo 10

ASLYN ACORDOU COM O sol entrando pela janela do quarto. Ela não esperava isso. Com o coração tão apertado, devia ser despertada pela chuva, uma abundância de água jorrando em cascatas que prejudicam a visibilidade. Suspirando fundo, ela se obrigou a levantar e se acomodou nos travesseiros. Na noite passada, ela instruíra a Nan que trouxesse seu café na cama. Ela não conseguiria encarar o duque à mesa de refeições.

Felizmente, nem ele, nem a duquesa estavam esperando por ela quando ela chegou em casa, então eles foram poupados de perceber que seu filho não a havia acompanhado até dentro da residência. Depois da crise de vômito, ele voltara para a carruagem, encolhera-se no banco e começara a roncar alto, como se a ameaça de Aslyn de cancelar tudo pouco importasse. Por um breve instante, ela considerou acordá-lo para que pudessem terminar sua conversa e chegar a algum tipo de acordo ou entendimento, mas ela não podia confiar em nenhum discurso racional da parte de Kip no estado em que ele se encontrava. Tinha que esperar que ele ficasse sóbrio.

Ao chegar à mansão, ela descera apressadamente da carruagem, deixando-o sozinho para ir para a própria casa, onde supunha que seus criados ou o ajudariam a entrar ou simplesmente o deixariam ali, dormindo no veículo. Ela esperava que o deixassem ali. Kip traíra sua confiança, provara-se indigno do afeto dela.

Como ela podia ter sido tão tola com relação a ele? Embora tivesse sido criada para esperar o casamento, para se tornar uma esposa e uma mãe como parte de sua obrigação, no momento, ela não tinha certeza de que era isso que queria. Nunca antes Kip demonstrara um descaso tão gritante por seus sentimentos.

Suspirando fundo, Aslyn esfregou as mãos no rosto. A melancolia não combinava com ela. Ela estava cansada de ser tão passiva, de esperar que a vida acontecesse por ela. Sua felicidade dependia de Kip, ao passo que a dele dependia das malditas cartas e apostas. Quando ele havia descrito como era a sensação de ganhar, tudo em que ela conseguira pensar era que as mesmas coisas aconteciam quando ela estava perto de Mick Trewlove. Ela não tinha muita certeza do que isso significava. Aquele homem a confundia de maneiras que ela nem sequer sabia que existiam.

E com quem ela poderia discutir todos esses sentimentos confusos pelo Kip que ela admirava e cujas ações ela agora detestava, e por Mick, que a Sociedade insistia que ela afastasse por causa de sua origem, mas que ela passara a admirar?

Ela não podia pedir conselhos à duquesa, não podia contar a ela sobre o comportamento pavoroso de seu filho, nem podia revelar que achava Mick Trewlove um verdadeiro cavalheiro. Então com quem iria conversar? Ela fora criada quase totalmente isolada na propriedade ducal até chegar a hora de participar de uma Temporada. Conhecera outras moças, mas não ficara próxima delas; elas não compartilhavam intimidades, apenas fofocas. Era com Kip que ela sempre conversava, dividia suas dúvidas e seus medos, suas esperanças e seus sonhos. Ela se sentia como se ele os tivesse esmagado, partido, deixado de lado e, ao fazer isso, ele também a havia deixado de lado, sem pesar, e com raiva, e com palavras que jamais seriam esquecidas.

Jogando as cobertas para trás, ela saiu da cama, sem conseguir suportar ficar remoendo os fatos. Ela iria se juntar ao duque para o café da manhã. Iria encontrar um propósito em sua vida que não envolvesse o casamento. Iria determinar a melhor maneira de ajudar Kip a perceber que ele precisava deixar de lado as mesas de jogos antes que elas o destruíssem. Não iria abandoná-lo, mas também não conseguiria acolhê-lo, não do jeito que ele estava na noite anterior, não do jeito que ele talvez tenha estado muitas vezes até então.

Houve uma batida suave à porta e Nan a abriu e entrou com uma bandeja.

— Pensei que a senhorita quisesse o café da manhã na cama.

Oh, céus. Ela não podia não comer no quarto depois de ter feito a criada se dar ao trabalho de levar até ali.

— Vou comer na sala de estar.

Nan colocou a bandeja na mesa baixa antes de se virar para olhá-la, parecendo um tanto culpada.

— Outro pacote chegou para a senhorita, como da outra vez. Bem, não totalmente. Não foi o mesmo rapaz que o trouxe, foi um baixinho desalinhado que instruíram a entregá-lo somente a mim, e que eu o entregasse somente à senhorita.

Ela lhe deu uma caixa de couro, com um formato parecido com o da primeira, mas maior.

Aslyn a pegou e abriu. Em um pequeno cartão estava escrito: *Uma dama jamais deveria ser separada de suas pérolas.*

Ela ergueu o bilhete. Debaixo dele estavam seu colar e seu pente. Aslyn sentiu uma dor no meio do peito, um nó, como se seu coração estivesse sendo apertado cada vez mais. Seus olhos ardiam mais do que quando ela entrou no salão de carteado fumacento. Mais do que quando ela percebera que Kip não cumprira sua promessa, que ele tinha, afinal, perdido a aposta.

Mick Trewlove estava demonstrando uma bondade para com ela que seu próprio noivo falhava em demonstrar. Um segundo homem estava entrando em sua vida, enquanto o primeiro estava saindo dela. A confusão a abalou. Ela se sentiu como se estivesse empoleirada no deque de um navio em meio a uma tormenta. Não deveria, absolutamente, pensar em Mick, mas foi atingida pela percepção horrível de que não tinha desejo algum de pensar em Kip.

Mesmo assim, duas horas depois, ela se encontrava parada no saguão do sobrado de Kip.

— Sinto muito, milady — disse o mordomo, um arrependimento genuíno se refletindo em seu tom de voz —, mas milorde não está se sentindo nada bem hoje.

Olhando para as escadas, ela se perguntou se, esforçando-se o suficiente, ela conseguiria vê-lo sofrendo. Ela precisava conversar com ele; eles precisavam resolver as coisas. Muito havia sido dito, muito não havia.

— Avise-o que estive aqui e que espero que ele me visite esta tarde, assim que estiver em condições.

— Sim, milady.

Ela se virou para ir, parou, virou-se novamente.

— Ele costuma não se sentir bem assim sempre?

Pigarreando, o mordomo olhou para baixo, como se precisasse analisar o polimento de seus sapatos. Seu silêncio revelou sua lealdade, bem como deu a Aslyn sua resposta.

— Minhas desculpas. Eu o coloquei em uma situação de desconforto. Certamente direi a ele que detém sua confiança.

— Obrigado, milady.

Ela saiu da casa, com suas duas aias a seguindo. Toda sua vida, Aslyn ouvira e obedecera aos conselhos da duquesa quanto ao perigo que estava à solta, e nunca arriscara se afastar do que lhe era familiar. No entanto, era o familiar que estava fazendo seu coração doer. Ela precisava ajudar Kip, mas não sabia como. Ela achava, contudo, que podia ter uma boa ideia quanto a por onde começar.

Esperou ansiosa até a casa estar em pleno silêncio e absolutamente estática. Assustadoramente estática. Ela ignorou as advertências de Nan e recusou a oferta de sua aia de acompanhá-la. Se algo saísse errado, ela não queria que sua fiel criada levasse a culpa. Além disso, havia certa excitação em sair da mansão desacompanhada. Até aquele exato momento, quando a porta se fechou atrás dela e Aslyn se encontrou parada sozinha na varanda, ela não havia percebido que nunca se aventurara pelas ruas sem que um grupo de criados esperasse por ela ou a seguisse por aí, ou sem Kip para lhe oferecer o braço.

Mas aquela noite era apenas ela. Bem, ela e o cocheiro do veículo de aluguel que a estava aguardando no final da longa entrada de carros que agora ecoava seus passos apressados. Ela combinara tudo aquela tarde, quando saíra, em teoria, para fazer compras. Em vez disso, estava estudando suas opções para escapar clandestinamente.

"Escapar" era uma palavra ruim, mas havia uma série de maneiras de se enclausurar alguém, e nem todas elas requeriam barras de ferro ou portas trancadas.

O cocheiro inclinou o chapéu e abriu a porta quando ela se aproximou.

— Senhorita.

— Obrigada por me encontrar.

— Não costumo receber o dobro do pagamento antes da corrida.

Sua saída vespertina incluíra uma visita ao banco em que ela tinha conta, na qual uma pequena quantia da herança que seu pai deixara era depositada todo mês — para que ela tivesse o que gastar. A maior parte de sua mesada ia para o duque, para que ele pudesse bancar as necessidades de Aslyn sem que ela se tornasse um fardo para a família dele. Quando se casasse, esse dinheiro seria entregue ao seu marido. Se ela estivesse solteira ao completar 25 anos, tudo passaria a ser entregue a ela. Até a noite anterior, ela nunca havia pensado naquilo. Mas agora, a possibilidade pairava sobre ela, clara e convidativa.

Ao segurar a mão que o cocheiro lhe ofereceu, um tremor de mau pressentimento percorreu seu corpo. Se ela fosse mudar de ideia, aquela era a hora. Em vez disso, Aslyn respirou fundo, subiu no veículo e se acomodou no banco. A porta se fechou com um barulho bastante alto que a fez dar um pulo.

— Para onde, senhorita?

Ela deu o endereço a ele.

— Levo a senhorita até lá em um piscar de olhos.

O cocheiro subiu. O cavalo começou a galopar.

Ela puxou o capuz de sua capa por cima da cabeça, não por achar que alguém fosse reconhecê-la, mas porque parecia ser o tipo de coisa que uma mulher atravessando a cidade sozinha deveria fazer: esconder sua identidade o máximo possível. Uma dama passeando por aí sem um acompanhante não era, afinal, dama alguma.

O ar estava fresco, ou talvez fosse apenas o medo que estivesse esfriando seus ossos. Toda a responsabilidade recaía sobre ela, pesava sobre ela. E se tivesse julgado Mick incorretamente? E se ele fosse exatamente o tipo de patife sobre o qual a duquesa lhe alertara, um homem que se aproveitaria de uma mulher sozinha? Tendo duas irmãs, como ele poderia? Como poderia olhá-las nos olhos se tratasse outra mulher com rudeza?

Eram quase 23h. Havia poucas pessoas na rua, mas mais do que Aslyn esperava. Ela frequentemente retornava dos bailes para casa à noite, mas nunca prestara muita atenção no que estava acontecendo à sua volta. Agora ela se perguntava quem eram aquelas pessoas. Por que não estavam na cama? Quais atrativos encontravam?

Ela avistou o hotel bem antes de chegar lá. Ele se destacava como um talismã. A carruagem parou, e ela percebeu que tinha uma última chance de mudar de ideia, de instruir ao cocheiro que continuasse, que a levasse para casa. Em vez disso, quando ele abriu a porta, ela permitiu que ele a ajudasse a descer.

— Vou esperar até a senhorita estar lá dentro em segurança.

Ela não tinha tanta certeza de que estaria mais segura lá dentro do que ali fora, mas apreciou a consideração. Marchando escadaria acima, viu o porteiro vestido de vermelho que estava parado do lado de fora das portas duplas de vidro se endireitar e tocar o chapéu com o dedo.

— Senhorita.

Desde que se entendia por gente, Aslyn era tratada como "milady". Sem dúvida, aquele termo a acompanhava desde o berço. Era estranho que dois rapazes não a tratassem dessa forma. Por outro lado, jovens *ladies* não deveriam escapulir de suas casas àquela hora da noite.

— Estou aqui para ver o sr. Trewlove.

Subitamente, ocorreu a Aslyn que era muito provável que ele não estivesse ali. Nesse caso, era bom que o cocheiro tivesse ficado esperando com a carruagem.

— Último andar, senhorita.

Ele abriu uma das portas.

— Ele está?

Uma coisa fútil a se perguntar naquele momento, visto que ele certamente não teria aberto a porta se a pessoa que ela estava procurando não estivesse.

— Sim.

Assentindo com a cabeça, ela olhou de volta para a carruagem e para o cocheiro, que esperava pacientemente.

— Você aguardaria vinte minutos? Pago pelo seu tempo.

Sua visita não duraria mais do que isso.

— Será um prazer, senhorita. E não se preocupe em pagar a mais. A senhorita já cobriu bem mais que esse tempo.

— Obrigada!

Com um aceno breve, ela se virou novamente e entrou.

Um homem estava parado atrás da recepção na qual os hóspedes retiravam as chaves de seus quartos.

— Boa noite, senhorita.

— Estou aqui para ver o sr. Trewlove.

Nesse ritmo, Londres inteira iria saber que ela estava ali e quem ela fora visitar. Ela de fato não tinha pensado muito nessa parte de seu plano. Obviamente, organizar encontros clandestinos não era seu forte.

Começou a subir a escadaria imensa e subiu, subiu, subiu até não haver mais degraus acarpetados, apenas um longo corredor com várias portas de madeira fechadas e uma porta de vidro. *Trewlove* estava gravado nela. Como era a mais próxima e Aslyn podia ver a luz brilhando ao fundo, ela decidiu começar por ali.

A porta se abriu silenciosamente em uma sala de estar, com uma mesa grande onde ela supunha que o sr. Tittlefitz trabalhasse enquanto as pessoas aguardavam para ter uma audiência com Mick. Ela supunha que o escritório do dono fosse mais adiante. A porta estava aberta. Ela caminhou em sua direção...

Ele estava sentado atrás de uma mesa de madeira escura, quase preta, com o dobro do tamanho da de Tittlefitz. Não estava usando paletó, colete ou gravata. Os botões de cima da camisa branca estavam abertos; as mangas, arregaçadas até os cotovelos, como se ele estivesse no meio de um trabalho braçal. Seus cabelos se encaracolavam de modo desalinhado. Pequenas sombras pouco acima e abaixo de sua barba indicavam que ele não a havia feito. Ele parecia rude, perigoso, um produto de suas origens. A mente de Aslyn a traiu com o pensamento de que ela jamais vira alguém tão maravilhosamente masculino e atraente.

Ele estava lendo uns papéis, ocasionalmente passando a caneta pelo pergaminho. Vê-lo provocava coisas estranhas dentro dela, como se mil borboletas estivessem batendo suas asas. Ele foi molhar a caneta no tinteiro, pausou, ergueu a cabeça e a fitou com seu olhar azul, e Aslyn se sentiu como na única vez em que ousara subir em uma árvore, caíra e atingira o chão com força. Ela sentia dificuldades em inspirar, achava que nunca iria conseguir — e então o ar entrou como um turbilhão, acompanhado por uma dor doce e deliciosa.

Muito, muito lentamente, de modo que seus movimentos eram quase imperceptíveis, ele largou a caneta e se levantou.

— Lady Aslyn.

A voz dele era rouca, como se ele não tivesse bebido nada por um século, embora houvesse um copo com um líquido âmbar em sua mesa, perto da pilha de papéis, a fácil alcance. Talvez fosse o que ele estava tomando — o que quer que fosse — que tivesse queimado sua garganta.

— Sr. Trewlove.

Ele deu uma olhada na direção das janelas, como que para confirmar que ainda era noite além daquelas paredes. Seu olhar voltou para ela.

— Em que posso servi-la?

Retomando sua determinação, ela marchou adiante e colocou a caixinha de couro no meio da mesa dele.

— Uma dama não pode aceitar um presente tão precioso de um cavalheiro que mal conhece.

Lentamente, o olhar azul intenso dele passeou por seu corpo, parecendo se demorar um pouquinho em cada botão, em cada laço, em cada fecho.

— Na última vez que a senhorita devolveu um presente para mim, mandou um advogado resolver a questão.

Ela reparou na pequena caixa de couro no canto da mesa dele. Seria o camafeu? Ele o mantinha visível como um lembrete de que ela rejeitara sua proposta? Mas se ele se sentisse incomodado por isso, com certeza não teria lhe mostrado o hotel, nem dançado com ela.

— Na época, eu não sabia onde encontrá-lo.

Ele abaixou os olhos para a caixa contendo as pérolas e o pente, então olhou para ela por trás das pálpebras semicerradas.

— Não é um presente, é apenas a devolução de algo que lhe pertence.

— Tenho certeza de que o senhor precisou pagar para obtê-los.

Ele deu de ombros, como se aquilo não fosse relevante.

— Compre-os de mim, então.

Cem libras só pelo pente. As pérolas provavelmente tinham o mesmo valor, talvez mais. Ela estava certa de que não seria uma troca justa, mas de fato ansiava para tê-los de volta.

— Quanto?

— Uma libra.

— Tenho certeza de que ele cobrou mais. Tenho mil...

— A senhorita perdeu o juízo? — gritou ele, o azul de seus olhos lembrando Aslyn das chamas dançantes mais quentes de uma fogueira. — Caminhando por Londres à noite com mil libras?

— Não, eu vim em um coche alugado.

— E se algum homem decidisse parar aquele coche para roubá-lo? Roubar a senhorita? Pegar o dinheiro desse seu belo corpinho?

Ele achava que ela tinha um corpo bonito? Ele estava zangado com ela, mas Aslyn não parecia conseguir sentir medo da fúria dele. Em vez disso, ela ficava satisfeita por ele parecer se importar com sua segurança, embora achasse que havia tomado as precauções necessárias para garanti-la.

— Por que alguém acharia que vale a pena me roubar?

— Porque a senhorita está vestindo roupas boas, como uma dama tola o suficiente para perambular por Londres com mil libras escondidas em sua...

Ele gesticulou para ela como se achasse que ela podia ter guardado o dinheiro em alguma região inominável.

— Minha bolsa.

— Bem, não teriam parado após pegarem o dinheiro. Teriam feito uma revista completa...

Ela não queria ouvir onde eles a revistariam.

— Como eu disse, não vim a pé. Bom, com exceção das suas escadas, e seu empregado estava lá para cuidar de mim.

A fúria pareceu se esvair dele.

— Há homens por aqui que matariam por mil libras...

— Suspeito de que também existam alguns que trapaceassem por esse dinheiro. Seu pedreiro trapaceou ao jogar cartas com Kipwick?

— Não. Meu povo sabe que não tolero trapaças. Eu o teria mandado embora. Um homem que trapaceia no carteado pode trapacear em outro lugar, inclusive no trabalho que presta a mim. Além disso, meus irmãos estavam observando. O problema, lady Aslyn, é que seu noivo entorna a bebida da mesma forma que segura as cartas. Beber demais prejudica o julgamento de um homem, sua capacidade de calcular as chances de ganhar.

Ele receava que a bebida não fosse o único problema de Kip.

— Como ele perdeu de maneira justa, então, e o senhor ofereceu me vender os itens de volta, diga-me quanto lhe devo.

— Já disse. Uma libra.

— Não acredito nisso.

Ele arqueou uma sobrancelha escura que emoldurava aqueles lindos olhos azuis.

— Está me chamando de mentiroso?

Ele ergueu o queixo.

— Sim. Acho que estou, sim.

A risada dele, intensa e masculina, circundou-a, fazendo as borboletas, agora mais calmas, agitarem-se novamente.

— Ninguém nunca ousou me chamar de mentiroso... Ao menos não na minha frente.

— Só acho muito difícil acreditar que o rapaz da noite passada estivesse disposto a se contentar com tão pouco, sendo que obviamente sabia que as peças eram de valor.

— Ele não fazia ideia do valor. Calculou com base no que podia perceber da dama que as estava usando. Ele conhece qualidade quando a vê.

— Que valor ele insistiu que o senhor pagasse para entregá-las?

— Ele me deve seu sustento de vida. Como um favor, trocou-as por uma libra.

Ela meneou a cabeça.

— Não posso lhe dar apenas uma libra. Não parece certo.

— Dei cinco xelins para o rapaz que as entregou na Mansão Hedley. A senhorita pode me reembolsar esse valor, também.

Homem teimoso. Se ele realmente havia pagado uma libra, ela comeria o capuz de sua capa. Abrindo a bolsa, ela remexeu até encontrar as duas moedas de que precisava. Colocou-as na mesa, pegou a caixa de couro e a largou na bolsa.

Ele deixou as moedas onde estavam, inclinou o chapéu na direção do canto da mesa, sorriu.

— A senhorita pode comprar o camafeu por um xelim.

Ela não ficou nem um pouco tentada.

— O senhor pagou bem mais que isso por ele. Eu também sei reconhecer a qualidade. E não me diga que o joalheiro lhe deve seu sustento e, por isso, vendeu-lhe a peça por um valor baixo. É absolutamente lindo, contudo.

— Minha mãe sempre quis ter um camafeu, achava que era algo que mulheres finas usavam.

— Então o senhor deveria dá-lo a ela.

— Já dei uma meia dúzia. Sempre que vejo um que é um pouco diferente, pego para ela. O fato de eu estar pensando nela quando compro o torna especial. Eu não estava pensando nela quando comprei este aqui.

Aslyn sentiu as bochechas esquentarem. Ele estava pensando nela. Não era como se ela não soubesse desse fato. Mesmo assim, verbalizá-lo fazia com que parecesse ainda mais escandaloso, em especial porque ela se pegou pensando em quais seriam, exatamente, os pensamentos sobre ela que podiam estar povoando a mente dele naquele momento.

— Não posso aceitar.

— Nem mesmo como um presente de noivado?

As bochechas dela ficaram ainda mais quentes, e Aslyn ficou surpresa por não se incendiarem.

— Isso seria completamente inapropriado.

— Que pena.

Ela deu uma olhada ao redor do recinto, olhou para a estante de livros-razão, para a de livros, para um móvel de madeira que se resumia a nichos, fendas e gavetas de tamanhos variados. Além da cadeira atrás da mesa, havia outras duas à sua frente. Couro preto, estofado generoso. As pessoas que faziam negócios com ele se sentiriam confortáveis ao fazê-lo. A sala estava parcamente iluminada, a única luz vinha da lamparina sobre a mesa. Aslyn se perguntou por que não havia reparado antes. Ele parecia sobressair-se diante de seus olhos, absorver todo o seu foco.

— O senhor tem um belo escritório.

Ficava em um canto do prédio, com janelas atrás dele e na parede ao lado.

Ela caminhou até uma janela lateral e olhou para fora. Podia ver a rua na qual a carruagem havia parado. O cocheiro ainda estava esperando, embora ela suspeitasse de que já tinham se passado vinte minutos. Embora ele não tivesse feito nenhum barulho, ela estava plenamente ciente de que Mick a seguira e parara trás de seu ombro esquerdo. A sala encolheu com a proximidade dele.

— Aquele prédio do outro lado da rua, na esquina. É lá que sua irmã quer a livraria?

Pelas janelas, tinha três andares de altura e uma aparência singular.

— É.

— O senhor vai permitir?

— Se ela verdadeiramente quiser.

A voz dele ficara mais grave, mais rouca, como se estivesse respondendo uma pergunta completamente diferente. A boca dele estava pairando extremamente perto da nuca de Aslyn. Ela podia sentir sua respiração movendo mechas soltas de seus cabelos.

De repente sua boca ficou seca. Ela não conseguiria engolir nem que sua vida dependesse disso.

— Por que realmente você está aqui, Aslyn?

Nenhuma formalidade. O uso de seu primeiro nome criava uma intimidade que era carregada de promessa. Ela não deveria estar ali, mas parecia incapaz de se forçar a ir embora. Era assim que Kip se sentira à mesa de carteado na noite anterior, quando ficara desesperado para ter suas pérolas?

— O senhor tem passado um tempo com Kipwick.

— Em algumas ocasiões, sim. Ele tem certo interesse por algumas regiões questionáveis de Londres.

— Quero que o senhor o desencoraje a seguir esses caminhos que o levarão à ruína.

Embora estivesse olhando para a rua e ele estivesse atrás dela, Aslyn percebeu que ele ficou imóvel.

— Não posso impedir que um homem busque o que deseja, mas posso garantir que ele não se prejudique em sua jornada.

— O senhor detém tanto poder assim nas regiões mais sombrias de Londres?

— Foram elas que moldaram quem eu sou. Ao contrário de Kipwick, eu não as venero e nem as reverencio.

— No entanto, o senhor as usa.

— Quando é conveniente aos meus propósitos ou aos propósitos daqueles que me procuram em busca de algo que se encontra além de seu alcance, mas que eu conseguiria oferecer. Conte-me, Aslyn, o que você deseja?

A voz baixa e hipnotizante dele a envolveu em um véu de confiança. Todas as imagens pervertidas, os pensamentos impróprios que a importunavam quando ela baixava sua guarda de *lady* vieram borbulhando à tona. Imagens que preenchiam sua mente inapropriadamente quando ele estava por perto.

— Coisas que não posso verbalizar.

— Os prazeres mais sombrios, então.

A boca dele, quente e molhada, tocou sua pele na parte onde o pescoço curvava para formar o ombro. Seus olhos se fecharam. A língua dele tocou em sua pele. Agindo por conta própria, a cabeça de Aslyn caiu para trás enquanto o calor se espalhava por seu corpo, acumulando-se em sua barriga, redemoinhando para baixo para se acomodar entre suas coxas.

Os lábios dele deslizaram por seu pescoço. Sua mão segurou o rosto de Aslyn, virou a cabeça dela de leve, ergueu-a. Sua boca se afastou. Abrindo os olhos, ela se pegou olhando diretamente nas profundezas dos dele.

— Tantos pecados para escolher... — disse ele com a voz rouca, pouco antes de levar a boca à dela.

Com uma cutucada leve de sua língua, ele a instigou a abrir os lábios. Ela obedeceu, e seu mundo virou de cabeça para baixo enquanto ele explorava as profundezas ocultas com um fervor equivalente ao dela. Ali, ali estava o calor que ela esperava de um beijo. A demanda por mais, a ânsia por ter tudo.

A boca dele era deliciosa, provocativa e habilidosa. Ela não queria pensar em todas as experiências práticas de que ele havia participado para conquistar um talento tão impressionante. Não havia nada de frio, nada de apropriado, nada de distante nas ações dele. Aquele homem estava totalmente envolvido, devorando sua boca como se ela provesse seu sustento, como se apenas por ela ele conseguisse se saciar.

O coração de Aslyn batia com tanta ferocidade que ela tinha certeza de que ele conseguiu sentir quando a puxou mais para perto, achatando seus seios contra o peito largo dele. O sangue corria em seus ouvidos. Suas terminações nervosas formigavam, a umidade se condensava entre suas coxas. Havia um latejo, uma pulsação em seu sexo que urgiu para que ela pressionasse o corpo com ainda mais força contra ele. Ele grunhiu, seu peito reverberante enviando ondas de prazer pelo corpo de Aslyn. Ela precisava dar um nome àquilo que estava sentindo, às sensações que explodiam dentro dela. Um pensamento insano passou por sua cabeça.

O beijo tinha a sensação de vitória.

Beijá-la foi a melhor decisão que ele já tinha tomado na vida. Beijá-la foi a pior decisão que ele já tinha tomado na vida.

Ele tivera intimidade com outras mulheres, mas nenhuma o beijara daquele jeito, como se sua própria existência dependesse de suas bocas permanecerem coladas uma à outra, suas línguas se enroscando, uma parte veludo, outra parte seda. Os gemidos e suspiros dela o instigaram a intensificar o beijo, ao mesmo tempo que os ruídos suaves contraíam seus colhões, enrijeciam seu membro. Céus, ele corria o risco de liberar seu gozo sem sequer sentir a umidade que ele tinha certeza de que o aguardava entre as coxas dela, quente e reluzindo de desejo.

Desde o momento em que erguera os olhos dos contratos que estava analisando e a vira parada ali, ele quis pressionar os lábios nos dela, colocar as mãos em suas costas, suas nádegas, seus seios. Ele ainda não havia descido além de sua lombar para explorar adiante. Não queria assustá-la com seus desejos, com sua ânsia de possuí-la.

Especialmente considerando que seus próprios desejos o apavoravam.

Ela não era mais um meio para um fim. Tinha se tornado o fim em si. Ele deveria se sentir frio e desapaixonado ao tê-la. Seu propósito era atraí-la, mas mantendo-se distante. Em vez disso, ela tinha conseguido arrastá-lo para um redemoinho de emoções e sensações, necessidades e desejos, que eram estranhos para ele.

Ele era um homem acostumado a controlar seu mundo, seu rumo, seu destino. No entanto, quando se tratava dela, ele perdia as estribeiras. Mick se sentia como se ela tivesse uma marreta e estivesse destruindo sua muralha de indiferença, tijolo por tijolo. Como ele se protegeria quando tudo estivesse demolido? Ele não sabia se conseguiria encontrar resiliência para empilhar os tijolos de volta.

O cheiro dela era absolutamente delicioso, como flores após a chuva. Seu perfume provavelmente provinha de uma flor única, mas ele pouco sabia de nomes de plantas. Flores eram belas para se admirar, mas ele não tinha tempo para aprender os detalhes sobre elas. No entanto, naquele momento, ele sentia uma necessidade insana de cheirar cada botão que encontrasse até descobrir um que combinasse com o aroma dela.

Deslizando as mãos por debaixo da capa dela, ele acariciou sua cintura, suas costas. Tão estreitas, tão delicadas, tão frágeis. De repente ele percebeu que odiaria o homem que tomaria a inocência dela — mesmo que fosse ele próprio.

Afastando-se, ele ficou surpreso ao perceber sua respiração ofegante e esbaforida. Podia ser que a dela estivesse igual, mas ele mal notou. Em vez disso, foi abduzido pela visão daqueles lábios inchados e úmidos e pelo calor intenso nos olhos dela. Ele viu o resfriamento, a chegada da confusão, logo seguida pelo pavor.

Cambaleando para trás, ela bateu o ombro na quina da esquadria da janela, fez uma careta, afastou-se, e pôs a mão sobre a boca que ele estava desesperado para espoliar novamente. Então, ela se virou e saiu correndo.

Capítulo 11

MEU SENHOR DO CÉU! O que ela havia feito? O que havia deixado ele fazer? Deixado? Ela queria aquilo; ela o encorajara, seduzira e o provocara a fazê-lo.

Ela desceu as escadas correndo. Tantos malditos degraus. Por que ele tinha que construir um hotel com cinco andares? Havia mesmo tanta gente precisando de acomodação por uma única noite?

Ela odiava o fato de ter gostado tanto do beijo, de que ele provocou nela coisas que o beijo de Kip não havia provocado. Ela mal conseguia se lembrar da ocasião. Não fora nada, ao passo que com Mick havia sido tudo. Seu corpo respondera como se ele possuísse a chave para destrancar sua alma. Nunca antes ela se sentira tão apavorada, tão confusa... tão envergonhada porque cada centímetro de seu corpo demandava que ela retornasse para ele e o deixasse terminar o que havia começado. Usá-la para seu bel-prazer, tocá-la de jeitos que ela ansiava, mesmo sem saber exatamente como eram. Mas ele sabia. Ele sabia seduzir, provocar, satisfazer.

Tantos pecados para escolher.

Ela se pegou querendo experimentar o mais grave de todos: oferecer a si mesma para um homem sem estar casada com ele.

O amor deveria centrar uma pessoa. Não, aquilo não era amor. Longe disso. Era paixão e desejo; eram instintos animalescos. Humanos copulavam. Homens tinham desejos selvagens que as mulheres tinham o dever de manter sob controle. Esse era o motivo pelo qual homens trabalhavam na lavoura e mulheres faziam bordados. Eles tinham necessidades diferentes, propósitos diferentes. Homens eram fracos quando se tratava das questões da carne, mulheres eram fortes.

Então por que ela quase derretera aos pés dele?

Finalmente, ela chegou ao saguão.

— Está tudo bem, senhorita? — perguntou o rapaz da recepção, mas ela o ignorou, puxando o capuz da capa.

O porteiro que estava parado do lado de fora das portas de vidro deve tê-la ouvido, pois olhou para trás e abriu a porta para ela. Ela saiu apressadamente, desceu as escadas correndo e parou de maneira abrupta. O veículo de aluguel se fora. É claro. O cocheiro havia esperado mais que vinte minutos, mas não podia esperar ali a noite toda. Ele era requerido em outro lugar. Especialmente visto que uma névoa suave começara a se instaurar.

Caminhando para além da vista da porta, ela se apoiou na frente do prédio, depois dos degraus, debaixo do beiral do telhado. Aslyn se perguntou quanto tempo demoraria até uma carruagem de aluguel passar. Séculos, provavelmente. Não havia teatro algum na região para atrair multidões. Era tarde. Quem iria pensar em ir até ali procurar por uma donzela precisando de resgate?

Afastando-se da porta e espiando além da curva da esquina, ela chamou o porteiro.

— Onde eu poderia encontrar um veículo de aluguel?

— Não sei ao certo, senhorita. — A porta se abriu e ele saltou para o lado quando Mick a atravessou, devidamente trajado com um lenço amarrado no pescoço, colete e paletó, e desceu as escadas. — Quer que eu vá procurar um?

— Não é necessário, Jones — disse Mick ao criado. — Eu levarei a senhorita para casa.

Ela deu três passos para trás quando ele se aproximou.

— Não precisa. Posso ir para casa por conta própria. Só preciso encontrar um veículo de aluguel.

— Minha carruagem estará aqui em um piscar de olhos. Já mandei buscá-la.

— Não acho que isso seja prudente, considerando...

A ideia de ficar confinada em um espaço apertado com ele, no qual poderia sentir seu cheiro maravilhosamente masculino, era desconcertante.

Aparentemente alheio à névoa que descia do céu, Mick apoiou-se com o ombro na parede.

— Estou bastante certo de que você gostaria que eu me desculpasse, mas um pedido de desculpas indicaria que eu sinto muito. Eu não sinto. Queria beijá-la desde o momento em que a conheci.

Ela se sentiu como se ele tivesse arrebatado sua boca de novo. O calor fervilhou dentro dela, o ar se esvaiu de seus pulmões, e sua habilidade de reação parecia ter saído de férias.

— Foi o motivo pelo qual eu fiz a aposta com Kipwick para que você viesse ao meu evento — continuou ele.

Aquelas palavras foram um choque, tirando-a de supetão de seu estado de estupefação ao mesmo tempo que a emergiam ainda mais nele.

— Que aposta?

— Ele não lhe contou?

Não. Sua raiva de Kipwick continuava crescendo. Ela iria esbofeteá-lo na próxima vez em que o visse — por inúmeros motivos.

— Ele disse que o senhor nos havia convidado para o evento.

O ombro dele se ergueu e logo se abaixou.

— Suponho que haja alguma verdade nessas palavras.

Mas não toda a verdade. Ela percebeu no tom de voz dele.

— Qual é a verdade completa, sr. Trewlove?

— Eu realmente gostaria que você me chamasse de Mick, em especial depois da intimidade que compartilhamos, do beijo escaldante que você me deu.

— Que eu dei?

— Ainda consigo sentir o seu gosto.

Era por causa de sua origem simples que ele falava de coisas que não deveriam ser ditas em voz alta?

— O senhor não deveria dizer coisas assim.

— Elas a encabulam.

— É claro que encabulam. São impróprias.

— Não entre duas pessoas que nutrem sentimentos mútuos.

Inclinando a cabeça para o lado, ela olhou para a rua escura. Ainda não havia postes de luz. Havia apenas construções, e ela não conseguia discernir nenhum detalhe. Aslyn queria negar que nutria sentimentos por ele, mas não conseguia, visto que sentia alguma coisa, só não sabia explicar exatamente o que era. O beijo a deixara consciente de coisas que ela nunca sentira antes, fizera-a querer segui-lo a onde quer que ele a estivesse levando — mesmo que tivesse plena compreensão de que poderia ser a uma cama. Ela nunca se sentira daquele jeito com Kip, nunca imaginara corpos enroscados em meio a lençóis emaranhados. Mas ele também nunca a havia beijado como se sua vida dependesse de experimentar cada aspecto dela.

Seus pensamentos foram trazidos de volta ao problema presente quando uma carruagem puxada por quatro cavalos dobrou a esquina e parou em frente ao hotel. Mick se afastou da parede.

— Deixe-me levá-la para casa.

— Não, vou encontrar um veículo de aluguel.

Ele suspirou.

— Não vou tocar em você. Dou minha palavra.

Como se essa fosse a preocupação dela. Seu medo era que ela talvez não conseguisse resistir ao toque dele. Ele era pecado, perigo e desejo, liberando vontades dentro dela que nunca haviam sido libertas antes, vontades que ela receava não poderem ser contidas sem que ela vivenciasse plenamente o que ele tinha a oferecer.

— O senhor não precisa ter todo esse trabalho.

— Não é trabalho algum. Tenho alguns compromissos. — Um canto da boca dele se ergueu. — Prazeres obscuros e coisas assim. São mais bem satisfeitos à noite.

Ele ia para um bordel ou encontrar uma amante depois de ter dado aquele beijo escaldante nela? De que importava? Ele não era para ela, nem ela para ele. Não no fim das contas.

— Não, obrigada. Vou encontrar um veículo de aluguel. Deve haver algum por aqui, em algum lugar.

Outro suspiro, esse permeado pela impaciência, talvez por um pouco de decepção.

— Pegue a carruagem, então. Não vou com você.

— Não, não serei um inconveniente para o senhor, atrasando-o para seus compromissos.

Por mais que ela odiasse pensar que eles provavelmente envolvessem outra mulher.

— Você é uma menina teimosa.

Aslyn nunca havia se considerado dessa forma. Era estranho pensar nos vários aspectos previamente ocultos que ele despertava nela.

— Suponho que possa ser mesmo, se a situação exigir.

Outro suspiro longo, esse carregado de derrota. Ela achava que ele era um homem que nunca se rendia.

— Vou mandar meu empregado encontrar uma carruagem. Pode levar um tempo. Ao menos espere lá dentro, onde está seco e quente. Tem uma sala privativa ao lado do saguão. Pense em uma lareira queimando...

Embora a chuva não a estivesse molhando diretamente, Aslyn estava com frio ali, em meio à névoa que caía.

— Está bem. Obrigada.

Ele ergueu a mão fez um sinal com dois dedos para chamar uma pessoa. O porteiro, que trazia um guarda-chuva. Ela supunha que ele mantivesse um à mão para auxiliar aqueles que chegavam ao hotel nos dias de chuva.

— Ele a levará lá para dentro. Eu me juntarei a você em um minuto.

Segurando o guarda-chuva acima da cabeça dela, sem se preocupar em se proteger, o porteiro lhe ofereceu o braço. Segurando-o para se manter equilibrada enquanto eles atravessavam a calçada de paralelepípedos escorregadios que levava à escadaria, ela olhou para trás e viu Mick conversando com seu cocheiro. Não era sua intenção ser inconveniente, talvez devesse ter aceitado quando ele ofertou a carruagem, mas lhe pareceu errado, em vista do que acontecera no escritório dele.

O porteiro a guiou pela calçada, pela escada, a chuva tamborilando no guarda-chuva, com um pouco mais de força do que ela esperava. Estava ficando mais intensa. Aslyn teria ficado encharcada se tivesse tentado voltar para o hotel sozinha. Havia tantas coisas que ela não levava em consideração porque eram feitas de maneira automática para ela... Aslyn não gostava de perceber que era tão absurdamente paparicada, protegida, defendida.

Eles mal haviam entrado quando Mick apareceu.

— Vá para a sala, sinta-se em casa.

Ela os deixou lá, com Mick dando instruções para o porteiro — Jones, como ele chamara antes. Por algum motivo, parecia importante lembrar aquilo. Ela não tinha visto aquela sala na noite do evento; não havia sido parte de seu tour privado. Painéis de madeira escura e poltronas de veludo bordô com franjas dependuradas nos assentos davam ao recinto um ar masculino e feminino ao mesmo tempo. Aslyn escolheu uma poltrona perto da lareira apagada. Um arrepio atravessou seu corpo. Ela fora tola em insistir por um veículo de aluguel sendo que uma carruagem em perfeitas condições aguardava do lado de fora. Mas ela não iria atrasá-lo para seus compromissos, não queria aumentar ainda mais sua dívida com ele.

Os passos pesados a fizeram olhar para trás e ver Mick entrar na sala, com extrema graciosidade, força, autoridade. Aquele era o domínio dele, sua toca. Ele era o senhor supremo ali, e ela teve o pensamento fugaz de que talvez estivesse em uma situação melhor se tivesse ido para casa a pé, visto que agora estava hipnotizada por aquele homem e pelos seus movimentos.

Sem dizer uma palavra, ele se agachou diante da lareira e começou a preparação para acendê-la. Não estava usando luvas. Suas mãos fortes e hábeis ajustaram o posicionamento da lenha e fizeram algumas outras coisas, cujos propósitos Aslyn desconhecia completamente.

— O senhor não tem criados para fazerem isso? — indagou ela.

O duque, abençoado seja, chamava um lacaio se o fogo precisasse ser atiçado.

— Não vou acordá-los para isso. Faço fogo desde que eu tinha 7 anos de idade, lady Aslyn.

Ela não gostou do fato de ele ter voltado a usar o título antes de seu nome; queria a intimidade anterior, mesmo que não devesse. O fogo foi aceso, a madeira estalou, o calor começou a emanar para além de Mick.

Ele desdobrou o corpo alto e maravilhosamente esculpido, virou-se, deu um passo adiante e pegou um cobertor que estava pendurado do braço do recepcionista. Ela não ouvira o homem entrar ali. Não era de se admirar. Os empregados aprendiam a caminhar a passos silenciosos. Mesmo assim, ela ficou surpresa com a presença dele. Segurando duas taças, ele colocou uma na mesinha ao lado da poltrona dela e outra na mesa ao lado de uma poltrona diante da dela, então saiu rapidamente da sala.

— Pensei que o senhor tivesse compromissos — disse ela a Mick.

Ele chacoalhou o cobertor, abaixou-se, colocou-o sobre o colo de Aslyn, ajeitando-o dos lados. Então se aproximou ainda mais, os olhos fixos nos dela.

— Eles podem esperar. Não são, nem de longe, tão importantes quanto a senhorita.

Não era justo que ele falasse coisas que ela ansiava que Kip dissesse.

— Eu estava sendo ponderada, tentando poupá-lo do incômodo.

Sua voz saiu baixa, rouca. Nada com relação a Aslyn parecia permanecer inalterado quando ela estava perto daquele homem.

— Não é incômodo algum. Gosto de cuidar da senhorita.

Palavras que um pretendente diria, mas que Kip jamais dissera. Por outro lado, ele nunca precisou cortejá-la; seu noivado eventual sempre fora subentendido. Ela devia tê-lo feito se esforçar. Talvez assim ele apreciasse o que tinha — ou o que um dia tivera. De seu ponto de vista, seu acordo não era mais como antes.

Mick se afastou, largou-se na poltrona vazia e ergueu a taça.

— Isso a aquecerá mais do que o cobertor ou o fogo.

— Brandy?

— Conhaque, para ser preciso. — Ele esperou até ela pegar a taça, ergueu um pouquinho a sua, e inclinou levemente a cabeça de um jeito convidativo. — Saúde.

Ela bebeu. O líquido era como veludo em sua língua, suave à medida que escorria por sua garganta. Aslyn não conseguia se lembrar de ter tomado algo tão forte e saboroso. Imaginou que devia ter custado uma fortuna.

— É delicioso.

— Fico feliz que a senhorita tenha gostado.

Tomando outro gole, permitindo que o calor penetrasse em seu corpo e desse a ela uma sensação de letargia, Aslyn ficou meio tentada a se encolher e dormir.

— Então, conte-me os detalhes da aposta.

— Hum. — Ele voltou os olhos para o fogo, que agora estava flamejante, criando uma atmosfera reconfortante que pedia por um livro, ou um cachorro no colo. — Estávamos no Clube Cerberus, o estabelecimento de jogos de Aiden. Jogávamos pôquer. Eu havia acabado de me sentar para jogar. Kipwick estava jogando havia um tempo. Na primeira mão, eu sabia que podia vencê-lo, então propus uma troca. — Os olhos dele se voltaram para Aslyn, firmes, honestos, ousados. Ela sempre sentia que ele a estava analisando com cada fibra de seu corpo, que anotava sua respiração, as batidas de seu coração. — Se eu vencesse, ele a traria para o baile. Se ele vencesse, ele ficaria não apenas com o pote de apostas, mas com todas as fichas que eu ainda tinha. Com o que eu havia apostado e o que ainda restava, ele teria embolsado mais de mil libras.

Ela foi subitamente arrebatada por duas percepções: a de que Mick estava disposto a arriscar tanto para tê-la ali e a de que Kipwick *a* arriscaria por ganhos monetários. A lisonja e o desgosto brigavam dentro dela.

— E o senhor ganhou.

Ele assentiu lentamente com a cabeça.

— Vocês dois me usaram como objeto.

A voz dela era ácida, refletia sua raiva.

— Eu queria a sua companhia, a sua presença aqui naquela noite. Não me importava o que qualquer outro convidado pensasse do lugar, mas eu valorizava a sua opinião. Estava disposto a adotar uma tática questionável. Já havia pedido para ele trazê-la e ele havia recusado, receando pela sua reputação.

— E o senhor não se importou com a minha reputação.

Ele a fitou com olhos severos.

— Era um baile. Não vi como sua reputação pudesse ser prejudicada. A senhorita não me passou a impressão de ser alguém que se vangloria de sua posição na Sociedade a despeito dos outros.

Uma fagulha de vergonha cintilou dentro dela.

— Não quis insinuar que ter contato com seus convidados estivesse abaixo de mim.

— Assim como eu não quis insinuar que a vi como um objeto a ser permutado. Eu definitivamente não a vejo assim. A senhorita me intriga, lady Aslyn, mas não posso cortejá-la por dois motivos: a senhorita já é noiva, e eu sinceramente duvido que seus tutores me aceitariam na casa deles.

Eles não aceitariam. A duquesa havia deixado clara sua opinião a respeito dos bastardos. Mas, olhando para ele, ninguém saberia. Aslyn o via como um empresário, um homem de sucesso, que corria atrás do que queria. E ele queria sua companhia. Kip a abandonara pelas cartas, e Mick só saíra do seu lado quando ela insistira. Ele podia não a estar cortejando, mas certamente sabia fazê-la se sentir desejada.

— Além disso, achei que a senhorita pudesse se divertir — completou ele.

— Eu me diverti — admitiu ela baixinho. — Até o final.

— Foi uma situação bastante infeliz.

Concordando com a cabeça, ela bebericou o conhaque e voltou sua atenção para o fogo.

— Seu criado já não deveria ter retornado com o veículo de aluguel?

Com o canto do olho, ela o observou esticar as pernas, como se estivesse se acomodando para uma longa espera.

— Não há muita demanda para esses veículos a esta hora da noite nesta região de Londres. Um dia, haverá. Mas ainda não há.

Ela olhou para ele. Com o cotovelo repousado sobre o braço da poltrona, ele estava segurando o pé da taça entre dois dedos, a palma de sua mão aninhando o bojo, sem dúvida aquecendo o conteúdo. Aquela ação não deveria deixá-lo tão sedutoramente masculino, mas Aslyn suspeitava de que mesmo que ele usasse uma combinação ainda passaria a impressão de que nada com relação a ele um dia fora ou seria feminino.

— Suponho que eu deveria ter aceitado sua oferta da carruagem.

— Não é tarde demais, mas como já está mais tarde, se a senhorita for usar minha carruagem, eu terei a responsabilidade de acompanhá-la.

Ficar sentado no espaço apertado e escuro diante dela, seus joelhos possivelmente correndo o risco de se tocarem. A boca dele não muito longe da sua. Aslyn sentia-se como se ele a tivesse marcado com ferrete, de jeitos que Kip nunca marcara, nem sequer tentara. Era melhor esperar pelo veículo de aluguel do que arriscar descobrir que ela era fraca quando se tratava de Mick.

— Com relação a Kipwick, como o senhor admitiu ter passado um tempo com ele, responda-me isto: a noite passada foi uma exceção?

Ele suspirou.

— Pergunte isso a ele.

— O senhor não faz fofocas ou deturpa os fatos.

— Quando se cresce sendo alvo de fofocas, aprende-se a odiá-las.

Aslyn não conseguia imaginar que fizessem fofoca sobre uma criança, mas sua experiência com crianças era limitada. Ela fora educada dentro da propriedade. Quando era mais nova, não se relacionava com mais ninguém além de Kip — e apenas quando ele tinha tempo para ela. Ele ia para a escola. Ela sempre esperara ir, também. Tivera um breve período no final de seus estudos em uma escola para meninas, mas, fora isso, até sua primeira Temporada, sua vida fora bastante confinada.

— Eram as circunstâncias do seu nascimento que causavam as fofocas?

O canto da boca dele se curvou para cima.

— Alguns questionavam a ausência de um pai. Outros sabiam que Ettie Trewlove abrigava bastardos. As pessoas tendiam a nos evitar como se pudéssemos contagiá-las por não sermos filhos legítimos. Eu cresci raivoso, com pavio curto.

— O senhor ainda é raivoso.

Ela podia perceber na tensão em seu maxilar.

— Sou, mas agora minha raiva é direcionada a uma única pessoa: o homem que plantou sua semente dentro de uma mulher e deu origem a mim.

As palavras dele a surpreenderam.

— O senhor sabe quem é seu pai?

— Sei.

— Ele o reconhece?

— Ainda não, mas reconhecerá. No final.

Ela não compreendia as pessoas que não reconheciam seus próprios filhos, independentemente das circunstâncias de seu nascimento.

— Como pode ter tanta certeza?

Um músculo no maxilar dele se tensionou, inchou. Seria por causa da audácia da pergunta dela, ou dos meios que ele pretendia empregar para garantir que seu pai cumprisse suas vontades? Aslyn não achava que ele usaria da força física, mas ele era um homem de riqueza, poder e contatos que desabrochavam na obscuridade. Mick a analisou e ela, subitamente, desejou que houvesse uma muralha de concreto entre eles.

— Peço desculpas. A maneira como o senhor lida com sua família não me diz respeito.

— Ele não é minha família. Apenas tem o meu sangue. Família não tem nada a ver com sangue.

Ela compreendia aquele sentimento.

— Isso é verdade. Estou com o duque e a duquesa há tanto tempo que eles são mais como pais do que tutores. Eles sempre me trataram como se eu fosse filha deles de verdade.

— A senhorita os ama.

Era uma afirmação, mas permeada por um tom de surpresa.

— É claro. Eles sempre foram muito bons para mim, mas é mais que isso. São eles que me consolam quando estou triste, que faziam eu me sentir segura quando eu acordava assustada no meio da noite. A duquesa me ensinou a ser uma dama, a caminhar pelo solar com um livro equilibrado na cabeça. O duque me ensinou a dançar valsa. — Ela riu de leve. — Eu ficava em cima dos pés dele e ele rodopiava pelo salão até eu ficar tonta.

— Ele é um homem paciente, então.

Aslyn não entendia por que ele parecia tão descontente com aquela ideia.

— E dedicado a satisfazer as mulheres de sua vida. Nunca o ouvi proferir uma palavra dura ou indelicada à duquesa. Não importa o que ela queira, ele consegue.

— É isso que a senhorita quer? Um homem que nunca a desafia?

Com a boca aberta e nenhuma palavra saindo dela, Aslyn ficou olhando para ele como se fosse uma carpa que tivesse sido arremessada na orla.

— Acho que a senhorita ficaria entediada depois de um tempo — prosseguiu ele.

Minha nossa, aquilo a golpeou como se ela tivesse sido atingida por um raio: ela realmente achava Kip entediante — ao menos em comparação com Mick Trewlove. Ela não devia compará-los, e percebeu que estava fazendo exatamente isso desde o momento em que avistara Mick caminhando em sua direção nos Jardins de Cremorne como se fosse o dono da noite e de tudo que a ela pertence.

— Onde está essa maldita carruagem?

Um canto da boca dele se ergueu.

— A dama fala profanações. Eu jamais imaginaria.

— Está tarde e esta dama está cansada.

— Posso emprestar-lhe um quarto para passar a noite. — Um quarto do qual ele certamente tinha a chave. — Deve haver mais veículos de aluguel pela manhã. No mínimo, será mais seguro andar por aí em busca de um.

Ela meneou a cabeça.

— Vou esperar. Não deve demorar muito mais, e eu odiaria que seu empregado tivesse tido todo esse trabalho para depois mandar a carruagem embora.

Ela foi tomar outro gole de conhaque, e descobriu que a taça estava vazia. Como aquilo tinha acontecido?

— Gostaria de mais?

— Não.

Aparentemente, ele não acreditou nela, visto que pegou sua taça e trocou pela dele. Aslyn não queria pensar que o gosto seria ainda melhor porque a boca dele havia tocado na borda.

— A senhorita nunca havia sido beijada antes.

A indignação correu por suas veias.

— É claro que já havia.

— Então ele não fez um bom trabalho.

Não fizera. Ela odiava o fato de que Mick sabia disso, que de ele provavelmente havia adivinhado corretamente quem a tinha beijado.

— O senhor não pareceu sentir repulsa pelas minhas atitudes.

— Pelo contrário, a senhorita foi memorável. No entanto, no início, hesitou em abrir os lábios, pareceu surpresa com meus... ímpetos.

— Admito que fui pega de surpresa pelo seu método incomum de beijar.

Ele riu sombriamente.

— Incomum? Meu bem, qualquer homem que a beije de maneira adequada vai querer colocar a língua na sua boca, sua língua na dele.

As sensações a arrebataram como se a boca dele estivesse reclamando a sua novamente com uma ferocidade que beirava a brutalidade.

— Precisamos mesmo analisar o que ocorreu no seu escritório?

Ela não fazia ideia do que ele teria respondido, porque, naquele exato momento, Jones entrou de forma apressada na sala. Graças a Deus. Ela começou a se levantar.

— Sinto muito, senhor, mas não consigo encontrar nenhum veículo em lugar nenhum.

Ela voltou a se sentar. Maldição. Como foi que se metera naquela situação constrangedora?

— Obrigado, Jones. Sei que você deu o seu melhor.

— Sim, senhor.

O homem marchou para fora do recinto como se não conseguisse andar rápido o suficiente.

— Um quarto ou a carruagem? — perguntou Mick.

Capítulo 12

ENQUANTO A CARRUAGEM SE deslocava rapidamente pelas ruas quase vazias, Mick se esforçava para não se sentir decepcionado por ela ter escolhido a carruagem em vez de uma cama em seu hotel. Ele tinha um desejo irracional de que ela batizasse cada uma delas. Ele sabia que, no fim das contas, eles acabariam juntos na carruagem porque instruíra a Jones que se escondesse por uma hora e depois voltasse e dissesse que não havia encontrado nenhum veículo à disposição. Embora ela não quisesse que ele a beijasse, não quisesse que ele a tocasse, ele insistira em acompanhá-la.

Ele não conseguia explicar essa necessidade incongruente que tinha de estar com ela, de dar a ela algo que Kipwick não dera. Nem o ciúme que se espalhara por seu corpo quando ela confirmou que o conde a havia beijado. Embora ela não tivesse revelado um nome, ele sabia que seu noivo era o único homem a quem ela teria dado aquele privilégio. O fato de ela ter beijado Mick era uma aberração. Apesar de seu ego se sentir bastante satisfeito por saber que ela achara o beijo do conde pouco apaixonado, outra parte dele não gostava de saber que talvez Kipwick não estivesse dando o seu melhor a ela. Ela merecia tudo que um homem tivesse a oferecer.

Ele empurrou aquele pensamento para o fundo de sua mente, onde ele não apoquentaria sua consciência. Ela merecia muito mais do que ele ofereceria, afinal.

— Que fragrância a senhorita usa? — perguntou ele.

Aquele aroma ficaria impregnado em sua carruagem, sempre o lembrando de que ela um dia fora uma passageira, sentada a poucos centímetros dele. Zombaria dele, lembrando-o de que ele não saltara para o banco dela e a tomara em seus braços, não capturara sua boca para garantir que aqueles seus ruídos apaixonados também ficassem gravados nos confins do veículo.

— Gardênia. Era a preferida de minha mãe. Sempre que passo, sou inundada por lembranças dela me abraçando antes de ir para algum baile.

— A senhorita tem muitas lembranças de seus pais.

Ele não tinha certeza se aquilo era uma afirmação ou uma pergunta.

— Não muitas, para falar a verdade. A maioria gira em torno da minha mãe. Meu pai era um tanto intimidador. Era tão alto que eu ficava com dor no pescoço de olhar para ele. Ele parecia um gigante, na época. Na realidade, duvido que ele fosse tão alto quanto o senhor. Nossas perspectivas mudam à medida que ficamos mais velhos, maiores. Eu gostaria de ter tido a oportunidade de ter menos receio dele.

Ele não tinha lembrança alguma da mulher que lhe dera à luz, não sabia sequer como era sua aparência. Quanto a seu pai, a altura dele não iria intimidá-lo.

— E sua mãe, qual o cheiro dela?

Mick nunca havia pensado muito naquilo.

— Pão fresquinho, saído do forno, baunilha, chá recém feito.

— Ela parece calorosa e hospitaleira.

— Ela sempre foi rápida em abraçar, e igualmente rápida em dar umas palmadas se não nos comportássemos.

— Imagino que ela tenha ficado com a mão dolorida por sua causa.

Ele sorriu.

— Mesmo depois que fiquei mais alto que ela, ela nunca se acanhou. Antes, você falou com carinho dos seus tutores. Que tipo de castigo eles costumavam aplicar?

— Eu nunca tive comportamentos que requisessem castigos. Sempre obedeci rapidamente, querendo agradar. Mas, para falar a verdade, eles são um tanto superprotetores. Sabia que, até esta noite, eu nunca havia saído de casa desacompanhada? E com certeza nunca andei em uma carruagem com um cavalheiro que mal conheço. É provável que eu esteja sendo tremendamente imprudente ao fazê-lo agora, mas me sinto incrivelmente segura. Não acho que o senhor se aproveitaria de mim.

— A senhorita é bastante tola de pensar assim.

— Não. Se o senhor fosse fazer algo impróprio, teria feito em seu escritório, em seus domínios, sob seu comando.

— A senhorita não considera que o beijo foi passar dos limites?

— Claro que considero. Não deveria ter acontecido.

Ela olhou pela janela, presenteando-o com seu perfil, iluminado ocasionalmente por algum poste da rua. Era estranho como, mesmo no escuro, ele conseguia discernir o arrebitado de seu nariz. Ele devia tê-lo beijado quando teve a chance. Certamente o faria na próxima vez que tivesse a oportunidade. O nariz dela, sua sobrancelha, suas bochechas, o topo de sua cabeça. Maldição, ele estava reagindo como um garoto pateta, querendo beijar cada centímetro dela.

Ela voltou sua atenção para ele novamente.

— Como eu disse, fui protegida. Às vezes, sinto-me como se fosse sufocar. Eu estava curiosa para saber se todos os beijos eram iguais, então abracei a oportunidade de descobrir a verdade.

— E são... todos iguais?

Para ele, era uma pergunta retórica. Ele sabia a reposta, mas estava curioso para saber se ela admitiria ou aceitaria a verdade.

Ela voltou a olhar pela janela.

— Não, não são.

Ela parecia meio decepcionada, o que deveria tê-lo deixado contente. Mas não deixou. Ele não gostava da ideia de ela ficar decepcionada com qualquer coisa, mesmo que ele soubesse que chegaria um momento em que ele próprio a decepcionaria acima de tudo. O tolo irritantemente apaixonado que parecia ter se instalado nele queria perguntar se ela preferira seu beijo. Baseando-se na maneira como ela havia corrido, era de se pensar que não, mas, por outro lado, ele também contemplava a outra alternativa: que talvez ela tivesse gostado demais. Uma dama noiva de outro homem sentiria a necessidade de fugir da percepção de que fizera uma má escolha.

— Kip e eu temos um acordo — disse ela delicadamente, como se estivesse lendo os pensamentos dele. — Embora esteja um tanto abalado no momento.

As palavras dela o agradaram até demais, fizeram-no querer eliminar a curta distância que os separava e beijá-la — com intensidade, plenamente, até chegar às nuvens. Ele não a pressionou, não fez mais perguntas, porque não queria expor seu jogo, deixá-la desconfiada, pensando que ele estava interessado demais em seu relacionamento com o conde.

— A chuva parou — disse ela baixinho.

— Realmente.

Eles ficaram em silêncio. Mick ficou surpreso ao perceber o quanto gostava de simplesmente estar na companhia dela, inspirando seu perfume — talvez ele pedisse a Tittlefitz que comprasse umas gardênias para os escritórios, para o saguão. Ele não se importaria em ser recepcionado pelo cheiro dela quando entrasse no hotel.

Ele não costumava passar muito tempo com outras pessoas a não ser que fosse necessário para os negócios ou uma obrigação familiar. Preferia seus próprios conselhos, sua própria companhia. Nunca fora de se envolver em conversas fúteis, triviais. Mas, com ela, até mesmo o mais trivial parecia importante. Ele gostava de aprender coisas sobre ela. Não porque poderia usá-las para manipulá-la, mas porque cada aspecto dela o fascinava.

A carruagem parou. Ele abriu a porta, saiu, e voltou-se para ajudá-la, sentindo um prazer imenso quando ela aceitou a mão que ele ofereceu sem hesitar. Mick desejou que eles não estivessem usando luvas — ou qualquer peça de roupa, para falar a verdade.

— Foi muito inteligente instruir ao cocheiro que parasse na rua — comentou ela.

— Nossa chegada será menos chamativa, em especial se houver alguém perambulando pelos corredores.

— Todos estavam na cama quando saí.

— A senhorita assume que, depois que se deitam, as pessoas não se levantam mais. Garanto, milady, que levantam.

Ele lhe ofereceu o braço.

— Não precisa me acompanhar.

— Não vou deixá-la na rua.

— Mas se o senhor for visto, minha reputação será arruinada.

No fim das contas, seria mesmo, mas não naquela noite. Ele ainda não estava cansado daquele joguinho.

— Ficaremos sob as sombras.

Ele não gostou muito do alívio que o inundou quando a mão dela se acomodou perto da dobra de seu cotovelo, nem do seu desejo de flexionar os músculos para lembrá-la de sua força. Nunca antes sentira a necessidade de estufar o peito ou demonstrar dominação física, preferindo, em vez disso, a destreza mental necessária para se negociar. Ele a queria sentada em seu escritório, observando-o enquanto ele se reunia com advogados e investidores para garantir que o negócio o favoreceria. Ela com certeza ficaria imensamente entediada. Ou, talvez, não.

Eles caminharam pela beirada do caminho de entrada, mantendo-se longe da parte iluminada.

— A senhorita pode usar a sala de estar do meu hotel sempre que sentir vontade de escapar do confinamento daqui.

Ela o fitou, seu sorriso torto delicado, intrigante. Ele queria prová-lo novamente.

— Vou manter isso em mente.

Eles chegaram até a ampla escadaria.

— Obri...

— Eu a acompanho até a porta; quero deixá-la em segurança dentro de casa.

Mick teve a sensação de que ela pensou em argumentar, mas então decidiu que não ganharia nada com aquilo, só demoraria mais para se livrar dele. À porta, ele estendeu a mão.

— Sua chave.

Ela fez uma careta.

— Não está trancada.

Quando ele tentou abrir, no entanto, descobriu que estava.

— Receio que esteja, milady.

Os olhos dela se arregalaram.

— Não pode estar.

Afastando a mão dele, ela mesma tentou abrir.

— Sei abrir uma porta — comentou ele laconicamente.

— Não entendo. Não estava trancada quando eu saí.

— Obviamente, o mordomo fez sua ronda, trancando as portas, depois que a senhorita saiu.

Ela se escorou na porta.

— Eu não havia imaginado que ele fazia isso. Para ser sincera, esses rituais nunca passaram pela minha cabeça. Sempre tem alguém esperando pelo meu retorno, independentemente do horário. É claro que eles sempre sabem que eu saí.

Naquela noite, eles presumiram que ela estivesse na cama. Ela parecia arrasada. Todos os seus planos estavam arruinados pela falta de uma chave.

Ela se afastou da porta, esticou o pescoço para um lado e depois para o outro.

— Talvez eu possa encontrar uma árvore para subir e entrar por uma janela que esteja aberta.

— E arriscar quebrar o pescoço?

— Melhor do que ter que explicar ao duque e à duquesa o que estou fazendo aqui fora a essa hora da noite.

Ela não disse "com você", mas deixou aquelas palavras bem implícitas. Ele não devia se sentir ofendido pela insinuação de que ela sentia vergonha em ser vista com ele. Toda a sua vida envolvera encarar o fato de que ele tinha um segredo vergonhoso, e seu lado racional entendia que nenhuma dama poderia explicar adequadamente o fato de estar sozinha com um homem, qualquer homem, na calada da noite. Ele sempre conseguira conter suas emoções, mas Aslyn, de alguma forma, conseguia fazê-las se rebelarem.

— Eu a colocarei para dentro sem que ninguém fique sabendo.

Interrompendo sua análise das árvores e janelas, ela virou-se para olhar para ele.

— Como?

— Sou um homem de muitos talentos. — Ele lhe ofereceu o braço. — Venha. Vamos até os fundos.

Quando ela pousou a mão em seu braço, Mick reparou que ela tremia de leve. Estava muito mais preocupada do que deixava transparecer, e ele reconhecia que ela tinha todo o direito de estar. O futuro que tinha planejado poderia desabar ao seu redor se alguém descobrisse suas aventuras noturnas. Ele deu a volta na casa com ela, indo até os jardins dos fundos, e então atravessando o caminho que levava à entrada dos criados. Quando chegaram lá, ele bateu depressa à porta.

— O senhor vai acordar as pessoas.

— Apenas uma, se ficarmos quietinhos.

Um jovem de uns 12 anos, certamente o engraxate do duque, abriu a porta e saiu. Os olhos dele se arregalaram.

— Lady Aslyn! O que a senhorita está fazendo aqui?

Mick exibiu uma moeda.

— Se você não fizer perguntas, não buscar respostas e esquecer que foi acordado esta noite por uma batida na porta, tenho uma moeda de ouro para você.

O garoto sorriu.

— Posso esquecer rapidinho.

Mick arremessou a moeda para ele, e o rapazote a pegou habilmente. Ele se virou para Aslyn.

— Entre.

— Obrigada, senhor…

— Sem nomes.

— Certo. Obrigada por me trazer para casa em segurança.

— Foi um prazer.

Ela pareceu hesitar, como se quisesse dizer mais alguma coisa. Por fim, fez um breve aceno com a cabeça.

— Boa noite, então.

— Durma bem, lady Aslyn.

Um desejo generoso da parte dele, visto que estava, na verdade, torcendo para que ela não pregasse os olhos, para que ficasse se revirando na cama pensando nele.

Ela passou pela porta que o garoto segurava aberta e Mick a observou correr na direção da escuridão, que a engoliu até Aslyn desaparecer completamente. Tudo dentro dele queria ir atrás dela, queria salvá-la da dor que estava por vir. Mas ele esperara tanto tempo, planejara com tanto cuidado… Não podia permitir que um fiapo de gente com um nariz arrebitado e um sorriso torto o frustrasse. Afastando as incertezas e ignorando a possibilidade de arrependimentos, ele jogou outra moeda de ouro para o garoto.

— Isso é para que, se um dia eu pedir que você se recorde desta noite, você o faça nos mínimos detalhes.

— Posso me lembrar de tudo num instante.

— Garoto esperto. Você receberá mais quatro dessas se contar esses detalhes às pessoas que eu indicar. — Ele se abaixou. — E só para que os detalhes fiquem claros, meu nome é Mick Trewlove.

— Sim, senhor.

— E você, rapaz, se eu precisar encontrá-lo, por quem pergunto?

Como Aslyn não havia chamado o garoto pelo nome, ele duvidava que ela sequer soubesse quem ele era.

— Toby. Toby Williams. Sou o engraxate do duque.

— Lembre-se, Toby Williams, engraxate do duque, nem uma palavra a qualquer pessoa sem minha permissão.

Virando-se, Mick voltou pelo caminho da entrada, já discutindo consigo mesmo, já sabendo que acabara de jogar uma moeda de ouro no lixo. Ele jamais pediria para que Toby Williams contasse a qualquer pessoa o que sabia.

Capítulo 13

Ela praticamente não dormiu.

Sentada à mesa nos jardins, refletindo sobre a noite inquieta e os lençóis emaranhados quando ela finalmente levantou da cama, tudo que conseguia depreender era que seu corpo precisava de... satisfação, essa era a palavra que vinha à sua mente. Era como se ter passado tanto tempo na companhia de Mick Trewlove tivesse provocado seus anseios femininos até que eles sentissem a necessidade de explodir como fogos de artifício.

A culpa emergiu de dentro de Aslyn porque ela não parecia conseguir parar de pensar nele. Ela não devia ter ido vê-lo, não devia ter permitido que ele se aproximasse tanto, e com certeza não devia ter sucumbido à tentação do beijo dele. Como foi que ele conseguiu despertar todos aqueles desejos que Kip não despertava? Muito possivelmente porque ele a beijara com muito mais entusiasmo que o conde, porque a olhava como se ela fosse seu mundo. Kip nunca a olhara com um calor tão intenso queimando em seus olhos, com desejo e ânsia e... *cobiça*. Era aquilo que mais a perturbava.

Porque havia uma parte secreta nela que clamava por mais que toques casuais, uma pressão suave de lábios e conversas agradáveis. Parte dela clamava pela perversidade.

E Mick provia isso... Ele era um...

Ela não sabia como descrevê-lo: um malandro, um safado, um patife. Um homem. Um homem que a fazia se sentir plenamente ciente de que ela era uma mulher. Até mesmo naquele momento, as lembranças de seu toque, de sua boca brincando com a dela, eram suficientes para fazê-la se sentir como se o sol tivesse desabado do céu e caído em seu colo.

— Não vai fazer visitas hoje?

Assustada, ela ergueu os olhos e se deparou com a duquesa parada ali.

— Não, eu pensei... Pensei em apenas aproveitar os jardins, tomar um chá... — *Minha própria companhia, por medo de que um pensamento errante sobre Mick Trewlove me faça corar inconvenientemente em momentos inoportunos.* — Gostaria de se juntar a mim?

— Você parece perdida em seus pensamentos. Não quero atrapalhar.

— A senhora jamais atrapalharia. Por favor. — Ela começou a servir chá em uma outra xícara que estava na bandeja que o criado trouxera, como se não conseguisse imaginar que Aslyn pudesse permanecer desacompanhada. — Já estou bastante entediada com minha própria companhia.

A duquesa se sentou com elegância e delicadeza, como sempre fazia. Um vento forte certamente a teria derrubado.

— No que estava pensando? No casamento?

— De certa forma. Alguma outra pessoa, além do duque, chegou a cortejá-la?

Ela deu um sorriso suave, como se estivesse se lembrando.

— Tive uma série de postulantes, e eles eram todos muito agradáveis, como uma tarde quente de verão. Então conheci Hedley e ele provocou um temporal dentro de mim. Com ele, eu me sentia viva. — Ela meneou a cabeça. — É difícil explicar. — Seu olhar se focou em Aslyn. — Está tendo dúvidas?

Aslyn tomou um gole de chá, como se aquilo pudesse lhe conferir uma espécie de estabilidade, embora a porcelana provavelmente se despedaçasse se ela a segurasse com força demais.

— Eu amo Kip, realmente amo. Só não sei se é o tipo de amor que uma mulher deveria sentir por um homem com quem vai se casar. Suponho que, ultimamente, eu tenha pensado muito na intimidade do casamento — ela soltou uma risada encabulada —, e esteja tendo certa dificuldade em vislumbrá-la.

Com Kip.

— A experiência pode ser bastante agradável. Tenho certeza de que Kip lhe tratará de forma delicada.

Desviando o olhar, a duquesa bebericou seu chá, um rubor subindo por suas bochechas. Aslyn percebeu que ela provavelmente não se sentia muito confortável em imaginar seu filho na cama com sua tutelada. Não que ela a culpasse.

— A senhora acha que o duque gostou de alguma outra pessoa antes da senhora?

A duquesa suspirou.

— É bem possível. Eu não perguntei. Não quis saber, mas as mulheres o adoravam. Ele era tão belo e charmoso... Eu nem sequer podia culpá-las. — Ela largou a xícara e encarou Aslyn. — Sim, suponho que tenha havido alguém antes de mim. Mas quem quer que tenha sido, ele não ficou com ela. E desde que nos casamos, ele nunca se afastou, e é isso que importa. — Esticando o braço por cima da mesa, ela pôs a mão sobre a de Aslyn. — O amor cresce com o tempo e se intensifica com o passar dos anos. Vocês vão encarar dificuldades e desafios, mas se apoiarão um no outro e seu relacionamento ficará mais forte.

Aslyn receava que os desafios que eles talvez pudessem encarar não fossem facilmente superados — não quando eram resultado das ações de uma das pessoas, ações que podiam ser controladas, alteradas, mudadas se ele assim escolhesse; algo que ele, aparentemente, não faria.

— Sempre pensei em Kip como um bom amigo, como meu... destino. — Ela riu de leve, encabulada com a observação absurda. — Nunca olhei para outra pessoa, nunca considerei outra pessoa, nunca duvidei da devoção de Kip para comigo e nem da minha para com ele.

— Está tendo dúvidas agora? Ele fez algo que justifique suas apreensões?

Como ela poderia contar à mãe dele sobre as pérolas e o pente perdidos?

— Tenho certeza de que as reservas são apenas minhas, com minha recente preocupação por não ter experimentado o suficiente da vida para ter certeza de que estou tomando a decisão correta. Nunca passei muito tempo na companhia de outro cavalheiro.

A duquesa jogou a cabeça para trás, como se tivesse levado um soco.

— Bem, damas de verdade não passam mesmo, é claro.

— Damas de verdade têm uma série de cavalheiros que as cortejam, e eles passam um tempo na sala de visitas desfrutando da companhia um do outro. Nunca recebi outro pretendente. — Outra risada áspera. — Apesar de que, para ser sincera, ninguém nunca pediu para me cortejar. Todos sempre assumiram que Kip seria meu marido. Receio ter perdido os rituais de cortejo que servem para ajudar uma mulher a escolher.

— Você cresceu com Kip. Ouso dizer que haja pouco nele que você não conheça.

Mas havia algumas coisas, sim, algumas coisas horríveis, para falar a verdade. Duas noites atrás, ela vira um lado nada lisonjeiro dele.

— Como aprendemos tudo que há para saber sobre uma pessoa?

Ela com certeza não sabia de muitas coisas sobre Mick Trewlove.

— Acho que nunca aprendemos. Não realmente. — Aquelas últimas palavras foram ditas com delicadeza, enquanto a duquesa voltava sua atenção para os jardins. — Isso não é necessariamente algo ruim. Todos temos nossos segredos.

Mas ela não deveria saber de tudo sobre a pessoa com quem iria se casar?

A duquesa pegou seu chá, virou a cabeça de leve e sorriu.

— Ora, por falar no diabo...

Olhando para trás, Aslyn viu Kip caminhando em sua direção. Ele parecia consideravelmente melhor do que na última vez que o vira. Ela ficou contente por ver que sua expressão refletia um pouco de arrependimento.

— Mãe — cumprimentou ele, abaixando-se e dando um beijo rápido na bochecha da duquesa. Finalmente, ele olhou para Aslyn. — Aslyn. Espero que esteja bem.

— Estou. Bastante bem.

Uma mentira. Ela estava cansada, chateada e confusa. Dois homens eram responsáveis por essas três sensações. Ela estava bastante enfezada com ambos.

— Mãe, a senhora me dá um instante sozinho com minha noiva? — pediu Kip.

— É claro — respondeu ela, dando um sorriso largo para Aslyn, como que para afirmar que estava tudo bem, que tudo ficaria bem, que sua vida com Kip seria extraordinária. — São quase duas horas. Está quase na hora de seu pai e eu fazermos nosso passeio diário pelos jardins.

Com graça e elegância, ela se afastou para inspecionar as rosas, dando privacidade a eles.

Kip ocupou a cadeira deixada por sua mãe, sentando-se de frente para Aslyn.

— Sei que você está irritada comigo.

— Estou bastante irritada, sim.

— Tenho certeza de que foram ditas coisas que não eram intencionais.

— Não por mim.

Ele não pareceu muito contente com a resposta dela. Olhando para o lado, Aslyn viu quando o duque se juntou à sua duquesa e a acompanhou jardim adentro. Embora Aslyn achasse a atenção do duque para com a esposa tocante, ela percebia então que não podia confiar em Kip para demonstrar a mesma consideração.

— Tenho algo para você — anunciou ele, captando a atenção dela novamente.

Ela o observou enfiar a mão no bolso do paletó e tirar uma pequena caixa de couro. Kip a colocou sobre a mesa e, com dois dedos, empurrou-a na direção de Aslyn.

— Abra.

Ao abrir, ela viu um colar de pérolas.

— Não consegui encontrar um pente... — Ele bufou. — Não me lembro de como o pente era, para ser sincero, mas se você puder desenhá-lo para mim, talvez eu possa mandar fazer um.

Ela o fitou.

— Como eu disse, aquelas peças não podem ser substituídas.

— É claro que podem. Sei que não serão as da sua mãe...

— Mas era isso que as tornava especiais.

— Então essas serão especiais porque eu as dei a você.

Aslyn supunha que ele tinha razão naquele ponto, mas o motivo pelo qual ele as estava dando a ela amargava qualquer sentimento que pudesse acompanhá-las.

— Não importa, Kip. Mick Trewlove me devolveu o que você perdeu.

O maxilar dele se contraiu.

— Devolveu, é? E quando pretendia mencionar isso?

— Quando uma oportunidade aparecesse, como acabou de acontecer.

— Quando ele as devolveu?

— Ontem.

— Passei a manhã inteira no joalheiro.

Ela duvidava muito que ele tivesse passado a manhã *inteira* lá.

— Eu teria lhe contado ontem, mas você não estava recebendo visitas quando fui à sua residência.

Ele teve a decência de parecer envergonhado.

— Eu não estava me sentindo muito bem.

— Posso imaginar.

Só que ela não podia realmente, visto que nunca bebera àquele ponto. Uma taça ocasional de brandy — e o conhaque com Mick — era tudo que lhe cabia.

Ele se inclinou avidamente para frente.

— Você contou algo aos meus pais?

— Não. — Foi, em certa medida, a lealdade a ele que a fizera ficar de bico fechado, mas Aslyn também não queria explicar sua participação em algo que eles desaprovariam efusivamente. — No entanto, em troca do meu silêncio, espero que você me leve junto na próxima vez que for jogar.

Ele se recostou na cadeira.

— Não seja ridícula.

— Não acho que esteja sendo. Naquela noite, vi um lado seu que eu nunca vira antes, que eu nem sequer sabia que existia. Preciso compreender o que eu vi, Kip.

— Não há nada a compreender. Eu gosto de jogar. É verdade que costumo ter mais sorte, mas isso não é algo que se possa controlar. É o que faz do jogo algo tão excitante.

— Você vai continuar jogando depois que nos casarmos?

— Naturalmente.

— Então preciso vivenciar isso com você para poder compreender todas as consequências.

— Não tem nada a ver com você.

— Quando você perde minhas joias, tem tudo a ver comigo. — Cerrando as mãos em punhos, ela as pressionou na mesa e se inclinou para frente. — Você não entende o quanto fiquei assustada ao ver você naquele estado aquela noite? Você se tornou um homem que eu não conhecia, que eu não reconhecia.

— De que importa o tipo de homem que sou à mesa de jogos se me comportar da maneira que você espera à mesa do jantar?

— Importa, porque como saberei quando a criatura vil daquela noite aparecerá de repente na minha sala de estar... ou pior, na minha cama?

— Vil?

Ela engoliu em seco, lutando para interromper as marteladas súbitas de seu coração.

— Foi horrível. Receio estar prestes a me casar com um homem que não conheço de fato, receio que o que eu conheça não passe da superfície do verdadeiro homem. Que eu não o conheça a fundo. É por isso que quero ir com você, para ver se aquela noite foi uma exceção ou apenas outro lado do homem com quem eu talvez me case.

— Talvez? Na carruagem, você falou em não se casar comigo, mas assumi que você estivesse sendo excessivamente dramática.

Aslyn olhou para as próprias mãos. Suas juntas estavam brancas.

— Preciso admitir que estou tendo dúvidas com relação à nossa adequação como marido e mulher.

— Você está fazendo uma tempestade em um copo d'água. Nós nos damos bem.

Encarando-o, ela odiou todas as dúvidas que serpenteavam por seu corpo.

— Ah, sim. Somos bastante compatíveis quando estamos jantando.

Ele bufou.

— Aslyn...

— Não estou tentando ser difícil, Kip, mas receio termos caído em uma armadilha por fazer o que era esperado de nós, e não por termos sido movidos por qualquer tipo de desejo.

Cruzando os braços no peito, ele se recostou na cadeira.

— Já anunciamos nosso noivado. Você não pode voltar atrás.

Onde estavam as palavras de amor, de desejo, de vontade? Por que ele não estava se debruçando avidamente sobre a mesa, pegando sua mão e declarando que não podia viver sem ela?

— Fazer um anúncio público certamente não é motivo para seguir adiante com algo sobre o qual começamos a ter dúvidas.

— Eu não tenho dúvidas.

— Por quê? Por que você quer se casar comigo?

— Meu Deus, Aslyn. Eu a conheço desde sempre...

— Isso é motivo para se casar? Preciso conhecê-lo melhor. É só isso que estou pedindo. Para sair com você esta noite.

— Não estou entendendo sua obsessão por se intrometer nessa parte da minha vida.

Ela o encarou.

— Me intrometer? Estou pedindo para compartilhá-la.

— Mas ela não engloba você. Um homem precisa de um tempo só para ele.

— Então eu lhe darei o tempo de que você precisar. Considere nosso noivado suspenso.

Empurrando a cadeira para trás, ela se levantou.

Kip também ficou de pé.

— Você não está falando sério.

— Estou, sim. Não posso e não vou trocar votos com um homem que tem uma vida da qual não quer que eu faça parte e que me considera uma intrusa.

— Você está sendo irracional.

Em silêncio, ela continuou encarando-o, observando a frustração se espalhar por seu semblante.

— Não diga nada disso a meus pais, visto que você só iria chateá-los quando não há necessidade, já que essa sua decisão não perdurará. Avise-me quando recobrar a razão.

Ele saiu abruptamente na direção dos confins dos jardins, onde seus pais estavam analisando os cravos. Ele com certeza não queria que eles questionassem por que ele havia ido embora sem conversar com eles.

Aslyn podia ter tido o noivado mais curto da história, mas não conseguia sentir que tivesse perdido a razão. Para falar a verdade, ela estava mais racional do que nunca.

Ela fora ao parque mais cedo do que de costume, precisando de ar puro, um pouco de sol, brisa fresca, o aroma das flores, o verde, sinais de vida, pois se sentia totalmente morta por dentro depois da briga com Kip. Ela não podia — não iria — se casar com ele. Como pôde um dia querer? Como era possível conhecê-lo tão pouco?

Ela não conseguia imaginar Mick a excluindo de parte de sua vida.

Não era justo comparar os dois, mas ela sentia que estava mais familiarizada com Mick Trewlove do que com Kip. Desde o princípio, ela sentira algum tipo de conexão com o empresário, sentira-se atraída por ele, e o flagrara valsando de um jeito impróprio em sua mente, com seus sorrisos lentos e seu olhar intenso e sua voz rouca e suas mãos de trabalhador.

Sentada em uma manta sob a sombra de uma árvore, ela olhou para o caderno de desenho, surpresa e aliviada por perceber que não havia desenhado aquelas mãos, mesmo as imaginando tão detalhadamente. Na noite passada, elas a seguraram, deslizaram por suas costelas, puxaram-na para perto, e Aslyn gostara daquele ímpeto.

Era ridículo perder tempo pensando naquele homem, visto que nada poderia acontecer entre eles. Se ela se casasse com um homem de origem questionável e imoral, seria segregada, seus filhos não seriam aceitos pela Sociedade. Até mesmo o duque e a duquesa virariam suas costas para ela. Ela veria a desaprovação nos olhos da duquesa, saberia que a teria decepcionado e que, dessa forma, que decepcionaria seus pais. Mesmo do túmulo eles tinham influência.

Ela não se casaria com Kip, mas também não relegaria seu afeto a Mick Trewlove — embora achasse que talvez fosse tarde demais para isso.

— A senhorita é uma artista e tanto.

Com um gritinho ao ouvir aquela voz grave, Aslyn virou a cabeça e viu Mick agachado ao seu lado, na grama, a ponta de suas botas polidas a centímetros de sua manta, como se ele estivesse ciente de que estava longe de seu alcance, de que não tinha permissão para ocupar o mesmo espaço que ela. Por que as circunstâncias do nascimento dele precisavam rotulá-lo, marcá-lo? Por que ele não era julgado por seus próprios méritos, pelo que se tornara, por suas realizações? Ele era um homem que havia começado a vida sem nada e agora possuía muito a se admirar. E ela, de fato, o admirava, mais do que admirava qualquer lorde que conhecia, inclusive Hedley.

Olhando um pouco além dele, ela podia ver as duas aias e os dois lacaios em pé, observando, mas sem interferir. Também pudera: por que eles achariam que ela não apreciava a proximidade de Mick depois de ter caminhado com ele pelo parque antes?

— É nosso casal do beijo — disse ela, encabulada por ele ter visto seu desenho. Ela só mostrara um desenho seu uma única vez a Kip, que declarara "Nada mal".

Discretamente, ela apontou para o casal parado não muito longe dali, perto da lagoa, que observava as crianças colocando barquinhos de brinquedo na água.

— Ela não está carregando sombrinha alguma.

Ela ficou contente por ele ter reparado, aquilo a fazia se sentir como se eles estivessem compartilhando um segredo íntimo.

— Acho que o relacionamento deles evoluiu a tal ponto que ela pode dizer o que bem entender, que ele a encoraja a dizer o que pensa, que ela não precisa utilizar objetos fúteis para se comunicar com ele.

— A senhorita os conhece?

— Não. Eles obviamente são ricos. O vestido e o comportamento dela deixam isso claro, mas não acho que sejam da nobreza. Se forem, nunca os vi em nenhum baile, ou qualquer outro evento. Fico intrigada com a história deles, contudo.

— Como a senhorita imagina que seja?

Ela o fitou de soslaio.

— O que o faz pensar que já refleti sobre isso?

— Porque a senhorita os desenhou, e suspeito de que estivesse inventando a história deles enquanto desenhava. Há uma pitada de romantismo na senhorita.

Bem mais que apenas uma pitada.

— Acho que o mundo julgou o amor deles ilícito, não permitindo que eles ficassem juntos, mas, aqui no parque, eles podem ignorar o mundo. Nada mais importa.

O silêncio se estendeu entre eles até que Mick finalmente murmurou:

— Hum.

— O quê?

— Achei que a senhorita lhes daria um final mais feliz.

Ela voltou a olhar para o casal.

— Ela está com medo. Casar-se com ele a afastará de tudo que ela conhece.

Mesmo sem olhar, ela sabia que ele a estava estudando atentamente, que seus olhos não estavam mais brilhando. Ela riu, encabulada.

— Eles provavelmente são casados, têm uma dúzia de filhos e vêm ao parque para ter um pouco de paz.

— Se fosse o caso, ela não precisaria ter usado a sombrinha para pedir um beijo a ele naquele dia.

Eles estavam divagando, mas aquela conversa sem sentido era como um bálsamo para seu coração dolorido.

— Como o senhor acha que é a história deles?

Ele se sentou na grama, aparentemente sem ligar a mínima para o fato de que suas calças pudessem ficar manchadas. Com o pulso repousado sobre o joelho dobrado, ele era a encarnação da masculinidade, da força e do poder. Um homem confortável com sua própria pele.

— Eles se conheceram quando eram crianças. Ela cresceu em meio à riqueza e ao privilégio. Seu pai é banqueiro, eu suponho. Ele cresceu sem nada, filho de um peixeiro. Mas a amava, então se arriscou no mundo e conquistou sua fortuna. Agora ele retornou... mas ela o está fazendo se esforçar para provar seus sentimentos. No final, eles vão se casar e ter uma dúzia de filhos. E vão frequentar o parque para ter um pouco de paz.

Ela deu um leve sorriso.

— Achei que o senhor lhes daria um final feliz.

— Parece, de fato, incomum, mas eu queria ver a senhorita sorrir. Gosto dos seus sorrisos.

Depois da tarde que tivera, ela corria sérios riscos de cair em lágrimas.

— Para falar a verdade, não acho que nossas histórias sejam melhores que a realidade dela. Ela me parece contente. Feliz.

Ela olhou para o desenho em seu colo. Os rostos eram meramente figuras ovais, visto que ela não tinha talento algum para desenhar traços faciais. Mesmo assim, a proximidade dos dois, a maneira como a mão dele repousava na lombar dela — de uma forma protetora, como Kip nunca fizera — fez Aslyn perceber que, inadvertidamente, ela deixara de capturar algo que queria.

— Kip e eu tivemos uma discussão mais cedo.

— Sobre sua visita a mim ontem à noite?

A voz dele era calma, mas ela percebeu certo perigo permeando-a, e ficou com a impressão de que ele a defenderia se ela precisasse.

Aslyn riu sarcasticamente.

— Não, eu não contei isso a ele. Não contaria. — Ela não podia. Não podia contar a ninguém. Se descobrissem, haveria consequências para ela e para ele e para qualquer futuro que vislumbrassem ter juntos. — Eu insisti que ele parasse com a jogatina. Disse que não poderia honrar nosso acordo se ele não parasse. — Outra risada, essa triste, com uma pitada de vergonha. — Não sei por que estou lhe contando isso.

— Acho que sabe, sim.

Ela sabia. Sendo a péssima garota que era, queria que ele soubesse que ela tinha dúvidas com relação a seu futuro. Concordando com a cabeça, ela voltou a olhar para o casal, que agora estava indo embora, partindo em busca da felicidade que Aslyn desejava, ao passo que ela estava começando a duvidar de que a sua estivesse no horizonte.

— Qual foi a reação dele?

— Raiva. Ele me instruiu a não dizer nada aos pais dele, pois isso só os chatearia e eu com certeza recobraria a razão no fim das contas.

— Parece-me que a senhorita já recobrou a razão.

E ali estava o motivo pelo qual ela havia contado a ele. Ele conhecia o comportamento de Kip, entendia seu conflito.

— Mas ele tem razão. Não posso contar a eles, senão teria de explicar o comportamento de Kip e isso partiria o coração deles. Não sei como ele conseguiu manter isso em segredo por todos esses anos.

— A senhorita não precisa dizer nada. Vai vir à tona. Sempre vem.

Ele parecia totalmente confiante.

— Ele precisa de ajuda — comentou ela baixinho, sentindo-se impotente com sua falta de conhecimento.

— Eu me encarregarei disso.

— Não precisa. Ele não é responsabilidade sua.

— Mas está se metendo no meu mundo agora, e eu sei como consertar as coisas. A senhorita não precisa se preocupar. Nada de mal vai acontecer a ele.

E Aslyn acreditava nele. De todo o seu coração.

— Que sorte eu tenho por o senhor ter me encontrado por acaso e me trazido um pouco de alegria.

— Não foi por acaso. Eu a estava procurando. — Porque ele sabia de suas visitas vespertinas ao parque. — Fancy vai levar um grupo de órfãos à praia amanhã. Pensei que talvez a senhorita gostasse de acompanhá-la.

— Eles vão na sua carruagem? Será um dia longo.

— Não, iremos de trem.

O coração dela sofreu um leve espasmo por causa do meio de transporte e do fato de que não era apenas a irmã dele que estaria no passeio, que ele não a estava apenas convidando para fazer companhia a Fancy. Ele a estava convidando para fazer companhia a ele.

— Eu já lhe disse, tenho medo de trens. São perigosos demais. Houve mais de meia dúzia de acidentes só no ano passado.

— Não podemos viver com base no que nos assusta. Se agirmos assim, passaremos o resto das nossas vidas encolhidos, choramingando.

— Não consigo imaginá-lo com medo ou choramingando.

Aslyn não queria pensar nele quando criança, assustado e choramingando, sua jovem vida repleta de desafios.

— Todo mundo tem medos. O segredo é não deixar que eles nos dominem.

E ela fizera isso com os trens, permitira que eles afundassem suas garras nela, que a aterrorizassem com aquele barulho, velocidade, aquela habilidade de destruir vidas em questão de segundos.

Ele se inclinou na direção dela, ainda sem tocar a manta, ainda demonstrando seu respeito por seus limites, reconhecendo que ela não havia penetrado em seu mundo. No entanto, ela percebeu subitamente que ansiava por isso.

— Supere seu medo de trens — incitou ele baixinho, quase com desespero. — Quando você vencer suas ansiedades, nada, ninguém terá o poder de contê-la.

Ela tinha a sensação de que ele estava falando de algo completamente diferente, algo que acabaria com ela em pé diante de uma lagoa com o braço de um homem em torno de seu corpo. Ela assentiu com a cabeça, pensou melhor.

— Os criados teriam de me acompanhar.

— Eles serão bem-vindos. Tenho certeza de que Fancy fará bom uso de uma ajuda extra com os órfãos.

As palavras dele confirmaram que aquela não era uma oportunidade para ficar a sós com ela, mesmo que ela, de certa forma, quisesse que fosse.

— Estou ansiosa por isso.

Repousando na sala de estar de sua mãe enquanto ela preparava o jantar, Mick refletia sobre sua visita a Aslyn aquela tarde. Ele não era de criar contos de fadas, de discursar poeticamente sobre amor ou finais felizes, então não fazia ideia de onde aquela história fantástica sobre o casal sem sombrinha havia surgido, ou o que o havia impelido a despejar tantas bobagens, visto que era um homem dedicado a aceitar a dureza da realidade. No entanto, ficar sentado ali naquela pequena colina gramada com ela parecia ter-lhe roubado o bom senso.

Daí a verborreia enjoativa.

Então ela sorriu, de um jeito doce, delicado e um pouco torto, e ele ficou satisfeito com a história banal que havia elaborado, desejou que sua imaginação fosse fértil o suficiente para que pudesse ter criado mais uma. Em vez disso, ele inventara um plano extravagante para o dia seguinte para explicar seu motivo para tê-la procurado no parque — quando sua real razão era que ele simplesmente precisava vê-la de novo, inspirar sua fragrância de gardênia.

O fato de que ele se sentira chateado quando o banho removeu o cheiro dela de sua pele o irritava. Ele quase entrou em luto quando percebeu que o perfume dela não impregnava mais sua carruagem, como ele supusera. Quase demitira o cocheiro por ter deixado a porta aberta para ventilar o veículo; não precisava ser ventilado. Estava carregando a fragrância de gardênias, uma flor que Tittlefitz teve uma dificuldade imensa de encontrar.

— Em quantos órfãos você estava pensando? — perguntou Fancy, analisando-o como se ele tivesse pedido que ela fosse para a lua.

Mick deu de ombros.

— Uma meia dúzia. Jovens o suficiente para que não sejam rebeldes e saiam sozinhos por aí. Queremos que eles fiquem por perto. Não planejo sair em busca de nenhum fujão como na última vez em que os levamos ao litoral.

Ele estaria ocupado com outra coisa dessa vez.

— O difícil será decidir quem levar com tão pouca antecedência. Foi um planejamento muito ruim.

— Certamente existem alguns que deveriam ser recompensados por bom comportamento.

— Suponho que sim. Vou conversar com a governanta.

— Ótimo.

Ele começou a se levantar.

— E lady Aslyn vai nos acompanhar — comentou Fancy, repetindo desnecessariamente as palavras que ele lhe dissera poucos minutos antes, informando-o, com seu tom de voz, que um interrogatório estava a caminho.

Ele voltou a se sentar.

— Sim. No entanto, caso ela pergunte, a ideia de convidá-la foi sua.

— Estranho como eu vivo encontrando maneiras de participar da sua conspiração.

Ela o fitou com olhos pungentes.

— Considere seu envolvimento um estímulo para que eu lhe dê a tal livraria.

Dando um gritinho, ela bateu palmas.

— Então vai acontecer?

Ele deu de ombros.

— Não vejo mal algum.

Avidamente, ela se inclinou para frente, sussurrando baixinho para que sua mãe não ouvisse.

— Você já conseguiu atrair lady Aslyn para longe do conde?

Ele tinha conseguido. Parcialmente, se não por completo. Temporariamente, se não de forma permanente. Era o que tinha planejado, mas Mick não sentia satisfação alguma. Aquilo era estranho. Ele deveria se sentir triunfante. Em vez disso, sentia-se como se a tristeza de Aslyn tivesse emanado dela como uma leve fumaça e chegado até ele, penetrando por debaixo de sua pele, acomodando-se perto de seu coração pulsante. Ele não a queria triste. Ele simplesmente a queria.

Não porque o fato de tê-la iria destruir Kipwick ou Hedley. Mas porque ela o tornaria completo. Até beijá-la, Mick não havia percebido que parte de si estava faltando. Aquilo o irritava, mas ele queria passar um dia com ela, um dia sem sombras, com a luz do sol e o ar marinho. Queria um tempo com ela em que não estivesse pensando no acerto de contas e em que ela não estivesse pensando em seu futuro com Kipwick.

Mas ele não ia explicar tudo aquilo para sua irmã. Por algum motivo, contar a ela qualquer coisa sobre o que ele havia descoberto no parque parecia uma traição a Aslyn. Ela confiara nele, compartilhara um fardo que carregava e que ele achava que ela não havia confessado a mais ninguém.

— Não toque no nome dele amanhã.

Fancy assentiu.

— Suponho que as crianças e eu sejamos apenas um meio de conferir inocência a um passeio no litoral, assim como eu fui um acessório aquela noite nos jardins. Eu provavelmente não deveria concordar com isso.

— Não há nada de sinistro nesse passeio. Ela precisa de uma distração. Estou fornecendo.

— Acho que você começou a gostar dela de verdade.

Outra coisa que ele não admitiria, pois o tornaria vulnerável.

— Deixe suas ideias românticas de lado. Tudo que quero é um dia agradável.

E garantir um dia agradável para Aslyn. Ele queria que ela não tivesse arrependimento algum quando cortasse laços com Kipwick de forma definitiva. Aquele homem estava destinado à ruína, e Mick pretendia garantir que o conde não a arruinasse, não destruísse a inocência dela no processo.

Era estranho perceber que ele agora estava tentando protegê-la daquilo que pretendia para ela no início. Agora, desejava ainda mais desesperadamente o reconhecimento de Hedley, pois era sua única esperança de ter qualquer tipo de relacionamento duradouro com Aslyn.

Capítulo 14

PARADA EM PÉ NA plataforma da ferroviária de Brighton, Aslyn mal conseguia respirar à medida que o monstruoso trem surgia à sua frente. A fumaça formava vagalhões, o cheiro de carvão queimado preenchia o ar. As pessoas se apressavam para lá e para cá, e ela logo se juntaria a elas na correria, mas, por ora, ela permanecia parada o mais próximo possível que podia ficar do limite da plataforma sem cair, para que pudesse recuar rapidamente, caso mudasse de ideia.

Mick lhe instruíra quanto a onde esperar, garantira que iria buscá-la. Aslyn desejava, ao mesmo tempo, que ele não cumprisse essa promessa e que cumprisse. Ela queria ser corajosa como ele achava que ela era.

Ela havia mentido para o duque e para a duquesa, e fizera seus criados jurarem segredo. Arranjara tudo com uma expressão inabalável e um ar de confiança. Seus tutores não questionaram o fato de ela passar o dia com as Ladies Katharine e Catherine — as "Cats", como contou a eles, em tom de brincadeira, que se referia a suas queridas amigas — visitando museus, sendo que ela não tinha nenhuma amiga querida chamada Katharine, ou Catherine, nem nenhuma outra "Cat". Era muito mais fácil sustentar uma mentira se não houvesse ninguém para acidentalmente contestá-la. Embora algumas garotas visitassem Aslyn, a duquesa raramente se intrometia nessas visitas porque não se interessava por fofocas, visto que não se envolvia muito na Sociedade e nunca promovia nenhum evento.

Se seus tutores tivessem uma cabeça mais aberta, se ela não tivesse conseguido imaginar uma discussão em que eles a proibiriam de passar um tempo com Mick Trewlove por conta de seu início infeliz e injusto na vida, ela teria contado a verdade. A única coisa sobre a qual ela não precisara mentir fora quanto à sua animação para o passeio — não com a parte do trem, que ainda a apavorava, mas com a oportunidade de passar mais tempo na companhia de um homem que de fato conversava com ela. Que lhe fazia perguntas, ouvia suas respostas. Ela duvidava de que Kip sequer soubesse que ela morria de medo de trens. Ele certamente não sabia como ela gemia quando a boca de um homem incitava a sua a se abrir ou quando as mãos dele se esparramavam em sua cintura e os dedos se enterravam em seus quadris, segurando-a perto.

E ele decerto não sabia que a alegria se espalhara por seu corpo e aquecera suas bochechas quando ela avistou Mick Trewlove caminhando em sua direção. Ele chamava a atenção em meio à multidão fervilhante que se chocava e empurrava os meros mortais, mas ele sempre dava a impressão de existir em um plano diferente de todas as outras pessoas. Era estúpido da parte de Aslyn conferir a ele poderes que com certeza ele não detinha — poderes que, como convencera a si mesma, permitiriam-no manter o trem em segurança.

À medida que Mick se aproximava, ela percebeu o prazer que sua presença causava nos olhos dele. Aslyn não tinha intenção alguma de passar o dia comparando-o a Kip, mas o conde nunca a olhara como se ela fosse a única coisa que importava em sua vida. O olhar de Mick era, ao mesmo tempo, dominante e apavorante em sua intensidade.

— Lady Aslyn — cumprimentou ele delicadamente, um perfeito cavalheiro.

— Sr. Trewlove. Meus criados, Nan e Mary, Thomas e John.

Enfiando a mão no bolso do paletó, Mick deslizou o olhar de Aslyn para a brigada que formava um semicírculo protetor atrás dela. Ela receava que eles pudessem causar problemas e arruinar seu dia.

— Cavalheiros. — Ele exibiu um pequeno pacote e o ofereceu a Thomas. — Os senhores têm o dia para fazer o que quiserem. Tem dinheiro suficiente aí para que vocês dois, juntamente com o cocheiro e o pajem, possam explorar os pubs ou fazer o que bem entenderem. Apenas não retornem à Mansão Hedley. Estejam aqui às sete para buscar a senhorita.

— Não podemos deixá-la na sua companhia — protestou Thomas lealmente.

— As aias serão acompanhantes adequadas, bem como a dúzia de moleques que estamos levando à praia.

— Dúzia? — repetiu John.

— Sim. O mais velho tem 6 anos; o mais novo tem 4, eu acho. Uma cambada nada fácil. Nós certamente apreciaríamos sua ajuda para cuidar deles…

— Prefiro um pint de cerveja — interrompeu John.

— Achei que fosse preferir.

— Milady? — indagou Thomas.

— Aproveitem o dia de vocês — respondeu ela. — Ficarei perfeitamente bem com Nan e Mary para suprirem minhas necessidades.

— Está bem.

Os lacaios se afastaram, e Aslyn respirou com um pouco mais de facilidade, sem saber ao certo por que estava aliviada por ter menos testemunhas para suas aventuras do dia. Talvez porque ela receasse passar vergonha com sua covardia quando estivesse a bordo do trem, sacolejando pelos trilhos.

— Sigam-me, senhoritas — chamou Mick.

Ele não ofereceu o braço, e Aslyn percebeu que em público, longe de seu hotel, ele tinha tanta ciência da divisão social entre eles quanto ela. Era possível, mas muito improvável que ela encontrasse alguém que conhecia naquela estação. Se seus conhecidos fossem passar o dia na praia, certamente iriam de coche.

— Ainda não compramos as passagens.

— Isso já está resolvido — informou ele. — Vejo que a senhorita trouxe a sombrinha.

— Talvez eu queira me comunicar com o senhor.

— Basta dizer o que quer, e será atendida.

O sorriso sensual dele indicava que ela podia pedir o que quisesse.

— Está certo, então.

Aslyn caminhou ao lado de Mick, com suas aias os seguindo, na direção da retaguarda do trem, até um vagão no qual pequenos rostinhos espiavam pela janela. Ela reconheceu o criado elegante que abriu a porta. Parecia que seus afazeres iam além de ser porteiro do hotel.

— Bom dia, sr. Jones.

Com um sorriso de satisfação, ele abaixou a cabeça.

— É apenas "Jones", senhorita.

Forçando-se a entrar no trem como se já tivesse viajado daquele jeito inúmeras vezes antes, ela ficou surpresa ao perceber que aquele parecia ser um vagão privado. Pequenos sofás estavam dispostos diante das janelas dos dois lados. Um bem maior, que ela não queria nem imaginar que também pudesse servir para dormir — ou para fazer amor — dominava o centro do recinto.

— Lady Aslyn! — chamou Fancy, segurando uma garotinha que chupava o polegar em seu colo. — Estou tão feliz que a senhorita tenha podido nos acompanhar em nosso passeio! Crianças, digam oi à lady Aslyn.

Um coro de "oi, lady Aslyn!" ecoou da dúzia de moleques prometida, que, na verdade, somavam metade desse número.

— O senhor parece ter perdido algumas crianças — ponderou ela para Mick enquanto seguia as aias vagão adentro.

Ele nem sequer teve a decência de parecer envergonhado.

— Contar nunca foi meu forte.

Uma mentira das grandes. Para ter o sucesso que tinha, ele certamente era ótimo com contas.

— Se suas aias cuidarem de duas crianças cada uma, será mais fácil manter os pequenos calmos — orientou ele. — Nós dois podemos nos sentar ali.

Inclinando a cabeça, ele apontou para um sofá na janela oposta.

Enquanto dava instruções para suas criadas auxiliarem a srta. Trewlove, Aslyn considerou ajudar também, mas ela achava que se as crianças percebessem que ela estava tremendo, isso não as ajudaria a se acalmarem. Sentada no canapé que ele indicara, ela juntou as mãos e olhou para fora, dando um pequeno pulo quando o trem apitou.

— É o sinal de que vamos partir em breve — explicou Mick ao se acomodar ao seu lado.

A porta se abriu e Jones entrou, imediatamente se abaixando, pegando um garoto louro e segurando-o nos braços.

— Esses passeios à praia são costumeiros? — perguntou ela a Mick.

Ela quase protestou quando ele começou a desentrelaçar seus dedos.

— São, sim. Temos um lar para os rejeitados pela sociedade.

— Eles são bastardos — sussurrou ela.

Ele não tirou os olhos de sua tarefa de remover a luva dela.

— Sim.

— Como o senhor os encontra?

Ele bufou.

— Existem milhares deles, dezenas de milhares, só em Londres. O Parlamento decretou uma lei que tornou as mulheres derradeiramente responsáveis pelos filhos nascidos fora do casamento, pensando que isso as incentivaria a manterem suas pernas fechadas, mas quando se sente uma coceira — ele ergueu os olhos e a encarou —, quase nunca se pensa no futuro, apenas na necessidade de coçar.

Antes de conhecê-lo, Aslyn não sabia que essas coceiras existiam. Ela certamente sabia agora, e percebia que, se fosse inteligente, sairia do vagão. Mas sua curiosidade a manteve imóvel onde estava.

— O senhor disse "nós". "Nós" temos um lar.

— As pessoas ainda trazem os rejeitados para a casa de Ettie Trewlove. Eu e meus irmãos alugamos uma casa e contratamos uma equipe para atender às suas necessidades. Nossa mãe passa bastante tempo lá, cuidando dos pequenos, mas eles não são mais responsabilidade dela.

Lentamente, ele puxou a luva dela e entrelaçou os dedos nos dela, provendo segurança, alento. O encosto do sofá impedia que os criados ou qualquer outra pessoa visse o que ele tinha feito, visse a mão dela apertando a dele cada vez mais forte. O trem balançou. Aslyn fechou os olhos com força, mas ainda conseguia sentir o balanço.

— Continue falando.

— Abra os olhos, meu bem.

A voz dele era gentil, mas firme, permeada por uma pontada de tristeza, as palavras carinhosas tornando a insistência dele ainda mais intensa. Ela pensou em repreendê-lo pela intimidade, mas convenceu a si mesma de que ele não quis dizer nada com aquilo. Para ele, na certa não passavam de palavras. Além disso, ela gostava do alento que elas lhe trouxeram, e se perguntou se ele podia sentir a palpitação de seu coração. Mesmo que o trem não batesse, ela poderia morrer — com a mão grande, calejada e áspera dele segurando a sua.

Passando a língua pelos lábios, reunindo sua coragem, ela abriu os olhos, fitando-o.

— Não vai ter acidente algum, não vamos morrer.

Todos os alertas da duquesa sobre a necessidade de ser cautelosa, a necessidade de nunca se arriscar a bombardearam.

— Olhe o que você está perdendo.

Ela olhou pela janela, onde a paisagem formava um panorama mutante de prédios, árvores, pessoas e ruas.

— É como estar em uma carruagem.

— Com a diferença de que não há cavalos para ficarem cansados.

Ao olhar para baixo, Aslyn reparou que as juntas de seus dedos haviam ficado brancas. Não era de se admirar que sua mão estivesse começando a doer.

— Devo estar machucando-o.

— Não sou tão delicado assim.

Ele não era nada delicado. Tudo nele era força, determinação e coragem.

— Você não tem medo de nada?

— Todos temos medo de alguma coisa.

As palavras dele a fizeram se sentir um pouquinho melhor, menos encabulada.

— Estamos viajando a uma boa velocidade.

— Estaremos na praia antes que você perceba.

A viagem foi, ao mesmo tempo, satisfatória e torturante. Porque ela estava muito perto, porque ele não podia tê-la. Porque ele tinha que passar a impressão de que não reparava em cada respiração dela, de que não pensara mil vezes em se aproximar e possuir aquela boca doce, de que ajudá-la a relaxar no balanço do trem não o fazia querer vê-la no balanço da cama. Que o cheiro de gardênia dela não dava a ele a esperança de que, quando tudo fosse dito e feito, ela não o odiasse.

Ela o arrebatava de maneiras que ele jamais sentira, então Mick saiu quase correndo do vagão quando o trem finalmente chegou ao seu destino. As crianças não eram sua responsabilidade. Ele ia pagar às aias para ajudarem Fancy a cuidar delas. Elas caminhavam na frente agora, pela areia da orla, com duas crianças cada, ao passo que ele e Aslyn as seguiam desapressadamente, a mão dela repousada na dobra do cotovelo dele.

Eles provavelmente não encontrariam qualquer pessoa que ela conhecesse; não estavam limitados às sombras ou à noite. Se ele não fosse realista, acharia que eles poderiam ter um futuro de caminhadas sob a luz do sol, mas seu lado prático sabia que esse futuro era improvável.

— A saída com os órfãos foi uma desculpa para passar um tempo comigo? — perguntou ela.

— Sim.

Ela virou a cabeça para fitá-lo. A sombrinha repousava sobre seu ombro direito. Ele a queria fechada, com o cabo nos lábios de Aslyn. Ele ergueu uma sobrancelha.

— Você não esperava que eu respondesse com sinceridade?

A risada dela se sobressaiu aos gritos das gaivotas esganiçadas e ao rugido do mar em constante movimento.

— Acho que não esperava, de fato.

Ele quase disse a ela que não era Kipwick; ele não iria esconder coisas dela. Só que ele estava guardando segredos, e decerto não queria que ela voltasse sua atenção novamente para o conde.

— Você não estava totalmente confortável quando eu me aproximei no parque. Estava sempre olhando em volta para ver se alguém poderia avistá-la comigo. Pensei que aqui pudesse baixar um pouco sua guarda.

Ela assentiu levemente com a cabeça. Ele não sabia ao certo se ela estava reconhecendo sua esperteza ou o fato de que estava mais relaxada ali.

— O hotel pelo qual passamos me lembrou muito do seu.

— O Bedford. Inspirei o meu nele e em alguns outros. O meu é uma combinação de coisas de que gostei nos hotéis que visitei. Quando eu era jovem, costumava pegar o trem escondido para vir à praia. Sempre tinha um cheiro tão mais limpo aqui, parecia tão mais limpo. Havia espaço para respirar.

— Você viajava sozinho.

Ele deu de ombros.

— Às vezes, meus irmãos viajavam comigo. Às vezes, não.

— Você nunca teve medo da ferrovia? Nunca na vida?

— Para mim, ela representava liberdade. Permitia que eu sonhasse que o lugar no qual eu estava não era onde eu precisava ficar. — Ele meneou a cabeça. — Parece bobo quando dito em voz alta.

Ele apertou o braço dela de maneira tranquilizadora.

— Não, é um sentimento lindo. Estou impressionada por você tê-lo percebido tão jovem, enquanto eu ainda estou começando a sentir os limites, a questioná-los, a querer ultrapassá-los.

Ela desviou o olhar, como se estivesse com vergonha das próprias palavras, e Mick se perguntou se ela se afastaria de Kipwick permanentemente. Ele não queria forçá-la, não queria dar a ela motivo para duvidar de suas intenções, mas decidiu que seria melhor pra ele deixá-la pensando no que acabara de dizer. Olhando para trás, ele fez um sinal para seu empregado.

— Jones, vamos nos instalar aqui. Fancy!

Sua irmã olhou por cima do ombro.

— Ali! — gritou ele, apontando.

— Excelente!

Eles estenderam toalhas. Ele ajudou Aslyn a se sentar em uma delas, então se juntou a ela. Fancy abriu uma cesta que Jones estava carregando e tirou uma abundância de comida que a mãe deles havia preparado. Várias tortinhas de carne, pedaços de queijo, até mesmo uma garrafa de vinho, que ele serviu para os adultos e então distribuiu.

— Isso é bastante impressionante — exclamou Aslyn.

— Minha mãe nunca quer que as pessoas passem fome — explicou Fancy, inclinando-se para limpar o queixo sujo de uma garotinha. — É de se admirar que não sejamos todos gordos. Ela está sempre nos alimentado demasiadamente.

— Porque houve um tempo em que ela não tinha nada para nos dar de comer — argumentou Mick.

Fancy ficou paralisada.

— É claro. Não me lembro disso. Foi antes de eu nascer, acho.

— Quando você se juntou ao nosso alegre bando, já éramos crescidos o bastante para trabalhar. Isso ajudou.

— Deve ter sido difícil, contudo — comentou Aslyn.

Sentada na toalha sobre a areia, ela ainda era nobre em sua postura. Ninguém diria que ela não era da aristocracia. Ela era tão linda, tão empertigada, tão terrivelmente limpa. Mick não podia deixar de pensar que ela deveria ter o poder de lavar sua sujeira, de torná-lo todo lustroso, talvez até mais do que o reconhecimento de Hedley.

— Como era? — quis saber ela.

Como explicar aquilo para alguém que nunca havia passado fome? Ele não se ressentia por isso. Ficava contente, pois não queria que ninguém sentisse o estômago corroer, mas como descrever de forma que ele não parecesse uma vítima? Ele nunca se considerara uma. Mick deu de ombros.

— Em algumas noites, você enchia o bucho; em outras, ia dormir de barriga vazia. Era simplesmente assim.

E esse era o motivo pelo qual muitos dos que acolhiam bastardos não se esforçavam tanto para mantê-los vivos. Alimentá-los era caro.

— É tão injusto.

— A vida não é justa. Você pode ou se rebelar contra ela, ou fazer o que precisa para torná-la mais justa.

Aslyn sorriu, seu rosto se retorcendo, espirituoso.

— Acho que eu teria agido das duas formas.

Ele olhou nos olhos dela, que refletiam o céu acima, e admitiu:

— Algumas vezes, eu agi.

Ela olhou para as crianças.

— Suponho que esses pequenos nunca passarão fome.

— Nunca.

— Se Mick descobre que alguém da equipe castigou uma criança deixando-a sem jantar, ele manda essa pessoa embora — contou Fancy. — As crianças precisam ser bem cuidadas acima de tudo.

— Como o senhor encontra tempo? — perguntou Aslyn.

— Sempre encontramos tempo para o que nos é importante. O lar é importante para minha mãe, então é importante para mim.

Aslyn não conseguia evitar pensar que ser importante para Mick Trewlove seria uma das melhores experiências da vida de alguém. Ele era extremamente apaixonado por tudo e todos com que se importava: sua mãe, seus edifícios, sua família, a situação das crianças rejeitadas.

Olhando para o mar, com as pernas dobradas, os braços as abraçando, e o queixo nos joelhos, ela permaneceu sentada sozinha sobre a toalha com suas muitas reflexões. Mick e Jones tinham ido buscar sorvete para todos. Fancy, Nan e Mary haviam levado as crianças para brincar na beira da água. Elas haviam discutido a possibilidade de entrar na água usando uma carroça especial para banho de mar, mas como ninguém tinha levado trajes apropriados, a orla pareceu adequada. Aslyn considerara tirar os sapatos e se juntar a elas, deixando que os dedos de seus pés afundassem na areia enquanto a água redemoinhava em torno de seus tornozelos, mas seria um desafio tirá-los sem um gancho de abotoar. Falha de planejamento. Na próxima vez...

Será que haveria uma próxima vez? Ela queria que houvesse. Outra viagem de trem, outro dia na praia, mais tempo com Mick. Mesmo sabendo que não deveria ter este último desejo, Aslyn parecia não conseguir não ansiar por ele. Desde o momento em que o trem começara a se locomover sobre os trilhos, ela não pensara nem um segundo em Kip; toda sua atenção estava dedicada a Mick. Ela sabia que, no futuro, se estivesse com Kip, estaria pensando em

Mick. Apesar disso, ao mesmo tempo que seu pensamento estava nele, ela sabia que seus tutores jamais aprovariam que ela se enlaçasse com um plebeu, independentemente do quão bem-sucedido ele fosse. Um lorde se casar com uma herdeira americana era uma coisa — isso era aceito. Mas uma herdeira britânica se envolver com um plebeu... Era inconcebível. Especialmente quando aquele plebeu nem sequer conseguia reclamar a legitimidade como parte de sua herança. Não era justo, mas era assim. Embora ele tivesse conseguido melhorar sua situação trabalhando duro, não havia muito que ele pudesse fazer, salvo um ato do Parlamento, para se tornar legítimo.

Com um sobressalto, ela reparou em uma cabecinha bamboleando, os braços sacudindo na água, e percebeu que seus pensamentos haviam ido tão longe que sua visão perdera o foco, mas agora retornava atenta e assustadora. Era uma das crianças, um dos garotinhos. Como ele havia ido tão longe?

Levantando-se de supetão, começou a correr na direção da água, dando uma olhada em volta, procurando por ajuda. Nan e Fancy tinham se afastado um pouco, estavam distraídas com as outras crianças. Mary estava parada na beira da água, apenas observando, um sorrisinho satisfeito em seu rosto. Aslyn pensaria nisso depois. Por ora, ela começou a gritar por ajuda, enquanto começava a entrar na água, a areia chupando seus pés, as ondas batendo em seu corpo.

A água estava quase em seus quadris quando ela alcançou o garoto, agarrou o braço dele, ao mesmo tempo que outras mãos — grandes e calejadas — erguiam a criança. Os olhos escuros dela estavam redondos e grandes quando ela começou a vomitar.

— Está tudo bem — garantiu Mick. — Está tudo bem.

Aslyn não sabia se ele estava falando com ela ou com o garoto, mas não importava. As palavras eram reconfortantes e encheram-na de alívio enquanto ele carregava o garoto em um braço e envolvia seus ombros protetoramente com o outro, puxando-a para perto dele.

— Achei que ele fosse se afogar.

Ela ouviu as lágrimas em sua voz, e só então percebeu que elas também estavam escorrendo por duas bochechas.

— Ele teria se afogado — disse Mick, enquanto eles começavam a voltar para a areia —, se você não tivesse gritado e ido até ele.

O peso de suas saias encharcadas ameaçava derrubá-la no chão se Mick não estivesse lhe dando tanto suporte. Ele não ia deixar o mar puxá-la, ela sabia disso, alentava-se nesse conhecimento. Esperando na orla, Jones colocou uma toalha sobre os ombros do garoto em prantos e pegou-o de Mick, enquanto Fancy lhe ofereceu uma toalha, mas Aslyn ignorou, desvencilhando-se do braço de Mick e marchando desajeitadamente na direção de Mary.

— Por que você não gritou? Por que não pediu ajuda? — indagou ela à criada.

— Ele é um bastardo. Todos eles são bastardos. De que importa se ele se afogar? É uma pessoa mal concebida a menos...

A palma da mão de Aslyn a atingiu com força e rapidez, ecoando em torno delas ao acertar o rosto da aia. O choque da dor subiu por seu braço, a ardência em sua mão pegando-a de surpresa. Ela nunca havia batido em alguém antes. Precisou se esforçar ao máximo para não bater de novo.

— Você está dispensada. Não me importa como vai voltar a Londres, mas não viajará conosco.

— O duque e a duquesa...

— Não ouvirão uma única palavra sobre este passeio. Você vai juntar as suas coisas e ir embora em silêncio, e agradeça a Deus por eu não prestar queixa por tentativa de homicídio contra você.

— Ele não vale nada. Ninguém se importa com ele.

— Eu me importo! E em quem você acha que um júri vai acreditar? Em você ou na filha de um conde?

— Não se esqueça do destino de Charlotte Winsor — disse Mick baixinho. Os olhos da criada se arregalaram de leve. — Sim, você se lembra dela, não é? Eles a mandaram para a forca por ter matado um bastardo.

— Milady...

Ela estendeu uma mão suplicante.

— Suma daqui, Mary — ordenou Aslyn. — Antes que eu mude a ideia e procure um guarda.

Enquanto a criada se afastava, chorando, Aslyn foi até onde Nan estava sentada em uma toalha, aninhando o garoto, que havia pegado no sono. Ela se abaixou, esparramou suas saias, e estendeu os braços.

— Dê-me o garoto.

Quando o pegou, ele mal se mexeu; não pesava quase nada, devia ter mais no máximo 4 ou 5 anos, era só pernas e braços compridos. Seria um rapaz alto quando crescesse. O fato de que alguém achava que ele não merecia crescer partia seu coração.

— Precisamos secá-la, milady, antes que a senhorita adoeça — ponderou Nan.

— O sol está quente o suficiente para me secar rapidamente. — Mesmo assim, ela ficou grata pela toalha que Mick pôs sobre seu corpo. — Nan, vá ajudar Fancy com as outras crianças.

A criada a deixou, seguindo na direção dos pequenos, que estavam reunidos em um círculo ao redor de Fancy, com Jones vigiando-os, aproveitando seus sorvetes. Mick abaixou-se ao seu lado, de frente para ela, meio em cima da toalha — eles não estavam mais no mundo dela; não tinham limites —, sua coxa tocando levemente a dela.

— Ela estava observando-o — disse Aslyn, odiando aquelas palavras ao mesmo tempo em que as dizia —, observando-o se debater na água e não fez nada. Como pôde simplesmente ficar parada ali e não fazer nada?

— Algumas pessoas acreditam que os frutos do pecado não têm direito à vida. — Delicadamente, com o polegar, ele secou as lágrimas de suas bochechas. — Não chore, Aslyn. O garoto está vivo graças a você. Embora sua sombrinha esteja quebrada.

— Minha sombrinha?

Parecia algo estranho em que se pensar naquele momento. Ele ergueu o objeto retorcido.

— Aparentemente, você pisou nela em sua pressa para salvá-lo.

As lágrimas começaram a escorrer de novo, ardendo.

— Eu estava com medo de não chegar até ele a tempo.

Delicadamente, ele segurou seu rosto.

— Mas chegou, meu bem.

Aquele termo carinhoso de novo, usado com tanta casualidade. Ela deveria ter reclamado, mas ele trazia tanto alento... Por um momento que pareceu eterno, ele simplesmente ficou olhando em seus olhos, e Aslyn se pegou se perdendo no azul dos olhos dele, pensando que ele talvez se aproximasse e a beijasse. Por um instante, ela achou que queria que ele o fizesse. Não, não achou. Ela *sabia*. Como uma reafirmação da vida. Mas ele não o fez. Talvez porque houvesse pessoas em volta, estranhos que eles não conheciam, sua irmã, Nan, Jones, as crianças. Ou talvez ele receasse que ela refutasse a iniciativa.

— Quem foi Charlotte Winsor? — perguntou ela.

Com um suspiro, ele abaixou a mão, olhou para os demais, e Aslyn desejou ter ficado quieta, pois sentiu muita falta do toque dele. Como ela podia sentir tanta falta de algo que mal tivera, que provavelmente nem deveria ter?

— Ela divulgava que, por uma taxa modesta, estava disposta a abrigar bebês nascidos fora do casamento. Depois, estrangulava as crianças, enrolava em um jornal e as deixava na beira da estrada, para serem levados por animais selvagens, suponho.

— Meu Deus.

O olhar dele voltou para ela.

— Alguém a viu se livrando de uma criança, as autoridades foram notificadas. Eles não fazem ideia de quantos ela matou. Foi há uns quatro anos, eu acho, o julgamento dela trouxe à tona os aspectos mais sombrios do mercado de adotantes de bebês.

Aslyn não se lembrava de ter lido sobre isso, mas tinha uns 16 anos na época, e seu foco estava em se preparar para sua primeira Temporada, que ocorreria um ano depois.

Um canto da boca de Mick se ergueu, e ele continuou, secamente:

— Bem, o passeio certamente não acabou sendo o dia ensolarado e agradável que eu havia planejado para você.

— Lamento pelo que este pequeno tenha passado, mas hoje tive uma compreensão mais clara das coisas. As circunstâncias sob as quais as crianças vêm ao mundo não são culpa delas. Elas não deveriam carregar esse estigma.

— No entanto, carregam.

Até mesmo quando já estão adultos. Aslyn suspeitava de que essa fosse a razão pela qual ele não havia se aproximado para beijá-la antes. Havia uma barreira entre eles, mesmo que invisível. Na escuridão da noite, o pecado podia acontecer. Mas não em uma praia ensolarada.

Ele a observava dormir no amplo sofá no meio de seu vagão, com o moleque encolhido em seu colo, apertado contra seu peito, onde Mick ansiava por estar. Ela soltara o garoto apenas por tempo suficiente para que Mick o levasse da areia até a ferroviária e para dentro do vagão. Então, ela se acomodara no sofá como uma rainha e sinalizara para que o garoto lhe fosse entregue. Ele teria dado a ela qualquer coisa que ela pedisse.

Ele estava carregando alguns daqueles malditos sorvetes quando a ouvira gritar por socorro, vira-a correndo impetuosamente na direção das ondas, sem parecer perceber que a água encharcaria seu vestido, que poderia derrubá-la, poderia arrastá-la para o mar. O coração dele convulsionou, ameaçou explodir dentro do peito, como se suas pernas não estivessem correndo rápido o suficiente e ele pudesse chegar até ela mais rápido se não estivesse atravancado pelas costelas que o prendiam ali. Ele nunca se movera com tanta velocidade ou ferocidade na vida — nem quando foi perseguido por um guarda por ter roubado uma laranja quando tinha 7 anos, nem quando precisou ir buscar um médico quando sua mãe estava se retorcendo de dor, lutando para dar à luz uma criança que no fim das contas chamaria de "Fancy", nem quando ficara sabendo que um de seus irmãos corria o risco de morrer. Mas, por ela, ele quase alçara voo. Para chegar até ela, salvá-la, garantir que o mundo não continuaria sem ela.

Mesmo que ela não fosse parte do seu mundo, deveria fazer parte do de outro. Não apenas do de Kipwick. Ela merecia muito mais do que um homem que era facilmente governado por seus vícios. Merecia mais do que um homem consumido pela gana de ganhar o que outra pessoa não queria lhe dar.

Por dentro, ele mandou Hedley ao inferno, grato por ele ter um vigarista como filho legítimo. Só não tão grato porque Aslyn talvez pudesse reconsiderar a decisão e se casar com o patife.

Sentado em uma poltrona que lhe dava uma visão perfeita dela, Mick bebericou seu uísque. Uma garotinha miúda que teve a coragem de se aproximar estava aninhada em seu colo, chupando o polegar, os dedos da mão livre brincando com os botões de seu colete como se eles a fascinassem. Sem dúvida, ao final da viagem, as costuras estariam laceadas a tal ponto que ele precisaria entregar a roupa a seu alfaiate para endireitá-la. Ele deveria ficar irritado com aquela perspectiva. Em vez disso, pensou em sua própria filha ainda não nascida aninhada ali, com cabelos louros, olhos azuis e um sorriso torto.

Não era para ele se apaixonar por aquela mulher. Seu plano era usá-la, depois descartá-la. Mas como ele poderia não começar a gostar de Aslyn quando ela tinha uma coragem oculta que nem ela própria sabia que possuía? Na superfície, ela passava a impressão de ser tímida, tinha medo de trens, pelo amor de Deus, mas ele vira que seu orgulho e sua coragem não falharam quando ela teve que entregar suas joias e testemunhara sua bravura naquele dia. E mais que isso: a disposição dela em enfrentar a injustiça. Ela não hesitara em mandar a criada embora, chegara a ameaçá-la com uma detenção, uma possível prisão. Fora magnífica em sua fúria e igualmente gloriosa em sua compaixão. Suas lágrimas não eram por si mesma, e aquilo as tornava ainda mais profundas.

— Eu gosto dela — sussurrou uma vozinha.

Ele olhou para baixo, para a garotinha travessa.

— Hum?

Com o dedo ligado ao polegar enfiado na boca, ela apontou para o sofá.

— Eu gosto dela.

Abaixando-se, ele sussurrou:

— Eu também.

Bem mais do que esperava, bem mais do que queria.

Capítulo 15

ELA NÃO FICOU SURPRESA por ver os lacaios a esperando na estação. Suspeitava de que todo mundo, até mesmo quem não era empregado por ele, obedecia às ordens de Mick Trewlove. Depois de dar um abraço em cada criança, um mais demorado na que ela havia resgatado, Aslyn sorriu para Fancy.

— Obrigada por ter pensado em me convidar. Foi um passeio maravilhoso.

— Fico feliz que a senhorita tenha podido ir conosco. — Ela olhou para o irmão, dando um sorriso travesso para ele. — Terei de pensar em alguma outra coisa que possamos fazer juntas.

— Eu adoraria.

As palavras eram verdadeiras, embora ela tenha, ao mesmo tempo, perguntado a si mesma quantas mentiras uma pessoa conseguiria contar antes de ser pega. Talvez tivesse calculado mal como a duquesa iria reagir.

Sem pensar, ela pôs a mão na dobra do cotovelo de Mick quando ele começou a acompanhá-la até a carruagem. Ele pareceu, ao mesmo tempo, perplexo e satisfeito.

— Não consigo acreditar que dormi no trem — disse ela.

— Eu disse que você superaria o medo.

— Pense em todos os lugares aonde posso ir agora...

Ela podia ter ido até eles antes, de carruagem, mas sentiu subitamente uma sensação de liberdade e uma expansão de possibilidades que não tinha antes. O medo, de fato, tinha a tendência a estreitar o mundo das pessoas. Na próxima vez que viajasse de trem, ela pensaria nele. E em todas as vezes seguintes também.

— Seu vestido e seus sapatos estão destruídos — apontou ele. — Como você vai explicar?

— Entrarei pela entrada dos criados e subirei pela escada dos fundos. Nan garantirá que ninguém me veja. Então vou me trocar e descer para o jantar como se nada tivesse acontecido.

— Se houver algum problema...

— Não haverá.

E se houvesse, ela resolveria. Por algum motivo, o passeio de hoje a libertara de formas que ela nem sequer tinha percebido que precisava libertar.

Parando perto da carruagem, da qual um lacaio segurava a porta aberta, ele a encarou.

— Obrigado por ter vindo.

— Conte-me a verdade. O passeio foi ideia de Fancy?

— Não.

Ele não hesitou, nunca hesitava com a verdade. Ela gostava disso nele, estava começando a pensar que aquele relacionamento era o mais sincero de sua vida. Será que se ela não tivesse centrado suas esperanças de casamento em Kip desde que era uma garotinha, teria ficado igualmente intrigada por outro rapaz? Ou será que era apenas ele? Será que sempre seria apenas Mick?

— Você poderia me mandar o endereço do orfanato? Eu gostaria de ir lá amanhã, garantir que Will se recuperou plenamente do infortúnio.

Não que ela fizesse ideia do que iria fazer se ele não tivesse se recuperado, mas ela realmente gostara do garoto, e gostou ainda mais da satisfação que fez os olhos de Mick brilharem como safiras.

— Posso, sim.

— Acho que eu devo ir.

— Acho que deve.

Só que ela não queria ir. Queria mais alguns minutos com ele, mais algumas horas. Mais.

Mas ele se encarregou da função, foi até o veículo, ignorando totalmente o lacaio, e lhe ofereceu a mão. Os dois estavam com as mãos nuas. A água salgada as arruinou. Ela apoiou a mão na dele, apreciando quando os dedos dele se fecharam em torno dos seus, perguntando-se por que até mesmo o mais singelo toque dele conseguia enviar sensações turbulentas por seu corpo.

Olhando-a fixamente, ele levou os dedos dela até os lábios, pressionou a boca nos dois do meio, demorando-se, quente e molhado. Então, a língua dele deu uma lambida brevíssima em uma porção minúscula de sua pele e os joelhos de Aslyn quase cederam, o prazer contraiu sua barriga, e foi como se a língua dele tivesse ousado tocar o canto mais íntimo de seu corpo. A cumplicidade daquele momento, a ação, a fez lamentar profundamente o fato de não poder haver mais que amizade entre eles, de ele não poder cortejá-la, de que seu cortejo seria recebido com uma resistência ferrenha. Seu berço determinara seu destino de se casar com um cavalheiro com um título. O dele determinara que não importava quão alto ele chegasse, nunca seria considerado bom o suficiente para a filha de um conde. Não importava como essa filha se sentisse.

Aslyn mal percebeu que os lábios dele deixaram seus dedos, que ele a pusera na carruagem.

— Tenha um bom trajeto de volta para casa, lady Aslyn — disse Mick.

Então, ele a soltou e se afastou, embora ela sentisse que ele simplesmente não a havia soltado; que ele, de alguma forma, conseguira prendê-la ainda mais a ele.

Embora tivesse conseguido chegar ao quarto e colocar o traje de jantar sem que seus tutores ficassem sabendo de seu passeio, Aslyn perdeu um pouco da alegria quando entrou na sala de estar e encontrou Kip esperando com seus pais.

Ele se aproximou, deu um beijo leve em sua bochecha.

— Aslyn.

Onde estava o calor dele, o calor dela? Por que ela não sentia nada além de frio?

— Como foi seu dia nos museus? — perguntou a duquesa.

Museus? Ah, sim, sua mentira.

— Adorável.

Kip franziu o cenho.

— Minha mãe mencionou que você passou o dia com *as Cats*?

— Ladies Katharine e Catherine. Apenas um apelido bobo que eu dei a elas.

— Eu as conheço?

— Provavelmente não. Elas debutaram esta Temporada, foram arrebatadas com bastante rapidez.

— Por quem?

— Não tenho certeza. — Ela precisava parar de enrolar, antes que fosse descoberta. — Tenho certeza, contudo, de que estou faminta. Vamos jantar?

Pensando bem, ela deveria ter alegado uma enxaqueca repentina e retornado ao quarto. Nunca sentira tanto constrangimento à mesa.

— Vocês já decidiram quando o casamento acontecerá? — quis saber a duquesa.

Kip olhou para ela, analisando-a, mas Aslyn manteve seu semblante impassível, sem querer revelar seus pensamentos, desejando que ele se contorcesse até contar aos pais a verdade sobre sua situação.

— Ainda estamos discutindo sobre isso — respondeu ele, por fim.

— Depois de todo esse tempo, eu achava que vocês estariam com pressa para subir no altar — comentou a duquesa.

— Como a senhora disse — começou Aslyn —, já foi um tanto tardio. Não vejo necessidade de nos apressarmos.

— Mas...

— Querida, deixe que os dois façam as coisas no tempo deles — ponderou o duque. — Eles têm anos juntos pela frente.

Aslyn duvidava muito.

— Eu irei a um orfanato amanhã. — Ela encarou Kip. — Talvez você queira me acompanhar.

Ele franziu o cenho.

— Que interesse eu teria em um orfanato?

— Achei que talvez pudesse se interessar pelos órfãos.

Ele olhou para os pais, voltou a olhar para ela.

— Não, não me interesso.

Porque ele não se interessava por mais ninguém além de si mesmo. Como ela não havia reparado nisso antes?

— Ando bastante ocupado esses dias lidando com uma série de questões das nossas propriedades. Não tenho tempo para me ausentar durante o dia para brincar.

Mas tinha tempo para mentir que estava doente quando tinha bebido demais.

— Aslyn — disse a duquesa hesitantemente —, você não vai querer visitar um orfanato, minha querida.

— Para falar a verdade, eu quero, sim. Pensei em levar alguns brinquedos... Piões, bonecas e soldadinhos de chumbo.

A duquesa olhou para Aslyn como se ela tivesse admitido que queria sair correndo pela rua sem uma única peça de roupa.

— Não — disse ela por fim. — Não nos envolvemos com a escória da sociedade.

— Escória? São crianças. Sem pais, indefesas. Quero fazer o que puder para ajudar.

— Você tem um casamento para planejar e, depois, terá uma casa para administrar. Não terá tempo para essas frivolidades.

— Não acho que ajudar os necessitados seja uma frivolidade.

— Eles não apreciarão seu esforço. Não ficarão felizes com a sua presença. Eles ressentirão qualquer coisa que você fizer para ajudar. São a escória da sociedade por um motivo, minha querida. Não se pode erguê-los. Você não deve nem tentar. Não ganhará nada além de tristeza. Você nasceu, foi criada, preparada, educada para sua função de futura duquesa. Não deve abandonar sua missão por aqueles que não se importam nem um pouco com você.

— Quero ser útil.

— Você é útil cumprindo sua função. — Quase em desespero, ela se inclinou na direção de Aslyn e pousou a mão frágil em cima da sua. — Prometa que você não vai fazer isso, que você não vai sair em meio aos pobres, os desfavorecidos. Que não vai se colocar em perigo.

— Levarei criados comigo.

A duquesa olhou para o marido.

— Hedley, proíba-a de ir.

Aslyn achava que nunca tinha visto o duque tão triste.

— Ela não é mais uma criança, Bella. Não podemos podar suas asas se ela está pronta para voar.

— Ela não compreende os riscos.

— Enviarei mais lacaios. Eles ficarão por perto. Ela irá de coche. Tudo correrá bem.

— Não é como se ela estivesse indo aos cortiços, mãe.

A duquesa voltou sua atenção novamente para Aslyn.

— Simplesmente envie os brinquedos. Você não precisa levá-los até lá.

— Ficarei perfeitamente bem. Nada de mau vai acontecer comigo. Eu sei.

— É nessas situações que você fica mais vulnerável, quando acredita que ninguém lhe fará mal. Você não consegue enxergar os perigos.

— São crianças que precisam de amor. Elas não vão me machucar.

— Mas outros machucariam.

— Bella, meu amor, prometo que garantirei que ela esteja protegida.

— Não me faça promessas que não pode cumprir.

O duque pareceu desolado com aquelas palavras, fazendo Aslyn se perguntar qual promessa ele não teria honrado.

A duquesa colocou o guardanapo ao lado do prato.

— Terminei por aqui. Preciso ir para a cama.

Ela empurrou a cadeira para trás. O duque se ergueu imediatamente e ajudou a esposa a se levantar.

— Continuem sem nós — instruiu ele antes de acompanhar a duquesa para fora da sala.

Kip se recostou na cadeira, pediu mais vinho.

— Isso foi um tanto estranho.

Aslyn não queria chatear a duquesa, mas também estava cansada de se sentir como um canário preso em uma gaiola, com a liberdade sempre à vista, mas nunca obtida.

— Às vezes eu me sinto como se estivesse sufocando aqui.

— Vamos dar uma volta nos jardins, então, sim? Acho que nós dois precisamos de um pouco de ar fresco.

Ela concordou com a cabeça. Ele se pôs de pé, puxou a cadeira dela. Levantando-se, ela ignorou o braço que ele ofereceu — subitamente cansada de toda e qualquer assistência, como se não fosse totalmente capaz de cuidar de si mesma — e atravessou o solar até os jardins.

Ele a alcançou e caminhou em silêncio até eles terem deixado a casa para trás.

— Pensei que podíamos jogar uma ou duas partidas de cartas esta noite — sugeriu ele.

— Estou muito cansada das atividades do dia. Vou me recolher assim que acabarmos nosso passeio.

— Você ainda está irritada comigo.

— Estou.

Embora ela estivesse grata por ele ter defendido sua ida ao orfanato. A tensão aumentou entre eles, palpável e sensível. Ele suspirou, estalou os dentes. Ela suspeitava de que ele os estivesse apertando, também.

— Eu lhe devo um pedido de desculpas — confessou ele baixinho — por meu comportamento ontem, bem como na noite anterior. Eu fiquei perturbado com as minhas perdas e estava envergonhado por você ter me visto perder.

— Dizer que me deve um pedido de desculpas não é se desculpar — retrucou ela sucintamente.

— Aslyn. — Ele se adiantou, parando na frente dela. — Tenho certeza de que meus pais perceberam que existe certa tensão entre nós. Pode ser até que tenha sido isso que deixou minha mãe chateada, ou sabe-se lá o que foi.

— É por isso que devemos contar a eles como as coisas estão entre nós.

— E o que contaríamos, precisamente?

— Que desmanchamos nosso acordo.

— Mas não desmanchamos. É apenas um hiato enquanto nós... Os casais discutem o tempo todo. Eles resolvem seus problemas. Estou tentando resolver o nosso.

— Você não é capaz.

Fechando os olhos, ele soltou um respiro longo.

— Desculpe. — Ele abriu os olhos. — Eu sinto muito. Diga o que mais eu posso dizer.

— Não há nada que você possa dizer, apenas coisas que você pode fazer e, mesmo assim, provavelmente não mudará minha opinião sobre a nossa adequabilidade.

— Por que você está sendo tão teimosa com relação a isso? Homens jogam, bebem, frequentam clubes. É o que fazemos.

— O homem com quem me casarei não fará.

Contornando-o, Aslyn começou a caminhar na direção das treliças de rosas. Ele logo a alcançou.

— Você quer que eu vá àquele maldito orfanato com você? Isso a fará me perdoar?

— Para falar a verdade, não, não quero que você vá junto. Você não quer estar lá, e os órfãos sentirão isso. Você ficaria emburrado e arruinaria tudo.

— O que deu em você? Onde está a mulher dócil que eu pedi em casamento?

Ela se virou para encará-lo.

— Você partiu o coração dela, e todo o amor que ela tinha por você se esvaiu. Não há como recuperar. — Ela meneou a cabeça. — Isso não é totalmente verdade. Eu fiquei magoada, e vi um lado seu que não posso aceitar. Mas percebi que sempre o enxerguei mais como um irmão, que meus sentimentos por você não são do tipo que fariam de nós bons amantes.

— Amantes — repetiu ele baixinho, seu tom de voz como o de alguém que está testando uma palavra nova. Ele piscou, e olhou para ela como se não tivesse se dado conta de que, quando se casassem, eles se tornariam, de fato, amantes. Ele sacudiu a cabeça, obviamente precisando esvaziá-la. — Essa não é você. Por que me descartar por causa de uma falha de julgamento? O que provocou isso?

Os olhos dele se estreitaram enquanto a analisava, mas Aslyn não podia lhe dizer a verdade, não podia contar a ele que outro homem a intrigava, fazia seu coração palpitar, seus medos desaparecerem...

— Meu Deus, é Trewlove, não é? Foi por isso que ele insistiu que eu a levasse àquele evento. — Ele riu, um som feio e perverso. — Ele está usando você, assim como está me usando.

— Com que propósito?

— Porque isso o enaltece. Ser visto com pessoas de sangue nobre quando o sangue dele é maculado, sem reparação.

— Você está errado. Ele não precisa de nós para enaltecê-lo. Atingiu altitudes incríveis por conta própria. Com seus negócios e seus edifícios e a bondade que demonstra pelos outros.

— Você deve saber que meu pai jamais permitirá que você se case com ele.

Ela sabia.

— Se ele o conhecesse...

— Nunca. — Ele olhou para as treliças de rosas. — Você vai voltar atrás quanto à ideia de se casar comigo.

— Nunca — disse ela, repetindo a palavra.

Ele olhou para ela novamente, e Aslyn viu em seu semblante uma humildade que jamais vira antes.

— Lembro-me da primeira vez em que a vi. Você estava deitada no berço. Eu tinha 8 anos. Minha mãe me segurava a mão. Ela se abaixou e disse: "Você vai se casar com ela um dia." Estamos destinados um ao outro, goste você ou não.

Ela não gostava nem um pouquinho, e se aprendera alguma coisa com Mick Trewlove, era que o destino podia ser mudado.

Sentado atrás da mesa de seu escritório, Mick olhava fixamente para a escritura que fora entregue a seu irmão, que agora repousava em uma poltrona próxima com um sorriso de satisfação no rosto. Ele conhecia a pequena propriedade de Candlewick, afinal, estudara sobre todas as propriedades do duque — as alienáveis e as não alienáveis.

— Ele simplesmente entregou a você? — perguntou Mick.

Aiden analisava as unhas de sua mão direita como se estivesse tentando decidir se elas precisavam de mais polimento.

— Eu disse a ele que não podia continuar emprestando dinheiro sem alguma espécie de garantia, visto que ele ainda não me pagou nenhum centavo do que deve. Aparentemente, o pai passou para ele todas as propriedades não alienáveis. Ele estava se gabando bastante disso.

As coisas estavam acontecendo, as peças se encaixando, com muito mais rapidez do que Mick havia previsto.

— Embora eu soubesse que ele tinha o hábito de jogar, não pensei que fosse tão negligente com isso.

— Ele é negligente com tudo.

Inclusive Aslyn. Aquele homem não tinha consciência do tesouro que possuía, nem do risco de perdê-lo. Talvez já tivesse perdido. Ele não era nada digno dela. Recostando-se em sua cadeira, Mick tamborilou os dedos na mesa.

— Loudon Green é o que quero. Todo o restante desanda sem ela.

— Para você ou para eles?

Para ambos.

— Para eles. Corresponde à maior fatia da renda deles. Não vão conseguir sustentar as outras propriedades sem ela.

— Tenho dificuldades em acreditar que você foi concebido dos colhões de um homem que não tem discernimento empresarial algum. O que deu nele para passar uma propriedade tão valiosa para o filho vigarista?

— Porque ele é o filho legítimo. Isso basta para que o duque confie a ele seus bens de valor: seu nome, seus títulos, seu legado.

— Mas ele certamente deve saber o abismo para o qual seu herdeiro está se encaminhando.

Mick duvidava disso. Aquele homem parecia nunca se interessar muito por qualquer coisa que não fosse sua esposa. Por um lado, ele queria admirar o duque por sua devoção à sua duquesa, mas ele suspeitava de que essa devoção tivesse resultado em sua adoção por Ettie Trewlove. Que Deus não permitisse que a duquesa descobrisse que seu duque gerara um bastardo.

As ações de Mick não lhe confeririam a legitimidade, mas provariam que a sarjeta não era o seu lugar. Ele podia ser um bastardo, mas era originário da nobreza — e isso o tornaria digno de Aslyn.

Capítulo 16

— OUTRO PACOTE FOI entregue em segredo.

Nan não parecia muito contente, possivelmente porque o pacote era maior que os outros, não era fácil de esconder entre as dobras de sua saia.

Aslyn saiu de debaixo das cobertas, foi até ela e pegou a caixa longa e fina de sua aia. Ela a levou de volta para a cama e abriu-a. Acomodada dentro dela, havia uma linda sombrinha de renda, e o bilhete que a acompanhava era mais longo que qualquer outro recebido antes. *Alguém por quem tenho muita estima uma vez me disse que o branco combina com tudo.*

Ele tinha muita estima por ela, suas palavras a lembraram. Apertando o bilhete contra o peito, ela soube que não deveria ficar tão feliz com aquilo, mas estava. Kip estava errado. Mick não a estava usando; ele tinha apreço por ela. Aslyn imaginou como seria adorável começar cada dia com os sentimentos expressados por ele.

Pegando a sombrinha, ela a ergueu.

— Onde é que esse danado faz compras de madrugada? — pensou ela em voz alta.

— Milady, tudo isso é muito impróprio. Ele é impróprio, não é do tipo com quem a senhorita deveria ter encontros secretos.

Não era do tipo com quem ela deveria ter encontros públicos também. Então, ela viu um segundo bilhete, um que estava escondido pelo conteúdo rendado da caixa. *Lar Trewlove*, escrevera ele, juntamente com um endereço. O coração de Aslyn quase parou, visto que seu primeiro pensamento fora que ele a estivesse convidando para tomar chá na casa de sua mãe. Subitamente, ela percebeu que ele estava se referindo ao orfanato. Garota tola, para que ficar tão decepcionada?

— Precisamos nos vestir para ir a um orfanato hoje — disse ela a Nan. — Precisamos ser sutis em nossa saída, pois não quero chatear a duquesa.

— Sim, milady.

— E precisaremos parar em uma loja de brinquedos no caminho.

Aslyn levou uma montanha de brinquedos, e os órfãos se reuniram ao seu redor como se ela fosse o flautista de Hamelin. Sentando-se no chão, sem pensar que a terra sujaria sua saia lilás, ela abraçou cada uma das crianças que se aproximou. Sua risada flutuava pelo ar, um gorjeio agudo que se comparava ao de um rouxinol em sua beleza. O sorriso dela enrugava seu rosto, e Mick pensou na alegria que ela demonstraria com seus próprios filhos, no amor com o qual os inundaria. Como essas crianças seriam afortunadas.

Parado com as costas na parede e os braços cruzados sobre o peito, ele a vislumbrava como se fosse uma flor ressecada e ela, chuva e sol ao mesmo tempo, oferecendo vida. Era óbvio que ela guardara seu abraço mais longo e mais apertado para Will. Mick se flagrou sentindo inveja do moleque magricela.

Finalmente, ela olhou para ele, e o presenteou com um sorriso torto, quase tímido. Foi como um golpe no estômago, um chute nas partes baixas, um soco no peito. Nenhuma outra mulher o afetava como ela. Ele deveria evitá-la a todo custo, mas convencer a si mesmo a fazê-lo não seria tão fácil quanto convencer o sol a não se exibir na alvorada. Se ela estivesse por perto, ele sempre inventaria uma desculpa para diminuir a distância entre os dois.

— Muito bem, agora chega — gritou ele, afastando-se da parede. — Agradeçam à lady Aslyn e comecem a circular. Não é preciso sufocá-la por sua bondade.

Todas as crianças se dispersaram, com exceção da garotinha que chupava dedo, que agora estava agarrada a uma boneca de pano e olhava fixamente para Mick.

— Ande, pequena Amy. Deixo você subir nas minhas costas mais tarde.

Felizmente, a promessa foi suficiente para apaziguá-la e fazê-la se afastar. Aproximando-se de Aslyn, ele estendeu a mão. Ela a segurou e Mick a ajudou a se erguer, lutando contra a vontade de puxá-la para seus braços. Sua sempre vigilante aia estava observando.

— Eles o adoram — comentou Aslyn. — Com que frequência você vem aqui?

— A cada duas semanas, mais ou menos. Nós alternamos nossas vindas, para garantir que tudo está nos conformes.

— É uma casa magnífica. Vocês devem ter pagado uma fortuna por ela.

— Queríamos dar às crianças algo o mais próximo possível de um lar.

— Porque vocês cresceram sem um.

— Não crescemos em um lugar sofisticado, mas o amor de nossa mãe tornava a casa um lar.

— É claro que tornava. Não quis insinuar o contrário.

Ele quase se ofereceu para mostrar a ela o lugar onde crescera, mas ela não precisava ver ou entender a real crueldade de sua vida. Eram águas passadas. Tudo o que importava era onde estava agora.

— Sr. Trewlove?

Ele olhou para a governanta.

— Sim, Nancy?

— O chá está servido no terraço, como o senhor pediu.

— Obrigado. — Ele se voltou novamente para Aslyn. — Gostaria de um pouco de chá?

Aquele sorriso de novo, o que o assombraria se suas atitudes o fizessem desaparecer.

— Praticando para o dia em que será convidado para a sala de visitas de um nobre?

Ele ficou feliz por ela se lembrar.

— Não, é apenas uma desculpa para passar mais tempo na sua companhia.

As bochechas dela ruborizaram, e Mick se perguntou se conseguiria fazer outras partes do corpo dela corarem com beijos estrategicamente localizados.

— Chá seria ótimo — respondeu ela.

Toda a culpa que Aslyn sentira por ter ido ali contra a vontade da duquesa se dissipara no instante em que ela passara pela porta e o vira esperando por ela. Seus olhos brilharam de contentamento, sua boca se ergueu de leve nos cantos. A alegria se espalhara por ela, e Aslyn soube que estaria disposta a se opor a qualquer vontade da duquesa para passar mais tempo na companhia dele.

Ali estava mais uma prova de que Mick não tinha interesse algum em usá-la para se enaltecer, porque, naquele local, não havia ninguém relevante que pudesse vê-los juntos. Ele era cauteloso com a reputação dela, resguardando-a com cuidado ao se manter distante quando necessário. A única vez em que passara dos limites fora quando eles estavam sozinhos, sem testemunhas, e embora o beijo tenha sido inapropriado, sua reputação permanecera intacta. Sentada ali com ele, no terraço, bebericando chá, ela desejou que fosse noite, que todas as crianças estivessem na cama, e que eles estivessem sozinhos para satisfazerem seus desejos.

E ela, de fato, o desejava, mas que futuro haveria para eles? Na noite anterior, a duquesa deixara clara mais uma vez sua posição quanto àqueles que julgava inferiores a ela. Mas, em cinco anos, a herança de Aslyn seria entregue a ela em sua totalidade. Ela sairia da Mansão Hedley, mudaria-se para sua própria residência. Seria uma solteirona, não seria mais uma mulher com quem os homens quereriam se casar. Teria sua independência total e completa, veredito absoluto sobre todas as decisões que afetassem sua vida. Será que Mick Trewlove esperaria cinco anos por ela?

Aslyn quase gargalhou com aquele pensamento absurdo. Ele não alegara sentir nada por ela, não confessara amor algum, embora a chamasse por termos carinhosos. Mesmo assim, era provável que ele não esperasse mais que uma semana por ela, que ela fosse para ele aquilo que carregava nos braços quando entrara no orfanato: meramente um brinquedo para se brincar até quebrar, ou se cansar, ou esquecer. Ele havia brincado com a viúva de um duque. Por que não brincaria com a filha de um conde?

— Não sei ao certo se estou gostando de para onde esses pensamentos a estão levando — disse ele baixinho, fazendo suas reflexões taciturnas se dissiparem.

Ela focou sua atenção nele, sua mão estava repousada perto de uma xícara de porcelana que sumiria quando ele a pegasse.

— Desculpe. Eu acabei divagando.

— Não para lugares felizes, se essa pequena ruga que se formou entre suas sobrancelhas for um indicativo.

Ela se sentiu lisonjeada por ele observá-la tão de perto, tão atentamente.

— Você costuma ser convidado para bailes?

— Oferecidos pelos lordes e pelas damas de Londres? Não.

— A duquesa nunca organiza bailes. Se organizasse, eu o convidaria.

— Eu a exporia à censura e aos insultos.

— Talvez não houvesse nada disso.

— Nós existimos na vida real, Aslyn. Não em um conto de fadas. Não existe "felizes para sempre" entre uma dama e um bastardo.

Então o que eu estou fazendo aqui?

— Kipwick alguma vez a levou aos Jardins de Cremorne durante a noite, quando as pessoas civilizadas não estão mais nas ruas?

A mudança de assunto dele a assustou, mas ela não se importou, visto que não gostava do rumo que a conversa estava tomando.

— O que o faz pensar que eu gostaria de ir lá tarde da noite?

O olhar dele exigia a verdade, e ela percebeu que ele era o tipo de homem a quem as mentiras não agradavam. Ela suspeitava de que ninguém mentisse na presença de Mick.

— A maneira como você pediu para ficar na noite em que eu a conheci. Desconfio de que, se eu e Fancy não estivéssemos lá, você teria discutido com ele na esperança de convencê-lo a ficar até mais tarde.

Aslyn deu de ombros.

— Tenho certa curiosidade.

— Tenho uns negócios lá esta noite. Gostaria de me acompanhar?

A duquesa certamente não aprovaria aquilo.

— Eu precisaria sair escondido...

— Você parece ter se virado bastante bem naquela noite. Mandarei minha carruagem esperá-la no final da via de entrada à meia-noite. Só não se esqueça de levar uma chave.

Ela fora encontrá-lo. Ele sabia que ela iria. Aslyn tinha um espírito aventureiro que era impossível de domar, e Mick era grato por isso. Em sua carruagem, ela se sentou de frente para ele, quase pulando no banco com sua animação. Agora eles haviam desembarcado e estavam se preparando para entrar nos jardins.

— E se eu vir algum lorde conhecido? — indagou ela.

— Haverá alguns abastados por aí, mas é improvável que eles a reconheçam. A essa hora da noite, eles não estão analisando rostos, estão se concentrando nos seios.

Não havia luz suficiente para ele ver se ela estava corando, embora ele suspeitasse de que estivesse.

— Você gosta de me chocar, ou ao menos de tentar.

— Tive sucesso?

— Eu jamais admitiria se tivesse tido.

— Boa garota. Não abaixe o capuz da capa e segure em meu braço. Ninguém a incomodará.

Com exceção de mim, possivelmente.

— Com exceção de você, possivelmente — disse ela, como se tivesse lido sua mente.

— Eu me comportarei ao máximo.

Mas Mick reconhecia que até mesmo seu melhor comportamento não era bom o bastante para ela. Ela merecia um homem de sangue nobre. Não alguém que fora concebido no erro, julgado indigno da vida, e que era indesejado.

Ela não sabia dizer por que estava disposta a arriscar tanto para ver os Jardins de Cremorne de madrugada. Inúmeros rumores alegavam que as atividades tinham se tornado tão infames naquele horário, que na região se aglomeravam tantos indivíduos incorrigíveis, que a própria existência do local estava em risco. Alguns clamavam para que os jardins fossem fechados. Talvez a chance de ver a história antes que ela acabasse a tivesse atraído.

A quem ela estava tentando enganar? Embora quisesse ver em que tipo de indecência as pessoas se envolviam, ela abraçava qualquer oportunidade de passar um tempo com Mick.

Enquanto entravam nos jardins, ela se sentia extraordinariamente segura ao lado dele. Ninguém iria importuná-lo. Ele se postava com uma confiança e um ar predador que indicavam que não era do tipo que se devia desafiar, que não estava acostumado a perder.

Ela avistou dois lordes que conhecia, um conde e um visconde. Embora estivessem trajando roupas elegantes, eles caminhavam como se a terra tivesse saído do eixo de repente e eles não conseguissem se manter de pé. Criada para saber que a carruagem de uma pessoa era um grande indício de seu lugar no mundo, ela ficou subitamente intrigada ao perceber como aquela máxima era verdadeira. Nenhum homem tinha a postura de alguém que se sentaria na

Câmara dos Lordes. Vários segundos, terceiros e quartos filhos perambulavam para lá e para cá. Sem nunca ter sequer dançado com eles, Aslyn não se preocupou que eles a achassem familiar.

Todos os homens e as poucas mulheres que passavam por ali eram barulhentos e impetuosos, rindo alegremente.

— Vamos beber alguma coisa — sugeriu Mick.

Ela não estava com sede alguma, estava mais curiosa com o que poderia encontrar mais a fundo nos jardins, mas ele não lhe deu escolha, levando-a até uma estrutura que parecia uma taberna e pedindo dois canecos de cerveja. Ela ficou imediatamente intrigada, pois nunca havia tomado cerveja antes. Ao dar o primeiro gole, seu rosto se contorceu por conta própria. Ele riu.

— O gosto melhora quando você chega ao fundo da caneca.

— Por que eles colocariam o melhor no fundo?

E como eles conseguiam? Deveria ser uma tramoia e tanto.

— Não colocam, mas quando você chega lá, tudo tem um gosto melhor, todos os aspectos da vida parecem incrivelmente melhores.

Ele levou o caneco aos lábios, e, estupefata, observou os músculos da garganta dele se moverem. Ele devia ter ingerido metade do conteúdo quando finalmente baixou o caneco. Aslyn não queria contemplar que estava, para falar a verdade, com inveja do cobre porque os lábios dele o haviam tocado.

— Nós vamos levar — avisou ele, voltando para o lado de fora.

Ela tomou mais um gole, e mais um, tendo dificuldades em encontrar a parte que finalmente seria saborosa. O estranho era que a bebida tinha deixado seu corpo quente e reconfortado, e, no fim das contas, Aslyn passou a não se importar mais com o sabor. Ela gostava da maneira como se sentia após cada gole.

Kipwick jamais teria lhe oferecido cerveja, jamais teria sequer pensado em deixá-la provar. Ladies podiam tomar uma taça de vinho ou de champanhe, quem sabe até de conhaque, mas elas certamente não aceitariam algo tão grosseiro como cerveja.

— Não julgue a cerveja no geral com tanta rapidez — instruiu ele. — Minha irmã tem outras melhores.

A dona da taberna.

— Como se chama a taberna dela?

— A Sereia e o Unicórnio. Gillie sempre teve uma veia extravagante.

— Eu gostaria de conhecê-la um dia.

Ele a analisou, seu olhar intenso.

— Eu poderia providenciar isso.

Seria outra desculpa para estar na companhia dele. Quantas ela estava disposta a inventar? Mil, talvez. Cada aspecto dele a fascinava.

— Eu adoraria.

Seus tutores, nem tanto. Ela com certeza precisaria sair escondido de novo. Mas não queria ter outro encontro clandestino com ele. Queria que ele a cortejasse adequadamente.

— Discutiremos isso mais tarde — prometeu ele.

Concordando com a cabeça, ela voltou sua atenção para os arredores. Não parecia tão diferente assim do que ela vira ali antes, ao menos em uma primeira impressão. No entanto, a atmosfera era bem distinta. As damas — e ela estava sendo gentil e generosa ao tratá-las assim — usavam vestidos reveladores. Se uma delas espirrasse, seus seios sem dúvida saltariam de trás do tecido. Entretanto, elas pareciam perfeitamente confortáveis com tamanha exposição, e os homens, a julgar pelos olhares cobiçosos, que faziam a pele de Aslyn se arrepiar, pareciam apreciar imensamente a visão. Ela não iria querer que eles a olhassem da mesma forma maliciosa.

No palco no qual antes uma soprano preenchia a noite com músicas românticas, agora um rapaz cantava uma canção obscena com palavras rudes que se referiam ao coito. Não era nada romântica. Para falar a verdade, Aslyn se perguntou por que qualquer mulher iria querer se envolver em tal ação quando parecia ser tão animalesca, tão primitiva, de tanto mau gosto.

Ela viu uma mulher e um homem escondidos na escuridão; ela com as costas em uma árvore, os quadris do homem cabriolando...

Virando-se, Aslyn pressionou o rosto contra o peito de Mick; os braços dele a envolveram em um abraço protetor.

— Eles não estão fazendo o que eu estou pensando, estão?

— Depende do que você está pensando.

Aquele homem podia ser bem irritante quando queria.

— Achei que acontecesse na cama.

— Pode acontecer em qualquer lugar: em uma cama, em uma poltrona, no chão.

— Horizontal. Achei que fosse uma atividade horizontal.

Sem nunca ter discutido um ato tão íntimo com qualquer pessoa, Aslyn mal conseguia acreditar que havia dito aquilo para ele.

— Horizontal, vertical, sentado, em pé, ajoelhado... As posições só são limitadas pela imaginação.

E ela suspeitava de que ele já tivesse imaginado e testado todas elas. Aslyn não queria pensar naquilo, não queria pensar nele possuindo uma mulher contra uma árvore como um bárbaro.

— O que você pensou que fosse encontrar aqui, Aslyn? — perguntou ele baixinho.

— Não sei. — Ela olhou para ele. — Pessoas embriagadas, no geral.

— Bem, certamente temos isso. Tome sua cerveja.

Ele tomou um longo gole de seu caneco. Aquela era uma ação tão masculina. Ela ficava fascinada ao observá-lo. A mão dele quase encobria o caneco, certamente encobriria partes íntimas de seu corpo, se um dia as tocasse. Não que fosse tocar, não que ela fosse permitir que ele tomasse tais liberdades. Aslyn tomou um gole de cerveja. Ele tinha razão. O gosto melhorava à medida que ela bebia. Ou talvez a bebida tivesse destruído seu paladar e nada nunca mais fosse ter o mesmo sabor.

Ela começou a se perguntar o que faria se Kip cruzasse seu caminho, pois ele com certeza a reconheceria.

— E se encontrarmos Kipwick?

— Não encontraremos.

A segurança dele a surpreendeu.

— Você sabe onde ele está?

— Existem vários lugares onde ele pode estar.

— Porque nesses lugares há mesas de jogos?

— Exatamente.

— Você me levaria a um deles?

— De jeito algum.

Ele parecia totalmente decidido quanto àquilo. A questão não estava nem aberta à discussão.

— Por que não?

— Não são clubes de cavalheiros. Os homens poderiam ter uma ideia errônea quanto ao motivo de você estar lá, e então eu acabaria com os dedos roxos, e alguns homens acabariam sem os dentes.

A felicidade que se espalhou por ela ao imaginar uma cena tão violenta era inoportuna. Obviamente, a cerveja mudava a perspectiva das pessoas, fazia com que agissem em desacordo consigo mesmas. Um pensamento ainda mais horroroso lhe ocorreu: que a bebida fizesse as pessoas agirem exatamente como queriam.

— Você defenderia a minha honra?

Ele olhou para ela, deu um sorriso voraz.

— Enquanto você estiver ao meu lado.

O que ela já sabia, se fosse ser sincera consigo mesma. Era o motivo pelo qual ela aceitara o convite dele para ir ali. Apesar de toda sua seriedade e da origem questionável, ele tinha o coração de um cavalheiro. Mas também de um patife e de um malandro. Era estranho como essas últimas características a atraíam, sendo que certamente não deveriam. Talvez ela não fosse de fato a dama que sempre achara ser.

Um homem cambaleou na direção deles. O braço de Mick passou pelas suas costas, segurando-a pela cintura, e ele a tirou levemente do caminho, para o lado, como se ela não pesasse mais que uma nuvem encrespada. O rapaz caiu no chão, grunhiu e começou imediatamente a roncar. Três homens foram até ele, rindo, para erguê-lo. Seus comparsas, Aslyn supunha.

— Por que os homens se embriagam? — perguntou ela.

— A bebida faz suas preocupações desaparecerem.

Quais preocupações Kip tinha e não queria ter?

— Você costuma ficar bêbado com frequência?

— Nunca. Quando o efeito da bebida passa, os problemas continuam lá e você precisa encará-los com uma dor de cabeça alucinante.

— Você é um homem prático.

Ele não respondeu; não precisava responder. Ele não teria saído da sarjeta se não aceitasse a realidade.

A realidade dele havia sido dura, ao passo que a dela lhe dera uma impressão falsa do mundo. Ela fora protegida de tudo aquilo. Homens trocavam socos, vomitavam e cambaleavam por aí. Mulheres parcamente vestidas eram beijadas, tocadas em lugares que não deveriam ser, caminhavam agarradas aos homens. Crianças corriam para lá e para cá, desacompanhadas — ladrões, Aslyn supunha, quando viu uma delas sendo perseguida por um cavalheiro, que gritava:

— Parem, ladrão!

Ela ficou feliz quando Mick a levou de volta para a carruagem. Depois de ter terminado sua cerveja e tomado mais uma, Aslyn estava se sentindo quente e letárgica. Acomodando-se diante dela, Mick parecia, de alguma forma, maior.

— Qual era o seu compromisso aqui?

Ele deu de ombros enquanto a carruagem arrancava pela rua.

— Ele não apareceu.

— Por que você se encontraria com alguém aqui, e não no seu escritório?

— Por muitas razões. Em sua maior parte, para manter o encontro em segredo.

— Quem era?

— Se eu lhe contar, deixa de ser um segredo.

Aslyn se pegou pensando se havia mesmo alguém ou se ele tinha inventado a desculpa para ter um motivo para levá-la ali. Ela quis que a noite nunca terminasse.

Ninguém iria encontrá-lo nos jardins, não havia negócio algum a ser feito, mas ele receava que ela fosse rejeitar seu convite se soubesse que tudo que ele queria era passar mais tempo ao seu lado. Ele não podia levá-la lá durante o horário adequado porque eles seriam vistos por pessoas que ela conhecia, Hedley seria informado, e ele certamente a proibiria de se relacionar com ele. Até mesmo encontrá-la no parque com muita frequência provocaria fofocas.

Ele não deveria gostar tanto da companhia dela, deveria ignorá-la, ao menos até seu plano ser concretizado. Então ele a cortejaria de maneira adequada, como um cavalheiro. Mas, quando se tratava de Aslyn, Mick parecia não possuir a destreza necessária para se conter. Durante toda a sua vida ele deixara seus anseios e desejos de lado em prol de um objetivo maior, mas não estava disposto a sacrificar o tempo que passava com ela. No fim das contas, aquilo poderia lhe custar tudo, mas ele parecia não conseguir se arrepender.

Ela não estava acostumada a consumir bebidas alcoólicas. A cerveja a tinha atingido em cheio. Ela estava agora com um sorriso esquisito no rosto, com um canto da boca contraído como de costume, um lado levemente mais alto que o outro. Ele queria dar um beijo naquele canto mais erguido, depois no mais baixo, depois em sua boca toda. Queria enfiar a língua entre os lábios dela; queria meter seu membro no sexo quente dela. Ele não tinha dúvida de que ela era virgem, então seria apertada, e ele a abriria...

— Ela não parecia estar gostando — comentou ela baixinho, uma pitada de tristeza perceptível em sua voz.

Mick piscou, subitamente arrancado de sua fantasia de volta para a realidade. Ele olhou para ela. Precisava de uma distração, e não esperava que ela providenciasse uma com uma afirmação tão aleatória, mas então compreendeu que ela estava se referindo à mulher da árvore.

— Ela não estava sendo paga para gostar.

Os olhos dela se arregalaram de leve. Talvez por conta da franqueza de suas palavras.

— Ela era uma meretriz, então.

Ele deu de ombros.

— É uma das formas de chamá-la.

Ela olhou por uma janela, depois pela outra. Olhou para o teto. Soltou um suspiro longo.

— Não é prazeroso para as mulheres? — Ela tapou a boca com a mão. — Não acredito que lhe perguntei isso.

— É a cerveja. Tende a soltar a língua das pessoas. — Ele sorriu. — Gosto de vê-la com a língua solta.

— Ah. — Os olhos dela estavam focados tão atentamente nele que Mick pensou que ela pudesse estar perfurando sua alma. — A sua língua está solta o bastante para me dar uma resposta?

Talvez a língua dela estivesse um pouco solta demais.

— Eu poderia oferecer uma demonstração.

— O restante do meu corpo precisaria estar solto para que isso acontecesse. Foi por isso que você me deu cerveja, para que eu perdesse minhas inibições e meu controle moral e você pudesse se aproveitar?

— Não exatamente. Eu não a levaria para a cama se você estivesse bêbada. Não seria agradável para nenhum de nós uma situação dessas.

— Então as mulheres podem gostar do coito?

— Se o cavalheiro for do tipo atencioso.

— Você é? — Novamente, ela cobriu a boca com a mão, seus olhos se arregalaram. — As palavras parecem sair antes que eu sequer perceba quais são.

Aquela conversa poderia se tornar bem interessante, se ele lidasse com ela da forma correta.

— Sou levado a acreditar que as mulheres encontram o prazer na minha cama.

— Você vai ver alguém depois que me deixar em casa?

Ele precisava. Seu corpo ardia de desejo, mas ele sabia que qualquer relação seria insatisfatória.

— Não.

Ela olhou para baixo, para as próprias mãos, entrelaçadas em seu colo.

— Estou me sentindo um tanto avoada.

Ele ficou rígido, endireitou-se.

— Está passando mal?

— Não. Só tenho uns pensamentos que não querem permanecer onde deveriam.

— Você pode contá-los a mim. Não contarei a ninguém.

Conte-me alguma coisa sobre Kipwick que eu possa aproveitar, isso agilizará as coisas.

— É uma espécie de confissão.

Melhor ainda. O estômago dele se contraiu ao pensar nela revelando suas fantasias.

— Eu queria passar a mão na sua barba, naquela primeira noite, quando nos conhecemos.

Ele quase gargalhou. Estava imaginando pecados dignos de uma vida após a morte sendo passada no calor do inferno.

— Nem pensei em fazê-lo quando nos beijamos aquela noite — confessou ela. — Eu estava absorta demais no beijo.

— Você certamente a sentiu em torno da sua boca.

Ela finalmente olhou para ele.

— Um pouco. Era mais macia do que eu imaginava, mas eu estava focada em outras coisas. Queria tocá-la com meus dedos.

Inclinando-se para frente, ele desentrelaçou as mãos dela, segurou uma delas.

— Proponho uma troca. Você pode tocar na minha barba se me deixar dar um beijo na ponta do seu nariz.

— Meu nariz? Você não pode estar falando sério.

— Eu o adoro. E se um dia encontrar aquele seu primo detestável, vou socar o nariz dele.

Ela riu.

— Bem, então espero que seu caminho um dia se cruze com o do conde de Eames.

Ele também esperava.

— Você concorda com os termos da troca que propus?

Mesmo no escuro, ele a viu consentir com a cabeça.

— Não faça nada — ordenou ele enquanto colocava sua mão delicadamente de volta no colo.

Rapidamente, ele arrancou as luvas antes de abrir os botões das dela e, lentamente, removê-las. Apesar de ter a melhor das intenções, ele não conseguiu se impedir de desenhar uma figura em forma de oito no dorso da mão dela. Tão lisa, como mármore polido — só que quente, e não fria. Quente e atraente. Virando a mão dela, ele deslizou três dedos pela palma. A mesma maciez o cumprimentou. Mick queria aquela textura tocando mais que apenas seus dedos, mais que sua barba. Queria por todo o seu corpo.

Com a palma da mão dela aninhada na sua, ele lentamente levou a mão de Aslyn até seu maxilar, no qual os dedos dela se dobraram antes de pentearem as mechas grossas. O toque suave quase o desmontou. Mantendo a mão sobre a dela, ele se aproximou ainda mais, preenchendo os pulmões com a fragrância dela enquanto seus lábios tocavam suavemente a ponta adorável e imperfeita de seu nariz.

Ela suspirou. Se era por causa do toque dele nela ou do toque dela nele, Mick não sabia, não se importava. Havia um êxtase naquele som, alegria e contentamento, e ele não conseguia se lembrar da última vez que sentira qualquer uma daquelas coisas.

Como estava muito perto de outras coisas que queria, ele abaixou o rosto dela de leve e deu um beijo em sua sobrancelha, em sua têmpora, no canto do olho, em sua bochecha…

— Você está tomando liberdades — sussurrou Aslyn, segurando o maxilar dele com a mão, acariciando a pele dele com os dedos. Sob a mão dele, os músculos e tendões delicados dela trabalhavam lentamente, suavemente.

Recuando, ele a encarou.

— Estou, de fato. Parece que, quando se trata de você, não sou muito disciplinado.

No escuro, ele a ouviu engolir em seco.

— A cerveja quer que você me beije de novo.

— Bem, não vou querer decepcionar a cerveja.

Os lábios dele foram de encontro aos dela.

Enquanto seus lábios se uniam e suas línguas eram reapresentadas, Aslyn mal se deu conta de que ele se mudou para o seu banco sem cambalear ou cair, embora a carruagem estivesse em movimento. Sua mão permaneceu no maxilar dele, enquanto ele continuava cobrindo-a com a própria mão e seu braço livre deslizava para trás do corpo dela, puxando-a mais perto, encostando-a parcialmente na lateral de seu corpo, contra seu peito robusto. Ela desejou que o paletó e o colete não estivessem ali, como naquela noite no escritório dele, para que o calor do corpo dele tivesse menos tecido para atravessar. Ela ainda conseguia sentir aquele calor penetrando em suas roupas e tocando em sua pele, mas não era, nem de longe, tão agradável.

O beijo, por outro lado, era mais do que havia sido antes. Talvez fosse porque agora ela soubesse o que esperar dele, ou talvez fosse porque a cerveja havia afugentado todas as suas inibições, dúvidas e culpa, mas quando ele inclinou a cabeça para intensificar o beijo, ela ajustou a sua para recebê-lo em sua plenitude. O grunhido grave dele serviu tanto de recompensa quanto de encorajamento. Ele a apertou com mais força, e ela se perguntou se seria possível que seus corpos fossem absorvidos um pelo outro.

Ela tinha a intenção de permanecer forte, de resistir à tentação dele, mas a delicadeza com que ele salpicara beijinhos em seu rosto fora sua ruína. Erguendo a mão livre, Aslyn segurou o rosto barbudo dele com as duas mãos. A barba dele a fascinava. Era, ao mesmo tempo, sedosa, porém áspera. Ela gostaria de vê-lo aparar a barba, usando a navalha. Ela deveria conferir-lhe um aspecto desleixado e ordinário. No entanto, fazia-o parecer potente, perigoso. Um homem a se respeitar.

Todos os alertas terríveis que a duquesa lhe fizera foram em vão. Uma mulher podia ficar sozinha com um homem sem sacrificar sua reputação e o respeito por si mesma. Uma mulher podia pedir um beijo sem medo de se sentir como se não merecesse nada melhor do que vaguear pelas ruas.

Estar nos braços dele a deixava em júbilo. Era errado — em tantos sentidos, de tantas formas —, mas ela não parecia conseguir se arrepender.

Ele afastou a boca da dela, embarcando em uma lenta jornada por seu queixo, seu maxilar, sua garganta.

— Por Deus, Aslyn, eu a teria aqui mesmo na carruagem, bastaria você sussurrar "sim".

— Um beijo. Apenas um beijo.

A resposta dela veio de uma distância aparentemente enorme, e Aslyn não tinha certeza de que aquela era a réplica que a cerveja desejava, mas a dama que habitava dentro dela não permitiria que qualquer outra coisa saísse de sua boca.

— Então me contentarei com isso.

A decepção se misturou ao alívio. A boca dele retornou à sua, sedenta, ávida, e, dessa vez, o beijo pareceu chegar até seus dedos do pé. Eles se contorceram dentro das botas. Ela queria arrancar a cobertura pesada de couro e escorregar os pés encobertos pelas meias nas panturrilhas dele, queria que a mão desnuda dele se fechasse em torno do arco de seu pé, que o apertasse.

Em vez disso, ele intensificou o beijo até obliterar todos os seus pensamentos, e acender uma chama de desejos frenéticos que quase a consumiram. Como o mero pressionar de lábios, a valsa das línguas, podia criar uma miríade de sensações em cada parte do corpo dela? O calor redemoinhava, as terminações nervosas formigavam, os membros ficavam letárgicos ao mesmo tempo em que pareciam energizados. Ela envolveu o pescoço dele com os braços, entremeou os dedos em seus cabelos, deliciou-se com as mechas sedosas se enrolando em torno deles.

Tirando a capa dela, Mick colocou a mão em sua cintura, subiu pela lateral de seu corpo, manteve-a ali por alguns segundos antes de se mover por suas costelas...

Para cima. Para segurar seu seio, apertá-los de leve.

Ela deveria ter ficado abismada, deveria tê-lo empurrado. Em vez disso, com um gemido, continuou explorando a boca dele como se tivesse que recontar cada detalhe delicioso no dia seguinte. Ele passou o polegar por cima do mamilo dela, que respondeu se enrijecendo deliciosa e dolorosamente, ansiando por outro toque.

Quando ele veio, Aslyn quase chorou. Quando a boca dele deixou a sua, ela quase gritou.

Ela estava desorientada, então levou um instante para perceber que eles não estavam mais se movendo. Respirando pesadamente, ela ficou olhando para Mick, o brilho do poste próximo afastando a escuridão o suficiente para que ela pudesse enxergá-lo com relativa clareza. Não os detalhes exatos, nem as cores, mas a ânsia. O desejo dele era evidente em sua expressão, como se ele estivesse sofrendo tremendamente.

— Receio tê-lo levado a um estado de agitação. Suponho que você vá para um bordel agora.

Ela odiava a ideia de outra mulher o tocando, de outra mulher podendo tocá-lo de maneiras que uma dama de sua posição não podia, não devia, não faria.

— Não.

A voz dele era grave, como se ele tivesse tido que arrancar o mundo das profundezas de sua alma.

— Eu menti. Não era a cerveja que queria que você me beijasse.

Ele deu um sorriso.

— Eu sei.

Ficando sério, ele segurou o rosto dela, deslizando o polegar pela maçã de seu rosto.

— Nunca na minha vida eu desejei tanto ser legítimo quando estou desejando neste exato momento.

As palavras dele a desolaram. Inclinando-se para frente, ela tomou a boca dele com doçura, com ternura.

— As circunstâncias do seu nascimento não deveriam importar.

— Mas importam. Não posso tomar chá com você na sala de visitas de um nobre, nem dançar valsa com você em seu salão de baile. Não posso acompanhá-la ao teatro ou ser visto com você no parque com muita frequência. — Ele meneou a cabeça. — Basta mais uma vez e os rumores começarão. Mas eu quero vê-la novamente. Jante comigo amanhã à noite no hotel. No momento, os poucos hóspedes que temos não são da nobreza. São apenas pessoas que estão de passagem. Mesmo que elas a vejam, não saberão quem você é. Sua presença lá nunca será descoberta. Tem algo que quero compartilhar com você.

Ela podia pensar em muitas coisas que gostaria que ele compartilhasse com ela: sua boca, suas mãos, seu peito largo, a concavidade de seu ombro, onde ela tinha bastante certeza de que sua cabeça se encaixaria perfeitamente. Antes que seus pensamentos se voltassem para as partes do corpo dele localizadas abaixo da cintura, ela os aquietou e se focou no que ele estava pedindo, insinuando, sugerindo: um encontro no hotel dele. Outra noite ilícita na companhia dele. Aslyn sabia qual sua resposta deveria ser: *Não. De forma alguma. Não é assim que se faz.*

Mas, quando se tratava dele, ela já havia feito uma série de coisas que deveriam ser feitas de outra forma. Ela mentira, saíra escondido de casa, passara tempo na companhia dele sem a presença de uma dama de companhia.

Então sua resposta não era a que deveria ser, mas, claramente, a que ela queria que fosse.

— Encontrarei uma maneira de sair.

Mick deslizou os dedos pelo contorno do rosto dela, pelos seus cabelos.

— Esplêndido. Mandarei minha carruagem…

— Não. Eu me encarrego dos preparativos. Depois de nosso passeio na praia, acredito que meus criados guardarão segredo.

— Eles se verão comigo se não guardarem.

Aslyn sorriu.

— Até amanhã, então.

— Estarei contando os minutos.

Ela também. Cada minutinho até estar novamente nos braços dele.

Capítulo 17

— LAMENTO, MILADY, MAS ele não está em casa.

Aslyn lançou um olhar pungente ao mordomo de Kip.

— Não está em casa *literalmente*?

— Literalmente, milady. Ele ainda não retornou das — ele limpou a garganta — aventuras da noite passada.

Jogando e bebendo e só Deus sabe o que mais ele estaria aprontando, com quais outros prazeres estaria ocupando seu tempo. Maldição! Ela deu meia-volta e saiu do sobrado com a comitiva de criados em seu encalço. Eles precisavam conversar, chegar a um entendimento com relação ao seu noivado: estava acabado. Ela não podia — não iria — se casar com ele quando nutria uma adoração tão intensa por outro homem, quando pegava no sono com imagens de Mick Trewlove se exibindo em sua cabeça. Embora ele não estivesse, de fato, se exibindo. Para falar a verdade, ele mal se movia, apenas olhava em seus olhos e deslizava lentamente o dedo por seu pescoço, passando pela clavícula, pela protuberância de seus seios...

Seus pensamentos errantes centrados em Mick eram mais intensos, mais detalhados, mais ardentes do que qualquer um que ela já tivera com Kip. Quando se tratava de Kip, suas paixões eram as de uma criança, de uma irmã por um irmão, de uma amiga por um amigo. Mick despertara suas paixões de mulher com pouco mais que um olhar, um sorriso, um toque, uma palavra. Paixões que estavam muito longe de qualquer coisa que se parecesse com os sentimentos de uma mulher por seu irmão.

O duque e a duquesa precisavam ser informados de que ela estava desistindo, de que não iria se casar com o filho deles, mas ela queria Kip ali, queria que entendesse que não havia ressentimento entre eles — simplesmente não eram compatíveis um com o outro, não quando se tratava de casamento.

Um lacaio a ajudou a entrar na carruagem, e ela se recostou no banco. Era estranho perceber que ela havia passado boa parte de sua vida à deriva, sem nunca questionar a direção em que estava seguindo, as decisões que eram tomadas por ela. Se Fancy Trewlove não tivesse trombado acidentalmente em Kip naquela noite nos Jardins de Cremorne, ela teria uma vida bem diferente se desenrolando à sua frente. Teria continuado em seu caminho de mera existência. Estar com Mick a fazia se sentir viva.

Ela refletiu sobre a forma como a duquesa descrevera como era se apaixonar. A descrição se encaixava muito bem a ela. Aslyn estava se apaixonando, e não tinha dúvidas de que Mick estaria lá para satisfazê-la.

Ela estava linda, deslumbrante, enquanto ele a ajudava a descer da carruagem. Mick estava sentado na escadaria da entrada de seu hotel, olhando fixamente para a rua, como um lunático apaixonado esperando pela sua chegada, porque estava ansioso para vê-la de novo, para tocá-la de novo, para inspirar seu perfume, para se aquecer no sorriso carinhoso que ela lhe concedeu.

— Achei que você nunca fosse chegar.

— Para uma dama fazer uma entrada triunfal, precisa chegar um pouco atrasada.

Aquela garota levada o atormentava de propósito, e ele não conseguia encontrar forças para reprimi-la. Ela estava ali agora, e isso era tudo que importava.

Com a mão dela repousada na dobra de seu cotovelo, Mick começou a subir as escadas com ela.

— Seus criados vão esperar por você?

— Acho melhor. Eu os fiz jurar que guardariam segredo. Minha aia não está muito contente por eu estar aqui. Ela queria me acompanhar até lá dentro, servir de acompanhante.

— Mas você não quer uma acompanhante.

Aquele sorriso torto de novo, aquele que fazia o peito de Mick se inflar ao mesmo tempo em que se contorcia em um nó dolorido.

— Não. Ela vai aguardar na carruagem.

Eles chegaram às portas e Mick virou a cabeça para trás.

— Jones, avise-os que você ficará de olho na carruagem se eles quiserem jantar na sala de jantar e descansar na sala privativa com um vinho do porto até serem chamados.

— Sim, senhor. — Ele abriu a porta. — Eu me encarregarei disso imediatamente.

— Está tentando mimar meus criados, sr. Trewlove? — perguntou ela de maneira provocativa enquanto eles passavam pela porta.

— Tentando garantir o silêncio deles e recompensar sua devoção a você. O que for necessário para blindar sua visita ao meu hotel.

— Ter uma reputação imaculada é tremendamente incômodo.

— Eu não teria como saber.

A risada tilintante dela ecoou pelo saguão. Ela se sentia em casa ali, confortável, e ocorreu a Mick que ele construíra aquele lugar para ela antes mesmo de saber que ela existia.

Enquanto atravessavam o saguão, os candelabros a gás a exibiam em toda sua glória. Ela estava usando um vestido que não era nem azul, nem verde, mas a maneira como a luz reluzia nele o fazia parecer das duas cores. Fazia Mick se lembrar do mar, visto ao longe; lembrava-o de seu dia juntos em Brighton.

Em seu pescoço estavam as pérolas que ele lhe devolvera. Em seus cabelos presos estava o pente. Se ela fosse sua, Mick a presentearia com todas as joias da Inglaterra e mais. Mas ele tinha a promessa de tê-la apenas por aquela noite, apenas enquanto seu segredo se mantivesse oculto, apenas enquanto ela não soubesse da verdade.

Ele pensou em contar a ela, contar tudo, mas aquilo colocaria sua lealdade em prova, e ele não tinha plena confiança de que ela permaneceria do seu lado. Ela o conhecia havia pouco tempo, e conhecia os Hedley desde sempre. Eles eram sua família e ele... ele não tinha certeza de que não passava de uma curiosidade. Ela estava aprendendo a abrir as asas, preparando-se para alçar voo, e Mick não tinha garantia alguma de que ela voaria até ele. Eles começaram a subir as escadas.

— Pensei que fôssemos jantar — disse ela, olhando para a sala de jantar.

— Eu quero lhe mostrar algo primeiro.

Algo que ele não compartilhara com mais ninguém, algo que não queria compartilhar. Até agora. Até ela.

Ela não protestou enquanto ele continuava subindo as escadas, andar por andar. Ele detinha sua confiança. Aquilo o honrava. Ela o honrava.

— Você deveria saber que vou terminar o noivado com Kipwick.

Ele quase tropeçou e caiu na escada com o anúncio que ela fizera em voz baixa.

— Ele já sabe?

— Só sabe que eu já estava pensando no assunto. Eu ia confirmar com ele hoje, mas, quando fui à casa dele, ele não estava.

— Ele ficará desapontado.

— Mas não ficará triste. Não acho que realmente me ame, e o que eu sinto por ele é o amor de uma garota por um garoto. Não acho que sobreviveria ao teste dos anos passados na companhia um do outro.

E os anos passados comigo? Mas Mick não verbalizou a pergunta. Era possível que nem mesmo o reconhecimento de Hedley fosse suficiente para que ela se apegasse a ele por um período muito longo.

— Fico contente. — Extremamente. Mick quase enlouquecia toda vez que pensava em Kipwick beijando-a, tocando-a, possuindo-a. Visões dele mesmo entrando de supetão na igreja e reivindicando-a diante de Deus e de todos tinham começado a surgir em seus sonhos. — Fico contente que você esteja livre dele.

— Quase livre. Nossa separação não estará completa até que ele também reconheça que nosso noivado chegou ao fim, mas dá um certo alívio ter tomado essa decisão.

— Ele tentará fazê-la mudar de ideia.

Ele precisa do seu dote.

— Permanecerei firme, pois não tenho dúvidas de que é a decisão certa, e ele também entenderá isso, com o tempo.

Depois de tê-la visto com aquela criada na praia, ele não duvidava da força de sua convicção. Mas questionava a disposição de Kipwick em desistir facilmente, sabendo que nunca encontraria uma pessoa tão linda, tão corajosa, tão digna, tão elegante.

Quando chegaram ao último andar, eles passaram pelo escritório até uma porta compacta que não dava indício algum do que havia ali dentro.

— Seu apartamento? — perguntou ela.

— Sim. Você estará tão segura aqui quanto estava no meu escritório.

O olhar dela foi pungente.

— Você me beijou no seu escritório.

— Verdade. E provavelmente vou beijá-la aqui também. Seria tão ruim assim?

As bochechas dela ruborizaram.

— Continue.

Sentindo-se vitorioso, ele abriu a porta. O mordomo se adiantou.

— Devo pegar a echarpe da senhorita? — perguntou ele.

— Daqui a pouco. Talvez ela ainda precise dela — respondeu Mick.

Aslyn lhe lançou um olhar confuso.

— Não há lareira?

— Não onde estamos indo.

— Tão misterioso...

— Você vai adorar, prometo.

Aslyn percebeu a confiança no tom de voz dele e se perguntou se aquele homem algum dia duvidara de alguma coisa na vida. A entrada do recinto se abria em uma sala enorme e dois corredores, um de cada lado. Ela supôs que aquele pelo qual ele não a guiou fosse o que levava ao quarto dele. O que eles estavam atravessando acabava em uma biblioteca enorme, com uma parede de janelas e três de prateleiras com livros suficientes para encher uma pequena livraria. Mas foi a escada em espiral que levava ao telhado que chamou sua atenção.

— Aonde essa escada leva?

— Ao paraíso.

Ele pegou a mão dela, entrelaçando seus dedos, segurando-a com firmeza, como se tivesse medo de perdê-la com facilidade durante a subida. Os degraus eram estreitos, eles não podiam caminhar lado a lado, e ela se viu em uma posição em que podia analisar as costas dele, suas nádegas e suas coxas sem que ele pudesse ver por onde seus olhos passeavam, e eles passeavam pelo corpo inteiro dele. Aslyn desejou que ele tivesse tirado o paletó, quem sabe até o colete...

O calor fervilhou dentro dela quando ela percebeu que gostaria muito de vê-lo subindo aquelas escadas sem roupa alguma. Queria ver seus músculos se contraindo com os movimentos dele, queria ver a força e a firmeza. Queria ver a perfeição de sua carne.

Nunca antes ela pensara em tantos detalhes sobre a figura de um homem, mas, naquele momento, encontrava-se constantemente refletindo sobre cada aspecto do corpo dele, desejando vê-lo plenamente revelado, perguntando-se se seria tão magnífico quanto ela imaginava.

Quando os degraus chegaram ao fim, ela se viu presa em um recinto parecido com uma despensa. Ele abriu uma porta e saiu, puxando-a consigo.

Para o telhado.

Para a noite. Que estava tão límpida, como em poucas vezes antes, que quase a deixou sem ar.

— Estamos perfeitamente seguros. Tem uma parede contornando a beirada.

Segurando sua mão com mais força, ele a guiou por toda a extensão do apartamento até a pequena barreira de tijolos que chegava à sua cintura. Em cima dela havia algo parecido com um parapeito de ferro forjado, embora a luz fraca a impedisse de ter certeza. Ao longe, ela podia avistar pontos de luz — a iluminação dos postes, ela supôs.

Não havia lua. O céu estava adornado com tantas estrelas que ela duvidava de que qualquer astrônomo um dia conseguisse contar todas.

— É lindo — sussurrou ela, estupefata.

— Quando todas as lojas e todas as casas estiverem construídas, poderei subir aqui e ver as luzes brilhando nas janelas e saber que as pessoas dentro delas estão contentes, felizes, espero que bem alimentadas e aquecidas. Terei uma sensação de realização. As pessoas podem ter vidas melhores por causa do que estamos fazendo aqui.

Pessoas que, do contrário, talvez estivessem empobrecidas. Ele podia ter acumulado uma fortuna, mas não conquistara tudo para si mesmo. Aslyn mal conseguia ver o rosto dele sob a escuridão.

— Você é incrível.

— Dificilmente. Ao levantarmos os outros, levantamos a nós mesmos.

Ele era um homem tão confiante que nunca ocorrera a Aslyn que ele também seria modesto.

— Você consegue imaginar? — perguntou ele. — Com todas as luzes?

— Será fantástico.

— Existem outras luzes. — Ele a puxou para perto, suas costas contra o peito dele, e a abraçou. — Observe o céu — sussurrou Mick em seu ouvido, sua respiração soprando na bochecha de Aslyn.

A língua dele contornou sua orelha, e Aslyn derreteu nos braços dele. Ela devia ter entregado a capa ao mordomo, visto que Mick a estava mantendo tremendamente aquecida. A boca dele desceu ainda mais, até sua nuca, e então se moveu lentamente, de maneira provocante, deixando pequenas mordidinhas ao longo do caminho, até seu maxilar. As sensações eram deliciosas, como veludo roçando em seda. Será que ela era a única mulher que não sabia que uma rendição tão deliciosa assim existia?

Fechando os olhos, ela começou a se perder no êxtase.

— Mantenha os olhos abertos — sussurrou ele. — Não tire os olhos do céu, lá longe.

A ampla imensidão à sua frente. As estrelas polvilhavam a escuridão negra como diamantes sobre o veludo. Ela prendeu a respiração. Os fogos de artifício.

Muito, muito distantes, mas estavam lá mesmo assim, preenchendo a escuridão com cor, brigando com as estrelas por atenção.

— Vou soltar os fogos de artifício que existem dentro de você — prometeu Mick, sua voz intensa, grave, quase feroz.

— Mick...

— Shh. Apenas mantenha seus olhos lá longe.

Ele chupou a parte de baixo de seu maxilar, arrastou a boca — aberta e quente — pela coluna de seu pescoço.

Sim, ela queria que a capa não estivesse ali, nem o vestido, nem toda a renda e todo o linho debaixo dele. Como ela era devassa. A brisa fria soprava, mas pouco adiantava para dissipar o calor que corria por seu corpo.

Ele desabotoou a capa e ela se foi, caindo rapidamente no chão como se estivesse com medo de estar correndo o risco de também ser chamuscada. A mão dele deslizou com segurança e propósito sobre suas costelas, sua cintura, seus quadris. Desceu ainda mais, segurando sua coxa de alguma forma, erguendo sua perna.

— Abra para mim — ordenou ele, como se fosse o próprio Ali Babá decidido a roubar um tesouro.

Então, colocou o pé dela na mureta de tijolos, onde o ferro estava preso. Os dedos dele deslizaram por debaixo da barra da saia, fecharam-se em torno de seu tornozelo, começaram a subir de forma deliciosamente lenta, em pequenos círculos.

— As pessoas vão nos ver.

— Não há luzes aqui em cima. Estamos sozinhos com a noite. Se virem alguma coisa, serão apenas sombras. Não conseguirão discernir o que essas sombras estão fazendo.

Aslyn quase perguntou o que as sombras estavam fazendo, mas ela sabia. Ela testemunhara na noite anterior, em lugares ocultos entre prédios, atrás de árvores, onde quer que a escuridão fosse mais densa. Ela não havia entendido por que as pessoas se arriscavam tanto, arriscavam serem pegas. Ela entendia agora, porque agora sentia a avidez. A avidez por sensações que ela nunca conhecera antes, o prazer que espiralava por seu corpo, a promessa de que ele a preencheria com explosões de cores: vermelho, verde, branco — não apenas as que ela via no céu imenso, mas todas as cores e tons que existiam no universo, nuances que ela nem sabia serem possíveis.

Ele segurou seu joelho, seus dedos longos brincando com a parte de trás, um lugar no qual ela nunca percebera que a pele era tão sensível.

— Diga-me para parar, e eu paro.

Letargicamente, ela meneou a cabeça.

— Se já embarquei nessa viagem, não posso mais parar.

Sua recompensa por aquelas palavras foi um riso baixinho, pouco antes de ele mordiscar o lóbulo de sua orelha. Como era possível que uma ação tão ínfima pudesse criar uma onda tão enorme de sensações? As unhas dele rasparam a parte interna de suas coxas, deliciosamente pervertidas, escandalosamente pervertidas.

Era isso que ela desejava e pelo que ansiava sem sequer perceber o que era aquilo que queria sentir. Uma paixão de mulher, uma paixão que não se satisfazia com o pouso de uma borboleta na palma da mão, mas que requeria o toque de um homem, as mãos de um homem, o desejo que um homem sente ao dar prazer.

Não era fácil manter os olhos abertos enquanto as sensações explodiam dentro dela, enquanto seus soluços escapavam no vazio da noite e o preenchiam até não poder mais. Ela arfou quando os dedos dele roçaram os pelos de seu sexo, quando a boca dele passou por seu ombro, criando um contorno úmido onde o tecido encontrava a pele. Abrindo seus lábios, ele avançou para o pequeno nódulo no centro de sua intimidade. Mick passou o dedo sobre ele, e Aslyn gemeu em um suplício, um suplício doce e delicioso. Outro toque, mais demorado, circular.

Seus joelhos ameaçaram ceder. Se não fosse pelo braço dele segurando-a pela cintura contra seu corpo, ela teria derretido aos pés dele. O indicador foi substituído pelo polegar, trabalhando avidamente para provocar mais gemidos dela, acompanhados por ofegos e tremores. Lenta e provocativamente, o dedo dele a penetrou e Aslyn gritou.

— Ainda não — ordenou ele.

Perdida em uma miríade de sensações, ela não sabia do que ele estava falando. Não conseguia controlar os formigamentos, o prazer que bailou pelas suas terminações nervosas quando outro dedo se juntou ao primeiro, entrando e saindo de dentro dela.

— Céus, como você é apertada.

Ele pareceu contente com a descoberta.

Colocando uma mão para trás, ela agarrou a coxa dele, enterrou os dedos em seus músculos, buscando por apoio, à medida que os fogos de artifício ficavam cada vez maiores, preenchendo o céu, preenchendo seu corpo, em direção ao paraíso...

Aslyn gritou quando uma explosão de êxtase irrompeu dentro dela, dominando-a, destruindo-a, reconstruindo-a. Então, a boca dele estava na sua, capturando os gemidos, devorando-a, sua língua se movendo com a mesma urgência que seus dedos demonstravam poucos segundos atrás. Seu pé não estava mais sobre a mureta, havia voltado ao chão, os braços dele aninhando o corpo dela contra o seu enquanto sua boca continuava atacando, como se ele pudesse compartilhar tudo que ela acabara de sentir, tomá-lo para si, mas aquilo já era tanto dele quanto dela.

Ele lhe dera algo que ninguém mais tinha dado, e, naquele momento, Aslyn não conseguia imaginar qualquer pessoa presenteando-a daquela forma. Desgrudando a boca da dela, ele segurou a parte de trás de sua cabeça com sua mão grande, pressionou a bochecha dela contra seu peito, no qual ela podia ouvir a palpitação rápida de seu coração pulsante, em sintonia com o seu.

— Gostou dos fogos de artifício?

Uma explosão súbita de risos escapou dela. Aslyn confirmou com a cabeça, satisfazendo-se com o risinho baixo e grave dele.

— Acho que eu viria aqui todas as noites para vê-los.

— O telhado é seu, quando você quiser.

Mas ela só o queria se Mick estivesse lá para compartilhá-lo com ela.

Ele se sentou no braço do sofá com uma perna estendida sobre as almofadas e o outro pé no chão, e com Aslyn aninhada entre suas coxas, as costas dela em seu peito, bebericando uma taça de vinho. Ele nunca sentira uma satisfação tão grande quanto naquele momento em que ela desabara em seus braços. Nada que ele havia comprado ou adquirido em seus negócios lhe trouxera tanto prazer. Com as bochechas dela ainda ruborizadas, ele sabia que a única coisa que ele adoraria mais seria levá-la para sua cama e possuí-la por completo.

— Você escolheu esta localização porque podia ver os fogos de artifício dos jardins? — quis saber ela.

Um fogo baixo queimava na lareira. Não era realmente necessário para aquecer, mas ele gostava da atmosfera que criava. Era perfeita para a sedução. Naquela noite, no entanto, Mick se sentia o seduzido, e não o sedutor.

— Não, foi uma bela surpresa quando descobri, muito tempo depois. Eu queria ter acesso ao telhado para poder olhar para tudo que eu conquistei, e me orgulhar disso.

Pegando um pequeno pedaço de queijo em uma bandeja na mesinha próxima, ele o levou até a boca dela, esforçando-se para não ter uma ereção quando os lábios dela se fecharem em torno de seus dedos.

— Pensei que iríamos jantar lá embaixo, na sala de jantar do hotel.

Ele não notou nenhuma reprimenda ou decepção na voz dela.

— Era o que eu havia planejado, mas então decidi que a queria só para mim.

Observando o rubor subir pelo pescoço dela, Mick deu um beijo em sua nuca. A disposição dela em aceitar o prazer pelas mãos dele o pegara de surpresa. Com exceção da duquesa viúva desesperada, nenhuma outra mulher da nobreza lhe dera o aval para que pusesse seus dedos ásperos nela, dentro dela. Naquela noite, por Aslyn, ele desejou que seus dedos fossem lisos como seda, que nunca tivessem criado calos por levantar baldes de tinta, que nunca tivessem ficado ásperos por arrastar tijolos.

— Acho que sua esposa se divertirá um bocado mobiliando todos os cômodos — comentou ela, sem dúvida em uma tentativa de manter a conversa amena, e não leviana.

Ele a levara em um passeio pelo apartamento. Fora os cômodos para os quais tinha uso imediato — a sala da frente, a biblioteca, seu próprio quarto —, ele não se dedicara muito a decorar o ambiente para visitas. Seus irmãos e Gillie costumavam encontrá-lo na biblioteca, na qual eles podiam encher seus copos ao limite que desejassem. Fancy e sua mãe tomavam chá na sala.

— O que você faria com os cômodos?

— Acho que eu os iluminaria um pouco. O hotel já é escuro o suficiente. Depois de um tempo, acho que muita escuridão pode se tornar opressora.

— Eu não iria querer o cor-de-rosa do seu quarto.

Virando-se, afundando o cotovelo no estômago de Mick, ela o fez grunhir. Seu cenho estava franzido.

— Como você sabe a cor do meu quarto?

— Foi um palpite. Por causa de todo o rosa que já a vi usando.

— Não estou usando rosa esta noite.

— Não, esta noite você está vestida como o mar. — Ele deslizou o dedo pelo decote profundo, tentado a enfiar a mão por debaixo do tecido e acariciar o seio dela, mostrar a ela como todos os aspectos de seu corpo foram criados para o prazer. — Eu gosto. Embora preferisse que você não estivesse usando nada.

Os olhos dela se arregalaram enquanto ela se virava novamente e se acomodava nele.

— Você diz cada coisa...

Ele pressionou a boca aberta na curva onde o pescoço dela encontrava o ombro.

— Você ficaria decepcionada se não houvesse alguma baixaria em mim.

Ela se endireitou, virou-se para ele, e Mick desejou ter ficado de boca fechada.

— O que você disse não foi baixaria. Se você se sente atraído por alguém, não deveria querer ver essa pessoa sem roupa? Eu sempre o imagino andando por aí sem uma única peça de roupa.

Mick arqueou uma sobrancelha.

— Imagina?

— Bem, não sempre. Às vezes.

— Não achei que mulheres da nobreza tivessem tais pensamentos.

— Eu não tinha. — Ela entrelaçou os dedos das mãos, analisou-os. — Até conhecer você.

Endireitando-se, ele pôs a mão no rosto dela.

— Fico contente.

— É um dos motivos pelos quais sei que Kipwick e eu não somos compatíveis. Ele jamais poderia...

Aslyn ergueu o olhar para o teto, e ele soube que ela estava olhando para além dele, para o telhado.

— Há mais, muito mais. O que eu fiz no telhado... Posso fazer tudo aquilo com minha boca.

O rubor que tomou conta do rosto dela era o mais vermelho que ele jamais vira. Mick adorava a inocência dela, adorava como ela queria tão desesperadamente ser sofisticada, agir como se os desejos carnais não fossem novidade para ela. Mas eram, e ele queria apresentar cada aspecto deles a ela. Queria levá-la em uma jornada de prazer que a deixaria exausta e satisfeita demais para nunca mais querer deixar sua cama.

— Você é perverso. Sabe que dizer isso vai me fazer ficar pensando.

Ele sorriu.

— O que significa que você estará pensando em mim.

— Eu estaria pensando em você de toda forma. — Ela passou os dedos pela barba dele antes de segurar seu queixo. — Às vezes eu me pergunto como você ficaria sem ela.

— Eu mesmo tenho essa curiosidade.

Os olhos dela brilharam.

— Você sempre a teve, então?

— Desde o dia em que percebi um bigodinho.

Ela deslizou os dedos pelo maxilar dele.

— Você tem um maxilar forte.

Desceu até o queixo.

Ele abaixou a cabeça e capturou dois dedos dela com a boca. Ela soltou um leve gritinho de surpresa. Quando ia libertá-los, Mick envolveu seu pulso com a mão, lambeu as pontas dos dedos, que tinham o gosto de um morango que ela comera antes.

— Oh, céus — sussurrou ela em um suspiro.

Lentamente, ele começou a mover os dedos dela para dentro e para fora de sua boca, como as ondas chegando à orla, como seu membro queria entrar e sair dela. Os tendões delicados do pescoço dela se mexeram quando ela engoliu em seco, seus olhos focados na brincadeira erótica, o azul de suas íris se intensificando.

Ele deslizou a língua pela junção de dois dedos, chupando delicadamente. Sem desviar o olhar, segurou a outra mão dela, que repousava sobre a coxa dele, e a ergueu.

Os lábios dela se abriram de leve, sua língua emergiu para umedecê-los gloriosamente antes de sua boca se fechar em torno dos dois dedos do meio da mão de Mick e do calor aveludado consumi-lo como se ela tivesse engolido todo o seu corpo. Ele ficou tão rijo que estava sofrendo de desejo por ela.

Enquanto continuava chupando os dedos de Aslyn, ele a observava, perplexo, levar os seus até os confins de sua boca, chupá-los brevemente, para então tirá-los de volta, arrastando-os sobre a aspereza aveludada de sua língua. Para dentro. Para fora. Um rodeio de sua língua. Uma chupada. Para fora.

Ela estava imitando suas ações, e Mick achava que jamais havia vivenciado algo tão erótico. Jamais algo o endurecera tanto, com tanta rapidez, a ponto de explodir.

Ele havia pensado em suspender a exploração dela de seu queixo, mas agora tudo o que queria era que ela explorasse cada centímetro do seu corpo.

Os olhos dela estavam repletos de calor e desejo. Ele desconfiava que os seus também estivessem. Céus. Nem mesmo a viúva do duque fizera isso com ele, ela não lhe ensinara os prazeres de proceder devagar, de se demorar, de apenas saborear.

Ele tirou os dedos dela de sua boca, puxou os seus da dela, segurou a parte de trás de sua cabeça e a trouxe até ele para que suas línguas experimentassem o que os dedos haviam experimentado. Desapressadamente, mas com intensidade. Mexendo e pressionando, chupando e apaziguando.

O grunhido de Mick foi grave, quase feroz, talvez porque ele soubesse que Aslyn não lhe daria mais do que isso naquela noite, que ele próprio não pediria por mais, mesmo que seu corpo estivesse tenso de desejo, com uma sede por ela que o apavoraria se ele pensasse nisso mais tarde, quando ela não estivesse em seus braços. Mas enquanto Aslyn estivesse com o corpo pressionado ao seu, ele iria encarar a tormenta de não possuí-la por completo, pelo menos por aquele momento. Por ora, aquilo era suficiente, aquilo era tudo.

Era a promessa de mais.

Ele estava oferecendo mais. Ela soube disso enquanto explorava os confins escaldantes de sua boca, misturados ao vinho carregado e saboroso que ele estava bebendo. Ele estava oferecendo tudo, mesmo sabendo que ela não aceitaria, que ela ainda não estava pronta para deixar de lado toda a moralidade que lhe fora ensinada.

Mas, ah, como ela estava tentada.

Esparramada sobre seu peito, sua barriga, entre suas coxas, ela podia sentir o membro enrijecido dele pressionado seu corpo. Aquilo a alarmou em um primeiro momento, quando ela pusera os dedos dele em sua boca e percebera que o corpo dele mudara. Mas não ficou assustada. Instintivamente, compreendeu o que estava acontecendo, que ele estava se preparando para tomar sua...

Mas como ele não principiara nenhum avanço nesse sentido, Aslyn percebeu que ele muito possivelmente não tinha controle sobre aquele aspecto do ritual do acasalamento, e aquilo a satisfez ainda mais. O fato de ela ter tal influência sobre ele, de poder incitá-lo a tal distração. Ele a queria, ele a desejava, e ela nunca se sentira tão poderosa na vida.

Aquele era um homem que controlava tudo à sua volta, mas ela podia controlá-lo.

Aslyn se perguntou se, caso ela o levasse ao telhado, conseguiria *fazê-lo* ver fogos de artifício. Talvez, uma noite, ela conseguisse, mas, por ora, estava contente por estar onde estava, com as mãos largas dele deslizando por suas costas, suas nádegas, apertando, demorando-se, movendo-se.

As sensações que Mick provocava nela eram o que ela esperava sentir quando estivesse com um homem. Todo o calor, e a vontade, e a ânsia. A necessidade de ser tocada, acariciada, beijada. De ser abraçada como se fosse a única forma de se manterem ancorados, a única forma de voarem juntos.

Ali estava a coceira sobre a qual ele falara. Agora ela compreendia por que uma mulher arriscaria tanto por um momento de prazer. Porque ele se estendia para além do momento, porque ela o levaria consigo até o dia seguinte e depois. Porque aquilo a enaltecia, dava-lhe confiança, fazia-a se sentir amada.

Amada como ela nunca se sentira antes.

Com o rosto dela entre as mãos, ele se afastou, segurou-a a uma distância curta, seu olhar curioso, e Aslyn se perguntou se seus lábios estariam tão inchados quanto os dele. Parecia que estavam, quando ela passou a língua por eles, deliciando-se com a maneira como os olhos dele acompanhavam cada movimento seu, a maneira como escureceram.

— Minha nossa, você é mesmo tentação e pecado — disse ele roucamente. — Melhor eu levá-la para casa enquanto ainda tenho força de vontade para resistir.

— Sou tão difícil assim de resistir?

— Quase impossível.

Ela sorriu, extasiada com as palavras dele.

— Sua bruxinha. Ficou feliz com isso.

— Fiquei, sim. Eu receava não ser.

Os polegares dele acariciaram suas bochechas.

— Você é a criatura mais tentadora que eu já conheci.

Ela repousou a cabeça na curva do pescoço dele.

— Você me honra.

— Meu Deus, Aslyn, eu é que estou honrado. Você é a filha de um conde, e eu não passo de um bastardo.

A cabeça dela se ergueu.

— Você é um empresário bem-sucedido.

— Sem linhagem alguma.

Ela deu de ombros.

— Você será o primeiro da sua linhagem. Toda grande dinastia precisa começar em algum lugar.

Ele deu um riso baixo.

— Você me vê com uma dinastia?

— Eu o vejo sendo e fazendo qualquer coisa que quiser. — Ela se ergueu até se sentar no sofá. — Sabe, fazer parte da nobreza não é tão divertido assim. Há expectativas, obrigações e responsabilidades. Não temos permissão para arranhar nossas coceiras até nos casarmos.

Ele se endireitou até estar com os dois pés no chão e sentado ao lado dela.

— Você não pode perder a sua virgindade até se casar. — Aproximando-se, ele beijou a lateral de seu pescoço. — Acho que aprendeu esta noite que há outras maneiras de aliviar as coceiras.

— Suponho que você conheça todas?

— Conheço várias. Tomo muito cuidado para não ter nenhum bastardo.

É claro que ele tomaria. Ele tinha plena consciência do preço pago pelos ilegítimos, ao passo que ela, até recentemente, tinha apenas uma vaga ideia de que eles existiam.

Levantando-se, Mick estendeu a mão a ela.

— Vou levá-la para casa.

Pouco tempo depois, eles encontraram Nan e o cocheiro na sala de estar, bebericando conhaque diante da lareira, conversando baixinho. Quando viram Aslyn, se levantaram de supetão, como se tivessem sido pegos fazendo algo que não deviam.

— Aproveitou sua noite relaxante? — perguntou Aslyn.

Nan assentiu com a cabeça.

— Foi um jantar adorável. Obrigada, sr. Trewlove.

— Você pode me agradecer mantendo a escapulida desta noite em segredo.

Nan ergueu o queixo.

— Depois do jantar, milady foi para a cama com uma enxaqueca. Jamais deixamos a residência.

Ele sorriu, aprovando.

— Espero que ela se sinta melhor pela manhã.

— Tenho certeza de que sim, senhor.

— Melhor irmos, então — ponderou Aslyn.

Quando eles se aproximaram da carruagem, Mick perguntou:

— Nan, você já passeou no topo de uma carruagem?

— É claro que não.

Seu tom indicava que ela estava ofendida com a pergunta.

— Então você vai viver uma aventura.

A aia de Aslyn parou abruptamente.

— Milady?

Aslyn olhou para Mick.

— Minha aia não anda do lado de fora da carruagem.

— Esta noite, ela andará. Vou com você até sua casa.

— Não é necessário.

— Eu insisto. Não vou mandá-la para as ruas de Londres sem um acompanhante.

— Eu ando dessa forma, apenas com Nan, o cocheiro e o lacaio, o tempo todo.

— Não esta noite, não depois que esteve comigo.

Aquele homem era tão teimoso.

— Eles precisarão trazê-lo de volta.

— Volto a pé, ou chamo um veículo de aluguel. — Diante de seus criados — ainda bem que eles eram os únicos por perto naquele momento, com exceção de Jones, à porta —, ele segurou seu rosto, ergueu-o e olhou fixamente em seus olhos. — Você é preciosa demais para que eu arrisque que algo saia errado no seu caminho para a Mansão Hedley. Está tarde. Provavelmente haverá malfeitores por aí.

O coração dela se aqueceu ao ouvi-lo dizer que ela era preciosa para ele, mas Aslyn também não via necessidade alguma de mais proteção.

— Nesse caso, estaremos os dois em risco.

O sorriso dele era maligno e perigoso, como se ele estivesse louco por uma briga.

— Eu posso dar conta deles.

Aslyn não tinha dúvidas quanto a isso, e realmente apreciava o fato de ele se preocupar com ela.

— Está bem. Mas Nan não precisa ir no topo.

— Pago cem libras a ela.

— Você não pode comprar...

— Eu sempre quis andar no topo de uma carruagem — anunciou Nan subitamente. — Acho que será muito divertido.

O sorriso de vitória de Mick fez Aslyn querer beijá-lo.

— Está bem — consentiu ela. — Vamos logo.

Como um cavalheiro, Mick se acomodou no banco oposto ao de Aslyn. Ele tinha a sensação de que ela não ficara muito satisfeita com a arbitrariedade dele, de que ela não ficara contente por ele não estar disposto a deixá-la ir sem que ele a acompanhasse. Ela provavelmente chegaria em casa sã e salva. Mas mesmo uma chance em cem de que ela pudesse não chegar já era demais para Mick. E ele de fato sabia como lidar com malfeitores. Ele e seus irmãos lidaram com eles a vida inteira.

Quando a carruagem arrancou, ele migrou para o banco dela, tomou-a em seus braços e reivindicou sua boca. Ele a deixaria grata por ele estar junto.

Não precisou de muito. Bastou incitar que seus lábios se abrissem, pressionar com a língua e, com um gemido delicioso, ela se derreteu sobre ele, seus braços esguios se enrolando no pescoço de Mick, as mãos segurando a parte de trás de sua cabeça, mantendo-o imóvel como se receasse que ele só a provocaria, e então se afastaria.

Mas provocá-la era uma provocação para ele também, e Mick já havia sido provocado o suficiente naquela noite. Ela certamente não fazia ideia de como ele estava rijo. Se a mão dela seguisse para baixo da linha da cintura, para o fecho de suas calças, ele estaria em maus lençóis. Nunca antes chegara tão perto do êxtase sem estar enterrado em uma mulher.

Ela o desvirilizava.

Bastava tão pouco da parte dela para deixá-lo louco de desejo. Uma dezena de vezes desde que a conhecera, ele pensara em buscar alívio nos braços de outra. Mas ele não queria nenhuma outra, sabia plenamente que nenhuma o satisfaria. Aprazer a si mesmo pouco o ajudou a aliviar seu desejo, sua necessidade, sua vontade dela. Ele não podia sequer alegar que o alívio era temporário, pois não trazia satisfação alguma, não apaziguava sua ânsia por ela.

Mas o desejo ia além de saborear o refúgio entre as coxas dela, o êxtase de seus músculos se contraindo em torno de seu membro, seus movimentos o levando mais fundo, até o cerne dela — o desejo englobava tudo que ele sempre considerara mundano: os sorrisos dela, sua risada, seu perfume, a cadência de sua voz. Sua mera presença.

Estivesse ela sentada diante dele ou aninhada em seu corpo, ela satisfazia algo profundo dentro de Mick que nunca antes fora tocado. E que então estava desperto e se recusava a retornar à inatividade.

Ele arrastou a boca pelo queixo dela, deslizando pelo maxilar até a área sensível pouco abaixo da orelha e mordiscou como se ela fosse uma iguaria fina. Para ele, ela era.

— Quando vou vê-la de novo?

— Preciso acertar as coisas com Kipwick primeiro — respondeu ela distraidamente, como se tivesse sido despertada de um sono agradável.

— Pode ser difícil falar com ele.

Ela se afastou.

— Por que você diz isso?

— Ele tem passado bastante tempo no clube de Aiden. Pegou um quarto lá, para falar a verdade.

Não era exatamente um quarto. Uma cama, um palete, para tirar umas sonecas antes de pedir por outro empréstimo e retornar às mesas de jogo. Não que ele fosse contar tudo isso a ela.

— Preciso conversar com ele.

— Não lá.

Afastando-se dele, Aslyn olhou pela janela. Mick desejou ter mantido a boca colada na dela em vez ter lhe deixado falar.

— Vou mandar avisá-lo de que você precisa vê-lo.

— Ele me disse que ganhar é extasiante.

— E é. O problema é que, após um tempo, o êxtase se torna mundano quando se repete incansavelmente, então é preciso buscar maneiras de torná-

-lo maior. Uma aposta maior, mais coisas em risco. Perder é um chute forte no estômago, mas ganhar é um júbilo como nenhum outro. No entanto, esse júbilo também se torna comum. Quem costuma jogar está sempre querendo um êxtase mais intenso.

— É uma espécie de vício, não é?

— Para ele, sim.

Ela se virou para Mick, uma tristeza em seus olhos.

— Você pode ajudá-lo? Pode pedir para seu irmão fechar as portas para ele?

— Sim.

Assim que eu conseguir o que quero. Mas, ao estudá-la, Mick se perguntou se valeria a pena, se haveria outra forma de conquistar o reconhecimento que queria — precisava — mais do que nunca. O reconhecimento de seu sangue — mesmo que não fosse puro — conferiria a ele admissão na Mansão Hedley, permitiria que ele fosse visto com Aslyn em público.

Ele a queria apoiada em seu braço, sentindo orgulho por acompanhá-lo, entrando em um salão de baile repleto daqueles nobres de berço.

— Falarei com ele — prometeu ele, como se Kipwick fosse ouvir qualquer coisa que ele tivesse a dizer. Por outro lado, quando Mick apresentasse todos os seus vales e escrituras, aquele homem prestaria muita atenção em suas palavras.

Quando a carruagem entrou no caminho de entrada da casa, ela sorriu.

— Eu tenho fé em você.

As palavras dela o desolaram. Deveria confessar tudo, mas, ao se confessar, ele a perderia. No entanto, se seguisse em frente, ele consertaria tudo. Ela veria que tudo fora necessário para garantir que eles pudessem deixar as sombras.

Capítulo 18

O ÚNICO LUGAR NO qual o duque e a duquesa poderiam ser encontrados juntos com toda a certeza era nos jardins às duas da tarde, e foi lá que Aslyn os procurou.

Observando-os migrarem lentamente de uma treliça de rosas para outra, sorrindo um para o outro, conversando baixinho, a duquesa erguendo o braço para tocar o maxilar do marido, ele abaixando a cabeça para beijar-lhe a testa, Aslyn percebeu que o que eles tinham, o amor que compartilhavam, era o que ela sempre desejara. E ela não o teria com Kip.

Teria com Mick. Já o tinha. Sua proteção, sua delicadeza, seu desejo por ela, sua recusa em forçá-la além do que ela estava pronta para oferecer.

Ela o amava. Era simples assim, complexo assim.

Seu caminho não seria fácil, mas, mesmo assim, Aslyn queria percorrê-lo.

— Ouso dizer que o jardineiro se superou este ano — comentou ela, aproximando-se do casal.

A duquesa se virou, sorrindo delicadamente para ela.

— Eu estava dizendo a mesma coisa para Hedley. Gosto em particular das cor-de-rosa.

— São mesmo adoráveis.

— Suponho que você tenha vindo nos contar que fará outra visita àquele orfanato horroroso.

— Eu não ia... — Aslyn engoliu sua resposta. Aquele não era o rumo que queria que a conversa tomasse. — Não, para falar a verdade. Eu queria sua permissão para convidar alguém para jantar.

— Kipwick, talvez? Não sei por onde ele anda ultimamente, mas ele com certeza não requer um convite.

— Ele tem estado nos clubes.

O duque franziu o cenho.

— Todas as noites?

— Pelo que sei, sim.

— Ele atribuiu sua ausência recente a negócios relacionados às propriedades.

— O senhor conversou com ele?

— Uns dois dias atrás.

— Talvez eu tenha entendido errado, então. — Embora ela duvidasse muito. — Mas não, eu não estava considerando convidá-lo. Como o senhor disse, ele não precisa de convite. — Embora as coisas provavelmente corressem de forma mais suave se ele não estivesse presente. — Eu esperava que o senhor estivesse aberto a convidar Mick Trewlove.

— Não.

A resposta do duque foi tão rápida, tão áspera e com tanta veemência que Aslyn ficou assustada, sem saber ao certo o que dizer.

Piscando os olhos e com a delicada testa franzida, a duquesa olhou do marido para Aslyn.

— Ele é o bastardo de que Kip nos falou, não é?

Ela odiava que aquela alcunha fosse associada a ele quando Mick era muito mais que aquilo.

— Ele é um empresário de sucesso.

— Ele não é bem-vindo aqui — reiterou o duque.

— Mas...

— Sem discussão. O assunto está encerrado. Bella?

Ele estendeu a mão à duquesa.

— Ele tem razão, minha querida. Não nos relacionamos com esse tipo de gente.

— Com um homem que trabalha duro, que chegou ao topo do nada, que ajuda os outros? Um homem que...

— Chega! — berrou o duque. — Você não mencionará o nome dele, e certamente não se envolverá com ele.

— Você o conhece, Hedley? — perguntou a duquesa.

— Não. Apenas ouvi falar dele, e nada de positivo.

— Se o senhor acredita nisso — retrucou Aslyn —, então de fato não o conhece.

— Como é que você conhece? — questionou ele, seu olhar penetrante.

Engolindo em seco, ela uniu as mãos à frente do corpo.

— Kip e eu o conhecemos nos Jardins de Cremorne. Ele é realmente fascinante... — Ela não podia contar a eles que o encontrara várias vezes desde então. Teve a percepção horrorosa de que o duque pudesse, afinal, trancá-la em seu quarto. Ela nunca o havia visto tão raivoso, tão enérgico. — Pensei que nós pudéssemos aproveitar a oportunidade para conhecê-lo melhor.

— Não.

Novamente, aquela única palavra proferida como o sino que anuncia a morte de alguém.

— O senhor está sendo irracional ao nem sequer dar ao homem a chance de se defender.

— Mas, minha querida — sussurrou a duquesa de forma conspiratória —, tem a imoralidade e tudo mais.

— Dos pais deles com toda certeza, mas não dele.

— Relacionar-se com ele, não importa o quão inocente seja, a levará junto no caminho da ruína.

Aslyn não se importava nem um pouco.

— Você não o verá novamente — afirmou o duque, e ela se perguntou se ele suspeitou de que o encontro nos jardins não havia sido a única ocasião em que ela falara com ele. — Bella. — Mais uma vez, ele ofereceu a mão à esposa. Aslyn pensou tê-lo visto tremendo antes que a duquesa aceitasse.

— Mandarei avisar Kip que o esperamos para o jantar esta noite — disse a duquesa.

Eles se afastaram como se não fossem o casal mais irracional e cabeça-dura que ela conhecia.

A escuridão havia acabado de se instaurar quando Mick se sentou à sua mesa no escritório e analisou os vales, os recibos e as escrituras que estavam com ele. Ele ainda não tinha a escritura que queria, mas se perguntou se aquilo tudo seria suficiente para convencer Hedley a reconhecê-lo. Estava ficando impaciente...

Impaciente de vontade de cortejar Aslyn publicamente, cansado de esconder dela a verdade quanto à sua paternidade, sentindo-se culpado por ter apresentado Kipwick ao Clube Cerberus sabendo de sua fraqueza.

Ela nunca lhe pedira nada antes, mas pedira isto: que as portas do clube se fechassem para o conde. E estava ao alcance dele conceder-lhe esse pedido. Como ele podia negar um pedido ínfimo a ela?

Mas que inferno.

Ele havia discutido consigo mesmo o dia todo sobre conversar ou não com Kipwick, mas ele sabia que uma conversa não seria suficiente. Era com Aiden que ele tinha que conversar. Bastava de vales para o conde, bastava de aceitar propriedades como garantia. Então, Mick precisaria espalhar para todos os clubes fajutos que existiam por toda Londres que o conde de Kipwick não deveria ser recebido.

Por ela, reduziria seus meios de adquirir aquilo pelo que ansiava.

Ao ouvir passos, ele ergueu os olhos e viu Aslyn marchando em sua direção. Abrindo a gaveta de cima de sua mesa, ele clandestinamente enfiou os documentos lá dentro, fechou-a com força e se levantou assim que ela entrou na sala.

— Eles não o aceitam para jantar.

Ele ficou olhando para ela, sem conseguir entender seu pronunciamento.

— Como?

— O duque e a duquesa. Eu pedi a eles que o convidassem para jantar e eles se recusaram. Porque você é um bastardo.

É claro que eles recusaram. Ou ao menos o duque teria recusado. Mick duvidava de que ele tivesse contado à esposa que, nem dez meses depois que eles haviam se casado, ele tivera um filho com outra mulher. Se a duquesa soubesse das transgressões do marido, não iria querer evidências da infidelidade dele à sua mesa.

— Por que você...

— Porque estou cansada de ficar me escondendo. — Ela começou a andar de um lado para o outro. — Porque eu queria que eles o conhecessem, soubessem que homem incrível e maravilhoso você é, entendessem por que não posso me casar com o filho deles.

— Você contou a eles que não vai se casar com Kipwick?

— Não, ainda não, mas quando o fizer, quero que os motivos fiquem perfeitamente claros.

Ele nunca se sentira tão honrado, tão tocado. Ele *esperava* que ela o reconhecesse em público, mas saber que ela estava mesmo disposta...

— Você é a filha de um conde e eu...

— "Sou um bastardo." Sim, eu sei. Mas se você não contasse a ninguém, quem iria saber? Não é como se estivesse marcado em sua testa. — Ela se adiantou. — Você é filho de alguém. De que importa se seus pais não eram casados? Não me importa como você veio ao mundo. Só me importa que você esteja aqui. Só me importa que, quando estou com você, me sinto mais feliz do que me senti em toda a minha vida.

Ela era deslumbrante em sua fúria em defesa dele. Mick pensou que não poderia amá-la mais do que naquele exato momento. Por sua coragem, sua determinação, sua vontade em lutar por ele.

— Você não me mantém em uma gaiola. — Ela pousou a mão no rosto dele. — Você me incentivou a andar de trem. Não se esforça para me manter inocente. Você me leva aos jardins quando é indecente, cria fogos de artifício dentro de mim. Mas mais que isso: você é um homem bom. Sei sobre Tittlefitz, o que você fez por ele. Acho que na noite em que ouvi aquela história foi quando comecei a me apaixonar por você. Eu disse a Kipwick que não podia me casar com ele por causa do jogo. Mas eu menti. Você é a razão. Não posso me casar com ele porque quero me casar com você.

Mick a puxou para si, reivindicou sua boca. Toda a sua vida ele buscara por aceitação, e ali estava ela, na forma de uma mulher com um nariz arrebitado e um sorriso torto.

Afastando-se, ele olhou nos olhos dela. Quando ela o olhava daquele jeito, Mick quase conseguia acreditar que, quando a tocasse, ele não encontraria mais pedras em seu caminho.

— Seus tutores não aprovariam nosso casamento. A Sociedade não aprovaria.

— Eu não me importo. Quando estou com você, sinto como se, pela primeira vez na minha vida, eu fosse real, eu fosse vista. É difícil explicar, mas quero vivenciar com você tudo que uma mulher pode vivenciar. Você faria amor comigo? — perguntou ela delicadamente. O corpo de Mick, no entanto, reagiu, ficando rijo e tenso, como se ela tivesse lambido as palavras em sua pele.

— Se eu a tocar, Aslyn, não vou parar até ter tocado cada parte do seu corpo.

— Não quero que você pare.

— Você irá embora daqui arruinada.

— Você não me arruinará.

— Vou tomar a sua virgindade.

— Não se pode tomar algo que lhe é dado.

Ele não era digno dela, mas, mesmo ciente disso, Mick não conseguiu se impedir de erguê-la em seus braços e carregá-la até seu quarto.

Aninhada nos braços de Mick enquanto ele marchava pelo corredor, ela nunca tivera tanta certeza de alguma coisa em sua vida quanto tinha dele e dela. Era imperativo que ele entendesse o que significava para ela, que ela gostava dele, a despeito de sua origem.

Ela não era como o duque e a duquesa; não julgava as pessoas com base em aspectos de sua vida sobre os quais elas não tinham controle.

Ele entrou como um furacão no quarto; uma enorme cama de quatro colunas ocupava boa parte dele. Aslyn não tinha dúvida de que ela havia sido fabricada especialmente para ele. Ele parou perto da cama, colocou-a no chão.

— Não tem árvore alguma aqui. Suponho que teremos de usar a cama.

Ele riu, intensa e alegremente.

— Que safada você se tornou.

— Só para você.

Ela começou a desabotoar a camisa dele.

— Esteja certa disso, meu bem — disse ele solenemente, fazendo-a reconhecer a gravidade do que eles estavam fazendo, como aquilo afetaria a vida dela. Ela estava abrindo uma porta, mas fechando todas as outras.

— Tenho certeza, mais do que jamais tive.

Quando metade dos botões estava aberta, com um rugido, ele arrancou a camisa por cima da cabeça e a jogou de lado antes de voltar sua atenção para ela. Com uma rapidez que Aslyn não esperava, ele amontoou todas as roupas dela em uma pilha no chão, e ela se viu parada diante dele sem uma única peça de roupa. Pensou que deveria se sentir envergonhada. Em vez disso, sentia-se livre.

— Céus, como você é linda — declarou ele reverentemente. — Perfeita. Cada centímetro.

— Dificilmente.

— Para mim, você é.

Ele reivindicou sua boca com tanta doçura, tanta ternura que Aslyn quase chorou. Ela queria aquele homem como nunca quis nada na vida. Ela passou as mãos pelo peito desnudo dele, enquanto as dele passeavam por suas costas, e ela sentiu que ele estava se esforçando para ir devagar por causa dela, mas ela estava cansada de ser mimada. Foi ela quem interrompeu o beijo e saiu do alcance dele.

— Essas botas precisam sumir.

Ele se largou em uma cadeira próxima.

— Para a cama, você — ordenou ele, enquanto tirava as botas.

Ela subiu no colchão, apoiando-se sobre os cotovelos, observando-o. Quando ele estava só com as calças, pôs um joelho na cama. Ela ergueu a mão.

— Não, não, não. Sem as calças.

— Depois.

— Agora.

Ele a encarou.

— Você nunca viu um homem excitado. Deixe-me facilitar as coisas para você.

— Não.

— Aslyn...

— Vamos nos deitar nesta cama como iguais.

Ele assentiu de maneira brusca com a cabeça.

— Como quiser.

Ele tirou as calças. Aslyn ficou olhando para o membro inchado e protuberante dele. Obviamente, ela tinha uma concepção errônea com relação ao que acontecia durante o coito, pois sempre assumira que o homem penetrasse a mulher, mas ele não iria conseguir colocar aquilo dentro dela. Mesmo assim, ela ficou fascinada por ele, pelo modo como se projetava orgulhosamente.

— Quero tocá-lo.

Com um grunhido, ele subiu na cama, esticou-se ao lado dela.

— Ah, você vai tocá-lo, meu amor. Mas primeiro...

Segurando o rosto dela, ele tomou sua boca com urgência. Ela se abriu para ele, adorando o calor, o esgrima das línguas, a pressão, as chupadas. A leve camada de pelos do peito dele fazia cócegas na lateral de seu seio, enquanto a mão dele se fechava sobre o outro, apertando-o delicadamente. A coxa dele se posicionou entre suas pernas, seu joelho incitando que se abrissem.

Era maravilhoso, absolutamente maravilhoso ter tanto dele tocando nela. Aslyn deslizou os dedos pelos cabelos dele, descendo pelos ombros e pelas costas. Havia tanta força ali. Ela adorava a movimentação de seus músculos, contraindo-se e flexionando-se, enquanto ele movia várias partes do corpo para ter um acesso mais fácil ao dela. O membro dele era duro e quente contra a coxa dela. Ela podia sentir um pouquinho de umidade na ponta. Queria tocá-lo com a língua, mas isso significaria interromper o beijo, e ela ainda não estava pronta para isso.

Adorava os sons que ele emitia, os gemidos e grunhidos. A obscenidade quando os lábios dele abandonaram os seus para descer por seu pescoço antes de retornarem à boca. Aslyn se viu se retorcendo enquanto seu corpo se espremia contra o dele.

A boca dele se afastou da dela. A falta de uma obscenidade a alertou de que ele não retornaria tão logo para outro beijo. Em vez disso, ele mordiscou sua clavícula, delicadamente, antes de suavizar o toque com a língua.

— Aí está — disse ele.

— O quê?

— A sarda. Eu sabia que você tinha uma.

Ele abaixou a cabeça até seus seios, deu um beijo na parte interna de um deles.

— Não sei se é uma sarda. É apenas uma espécie de mancha.

— É perfeição.

Ele salpicou beijos pelos seios dela, como se abrigassem uma constelação de sardas, sendo que havia apenas uma. Então, a língua dele circundou seu mamilo antes de ele fechar a boca e chupar.

Aslyn quase caiu da cama. Talvez tivesse caído, se o corpo dele não estivesse prendendo metade do seu. Que suplício delicioso. Os suspiros dela pairaram ao redor deles, pareceram encorajá-lo a se dedicar ainda mais à sua função. Ela deslizou as mãos por todas as partes dele que conseguia alcançar. Ele era um homem e tanto, com um corpo bem tonificado. Ela suspeitava de que ele volta e meia carregasse materiais de carpintaria ou ajudasse nas obras. Era impossível imaginá-lo sem, ocasionalmente, se envolver, dar uma mão, participar do que ele estava construindo.

Com todo o tempo que ele passava em sua mesa olhando para papéis, ela imaginava que parte dele ficasse entediada, ansiasse pela atividade física. Ele nunca engordaria. Aslyn achava que, quando os cabelos dele ficassem brancos, ele seria tão esbelto quanto naquele dia.

Ela queria ver os cabelos dele ficarem brancos, beijar as rugas que apareceriam em seu rosto.

Queria que o passado não importasse para ele. Apenas o futuro.

Ele foi descendo, dando beijos em cada costela à medida que progredia. Sua língua circundou o umbigo de Aslyn enquanto ele seguia adiante. Ele lambeu a junção entre a coxa e o quadril dela. Sentando-se, ela arranhou as costas dele.

Mick soltou um ruído baixo. Sua mão se ergueu, esparramou-se sobre o peito dela e a empurrou de volta para baixo.

— Quero tocá-lo — reclamou ela.

— Depois.

Mordiscando a parte interna de sua coxa, ele abriu suas pernas, posicionando os joelhos de modo a se erguerem. Vulnerável, ela estava vulnerável a ele, mas, mesmo assim, nunca se sentira mais segura de si mesma.

Ele assoprou seus pelos. Aslyn riu.

— Isso faz cócegas.

Ele a olhou nos olhos e, nas profundezas azuis, ela viu com uma clareza assustadora que o que viria a seguir não iria fazer cócegas, não iria fazê-la rir. Abaixando a cabeça, ele raspou a língua na parte mais íntima do corpo dela.

— Minha nossa.

Ela pressionou o travesseiro com a cabeça. Suas mãos agarraram os lençóis enquanto a boca dele fazia uma mágica incrível, lambendo e chupando. Ela sentiu o dedo dele deslizar para dentro de seu corpo.

— Tão apertada. Tão molhada. Tão quente.

— O fato de você ser maior que seu dedo será um problema?

— Não, meu bem. Você ficará feliz quando tivermos terminado.

A boca dele retornou à sua tarefa, e as sensações se acumularam bem dentro de Aslyn. Seus gritos pareciam quase desesperados. Suas mãos doíam de segurar os lençóis. Suas coxas apertavam os ombros dele. Não havia alívio no prazer crescente. Ele pairava incessantemente.

E então, foi como se ele tivesse riscado um fósforo e acendido diversos fogos de artifício dentro dela. Ela gritou, suas costas se curvaram, suas mãos seguraram a cabeça dele enquanto o êxtase se espalhava por ela com explosões de sensações, cores e emoções que ela não conseguia descrever, que a extasiavam, excitavam e apavoravam.

Lentamente, ele subiu pelo corpo dela, lembrando-a de um lobo que farejara sua presa.

— Meu Deus, você fica realmente linda quando está perdida no êxtase — disse ele.

Ela sorriu.

— Sou uma libertina.

— Uma libertina maravilhosa.

Repousando sobre os cotovelos, ele aliviou boa parte do peso de seu corpo sobre o dela enquanto abaixava a cabeça e tomava sua boca.

Aslyn podia sentir seu próprio gosto nos lábios dele, em sua língua. Era escandaloso permitir liberdades tão íntimas a ele, certamente não era algo que ela jamais imaginaria que um homem pudesse fazer com uma mulher, mas por que não deveria, visto que ela também queria beijá-lo em todos os lugares?

Ele ergueu os quadris, e ela tomou ciência da área úmida onde ele acabara de se banquetear. Instintivamente, ela ergueu os quadris na direção dele, sentiu-o posicionado em sua abertura.

— Peça para eu parar se doer — sussurrou ele perto de seu ouvido antes de capturar o lóbulo com os dentes.

Mas ela não pediu. Não conseguia. Não pediria. Ele a abriu, a preencheu. Seu suspiro foi grave, sombrio, longo. Ela se regozijou naquele som.

— Céus, você é uma delícia — disse ele por entre os dentes cerrados. — Um veludo. Um veludo quente e liquefeito.

— Você também é uma delícia.

Ela enterrou o rosto no peito dele.

Mick riu, mas havia afeto em seu riso, alegria, felicidade. Aslyn se deleitou naquele momento em que ele parecia livre de preocupações, queria compartilhar mais daqueles instantes com ele, uma vida inteira.

Ele começou a recuar.

Ela enfiou as unhas nas nádegas dele.

— Não me deixe.

Olhando para ela, ele sorriu.

— Eu voltarei.

E voltou, repetidamente, seus quadris se movendo como um êmbolo, os dela se erguendo para ir de encontro aos dele. Ele a beijou intensamente, plenamente, sem nunca parar de se mover, de novo e de novo...

O corpo dela ficou mais tenso, as sensações começaram a se intensificar mais uma vez. Enquanto ele se movia dentro dela, ela o segurava firme, com os braços, as coxas, os pés. Seus movimentos se tornaram frenéticos, febris, ferozes.

— Goze para mim de novo — demandou ele. — Aslyn... Aslyn... Goze comigo.

E ela gozou. Seus gritos se misturaram aos grunhidos dele enquanto ele jogava a cabeça para trás e a penetrava tão fundo que ela pensou que ele poderia ter atingido sua alma.

Ofegando com força, ele enterrou o rosto no pescoço dela e inspirou-a profundamente. Eles ficaram ali deitados por muito tempo, sem se moverem, molhados de suor, recuperando o fôlego. Aslyn adorava sentir o peso dele repousando delicadamente sobre ela, apoiando-se levemente nos cotovelos. Ele deu um beijo um pouco abaixo da orelha dela.

Então enrijeceu, grunhindo.

— Droga!

O pânico cresceu dentro dela.

— O que aconteceu? O que há de errado?

Ele ergueu a cabeça, olhou para ela.

— Eu nunca fiz isso antes, nunca deixei de usar proteção ou não me retirei antes de derramar minhas sementes.

— Ah.

— Você é linda demais. Perdi a noção.

Ele havia ficado mole, mas ainda estava lá dentro. Aslyn apertou. Ele grunhiu de prazer, meneou a cabeça.

— Não quero bastardos, Aslyn.

— Ah. — Aquela parecia ser a única coisa que permanecia em seu vocabulário quando a significância do que ele estava dizendo a atingiu. Ele podia ter feito mais do que apenas derramado suas sementes. Podia tê-las plantado. Em seu útero. — Basta uma vez?

— Pode bastar.

Ele não parecia muito feliz com aquilo. Ela havia mencionado seu desejo de se casar com ele, mas ele não a tinha pedido em casamento.

— Bem, isso certamente me colocaria no centro de um escândalo e tanto, não é?

Ele saiu de cima dela. Por uma fração de segundo, ela se sentiu desamparada com a perda da proximidade dele, mas logo seu braço a envolveu e ele a puxou para perto de si.

— Casar-se comigo também colocaria.

Ela alisou os pelos macios do peito dele.

— Não me importa o que os outros pensam.

Abaixando a cabeça, ela deu um beijo no mamilo de Mick.

Ele gemeu.

— Não comece algo que você não pode terminar. Imagino que você esteja dolorida para mais uma rodada.

— Provarei que você está errado.

Ela realmente provou, montando nele e provocando seu membro até bloquear seu cérebro e ele a possuir novamente. Ele nunca conhecera alguém como ela, ousada e tímida, uma dama e uma depravada.

Por que ela não deveria estar ali, em sua cama, em seus braços, com a cabeça aninhada na curva de seu ombro, sua respiração mexendo os pelos de seu peito? Ele nunca vivenciara um contentamento tão intenso, e aquilo o apavorava completamente. Aquela mulher aconchegada nele o fazia desejar mais. Não, ela fazia mais que isso. Fazia-o acreditar que mais era possível.

— Por que você acha que isso é considerado pecado? — perguntou ela baixinho.

Roçando as pontas dos dedos para cima e para baixo no braço dela, ele inspirou seu aroma ainda mais doce: gardênia misturada com o cheiro almiscarado do sexo.

— Porque é prazeroso demais, suponho.

— Isso não faz sentido algum.

— Você está me pedindo para dar uma explicação para algo que eu também nunca entendi.

Ela ergueu a cabeça, apoiou o queixo no peito dele, para que pudesse olhar em seus olhos mais facilmente.

— É pecado para as mulheres, não para os homens.

— É pecado para os homens também. Nós apenas não nos importamos.

— Porque vocês não são pegos. As mulheres são.

Ela poderia ser pega. Ele fora imprudente, descuidado. Ela era a coisa mais preciosa de sua vida, e ele não tomara cuidado algum com ela. Devia dar a Hedley permissão para esfolar suas costas. Ela havia dito que queria se casar com ele, mas será que de fato compreendia o que isso implicava, do que ela estaria abrindo mão? Sua família, seus amigos, seu lugar na Sociedade. Ela realmente estava disposta a sacrificar...

— Mick!

Grunhindo ao ouvir a voz de Aiden ecoar pelo apartamento, ele rolou para longe da mulher quente aninhada em seu peito. Aslyn soltou um lamento baixinho, agarrou as cobertas e as puxou até o pescoço.

— Mick! Boas novas, meu irmão! Consegui!

Soltando um palavrão pesado, ele removeu as cobertas e saiu da cama.

— Fique onde está.

— O que ele está fazendo aqui?

Mick começou vestir as calças.

— Meus irmãos vivem aparecendo por aqui. Como eu nunca trago mulheres, eles sabem que não vão me atrapalhar.

— Sou a primeira?

Ela pareceu satisfeita.

— Sim, é. — Fechando os botões, ele foi até a porta, parou, olhou para ela, desalinhada em sua cama, onde ele queria vê-la todas as manhãs de todos os dias do resto de sua vida. — Vou...

— Mick!

— ... mandá-lo embora. Não saia deste quarto.

Ele não esperou por uma resposta, apenas escapuliu, fechando a porta ao sair e atravessando o corredor. Ele entrou no saguão exatamente quando Aiden havia saído do corredor que levava à biblioteca.

Seu irmão sorria como um idiota.

— Aí está você! Onde é que havia se metido?

— Estava na cama. Volte amanhã.

— Na cama? A essa hora da noite? Não é do seu feitio se recolher antes de as coisas ficarem interessantes.

Ele não estava no clima para discutir seus hábitos de sono.

— Vá embora, estou cansado.

— Isto vai animá-lo rapidinho. — Ele soltou um grito, ergueu um pedaço de papel dobrado e o sacodiu como se fosse um pandeiro. — Eu consegui.

Finalmente. A última peça de que você precisava. Loudon Green. Kipwick se agarrou a ela até o último segundo.

Ele mal percebeu que se moveu para frente, pegando o papel de Aiden, abrindo-o e olhando fixamente para as palavras que ansiava por ler havia uma eternidade. Logo, logo sairia nas páginas do *Times* uma carta escrita pelo duque de Hedley proclamando para o mundo que ele dera origem a um bastardo e declarando Mick como seu filho. Muitos se recusavam admitir sua ilegitimidade, mas Mick sempre a vestira como uma medalha de honra.

Mick imaginou a reverência que seria feita quando ele entrasse em um salão de baile. Os jantares para os quais seria convidado. Os saraus aos quais compareceria.

Ele pensou no orgulho com que Aslyn caminharia ao seu lado, conhecendo sua origem e sabendo quão longe ele precisara galgar.

Ele podia até mesmo descobrir quem dera à luz. Queria saber sobre a mulher que o pusera no mundo e então permitira que Hedley se desfizesse dele. Seria ela sua amante de longa data? Uma amante de uma noite só? Seria alguma criada da qual ele se aproveitara? Será que ela ainda estava viva? Será que pensava nele?

— O homem estava um caco — comentou Aiden, interrompendo suas reflexões gratificantes —, soluçando como um bebê esfomeado quando percebeu que havia perdido e não ia recuperar a propriedade.

— Ele a apostou?

— Ele estava desesperado para ganhar aquela última mão a qualquer custo. Tive que negociar um pouco com o rapaz que venceu. Você me deve quinhentas libras.

Quinhentas? A receita anual daquela propriedade valia dez vezes mais que isso. Ele planejara consegui-la, mas nunca acreditou que Kipwick fosse estúpido o suficiente ou ficasse desesperado o suficiente para abrir mão dela.

— Esta é a última peça — repetiu Aiden. — Agora você pode destruir Hedley se ele não o reconhecer.

— Por que Hedley o reconheceria?

Ao ouvir aquela voz suave, a voz que, apenas alguns minutos atrás, estava gritando seu nome em êxtase, Mick fechou os olhos com força. Maldição. Virando-se, ele a encarou. Ela estava parada na entrada do corredor, linda como sempre, com seu roupão enrolado no corpo, protegendo-a.

— Por quê? — repetiu ela, insistente. — Por que ele o reconheceria e como o quê, precisamente?

Ele não queria que ela descobrisse assim, queria prepará-la com delicadeza, assim que tivesse a promessa de reconhecimento do duque.

— Sou filho bastardo dele.

Capítulo 19

NÃO PODIA SER VERDADE. Não podia.

As palavras rodopiavam em sua mente como um pião, só que era ela quem ia cair quando tudo parasse de girar.

Mick era bastardo do duque? Ela com certeza pensou brevemente que havia alguma semelhança, mas cabelos escuros e olhos azuis não eram tão incomuns assim. As consequências da infidelidade do duque a enojavam, faziam seu estômago revirar, mas não chegavam aos pés da percepção de que ela sabia tão pouco do homem por quem se apaixonara quanto sabia sobre Kip quando decidiu aceitar seu pedido de casamento. Será que ela não tinha aprendido nada com aquela situação desastrosa?

— Por que você não me contou? — quis saber ela.

Durante todos os momentos que passaram juntos, decerto houve um em que ele poderia ter contado quem era a ela.

— Porque eu não tinha certeza de que você optaria por mim, e não por ele.

O olhar de Aslyn se deslocou para o irmão de Mick, o que havia entrado de supetão em uma alegria imensa por agora deter a escritura de Loudon Green. Herança de Kip. Não era parte das propriedades alienáveis, mas a bela propriedade em Yorkshire estava na família havia, pelo menos, duas gerações. Ela sempre preferira lá ao palácio ducal, tinha até imaginado que, no fim das contas, fosse torná-la sua residência quando pensara em se casar com Kip. Ela voltou seu olhar novamente para Mick.

— Você o levou ao clube do seu irmão.

— Sim.

— Sabia que ele jogava para se distrair.

— Sim. Eu precisava que o débito dele fosse alto. Precisava das propriedades. Preciso da ameaça de arruiná-lo para convencer Hedley a me reconhecer como seu filho.

— Nosso encontro nos Jardins de Cremorne não foi um acaso.

— Não.

Ao menos ele estava admitindo...

Seus pensamentos frearam abruptamente; seu estômago estava quase regurgitando.

— Sou parte da sua vingança, ou de qualquer que seja a tramoia que você está fazendo aqui?

Ele não desviou o olhar, mas ela viu a culpa se espalhar por seu semblante.

— No começo... — confessou ele, baixinho.

Cobrindo a boca com a mão, ela se virou, dando as costas a ele. Meu Senhor, seu peito doía. Seu coração doía.

— Todas as vezes aleatórias em que nossos caminhos se cruzaram... não foram nada aleatórias, foram? — Cada encontro foi reprisado em sua mente. Ela se virou. O irmão havia ido embora, ainda bem. Ela não precisava de uma plateia para testemunhar sua humilhação, bem pior do que quando Kip havia perdido suas joias na mesa de jogo. — O moleque que roubou meu bracelete... Diga que ele não o fez a pedido seu. Diga-me que não foi uma armação para conversar comigo, para parecer heroico.

Ele não disse nada, e, no silêncio, ela ouviu sua resposta tão alto que pensou que ficaria surda. Aslyn fechou os olhos com força enquanto cada alerta da duquesa de Hedley zombava dela.

— Como fui tola.

— O que eu deveria fazer, Aslyn, para passar um tempo na sua companhia? Eu não era convidado para bailes, saraus ou jantares.

— Você poderia ter me cortejado, como qualquer outro cavalheiro.

Ele deu uma risada sombria.

— Hedley teria me enxotado no momento em que me visse. Você acha que ele ficaria contente em saber que seu bastardo estava interessado por sua tutelada, a mulher que ele pretendia casar com seu herdeiro?

Se isso fosse verdade, o reconhecimento do duque não mudaria nada, não permitiria que eles ficassem juntos.

— Se eu não fosse tutelada dele, se os tabloides de fofoca não estivessem especulando sobre meu casamento com Kip, se não houvesse uma aposta no White's quanto a se ele me faria o pedido até o final da Temporada, você teria sequer olhado para mim? — Em meio ao silêncio, ela blasfemou e lutou contra as lágrimas. Ela não daria a ele a satisfação de vê-la chorar. — Essa sua conspiração... Por que não simplesmente pedir a ele o reconhecimento?

— Eu pedi. Meia dúzia de vezes. Ele ignorou todas as cartas, com exceção da primeira. "Não tenho bastardo algum." Foi tudo que ele escreveu. Você acha que eu me pareço com ele agora? Deveria me ver sem barba. Tenho aquela maldita covinha no queixo.

— E se ele não o reconhecer?

— Então eu destruirei seu herdeiro.

— Você não pode exigir que Kip pague pelos pecados do pai.

— Por que não? Eu paguei por eles minha vida toda. Sou o bastardo do duque, Aslyn. O *bastardo* dele.

Ele quase cuspiu aquela palavra. Aslyn se encolheu com a repulsa que ouviu em seu tom de voz.

— Mas você agora está acima disso.

— Nunca se está acima disso. Está sempre lá. Você sabia que existem orfanatos que não aceitam bastardos? Nem alguns alojamentos. Porque nascemos no pecado, do pecado. Somos trabalho do diabo.

— Mas Kip não fez nada contra você.

— Ele viveu à sombra do homem que me deu origem e depois me dispensou.

— Então puna o pai, e não o filho.

— Estou punindo o pai. Ele verá seu filho legítimo arruinado e seu bastardo vitorioso. Saberá que estará deixando seus títulos e suas propriedades para alguém que não é digno deles, ao passo que quem o é não poderá tê-los.

— Se você fizer isso, não será digno de nada. Será a ralé da ralé, nem sequer digno de um cortiço onde dormir.

— Ele me queria morto! — Ele se afastou dela. — Ele me deu para minha mãe sabendo que ela me mataria. — Ele se virou e a fitou raivosamente. — Não. Pior. Ele a pagou para me matar de fome. Era assim que se lidava com bastardos quando eles não eram considerados merecedores da vida.

O estômago de Aslyn revirou.

— Não acredito que o duque toleraria uma prática tão horrorosa, que participaria de uma.

— Minha mãe publicou um anúncio no *Daily Telegraph* dizendo que acolhia crianças doentes por uma taxa. Havia códigos nas palavras do anúncio, na forma como fora escrito, alertando os potenciais clientes para o fato de que ela se livraria da criança. Ele me levou até ela na calada da noite, nu, apenas com o cobertor no qual eu estava enrolado. "Não quero que isso sofra", ele disse a ela. *Isso*. Para ele, eu nem sequer era humano. Mas ela não conseguiu me matar. Dois outros haviam sido levados para ela. Ela os manteve adormecidos com láudano até que eles finalmente morreram. Então, seus três filhos legítimos morreram de tifo, e ela pensou que Deus a estava punindo pela morte que ela provocara a inocentes. Assim, eu fui poupado. Ela me criou como se eu fosse dela. Mas isso não mudava o fato de que meu pai, e suponho que minha mãe também, quem quer que seja, me quisesse morto. Frequentemente me pergunto se ele continuou trepando com ela, se os outros bastardos dele foram mortos sem pestanejar, ou como ele agiria com a morte de uma mosca.

Aslyn não sabia o que dizer. Ela conhecia o duque de Hedley, tinha crescido nas residências dele, havia tomado café da manhã com ele quase todas as manhãs desde que tinha 9 anos.

— O homem que me criou não teria feito isso.

— Cento e cinquenta libras. Foi quanto minha morte custou para ele.

Ele parecia tão certo, mas era inconcebível, para Aslyn, que Hedley pudesse tolerar o assassinato. Também era inconcebível que aquele homem buscasse destruir aqueles que ela amava.

— Ser injustiçado não justifica machucar os outros.

— Diga isso ao seu amado duque. Tudo que eu quero é que ele me reconheça publicamente como seu filho. Que admita para mim o que fez. Ele nem precisa fazer isso em público. Mas precisa me reconhecer, me convidar para seus eventos...

— Eles não têm eventos. Nunca recebem ninguém.

— Então que me leve aos seus clubes, me apresente como seu filho, me ajude a ganhar o respeito que eu mereço.

— Mas você fez isso por conta própria, com seus negócios...

— Eu não posso entrar nos malditos clubes dele!

Por que isso era tão importante para ele? Ser membro de clubes de cavalheiros? A decepção a atingiu em cheio. Quando se tratava de homens, aparentemente, ela era péssima em julgar.

— Todo o galanteio. Seu objetivo era me destruir ou se casar comigo?

— De um jeito ou de outro, serei aceito pela nobreza. Eu me infiltrarei em seus círculos.

— Mesmo que isso lhe custe qualquer afeto que eu possa nutrir por você?

— Você não me ama, Aslyn. Sou um plebeu com quem você pode brincar por um tempo, a quem você pode recorrer quando estiver procurando por uma aventura escandalosa, um pouco de brutalidade. Quando sua vida estiver imaculada demais e você quiser brincar um pouco na lama. Então, você vai sacudir a poeira e esquecer que perdeu tempo com alguém como eu.

— Você está errado.

Ela chegou na Mansão Hedley em um veículo de aluguel que caminhou quilômetros para encontrar. Depois de passar da região na qual os prédios de Mick assomavam, ela continuara marchando com uma determinação obstinada. Ele lhe oferecera sua carruagem, mas ela não queria nada dele. Ele a usara, ela fora parte de sua tramoia. Mesmo com sua repulsa por ele irradiando de seu corpo, ele caminhou ao seu lado, atuando como um protetor silencioso até ela finalmente encontrar um veículo de aluguel.

A porta da frente estava trancada, mas ela usou a chave que havia furtado. O silêncio que a cumprimentou não era surpresa. Se a casa estava trancada, todos estavam na cama.

Reunindo o que lhe restava de força, Aslyn se arrastou pelas escadas até o andar de cima. Tudo que ela queria era tomar um banho de banheira, lavá-lo de seu corpo. Cada toque, cada carícia, cada beijo, cada lambida. As coisas que ele fizera com ela, que ela fizera com ele. Os gritos, o desejo primitivo, a maneira como o corpo dela havia cantado a canção dele apenas aumentavam sua humilhação, sua raiva, sua fúria.

Abrindo a porta de seu quarto, ela parou abruptamente ao ver a lamparina solitária iluminando a figura sentada em uma poltrona no canto.

— Por onde você andou? — perguntou Kip.

— Não é da sua conta.

Fechando a porta silenciosamente, ela se aproximou dele. Ele estava terrível, pior do que ela jamais o vira, com os cabelos ensebados e desalinhados, o paletó amassado, o colete aberto, o lenço do pescoço desamarrado. Ele não fazia a barba havia dias, havia noites. Seus olhos estavam vermelhos; as pálpebras, inchadas e avermelhadas. Suas bochechas estavam murchas; sua pele, amarelada. Ela conseguia vê-lo claramente como Aiden o havia descrito: desesperado para ganhar aquela última mão a qualquer custo.

Ele pagara o preço com sua herança, seu orgulho, sua virilidade.

— O que você está fazendo aqui?

— Estou encrencado, Aslyn. — Inclinando-se para frente, ele apoiou os cotovelos nas coxas, segurando a cabeça como se pesasse demais para mantê-la erguida. Finalmente, ele a ergueu, olhou nos olhos dela. — Perdi tudo. Tudo.

Ela sabia disso, é claro. Sabia o que ele perdera, as circunstâncias que haviam levado à perda. Ele caíra com tanta facilidade nas mãos de Mick. Naquele momento, ela odiava os dois.

Balançando, ele se levantou, e estendeu a mão trêmula para ela.

— Preciso de você. — Quanto ela ansiara por ouvir palavras pronunciadas com tanta paixão dele... — Se nos casarmos logo, eu terei acesso ao seu dote e podermos endireitar tudo antes que meu pai descubra o que eu fiz. Caso contrário, estou arruinado.

Como é que ela havia conseguido se cercar de homens que a queriam apenas para benefício próprio? Estava exausta daquilo. Ela ergueu o queixo, encarou-o de frente.

— O que eu ganho com isso?

Ele pareceu pego de surpresa, se era pela franqueza de sua pergunta ou por seu tom de voz pungente, ela não sabia.

— Você se tornará condessa, um dia será uma duquesa.

Ela meneou a cabeça.

— Não quero ser uma duquesa. Só quero ser amada.

Como acreditara que Mick a amava. Momentos repletos de sorrisos, risadas e acreditando que o "felizes para sempre" realmente existia.

— Eu te amo. É claro que amo.

— Não tanto quanto ama jogar.

— Farei o que você pediu. Vou parar.

— Não posso me casar com você.

Ela não confiava que ele fosse honrar sua palavra. Nem se apaixonara por ele como se apaixonara pelo outro. Agora que sabia o que era querer, desejar, ansiar por alguém, como podia se contentar com menos? Mesmo que seu coração doesse com a traição de Mick, ela não se casaria com um homem que não conseguia despertar a paixão em seu peito, que não a tornava mais do que ela se julgava capaz de ser.

— Temos um acordo.

— Não temos, não. Tenho tentado me encontrar com você há dias para podermos cancelar nosso noivado oficialmente, para eu poder parar de inventar desculpas para sua mãe por não poder discutir os detalhes do casamento. Kip, eu o amo como um irmão, não como um homem para aquecer a minha cama.

— Você vai se casar com *ele*? Com Trewlove?

— Não. — Ele a traíra, a usara, conspirara para destruir aqueles que ela amava — tudo por um reconhecimento que não conferiria a ele nada além do que ele já tinha. — Ele é seu irmão.

Kip piscou, parecendo que ficaria ainda mais doente.

— Como é?

— Ele é bastardo do seu pai.

— Foi Trewlove quem lhe contou isso?

Ela confirmou com a cabeça, desabando em uma poltrona.

— Mas assim que ele me contou, eu percebi. Não sei como não reparei antes.

— Você gosta dele.

Ela gostava. O que sentia agora era um redemoinho de emoções conflitantes. Não queria vê-lo nunca mais; mas queria que ele a alentasse. Queria que ele tivesse sido sincero desde o início; ansiava para saber se ele, alguma vez, fora sincero em tudo que lhe dissera ou se era apenas uma representação para que ele se colocasse em uma posição para destruir o duque. Ela o odiava com cada fibra de seu corpo.

Infelizmente, também o amava com a mesma intensidade — e esse era o motivo pelo qual a verdade sobre ele doera tanto.

Capítulo 20

Estou de posse das escrituras das propriedades que você perdeu, bem como dos vales de vários antros de jogatina. Traga o duque até meu escritório às 11h para podermos discutir os termos da devolução para você. Sem duque, sem reunião. Sem reunião, e eu garantirei sua ruína.

Mick Trewlove

MICK MANDARA ENTREGAR A carta a Kipwick logo de manhã cedo.

Naquele momento, enquanto seu criado espalhava espuma de barbear sobre sua barba densa, ele estudava o próprio reflexo no espelho. Quando descobrira os ossos no jardim de Ettie Trewlove, ele também descobrira seu próprio passado. Ela lhe dera os resquícios surrados do cobertor em que ele estava enrolado, e lhe contara a história do cavalheiro da carruagem sofisticada que levara Mick até sua porta. O homem nunca lhe dissera seu nome, e era possível que o cobertor fosse roubado, mas na primeira vez que Mick vira Hedley ele soube a verdade: seu pai era o maldito duque.

Ele enxergara a si mesmo naquele homem alto e esguio, com os cabelos pretos e os olhos azuis vívidos. Ele vira a si mesmo no queixo pronunciado marcado pela covinha. O mesmo queixo que o conde de Kipwick exibia.

Ele tinha 15 anos na época, estava tirando a lata de lixo da valeta perto da entrada dos criados, onde costumava ficar. O duque — que caminhava na direção dos estábulos, sem dúvida prestes a fazer seu passeio matinal — nem sequer se importara em lançar um olhar aos trabalhadores que despejavam seu lixo. Nem mesmo um toque no chapéu ou um "Bom dia".

Eram inferiores a ele, nem mesmo dignos de serem notados.

Mas ele iria reparar em Mick naquele dia, ou no seguinte — ah, iria. Quando quer que ele decidisse que valeria a pena salvar a reputação de seu filho legítimo. Ele não tinha garantia alguma de que o homem responderia à sua convocação para uma reunião ainda logo, mas a resposta chegaria, no fim das contas.

Enquanto o criado passava a navalha cuidadosamente sobre seu maxilar, Mick sentiu o ar frio tocar a pele que ele não via havia anos. Assim que percebera os primeiros pelos faciais, ele tratou de esconder atrás da barba escura o que considerava uma marca de sua herança. O duque não o quis quando ele nasceu. Mick havia determinado que não ganharia nada ao se aproximar dele diretamente, uma vez que o vigarista não pensava que o sangue de seu sangue merecesse respirar o ar de Londres e todas as suas cartas pedindo por um encontro, com exceção de uma, permaneceram sem resposta.

Mick tinha bastante certeza de que ele não iria querê-lo agora, mas seus planos iriam eliminar os desejos do duque da jogada. Ele seria reconhecido publicamente antes que a semana acabasse. Então, cortejaria Aslyn como um cavalheiro e a convenceria de que o que fora feito era necessário se eles quisessem ter algum futuro juntos.

Quando o entalhe em seu queixo quadrado foi revelado, ele desviou o olhar para a cama, visível apenas atrás de seu reflexo. Ainda estava impregnada pelo aroma de gardênia misturado ao cheiro almiscarado do sexo. Depois que seguira Aslyn em sua marcha até encontrar um veículo de aluguel — meu Deus, mesmo quando sua fúria era direcionada a ele, ela era deslumbrante —, ele retornara ao apartamento, esticara-se na cama e revivera cada momento que passara na companhia dela, desde a primeira noite nos Jardins de Cremorne até vê-la parada no corredor com seu roupão de seda. A peça grudava em suas curvas e coxas, como que reverenciando a carne que tinha a honra de tocar. Ele se torturou ao recordar cada sorriso, cada risada, cada provocação, cada olhar de desejo, cada beijo. Ela alegara sentir afeto por ele, e então o abandonara.

Tendo vivenciado a ira de seus tutores por não quererem permitir a entrada de Mick em sua residência, tendo visto sua repulsa ao pensarem que um bastardo passaria por sua porta, ela não compreendia que ele fizesse qualquer coisa, tudo que fosse necessário para ter sua existência reconhecida?

Ela estava com raiva agora, magoada, mas veria que ele estava pavimentando um futuro para eles. Que o preço pago então valeria a recompensa. Que tudo valeria a pena.

— Pelo que sei, ele é seu bastardo.

— Não tenho bastardo algum.

Kipwick estava parado diante da mesa do pai, como fizera mil vezes antes, com medo de decepcioná-lo.

— Ele parece ter a ilusão de que é.

O duque tamborilou o indicador na mesa, sem nunca tirar os olhos de Kipwick.

— Para que usar você para conseguir esse encontro?

Ele esperava evitar que seu pai descobrisse a verdade, mas não havia esperança disso agora.

— Eu estou um tanto encrencado.

Seu pai arqueou uma sobrancelha escura sobre os olhos azuis chocados — um tom de azul que se parecia muito com o de Mick Trewlove, percebeu Kipwick em retrospecto. Talvez um dos irmãos de seu pai tivesse dado origem àquele homem. Ou talvez ele não tivesse nada a ver com qualquer pessoa da família. Não era como se olhos azuis fossem incomuns. Ele engoliu em seco, e entrelaçou as mãos atrás das costas até começarem a doer.

— Eu tenho jogado ultimamente. Tive uma onda de azar.

— Quanto azar?

Seria mais fácil se seu pai erguesse a voz, mas ele manteve o tom indiferente.

— Perdi todas as propriedades e os fundos que o senhor repassou para a manutenção delas.

Os olhos de seu pai se fecharam.

Ele deu um passo adiante, mesmo que seu progenitor não pudesse vê-lo.

— Ele me destruirá. Se as pessoas ficarem sabendo que eu perdi tudo isso, quem é que nos emprestará dinheiro quando for necessário? Quem me julgará confiável? Quem permitirá que sua filha se case comigo?

Os olhos do duque se abriram.

— Você está noivo de Aslyn.

— Ele a voltou contra mim.

— Como é que ele esteve na companhia dela para chegar ao ponto de poder influenciá-la?

— É uma história um tanto longa.

— Então eu sugiro que você comece imediatamente a contá-la.

Ele tinha investimentos para analisar, um novo empreendimento precisando de sócios e prédios recém-construídos para vistoriar, para garantir que estavam de acordo com seus padrões. No entanto, parecia incapaz de conseguir focar no que precisava ser feito, e continuava olhando fixamente para o conteúdo de uma caixa que o estava aguardando quando ele chegou: um colar de pérolas, um pente, uma sombrinha.

Não havia bilhete, mas a mensagem era clara. Ela não queria mais nada com ele. Como se já não tivesse deixado claro na noite anterior. Ela estava um tanto transtornada, mas Mick pensara que, depois que tivesse tido um tempo para refletir, depois de uma noite de sono, ela mudaria de ideia e entenderia o quanto o reconhecimento do duque era importante, como abriria portas para ele, para *eles*. Pelo visto, uma noite de sono não a deixara menos decidida a se livrar dele.

Tudo bem. Ele já fora descartado por uma mulher da nobreza antes. Com o reconhecimento e a influência de Hedley, ele seria convidado para os salões de baile dos duques e para as salas de jantar dos condes. Poderia cortejar as filhas de todos os lordes que lhe interessassem. Ele não precisava de Aslyn. O mundo inteiro estava prestes a se abrir para ele, e Mick podia fazer com ele o que bem entendesse.

A batida suave na sua porta o trouxe subitamente de volta para o presente.

— Entre.

Seu secretário abriu a porta, entrou, e a fechou.

— O duque de Hedley e o conde de Kipwick estão aqui para vê-lo.

Levantando-se, ele enfiou a mão no colete, pegou o relógio de ouro do bolso e viu a hora. Eles foram rápidos. Ele reconhecia isso.

— Mande-os entrar.

Parecendo preocupado, ou talvez um pouco atordoado, Tittlefitz piscou, assentiu com a cabeça, piscou de novo, o tempo todo analisando Mick como se estivesse tentando decifrar um enigma.

— Sim, senhor.

Ele saiu, segurou a porta aberta e convidou os dois cavalheiros a entrarem. Então fechou a porta com um clique apressado, deixando os dois cavalheiros e um silêncio constrangedor preencherem o recinto.

Fazia anos que Mick havia visto Hedley, e nunca a uma distância tão curta. A semelhança era impressionante. Não era de se admirar que Tittlefitz tenha se sentido desconfortável. Ele não era idiota. Certamente estava tentando entender as coisas.

Mick sentiu uma satisfação tremenda ao ver o sangue se esvair do rosto de Hedley e a maneira como Kipwick o encarava. Agora que estava sem barba, ele sabia que os dois enxergariam a verdade sobre a filiação de Mick. Hedley se recuperou bastante rápido, sem expressar nenhuma reação em seu semblante quando confrontado com a realidade de que seu bastardo não residia no jardim de Ettie Trewlove.

— Cavalheiros.

Mick não se deu ao trabalho de suavizar a aspereza de sua voz.

— É de meu entendimento que o senhor tem algumas escrituras que queremos reclamar e alguns vales que estão causando certo aborrecimento ao meu filho. Estou aqui para liquidá-los.

Não eram exatamente as boas-vindas que Mick esperava ou queria.

— Não estão à venda.

— Então nossa conversa aqui acabou.

O duque se virou...

— Estou disposto a negociar.

Mick odiou o desespero que ouviu na própria voz, torcendo para que o duque e seu filho não tivessem percebido.

Hedley se virou para ele.

— Quais os termos?

Ele os considerara a manhã toda, enquanto caminhava por um terreno que havia comprado, vagava por entre os prédios que estavam quase prontos, observava do telhado o céu que sabia que os fogos de artifício da noite iluminariam com suas cores.

— Dê-me permissão para cortejar lady Aslyn, e eu os entregarei.

— Não.

Aquela única palavra ecoou pela sala com o ricochetear de um rifle.

A raiva tomou conta dele.

— Só porque sou seu bastardo, você acha que não sou digno dela?

Ele odiava as dúvidas que o atormentavam, que sussurravam que talvez o duque estivesse correto.

O rosto de seu pai permaneceu uma máscara sem emoção enquanto ele meneava a cabeça.

— Você não é meu bastardo.

Bufando com força, com a raiva aumentando, Mick deu a volta na mesa, avançando até ficar a poucos centímetros do duque. Ele lhe negaria tanto Aslyn quanto a verdade sobre sua paternidade?

— Nós temos o mesmo cabelo, os mesmos olhos e a mesma maldita covinha no queixo. Precisa que eu mande trazer um espelho aqui para que você nos veja lado a lado? Olhar para você é como olhar para o meu próprio reflexo. E tenho isto. — Ele tirou o trapo do bolso. — É tudo que restou do cobertor no qual eu fui enrolado quando você me entregou a uma assassina de bebês.

O duque finalmente empalideceu, desviou seu olhar por uma fração de segundo antes de olhar para Mick de novo com uma determinação veemente.

— Tê-lo em nossas vidas destruirá minha esposa.

— Não me dar o que eu quero destruirá seu herdeiro.

— Ele pode sobreviver à perda de algumas propriedades.

— Loudon Green provê a maior parte da receita de todas as duas propriedades. Sem ela, as demais propriedades não poderão ser mantidas.

— Vejo que você fez sua pesquisa. — Mick pensou quase ter ouvido uma pitada de respeito na voz do duque. — Mas encontraremos uma maneira de nos sustentar.

A determinação tranquila daquele homem estava alimentando a raiva e o ressentimento de Mick. Ele conhecia muito bem os méritos de não deixar transparecer nada, ele mesmo costumava usar essa tática. Aparentemente, ele herdara mais de seu progenitor do que atributos físicos.

— Garantirei que você e seu herdeiro sejam destruídos. Ninguém lhes emprestará dinheiro. Tenho toda essa influência sobre os banqueiros. O que vocês têm irá minguar. Os rumores a respeito da sua decadência vão se espalhar. Você perderá respeito, influência, posição. Seu herdeiro não ficará com nada que valha a pena herdar.

— Não tenho dúvida. Você parece bem decidido em seu propósito.

— Então me dê permissão para cortejar Aslyn, para ao menos dar a ela uma escolha entre me aceitar ou me rejeitar.

— Sr. Trewlove — começou o duque baixinho —, enquanto minha esposa viver, eu não lhe darei, não *posso* lhe dar, o que o senhor deseja. O senhor jamais será bem-vindo em nossa casa ou em nossas vidas. Mas considere isto: se o senhor estiver correto em sua avaliação quanto à sua paternidade, o homem que o senhor está tentando destruir é seu irmão.

Ele começou a marchar na direção da porta. Levou um segundo para Kipwick perceber que a reunião havia acabado. Ele saiu correndo atrás do pai.

— Ao menos me conte sobre minha mãe — exigiu Mick.

Parando abruptamente, o duque olhou para trás.

— Ela era a mulher mais linda que eu já tinha visto na vida, a mais generosa que eu já conheci. Eu me apaixonei por ela instantaneamente. Tenho vergonha de admitir, mas sinto uma falta tremenda dela.

— Ela estava tão ansiosa para se livrar de mim quanto você? Ou implorou para poder ficar comigo? Você me arrancou dos braços dela ou ela me entregou por vontade própria?

— Não há nada a ser ganho, sr. Trewlove, retornando ao passado.

Ele deu as costas e foi embora.

Mick Trewlove *era* seu filho. Quando ele entrou no escritório, a descoberta quase o fez cair de joelhos. Ele precisara de cada gota de força e determinação que havia dentro de si para não deixar transparecer nada, para não exibir nenhum reconhecimento, nenhuma confissão da verdade. Ainda agora ele lutava desesperadamente para manter uma fachada de indiferença. Se perdesse o controle, receava nunca mais recuperá-lo. Pelo bem de Bella, ele ignorara a sensação esmagadora em seu peito e olhava pela janela enquanto o coche seguia seu caminho.

— Posso apenas estimar a idade dele. Acredito que seja alguns anos mais velho que eu. O senhor era casado com a minha mãe quando ele nasceu?

— Como?

Ele voltou seu olhar para o filho que o levara àquele encontro com sua negligência. Ele nunca havia superado a culpa que sentira por ter levado o bebê à Viúva Trewlove, e então acabara mimando Kip, quando deveria ter sido muito mais firme com ele.

— O senhor foi infiel à minha mãe? — indagou Kip, a repulsa evidente em sua voz. Como ele podia culpá-lo? Parecia que ele estava destinado a trair seus filhos.

— Não discutirei esse assunto com você assim como não discuti com ele. O passado é passado. Precisamos seguir em frente.

— Qual o problema em permitir que ele corteje Aslyn? Ela gosta dele.

— Ele não serve para ela.

— Mas ele me destruirá.

— Temos o peso do meu título e a influência do nosso nome. Não cairemos tão facilmente.

— Mas por que arriscar?

— Não serei extorquido. Nem permitirei que Aslyn seja usada de maneira tão grosseira, para os propósitos de outro homem.

Ele voltou sua atenção novamente para a janela, mais determinado do que nunca a proteger Bella da verdade.

— Essa é a sua boneca?

Aslyn ergueu os olhos de seu lugar na grama em um canto recluso dos jardins, segurando a boneca de pano que Charles Beckwith havia lhe dado quando dera a notícia da morte de seus pais.

— Cuide da sua vida.

Kip se sentou ao seu lado.

— Sempre achei a coisa mais horrorosa que você tinha. Ela me dava pesadelos.

— Ela me conforta.

Quando Aslyn precisava muito de conforto. Ela passara a manhã toda alternando entre a raiva impetuosa e uma tristeza profunda. Pensava ter encontrado algo especial com Mick. Alguém que a entendia. Alguém que a amava por quem ela era, não pela possibilidade de ganhar algo com isso.

— Não tenho oferecido muito isso ultimamente, não é?

— Não.

— Estraguei tudo.

— Estragou mesmo.

— Sempre posso contar com a sua sinceridade. — Ele suspirou. — Não vamos nem fazer uma tentativa, nós dois, não é?

— Não.

— Mesmo sem Trewlove na jogada?

Puxando alguns fios soltos do vestido da boneca, Aslyn meneou a cabeça.

— Nós nos encontramos com ele, eu e meu pai.

Claro que se encontraram. Era o que Mick Trewlove havia planejado. Uma confrontação, uma demonstração de poder, uma oportunidade para conseguir aquilo que mais queria.

— Você está certa. Ele é meu irmão. Mesmo que meu pai tenha negado, como se Trewlove fosse acreditar naquela asneira. Ele é a imagem cuspida e escarrada do velho. Ele tirou a barba, por sinal.

Aslyn não se importava, mas, mesmo assim, ficou pensando em como ele deveria estar diferente.

— O duque vai reconhecê-lo, então?

— Isso foi esquisito. Eu também assumi que o reconhecimento do meu pai fosse o que ele queria.

— Ele me *disse* que era o que ele queria, ou então destruiria você.

— Não foi o que ele pediu. Ele pediu permissão para cortejar você.

Agarrando a boneca, ela se virou e ficou olhando para ele.

— Como é?

Kip deu de ombros.

— Ele quer cortejá-la. Meu pai disse que não.

— Azar o dele, pois não tenho desejo algum de ser cortejada por Mick Trewlove.

Era tarde demais. Era remoer sentimentos.

Aproximando-se, Kip cobriu a mão dela com a dele, impedindo-a de arrancar mais fios.

— Você o ama tanto assim?

— Não mais.

— Consegue parar de amá-lo com tanta facilidade assim?

Aslyn meneou a cabeça.

— Nada foi real, Kip. As vezes que estivemos juntos, as coisas que ele disse... Foi tudo uma decepção, uma tramoia. Não significou nada para ele. Nada.

— Não consigo acreditar nisso. Ele deve ter se apaixonado por você um pouquinho.

Soltando um respiro lento, ela encostou a cabeça no ombro dele.

— Se ele se apaixonou, não foi o bastante.

Foi a vez dele de soltar um suspiro de sofrimento.

— Então ele me destruirá.

— Seu pai é um homem poderoso e influente. Acho que Mick Trewlove descobrirá que encontrou alguém à altura dele.

— Não tenha tanta certeza. Se existe alguém nesta casa que está à altura dele, acho que é você.

Capítulo 21

A MESA NO CANTO dos fundos do A Sereia e o Unicórnio estava sombria e escura, o que refletia o humor de Mick e condizia com ele enquanto ele servia mais uísque em seu copo. Ele dissera a Gillie para deixar a garrafa. Ela não discutiu. O que quer que seu rosto refletisse, ela não queria nem saber.

— Não consigo me acostumar com você sem barba — comentou Aiden.

Pouco depois de sua chegada, todos os seus três irmãos se juntaram a ele. Mick suspeitava de que Gillie tivesse mandado avisá-los que ele parecia estar de péssimo humor. Se sua mãe e Fancy aparecessem também, ele ficaria ainda mais lúgubre.

— Suponho que você quisesse se reafirmar ao se encontrar com Hedley — disse Finn. — Ele vai lhe dar o que pediu?

Meneando a cabeça, Mick foi coçar a barba, mas acabou tocando em seu queixo espinhoso. Ele também não estava acostumado a não tê-la. Todos os seus irmãos pensavam que ele pedira a Hedley para reconhecê-lo. Ele não conseguia se forçar a admitir o que havia pedido. Eles não entenderiam. Nem ele próprio tinha certeza de que entendia.

— Ele está disposto a deixar que você destrua seu filho? — questionou Fera.

— Você parece surpreso. Ele já se dispôs a matar um filho. Por que se importaria com o outro?

— Kipwick é o herdeiro dele.

— Aparentemente, ele não se importa.

Mick virou o uísque, serviu mais.

— Você tem a garota — ponderou Finn. — Ele certamente não quer que a reputação dela seja arruinada.

Ele não tinha a garota. Ele já a tivera. Mas a perdera. Quaisquer sentimentos que ela talvez nutrisse por ele tinham morrido quando ela descobriu seu plano. Essa parte era óbvia, mas se ele pudesse vê-la de novo, se pudesse cortejá-la como um cavalheiro, como deveria ter feito desde o início...

Ela provavelmente lhe daria a mesma resposta que Hedley. Não.

— Posso atestar que você a comprometeu — disse Aiden. — Ameace acabar com a reputação dela, e Hedley mudará de ideia.

Mick o encarou furiosamente.

— Repita isso, em voz alta ou para outra pessoa, e eu o reduzirei a uma poça de sangue.

Os olhos de Aiden se arregalaram, e então se estreitaram.

— Achei que levá-la para a cama e não se casar com ela fazia parte do seu plano para derrotar Hedley, ameaçá-lo com escândalos envolvendo seu herdeiro e sua tutelada se ele não o reconhecesse.

— Mas aí ele se apaixonou por ela — explicou Fera, e Mick sentiu um forte desejo de calar a boca dele como havia feito com Aiden, mas ele jamais conseguiria superar Fera no combate corpo a corpo.

— O que o faz dizer isso? — indagou Finn.

Fera deu de ombros.

— Bastava olhar para ele na noite em que a apresentou para nós para ver que ele já estava no caminho de se apaixonar.

Aiden soltou uma curta e estrondosa risada.

— Para ser bem sincero, eu estava ocupado demais cobiçando ela...

O punho de Mick atingiu o maxilar de Aiden rápido e com força, quase derrubando-o da cadeira.

Aiden se endireitou, esfregou o maxilar e sorriu.

— Caramba, Fera tem razão. Você está apaixonado. Não vai usá-la para forçar Hedley a reconhecê-lo.

Ele jamais a usaria. Não importava o quanto ela o enfurecesse com as acusações que lançara contra ele — merecidamente. Não importava que ela tivesse ido embora. Não importava que tivesse continuado a caminhar sem dizer uma palavra a ele até encontrar um veículo de aluguel. Não importava que, antes de entrar na carruagem, ela o tivesse encarado com tanta tristeza e decepção que o fizera sentir, pela primeira vez na vida, que seu lugar, de fato, era a sarjeta.

— Não quero o maldito reconhecimento. Quero a garota.

— Ela é da nobreza — observou Finn baixinho. — Você é um bastardo.

Só que essa diferença não importava para Aslyn. Não existia quando eles se beijavam. Em sua cama, eles eram iguais. Não, nunca iguais. Aos olhos de Mick, ela sempre seria superior, uma deusa. Quando estava com ela, conversando com ela, quando ela sorria para ele, sentia que era maior do que as circunstâncias de seu nascimento. Com ela, ele era mais inteiro, mais completo do que fora a vida toda.

E ele estivera disposto a jogar tudo para o alto por algo que, no fim das contas, não significava nada.

Na tarde seguinte, Hedley ficou olhando fixamente para o cartão de visitas que o mordomo lhe entregara.

— Mas que diabos ele está fazendo aqui?

— Quem, pai? — perguntou Kipwick.

Eles estavam discutindo a melhor forma de lidar com aquele caos com Trewlove.

— Não sei dizer, Sua Graça. O sr. Trewlove disse apenas que requeria uma audiência com lady Aslyn, mas pensei que o senhor deveria saber — respondeu Worsted, fungando e erguendo o nariz. — Não estou certo de que ele é o tipo adequado para ela.

Hedley ergueu os olhos para o homem que o servia lealmente havia mais de um quarto de século.

— Onde ele está?

— Eu o deixei aguardando no saguão.

O pânico se espalhou por ele, seu coração martelou contra as costelas quando o relógio da lareira marcou as duas horas, o horário em que, todas as tardes, ele e Bella passeavam pelos jardins.

— Não.

Ele se levantou.

— Pai? — chamou Kipwick.

— Ele não pode estar aqui agora. Não agora.

Então, saiu correndo da sala, com seu herdeiro seguindo-o logo atrás.

Mick estava parado no saguão, segurando o chapéu, olhando para as inúmeras veias negras que percorriam boa parte do piso de mármore. Ele se recusava a olhar para os retratos que cobriam as paredes, retratos daqueles que — a despeito das palavras de Hedley — ele tinha certeza que eram seus parentes.

Ele sempre se imaginara entrando naquela residência, assimilando sua grandeza e sendo arrebatado pela fascinação de saber que provinha de uma linhagem que havia conseguido, ao longo dos séculos, construir algo invejável, algo de tamanha magnificência, que era admirado em toda a Grã-Bretanha. Desde o instante em que descobrira os ossos no jardim e a verdade sobre si mesmo, tudo aquilo parecia de extrema importância. Saber que parte dele estava ligada a tudo aquilo significava alguma coisa.

Agora, a única coisa que importava era Aslyn. Ele tinha passado 37 horas, 33 — ele checou o relógio —, 35 minutos sem ela em sua vida e nunca se sentira tão desesperado. Ela era como a brisa fresca que ele respirava quando, quando era um rapazote, saía de uma chaminé; o céu azul sem nuvens quando ele emergia da escuridão.

Ele sabia que havia grandes chances de ela mandá-lo embora, mas Mick não iria desistir tão facilmente. Ele a seduzira antes, e embora ela talvez pensasse que não havia verdade ou honestidade em nada daquilo, desde o momento em que ele olhara nos olhos dela, nos Jardins de Cremorne, ele nunca mentira para ela. Podia ter usado algumas táticas questionáveis para garantir que seus caminhos se cruzassem, mas nunca, nem uma única vez, deixara de ser sincero com relação a seus sentimentos por ela. Nem que levasse o resto da vida, ele a convenceria de que cada momento que passara com ela havia sido verdadeiro, sincero e autêntico.

E se ela não enxergasse naquele dia, ele retornaria no dia seguinte. Se Hedley mandasse retirá-lo à força, ele retornaria no próximo. Se Kipwick o espancasse até deixá-lo à beira da morte, ele ainda retornaria. Enquanto respirasse...

— Olá.

Foi só então que Mick percebeu os passos leves. Ele ergueu os olhos. A mulher que se aproximava era tão pequena que ele se perguntou como ela conseguia se portar com tanta elegância. Ela o lembrava de um filhote de pássaro que havia caído do ninho e ele encontrara. Cuidadosamente, Mick subira na árvore e o pusera de volta com seus irmãos, logo depois descendo até o chão só para ver a mãe pássaro — ou talvez o pai, ele de fato não sabia — derrubá-lo novamente do ninho. Ele o levara para casa, cuidara dele com gotas de leite, mas o bichinho, no fim das contas, sucumbira e morrera, sem dúvida com o coração partido pelo abandono dos pais.

Sua mãe lhe garantiu que o pássaro já estava doente demais, fraco demais. Provavelmente por isso fora atirado do ninho. Mick se perguntou se também nascera doente. Se esse seria o motivo pelo qual ele fora rejeitado. Ele sempre procurou uma razão até finalmente aceitar que *ele* era a razão, ele e as circunstâncias de seu nascimento.

E aquela mulher estava sorrindo delicadamente para ele, aquela mulher cujo marido não queria que soubesse de sua infidelidade. Ele nunca a encontrara, nunca a vira, a duquesa de Hedley, mas apostaria cada centavo que tinha que estava olhando para ela.

A mulher que recusara o pedido de Aslyn para convidá-lo para jantar, a mulher que sem dúvida era parcialmente responsável por Hedley não ter lhe dado permissão para cortejar Aslyn. Mick decidiu que ela não veria lixo algum quando olhasse para ele. Ele se endireitou um pouco e encarou o olhar curioso dela com firmeza.

— Está aqui para ver alguém? — perguntou ela, sua voz lírica e suave; Mick podia imaginá-la cantando canções de ninar para seu filho.

— Estou aqui para cortejar lady Aslyn, Sua Graça.

Ela parou de andar, analisou-o como se ele fosse um enigma a ser decifrado.

— E o senhor é...?

— Mick Trewlove.

O sorriso dela murchou. Ela empalideceu como se tivesse visto um fantasma.

— O bastardo.

O pronunciamento dela o ofendeu, como se ele não passasse de um resumo daquela palavra. Talvez um dia ele tivesse sido, talvez um dia ela o definisse. Mas quando se enxergava pelos olhos de Aslyn, Mick percebia que era muito mais.

— Sou o homem que ama lady Aslyn Hastings com todo o coração. Sou o homem que se casará com ela, se ela aceitar.

Ele ouviu o arquejo, olhou para o lado e viu Aslyn parada ao pé da escada, com a mão cobrindo a boca. Enfiando a mão no bolso do paletó, ele tirou um embrulho de papéis e deu um passo em sua direção.

— As escrituras, os vales, são seus, sem condição alguma. Devolva-os a Kipwick, queime-os. Não me importa. Não vou arruiná-lo. Não preciso de reconhecimento. Só preciso de você.

Lenta e desconfiadamente, como se tivesse anos para fazê-lo, ela estendeu a mão pegou o embrulho.

— Quero que você saiba...

— Você é o bastardo — interrompeu a duquesa como se ele não estivesse no processo de abrir o próprio coração.

Respirando fundo, ele se voltou novamente para ela.

— Sim, senhora. Sou um bastardo.

Ela meneou a cabeça.

— Não um bastardo. *O* bastardo.

Como se só houvesse um em toda a Grã-Bretanha.

— Se assim preferir.

— Meu Deus. Você é filho *dele*.

Com uma única afirmação, ele podia arruinar Hedley, podia destruir seu relacionamento com sua duquesa. Um mês antes, ele o teria feito sem hesitar. Um mês antes, ele não era o homem que era naquele momento, que entendia que um homem colocava o bem-estar e a saúde da mulher que amava acima de tudo. Ele não expulsaria esse passarinho do ninho. As circunstâncias em torno de seu nascimento não importavam mais. Tudo que importava era Aslyn.

— Não, senhora. A senhora está enganada.

Com lágrimas se acumulando em seus olhos, ela meneou a cabeça.

— Eu olho nesses olhos azuis há 33 anos. — Erguendo o braço, ela tocou no queixo dele com dedos trêmulos. — Beijei essa covinha mil vezes. Mais do que isso.

— Garanto à senhora, não sou filho dele.

— Bella! — gritou o duque enquanto entrava correndo no amplo saguão, o pânico claramente visível em seu rosto, o pavor refletido em seus olhos azuis que tanto se assemelhavam aos de Mick em seu tom.

Cobrindo a boca com a mão, ela se virou para ele.

— O bastardo é seu filho.

— Não, meu amor.

— Pelo amor de Deus, não minta para ela! — protestou Kipwick de maneira enérgica enquanto cambaleava até parar atrás do duque. — Não quando a prova está bem aqui. Ela não é tola, e tem o direito de saber que o senhor foi infiel, que teve um bastardo.

Meneando a cabeça, o duque se encaminhou lentamente até a duquesa, como se ela fosse uma potranca assustada que pudesse fugir correndo, sua mão estendida suplicando.

— Bella...

— *É* ele, não é? O que você levou embora.

— Querida.

A resposta estava em seus olhos, em sua mão trêmula.

Ela soltou um soluço de partir o coração.

— Meu Deus, Hedley, eu estava errada. Todos aqueles anos atrás, eu dei à luz um filho *seu*.

Capítulo 22

MICK FICOU TÃO PERPLEXO com a revelação da duquesa que quase deixou passar o fato de que ela estava desabando no chão, desmaiada. Largando o chapéu, ele a segurou em seus braços. Ela era leve como um galho de salgueiro.

— Entregue-a a mim — ordenou o duque.

Mas Mick parecia não conseguir se obrigar a obedecer ao comando, não conseguia forçar seus braços a largar o embrulho precioso que seguravam. Só então ele percebia por que o duque nunca negara que ele era seu filho. Ele apenas negava que tivesse um bastardo.

Jesus! A mulher em seus braços — a esposa do duque — era sua mãe? Por que eles o haviam levado, um filho legítimo, para Ettie Trewlove? Será que ele era mesmo um filhote de pássaro, doente demais... De que isso importava agora?

— Eu a peguei — afirmou ele serenamente. — Está segura comigo. Para onde devo levá-la?

— Por aqui — indicou Aslyn, repousando sua mão de leve no braço de Mick. — Vamos levá-la para o quarto.

Ela o guiou pelas escadas.

— Worsted, mande chamar o Dr. Graves — gritou Hedley.

Mick só podia supor que Worsted fosse algum maldito criado. Ele não conseguia se focar em seus arredores, no que estava acontecendo à sua volta. Teve a sensação fugaz de que talvez estivesse ele mesmo prestes a apagar, mas ele não iria, de jeito algum, fazer qualquer coisa que o fizesse derrubar a mulher que estava carregando.

Ele mal percebera Hedley e Kipwick o seguindo. No patamar da escada, Aslyn guiou o caminho pelo corredor, parando diante de uma porta aberta.

— Ali.

O espaçoso quarto, decorado em um tom azul-claro, lembrava-o dos céus de verão. Ele caminhou até a cama de quatro colunas e, cuidadosamente, deitou a duquesa no grosso edredom azul. Ela não se mexeu.

— Vou buscar os sais voláteis — disse Aslyn.

— Não — discordou o duque, passando por Mick para se sentar na beirada da cama e pegar a mão da esposa. — Deixe-a dormir por um tempo. As coisas serão menos confusas para ela se acordar naturalmente.

Mick não via como nada daquilo pudesse ser menos confuso.

— Não entendo — disse ele, sentindo-se como um intruso em um momento íntimo.

O duque apenas assentiu com a cabeça.

— Kip, leve-o para a biblioteca. Sirva um uísque para ele. Sirva um uísque para todos nós.

— Sim, senhor.

O conde parecia tão perdido quanto Mick se sentia.

— Eu fico com ela — disse Aslyn delicadamente.

O duque concordou novamente com a cabeça, mas não se moveu.

Ela olhou para Mick.

— Preciso ficar com ela.

Ele queria puxá-la para si, abraçá-la com força, queria que ela o abraçasse, mas em meio ao tumulto que havia criado com suas ações, ele receava ter perdido o direito de pedir qualquer alento a ela. Quando decidira ir até lá, não lhe ocorrera que ele se depararia com a duquesa. Em uma casa grande como aquela, como todos poderiam saber quem ia e vinha?

— Venha comigo — ordenou Kipwick, sua voz sem dar margem à desobediência. Pela primeira vez, Mick sentiu um pouco de respeito pelo homem.

Embora estivesse relutando a sair até que soubesse que a duquesa ficaria bem, ele seguiu o conde até o corredor. Eles estavam no patamar quando ele ouviu um ruído de saltos, olhou para trás e viu Aslyn.

Venha para os meus braços. Abrace-me. Perdoe-me.

Ela cambaleou até parar a alguns passos dele, mas perto o suficiente para que ele pudesse sentir o cheiro de gardênia. Com lágrimas brilhando em seus olhos, ela deu mais um passo e pôs a mão na bochecha recém-barbeada dele.

— Como eu não percebi? Você se parece tanto com ele.

— Eu deveria ter lhe contado desde o princípio. Deveria ter...

Havia coisas demais a serem ditas, reparos demais a serem feito. Não que agora fosse a hora, não quando sua cabeça ainda estava girando com as implicações do pronunciamento da duquesa.

Fechando os olhos, ele colocou a mão sobre a dela, virou a cabeça de leve e deu um beijo no meio de sua palma. Ele ficaria contente só em ficar ali, exatamente daquele jeito, pelo resto da vida. E se essa fosse a última vez que ela o tocaria, encontraria uma maneira de se contentar com isso também.

— Mal sei por onde começar.

As palavras do duque ecoaram pela biblioteca. Tendo entrado apenas alguns instantes antes, ele garantira a Kipwick — que havia desabado em uma poltrona perto da lareira depois de servir um copo de uísque para Mick — que a duquesa fora examinada pelo médico, estava repousando confortavelmente e, com o tempo, se recuperaria do choque sem efeitos negativos se descansasse o suficiente. Aslyn estava cuidando dela. Ele engenhosamente evitara olhar para Mick enquanto servia, em silêncio, um copo de uísque para si mesmo antes de se posicionar perto da lareira, perto de seu filho, com as costas para a parede, como se precisasse dela para lhe dar apoio.

Em pé ao lado da janela, Mick estava tenso como um arco esticado prestes a lançar uma flecha. Ele e Kipwick não haviam trocado uma palavra desde que deixaram o quarto da duquesa, o que deixara Mick com nada para se distrair de todas as revelações daquela tarde e suas consequências. Ele não era um bastardo, nunca fora.

— Não entendo como nada disso possa ser o que parece ser, então simplesmente comece pelo começo — sugeriu Kipwick baixinho.

O duque assentiu de maneira brusca.

— Houve um tempo em que Bella era ousada e determinada em sua crença de que tinha a obrigação de ajudar os pobres. Ela visitava os cortiços e fazia o que podia para melhorar suas vidas, especialmente as de crianças. Levava roupas e comida, cobertores, bonecas e piões. Eu me preocupava com ela, mandava lacaios a acompanharem, mas ela vivia despachando-os para cumprir alguma outra tarefa. Por que alguém machucaria uma mulher que não estava oferecendo nada além de generosidade?

Ele olhou para o chão, e Mick suspeitou de que ele estivesse vendo o passado redemoinhando nas tábuas de madeira escura.

— Uma tarde, quando já estava anoitecendo, ela foi abordada por um brutamontes, arrastada para um beco... No qual ele a violou.

O estômago de Mick se revirou ao pensar naquela mulher frágil e pequenina que ele segurara nos braços sendo abusada de qualquer forma, mas ser denegrida da pior forma possível fez a raiva ferver dentro dele. Sua mão direita se cerrou em um punho, como se ele estivesse se preparando para dar o soco que o vilão merecia.

O duque virou o uísque, certamente buscando forças para o que viria em seguida, embora Mick não pudesse imaginar que poderia ser pior.

— Ela sabia, ou ao menos acreditava, não estar grávida antes do ataque. Durante um tempo depois do ocorrido, ela mal conseguia suportar que eu a abraçasse, não queria mais intimidade que isso de mim. Então, quando ela percebeu que estava grávida, supôs que a criança não era minha. — Enfim, ele olhou para Mick. A tristeza e o arrependimento na expressão do duque quase o destruíram. — Se você fosse uma menina, talvez eu tivesse conseguido convencê-la a ficar com você. Mas ela se sentia enojada ao pensar que a cria daquela criatura vil poderia herdar meu título e minhas propriedades. Então eu tentei fazer a coisa certa... por ela. Mas ela nunca mais foi tão vibrante e destemida como costumava ser.

Parte de Mick compreendia as atitudes deles; outra parte se rebelava contra os dois.

— Vocês sabiam como as adotantes de bebês cuidavam das crianças que lhes eram entregues?

O duque meneou a cabeça.

— Na época, não. Um amigo me disse que desovava seus bastardos. É uma prática comum. Foi só alguns anos atrás, quando as pessoas começaram a advogar por uma mudança, pela responsabilização do abandono de crianças, quando muitos túmulos foram encontrados...

A voz dele sumiu.

Artigos foram publicados nos jornais. Ao lê-los, Mick assumira que o duque soubesse qual seria seu destino.

— Você não voltou à casa de Ettie Trewlove para tentar descobrir se eu estava vivo?

— De que adiantaria àquela altura? Ou você estava morto, ou já seria um homem crescido. Eu tinha dado moedas extras a ela para que você tivesse um bom início na vida, mais do que o pequeno pagamento que ela pedira. Embora eu me envergonhe em admitir, senti que não devia ao bastardo de outro homem mais do que eu já tinha dado. Quando o vi ontem, eu soube da verdade, soube que você era meu filho. Fiquei desolado em perceber que havíamos cometido um erro tão grave, mas como eu podia contar a Bella? Ela me implorou para abandoná-lo todos aqueles anos atrás. Ela jamais se perdoaria, jamais se *perdoará*. O coração dela está partido novamente. Quantas vezes um coração pode se partir sem despedaçar por completo?

— Então ele realmente é seu herdeiro legítimo? E eu sou o *segundo* filho? — bufou Kipwick. — Eu não consigo acreditar nisso. O senhor disse diante dele que ele não era seu filho. Disse para mim que...

— Eu não tinha bastardo algum — o duque completou por ele, sua voz concisa, como se estivesse decepcionado pelo conde estar tão preocupado com seu título. — Não tenho bastardo algum, mas parece ter ficado claro que tenho dois filhos. — Ele voltou sua atenção para Mick. — Você é meu filho. Nosso filho. Meu e de Bella.

— Você sabe quem a atacou?

Hedley jogou a cabeça para trás, como se tivesse levado um soco. Obviamente, ele esperava que Mick fosse exultar com o fato de ser herdeiro de um ducado.

— Que diferença faz?

— Eu mandarei matá-lo.

— Para que sua mãe, que só agora soube da sua verdadeira identidade, possa vê-lo dependurado em uma forca?

— As zonas obscuras de Londres são meu parque de diversões. O corpo dele nunca será encontrado.

Ele observou o duque batalhar contra emoções que não conseguia mais conter. Ele não sabia se deveria se sentir impressionado ou pasmo com o que seu primogênito havia revelado e as atitudes que estava disposto a tomar.

— Essa questão já foi resolvida muito tempo atrás. Você não é o único com contatos.

O respeito de Mick pelo duque aumentou um pouquinho.

— Então, o que é que vamos fazer agora? — perguntou Kipwick. — O senhor não pode conceber outro filho do nada.

O duque olhou nos olhos de Mick.

— Pensaremos em uma história. Seu direito nato será restaurado.

Santo Deus! Ele estava prestes a se tornar um futuro duque!

Capítulo 23

ASLYN QUERIA DESESPERADAMENTE ESTAR lá quando o duque entrasse na biblioteca e Mick o confrontasse, mas não conseguia sair do lado da duquesa. Ela acordara pouco depois da chegada do médico e caíra no choro instantaneamente, pedindo perdão a Hedley enquanto ela a aninhava e a confortava. Vê-la tão atormentada partia o coração de Aslyn. Depois de dar a ela um xarope para dormir, o Dr. Graves pediu a Aslyn que ficasse até que a duquesa adormecesse.

Mas o sono escapava à pobre mulher, enquanto seu olhar vagueava continuamente pelo quarto, como se estivesse buscando por algo perdido. Enfim, ela ficou imóvel, seu foco na janela, por onde o sol do entardecer penetrava, capturando partículas de pó em sua descida lenta.

— Nós estávamos casados havia um mês — contou ela sem emoção, baixinho, e Aslyn não sabia ao certo se a duquesa falando com ela, se estava plenamente consciente de sua presença. — Eu sangrei. Não muito, mas, mesmo assim, achei que fosse meu período de sangramento. Pensei que a escassez do meu sangue fosse resultado da perda da virgindade. Sangrei depois do ataque, naturalmente. Como uma mulher pode não sangrar depois de ser tratada com tanta brutalidade? Mas depois, eu não tive mais sangramentos. Hedley não havia tocado em mim, eu não conseguia suportar que ele me tocasse depois que aquele marginal...

Ela engoliu em seco, lágrimas se empoçando em seus olhos.

Aslyn apertou sua mão.

— A senhora não precisa falar sobre isso.

Lentamente, a duquesa virou a cabeça até olhar nos olhos de Aslyn.

— Não havíamos tido intimidade, entende? Depois do que achei ter sido meu sangramento mensal, depois do ataque. Não via como o bebê pudesse ser dele. Um menino. Um herdeiro que talvez não tivesse seu sangue. — Desesperadamente, ela agarrou a mão de Aslyn. — Você entende? Eu não tinha como ter certeza. Durante todos aqueles longos meses, eu continuei rezando para que fosse de Hedley. Sabia quando havia sido nossa última relação. Contei as semanas. Sabia quando o bebê deveria nascer se fosse do meu amado, mas o dia chegou e passou e o bebê continuou dentro de mim. Convenci a mim mesma de que não podia ser dele. Duas semanas depois, quando ele finalmente chegou, o tempo indicava que era filho daquele monstro. Agora eu sei que ele apenas nasceu tardiamente.

— Então a senhora disse às pessoas que a criança morreu.

Ela meneou a cabeça.

— Não, ninguém sabia. Quando percebi que minha barriga estava crescendo, nos mudamos para uma propriedade obscura na qual o pai de Hedley costumava manter sua amante. Ambos estavam mortos. Não precisavam dela. Nós nos isolamos. Havia apenas alguns poucos criados. Um dia torturante após o outro. Pensei que eu fosse enlouquecer. — Ela deu a Aslyn um sorriso triste. — Acho que enlouqueci um pouco. — Ela voltou a olhar pela janela.

— É compreensível — garantiu Aslyn delicadamente. — O horror que a senhora sofreu, suportou... — Agora ela entendia todas as precauções e preocupações da duquesa. — Tenho certeza de que Mick não guarda rancores da senhora.

— Ele a ama. — Ela encarou Aslyn com seus olhos castanhos tristes. — Acho que não cuidamos de você tanto quanto pensávamos estar cuidando.

— Não fui uma tutelada tão obediente quanto deveria ter sido.

A duquesa deu um sorriso perspicaz.

— As mulheres nunca são, quando estão apaixonadas.

— Suponho que não.

— Pobre Kip. Descobrir que tem um irmão. E meu pobre Hedley. A culpa que ele sentiu esses anos todos por ter levado o garoto embora. Ele fez isso por mim. Talvez se eu tivesse olhado para o bebê, segurado em meus braços, eu tivesse discernido a verdade. — Mais uma vez, a janela capturou sua atenção. — Mas tudo que eu queria era esquecer.

Ele não era um bastardo. Havia nascido para ser um duque. Não uma criança de rua, não um aprendiz de lixeiro. Aqueles pensamentos ficavam revirando na mente de Mick enquanto ele permanecia parado na biblioteca, a promessa de Hedley de restaurar seu direito nato ainda ecoando entre as paredes. Ele deveria se sentir empoderado. Em vez disso, por algum motivo inexplicável, sentia-se menor, desorientado, um navio perdido no mar em meio a uma tempestade. Durante toda a sua vida, cada atitude que tomara fora alimentada pela raiva pelas circunstâncias de seu nascimento. A raiva ainda estava lá, mas agora era direcionada ao destino e à sua crueldade.

Ele imaginou a duquesa como uma mulher jovem, mais jovem que Aslyn, tão jovem quanto Fancy, sendo violentada, e o homem que a amava lutando para diminuir sua angústia. E, durante todo esse tempo, uma criança crescendo dentro dela, servindo de lembrete — ao menos na mente dela — do horror do que havia se passado.

O infanticídio não era incomum. Até mesmo crianças legítimas costumavam ser rejeitadas, aniquiladas. A Sociedade finalmente estava começando a reparar. O Parlamento estava criando leis para proteger as crianças e os bastardos. Mas, trinta anos antes, bastardos morriam e ninguém chorava.

Ele fora poupado porque Ettie Trewlove perdera seus próprios filhos para o tifo e pensara ser um castigo de Deus. Ele a perdoara por seu passado. Como podia não perdoar o duque e a duquesa?

O duque virou o que ainda restava de seu uísque, pigarreou, olhou Mick nos olhos.

— Você é meu herdeiro legítimo, e agora que sabemos da verdade, precisamos definir qual a melhor maneira de proceder para acertar as coisas. Posso escrever uma carta para ser impressa no *Times*, conversar com meus colegas...

— E dizer o que a eles?

— Eu o declararei meu herdeiro legítimo.

— Como você vai explicar minha aparição repentina, ou, mais importante, meu desaparecimento anos atrás? Suponho que vocês tenham anunciado, na época, que eu não sobrevivi ao nascimento.

— Nunca contamos a ninguém que Bella estava grávida. Apenas nós dois e alguns criados sabiam da situação.

— Então você também precisará explicar uma criança que ninguém sabia que existia, mas não pode fazer isso sem revelar a verdade e a vergonha que a cerca, para você e para sua esposa. Ela foi estuprada. Não é algo sobre o qual as pessoas conversam. E o *Times* com certeza não publicará isso. Se contarem, vocês simplesmente reviverão o que levaram anos para esquecer.

— Seu lugar...

— É exatamente onde estou. Eu não queria seu reconhecimento porque queria seus títulos, terras ou propriedades. Queria que você me reconhecesse e explicasse por que me abandonou. Você já fez isso. Para ser sincero, sob circunstâncias semelhantes, eu talvez tivesse feito o mesmo, para proteger a mulher que amo.

— E *aí* está o homem por quem me apaixonei.

Virando-se lentamente, ele se voltou para a porta onde Aslyn esperava. Nos olhos dela, ele podia ver que ali também estava o homem que partira seu coração. Se Mick pudesse fazer tudo de novo, ele interromperia seu plano no momento em que a conheceu.

— Você pode me acompanhar aos jardins por alguns minutos?

Ela olhou para o duque, para Kipwick, voltou a olhar para ele.

— Apenas alguns.

Ele a seguiu até um longo corredor, atravessando-o, até passar por uma porta e sair sob o entardecer. Boa parte do dia havia se passado, mas parecia que ele estava ali havia anos. Eles entraram em uma trilha formada por uma abundância de flores. Mick se perguntou se, caso parasse para cheirar todos os botões, poderia encontrar uma gardênia.

Ele não ofereceu o braço a ela; duvidava que ela fosse aceitar. Como Hedley mais cedo, não sabia ao certo por onde começar.

Aslyn não estava separada dele apenas fisicamente, mas mentalmente também. Havia um paredão entre eles que não existia antes, e ele não fazia ideia de como derrubá-lo. Nada tranquilizador para um homem que conquistara boa parte de sua fortuna derrubando muros.

— Ela quer vê-lo — disse Aslyn baixinho.

Ela. A duquesa. A mulher cujo corpo o abrigara e o trouxera ao mundo. Ele meneou a cabeça.

— Não sou mais que um lembrete de um passado que deveria ser esquecido, de decisões infelizes que foram tomadas.

— Ela nunca o esqueceu. Você sempre esteve lá. Para o duque, também.

— Tudo que eu sempre pensei saber sobre mim mesmo foi estraçalhado. Passei anos pensando como minha mãe seria. Nem uma única vez eu a imaginei como uma duquesa. Inventei uma série de motivos pelos quais fui entregue aos braços de Ettie Trewlove. Nem uma vez eu considerei o que fiquei sabendo hoje.

— Por que consideraria? Eu cresci na residência deles, e a duquesa nunca revelou, de forma alguma, que havia sido violentada. Não é algo sobre o que as pessoas conversam. Eu apenas sabia que ela temia o mundo além das paredes da Mansão Hedley, e era extremamente protetora quando se tratava de mim. Agora entendo os motivos. Nenhum de nós pode alterar o passado, mas podemos garantir que ele não influencie o futuro.

— Sempre influencia o futuro. Eu estava decidido a destruí-los, Aslyn.

— E a mim também.

Adiantando-se a ela, ele parou de andar.

— Não; você, nunca.

— Nunca?

Mick fechou os olhos com força.

— Em princípio, sim. — Ele abriu os olhos, ansiando por segurar o rosto dela entre as mãos, puxá-la para perto e simplesmente abraçá-la. — Mas então eu a conheci, e você mandou todos os meus planos pelos ares. Você não percebe o quanto é corajosa, e isso a torna ainda mais valente. Você não se preocupou nem um pouco com todos os riscos quando salvou Will. Não hesitou em dispensar Mary. É curiosa quanto às vidas daqueles que não fazem parte da aristocracia, mas, mesmo assim, não julga. Nos Jardins de Cremorne, você aceitou que, às vezes, as pessoas são forçadas a fazer coisas que a Sociedade recrimina para sobreviver. No meu evento, você caminhou entre banqueiros, padeiros — um canto de sua boca se ergueu — e fabricantes de castiçais, homens com mãos calejadas e mulheres com vidas difíceis, e nunca os olhou com presunção. Você nunca olhou para mim com presunção. Naquela primeira noite, você conversou com Fancy como se vocês fossem iguais, em um salão de baile.

Ela bufou de leve.

— Você me dá crédito demais.

— Acho que não lhe dou crédito suficiente. Você me deixou tocá-la, enquanto eu me julgava marcado pela imundície.

— E aqui está você. Agora pode ter um ducado.

Mick não fora criado para cuidar de um ducado, para sentar no Parlamento, para ser chamado de "Sua Graça". Mas era inteligente o bastante para aprender, ajustar-se, adaptar-se. Não tinha dúvida disso. Mas que lugar sua mãe, seus irmãos, suas irmãs teriam no mundo? Ele poderia criar um lugar para eles, garantir que fossem aceitos…

Mas como explicar a eles sua ausência durante todos esses anos? Os segredos por trás de sua existência certamente viriam à tona, criariam uma dor não merecida a todos os envolvidos.

— Não podemos apagar trinta anos de história, fingir que nada aconteceu. Não posso assumir um papel que outra pessoa foi preparada para assumir.

— Acontece o tempo todo. Um herdeiro morre, mudando a vida do próximo da fila.

— Não preciso de um ducado. Acho que Kipwick precisa. Quem é ele sem um título? Quem sou eu com um? — Mick ergueu os ombros, logo os relaxou. — Sou o mesmo homem de toda forma. Eu não tinha percebido isso até você aparecer. Por muito tempo, acreditei que se as pessoas soubessem que tenho sangue nobre correndo pelas minhas veias, eu seria aceito por todos. Eu queria essa aceitação, ansiava por ela com uma ferocidade equivalente à de Kipwick por sua próxima vitória à mesa de jogo. Era um vício, uma obsessão. Até eu encontrar algo que queria mais: você.

Lágrimas se acumularam nos olhos dela.

— Você partiu meu coração. Eu confiei a você cada pedacinho do meu ser.

— Eu sei, e eu não merecia a sua confiança, a sua afeição. Vim aqui hoje com a intenção de ganhá-la de volta. — Ele meneou a cabeça. — Não de uma vez só. Eu não esperava que você me perdoasse no início. Não podia pedir que perdoasse. Mas pensei que se eu conseguisse convencê-la a me dar uma chance, a quem sabe começarmos do zero, que eu talvez pudesse convencê-la, lentamente, com o tempo, de que sou digno de você. Eu estava disposto a esperar o tempo que fosse.

Aslyn não disse nada, apenas o estudou como se estivesse buscando pela verdade e receasse descobri-la. Ele havia causado aquilo nela. A duquesa lhe bombardeara durante anos com alertas sobre os perigos do mundo, mas foi preciso que ele lhe comprovasse que a confiança não podia ser conquistada com tanta facilidade. Ela estava tão linda parada ali, sob o sol minguante, que chegava a doer. Doía o fato de ele tê-la decepcionado. Doía saber que ele precisava ir embora.

— Sei que você ama muito o duque e a duquesa. — Ele olhou para o céu que escurecia. — Kipwick também, de certa forma. — Ele voltou seu olhar, sua atenção, seu foco para ela. — Vim aqui hoje porque eu a amo, Aslyn. Mas entendo, agora, que ao tentar conquistá-la de volta, eu a estaria forçando a optar por mim, e não por eles, e não posso pedir isso de você.

A testa delicada dela se franziu.

— Não entendo.

— Eles são sua família.

— São a sua, também. Você é filho deles. Eles sabem disso, entendem isso.

— Mas não basta. Em alguns sentidos, o fato de eu o ser é ainda mais cruel. Não sou fruto do que aconteceu com a duquesa, mas sou um lembrete. Mesmo que não contemos a verdade, como explicaríamos a minha presença? Eu me pareço demais com Hedley para que não haja especulações, para que não haja rumores de um escândalo. A felicidade e o bem-estar deles, bem como o seu, são mais garantidos sem a minha presença.

— Então você vem aqui hoje, me faz me apaixonar um pouquinho por você novamente, e vai embora, para nunca mais voltar?

— Não posso fazer parte da vida deles. Não posso fazer parte da sua. Não se case com Kipwick. Você encontrará outra pessoa mais merecedora, mais do que ele ou eu. Você merece tanto, e, em algum lugar, existe um homem que perceberá isso.

Mick não deu a ela tempo de responder, de comentar, de convencê-lo de que estava errado. Ele simplesmente começou a sair dos jardins, sabendo que, se ficasse mais um minuto, iria tomá-la nos braços e nunca mais soltar.

Capítulo 24

QUANDO UMA BATIDA ECOAVA no meio da madrugada, Ettie Trewlove sabia o que significava: alguém estava deixando um bebê à sua porta.

Mas uma batida durante o dia era algo completamente diferente. Não era um de seus filhos. Eles geralmente entravam sem pedir licença, sentindo-se em casa, porque aquela *era* a casa deles, mesmo que não morassem mais ali.

Então ela ficou um tanto curiosa com relação àquela visita. Mesmo assim, quando abriu a porta, foi pega de surpresa pela imagem do homem parado ali. Ele não envelhecera muito bem — a culpa, afinal, tendia a corroer as pessoas, e ela gostava de pensar que todos que deixavam seus problemas com ela sofriam um pouquinho com a culpa quando iam embora.

— Sua Graça.

— Você sabia quem eu era desde o princípio? — perguntou ele.

— Não até ver o escudo no cobertor.

Ele assentiu com a cabeça.

— Você fez um ótimo trabalho criando meu filho.

Ela o fitou com um olhar pungente.

— Ele não era seu. Tornou-se meu no momento em que o senhor o pôs nos meus braços.

— Você tem razão. Mesmo assim, sou grato pela vida que deu a ele.

— Ele não se saiu mal.

O duque esboçou um sorriso, e ela viu o sorriso de Mick ali.

— Não, não mesmo.

— Então por que o senhor está aqui?

— Preciso da sua ajuda mais uma vez.

Ele devolveu o colar, o pente e a sombrinha para ela. No pacote, também incluiu o camafeu. Sentiu certo alento quando ela não os devolveu. Talvez ela os guardasse como uma lembrança dele e, quem sabe, dos momentos que passaram juntos.

Durante três dias consecutivos, ele recebeu convites para jantar. O primeiro foi do próprio duque; o segundo, da duquesa; o terceiro, de Aslyn. Ele não se dera ao trabalho de responder. Sua ausência passaria o recado. Ele estava firme em sua decisão de que nada de bom poderia advir de sua presença nas vidas deles.

Em vez disso, Mick refugiou-se no trabalho, buscando por terrenos a serem comprados por preços baixos, fazendo reuniões com investidores, negociando contratos, analisando as propostas daqueles que queriam arrendar seus prédios. Quando não estava pelas ruas da cidade, estava em seu escritório, lendo uma papelada que deixaria seus irmãos enlouquecidos, mas de que ele sempre gostara: as palavras precisas, a mudança de uma frase que poderia alterar um sentido. Mesmo o menor dos detalhes, se ignorado, poderia levar um homem à ruína. Se reconhecido, poderia levá-lo à fortuna.

A batida à porta atrapalhou sua concentração.

— O que é?

Tittlefitz pôs a cabeça para dentro do escritório.

— Jones, da recepção, mandou avisar que um duque e uma duquesa pediram um quarto. Um duque e uma duquesa! Ele deu a eles a maior suíte. O senhor pode imaginar a clientela que teremos se ficarem sabendo que a nobreza nos enxerga como um local adequado para se hospedar?

Os músculos de seu estômago se contraíram.

— Quem são?

Tittlefitz pareceu surpreso com a pergunta.

— Bem, ele não disse.

— Descubra.

Embora estivesse disposto a apostar toda sua fortuna que já sabia de quem se tratavam.

Seu secretário havia empalidecido visivelmente, a ponto de parecer doente, quando reapareceu.

— Hedley. O cavalheiro que o visitou alguns dias atrás com o filho. Por que ele estaria aqui?

Porque Mick não fora até eles. Por que eles não o deixavam em paz? Por que não compreendiam o caos que sua presença causaria?

— Como diabos eu vou saber? Simplesmente garanta que eles não me perturbem aqui.

— Sim, senhor.

Eles não o perturbaram, mas, às vezes, quando olhava pela janela, Mick avistava o duque caminhando pela rua, observando as obras sendo construídas. Ele parava e conversava com alguns dos trabalhadores, atrasando seu trabalho. Na terceira tarde, exatamente às quatro horas, Mick recebeu um bilhete.

A duquesa e eu adoraríamos ter o prazer da sua companhia para um chá nos jardins do hotel.

Aslyn

Então ela também estava ali? Maldição. Como todos os convites para jantar, ele ignorou. Assim como o outro convite, que chegou na tarde seguinte. O terceiro, no entanto...

Sua mãe, a duquesa e eu adoraríamos ter o prazer da sua companhia para um chá nos jardins do hotel.

Aslyn

Mick se levantou com tanta rapidez que quase distendeu as costas. Ele saiu voando do escritório.

— Algo errado, senhor? — perguntou Tittlefitz.

Mas Mick não respondeu. Continuou andando, desceu as escadas, o coração acelerado. Ele chegou ao saguão. Ignorando os poucos clientes que estavam por ali, ele correu até as portas dos fundos que levavam aos jardins.

Várias mesas redondas com toalhas brancas estavam montadas, mas apenas uma estava ocupada. Ele desacelerou o passo, mas passou a dar passadas mais largas. A duquesa foi a primeira a sorrir para ele.

— Estou tão contente de que você tenha podido se juntar a nós! Sua mãe estava nos contando sobre o filhote de pássaro que você tentou salvar quando era garoto. O resultado trágico. Lamento não ter sido um final mais feliz.

— Lembro-me das suas lágrimas — comentou sua mãe.

— Eu não chorei.

Ela estava usando um vestido simples azul-marinho, uma compra recente. Nada de furos, nenhuma mancha. Seu chapéu continha uma série de flores coloridas — ela sempre buscara cores em meio à sordidez de sua vida. Ele voltou sua atenção para Aslyn, linda como sempre, de cor-de-rosa. Os lábios dela se curvaram naquele sorriso torto familiar que denunciava que ela não era tão inocente assim naquela tramoia, e Mick se perguntou qual teria sido seu papel. Algo grande, sem sombra de dúvida. Ela provavelmente fora responsável por localizar e falar a mãe dele. Ou talvez o duque se lembrasse do local onde o havia deixado naquela noite muito tempo atrás. Maldição, ele deveria ter obrigado sua mãe a se mudar para um lugar melhor.

— Pelo que me disseram, você prefere uísque a chá — disse a duquesa, e só então ele percebeu o copo de vidro jateado contendo dois dedos de um líquido âmbar posicionado em frente a uma cadeira vazia entre sua mãe e Aslyn. Sentar-se naquela cadeira o deixaria de frente para a duquesa.

— Sente-se, Mick — instruiu sua mãe, em um tom de reprimenda que ele sabia que seria seguido rapidamente por uma palmada se ele não obedecesse.

— Não vejo benefício algum a surgir disso. — Ele olhou para sua mãe com severidade. — A senhora não sabe o que está arriscando.

Se eles a denunciassem como uma adotante de bebês, as repercussões poderiam colocá-la na cadeia.

— Eles não querem me prejudicar. — Ela estendeu a mão para Mick. — É como uma caixa de Pandora. Você não pode guardar tudo de volta depois que já veio à tona. Além disso, eu gosto bastante da sua mãe.

— A senhora é a minha mãe.

— Que afortunado você é por ter duas mães, quando algumas pessoas não têm nenhuma.

Mick pegou a mão dela, apertou-a. Ele a protegeria até a morte. Soltando-a, puxou a cadeira e desabou nela. Então olhou furiosamente para Aslyn.

— Que tipo de jogo é esse?

— Não há jogo algum. A duquesa estava apenas curiosa com relação à sua criação, à sua vida.

— Não foi nada parecida com a de Kipwick — disse ele de modo áspero. — Ninguém vai querer saber.

— Foi difícil e imunda, ao menos nas ruas. Suspeito de que sua casa fosse limpa. É óbvio que a sra. Trewlove o ama muito. Não posso alegar ter esse afeto por você. Eu não o aninhei em meu colo. Não lhe cantei canções de ninar. Eu chorei quando você nasceu, mas as lágrimas certamente não eram de alegria.

— A senhora não precisa me contar isso.

— Você não faz ideia do quanto me custou vir aqui. Fiquei tremendo o dia todo. Você sabe que, salvo quando vamos para alguma das propriedades do ducado, eu nunca saio de Mayfair? Quase nunca saio da Mansão Hedley, para ser sincera. Passei boa parte da minha vida com medo da minha própria sombra. Mas querer ver o que você conquistou fez com que eu deixasse minha toca.

Ele não sabia bem o que dizer. Sabia o que Aslyn havia lhe contado sobre a duquesa, mas assumira que fosse sua fragilidade que a mantinha dentro de casa.

— Não sou sua mãe. Sei disso, mas olho em volta e vejo o que você construiu, o que está construindo, e fico impressionada. Não posso levar crédito algum. Não o influenciei. Mas, agora que sei da verdade sobre você, como posso não querer saber de tudo?

Os olhos dela sondaram os dele, e Mick percebeu que sua mãe estava prendendo a respiração. Era ela quem o havia criado, que demonstrara bondade mesmo quando ele não aprendia as lições — especialmente aquelas que tratavam de seu passado. E também havia Aslyn. Por ela, ele queria ser melhor do que era. Mick tomou um bom gole de uísque.

— Tenho três irmãos e duas irmãs.

— Quatro irmãos — corrigiu a duquesa.

Ele deu um sorriso.

— Duvido que Kipwick esteja ansioso para me reconhecer como tal.

— Ele está se ajustando à ideia — disse Aslyn.

Ele voltou sua atenção para ela.

— Está?

— Foi um choque para ele, obviamente; para todos nós. Acho que está sentindo tanta dificuldade quanto você para encontrar seu lugar no mundo agora.

— Não estou sentindo dificuldade alguma.

— Você está negando a verdade sobre seu nascimento.

— Não. Eu a aceito, mas isso não altera meu presente ou meu futuro. — Ele olhou para a duquesa. — Não posso fazer parte da sua vida sem causar especulação, fofoca e, muito possivelmente, um escândalo.

— Tenho uma solução bastante simples para como você pode fazer parte da vida deles sem que ninguém fique sabendo de nada — comentou Aslyn baixinho.

Ele deu um sorriso zombeteiro para ela.

— Tem?

— Sim. Logo que você chegou à Mansão Hedley, você disse à duquesa que era o homem que se casaria comigo, se eu aceitasse. Bem... — Ela deu um sorriso travesso. — Eu aceito.

Olhando fixamente para ela, ele mal percebeu que sua mãe e a duquesa haviam saído da mesa, como duas velhas amigas que se comunicam sem palavras. Ele deveria ter terminado o uísque. Talvez as palavras dela não o tivessem chocado tanto.

— Aslyn...

— Você não vai causar uma reviravolta na vida delas ao permitir que eles o declarem como seu filho. E eu o amo por isso.

— Aslyn...

— Você não dará as costas para sua família adotiva, e eu o amo por isso.

— Aslyn...

— Você veio aqui correndo para proteger sua mãe... e acho que boa parte das suas decisões foram tomadas por causa dela, porque você não quer que ela sinta que você não é grato pelo que ela fez por você. Você tem razão. Não há maneira fácil de introduzi-lo na vida deles como filho, de ressuscitá-lo sem inventar alguma história crível e não causar problemas. Mas negar a eles a oportunidade de conhecê-lo... Há certa tristeza nisso. Você terá filhos, netos deles. Negaria ao duque e à duquesa que os conhecessem? Negaria que seus filhos passassem um tempo com seus verdadeiros avós? Se você se casar comigo, ninguém achará estranho que você e sua família sejam acolhidos pelos meus tutores, pelo casal que me criou desde que eu tinha 7 anos. É a solução perfeita.

— Casar-se comigo não fará de você uma duquesa.

O cenho dela se franziu.

— Você acha que eu me importo tanto assim com um título?

Ele meneou a cabeça.

— Não. Sei que você não se importa nem um pouco. Mas não consigo evitar pensar que isso será difícil para eles, para você.

— Será mais difícil ainda não ter você em nossas vidas. Eu o amo, Mick. Você me disse para encontrar um homem que me merecesse, e eu encontrei. Se você mudou de ideia e não quer se casar comigo, ao menos passe um tempo com eles. Permita que eles conheçam o homem incrível que eles puseram no mundo.

Ele certamente não se sentia incrível, mas sentia falta dela, e sabia que, com ela ao seu lado, podia ser melhor do que era. Empurrando a cadeira para trás, ele se levantou, então se ajoelhou e pegou a mão dela.

— Quero uma vida com você, Aslyn. Uma dúzia de filhos e escapulidas para o parque para ter um pouco de paz.

Ela deu um sorriso torto, doce.

— Um final feliz.

— Um final feliz — prometeu ele, antes de segurar o rosto dela e beijá-la.

Capítulo 25

MICK ENCONTROU O DUQUE perambulando pela rua, parando ocasionalmente para analisar um prédio. Ele parecia não ter pressa alguma, estava apenas fazendo uma caminhada lúdica. Mick se perguntou se ele sabia sobre o chá nos jardins, mas teve sua resposta quando parou ao seu lado.

— O chá estava bom? — perguntou o duque.

— Felizmente havia uísque também. Elas não o convidaram?

Olhando para uma construção que estava quase concluída e seria uma padaria, ele meneou a cabeça.

— As mulheres conversam entre elas sobre coisas que têm ressalvas em dizer com um homem por perto. Minha presença reforça a culpa de Bella. Ela sente que me privou de um filho.

— Sabendo do que aconteceu, não a culpo pela decisão de se livrar de mim. Nem ao senhor.

— Devia haver uma solução melhor.

— Aslyn mencionou que talvez queira abrir um lar para abrigar crianças ilegítimas.

O duque olhou para ele, um canto de sua boca se erguendo.

— Não me surpreende. Nós a protegemos demais, eu acho. Você lhe dará mais liberdade.

Mick sentiu um aperto no peito. Parte dele ainda queria trancá-la em um quarto e garantir que nada de mal jamais acontecesse com ela, protegê-la de todas as coisas feias do mundo.

— Então o senhor nos dará sua bênção para nos casarmos?

— Sem dúvidas. Embora eu peça para que você não a afaste de nós. Ela é como uma filha.

— Ela já insistiu que eu não o faça. Que nós os visitemos com frequência. Preocupo-me que as pessoas me vejam com o senhor, que se perguntem...

— Se você é meu bastardo?

Mick confirmou com a cabeça.

— Tenho certeza de que haverá especulações. Podemos resistir a elas. Alguns podem pensar que você é um parente distante. Eu preferiria reconhecê-lo.

— Não há maneira de fazê-lo sem causar dor, para o senhor, para a duquesa, para Kipwick. Ele cresceu esperando a herança. Já será difícil o bastante eu estar tomando dele a mulher com quem queria se casar. Não lhe roubarei os títulos, também.

— Ele precisa mudar seus modos.

— Posso ajudá-lo com isso.

O duque concordou com a cabeça.

— Quando eu o vi pela primeira vez, quando percebi quem você era, fiquei dividido entre o alívio e o desespero. O que eu fiz todos aqueles anos atrás nunca deixou de me corroer. Tentei consertar as coisas fazendo boas ações. Mas elas dificilmente fazem jus.

— Deve haver leis que protejam as crianças. A prática de descartar bebês continua descontrolada, e os homens não podem continuar liberados do fardo de cuidar das crianças que tiveram.

— Trabalharei nisso junto ao Parlamento. Você pode me aconselhar, garantir que a reforma corra como deveria.

— Arranjarei um tempo em minha agenda.

O duque olhou em volta.

— Trinta anos atrás, aqui ficavam os subúrbios de Londres. Um local que havia sucumbido à degradação, e agora você o está reconstruindo com seus prédios magníficos. Você é um homem que qualquer pai teria orgulho em chamar de filho.

Encolhida em uma poltrona perto da janela em seu quarto no Hotel Trewlove, com o fogo baixo da lamparina mal iluminando o recinto, Aslyn ouviu o clique de uma chave na fechadura, o ruído do trinco, mas não ouviu barulho algum quando a porta se abriu, visto que os funcionários mantinham as dobradiças bem lubrificadas.

No entanto, ela a viu se abrindo, a luz fraca do corredor marcando a silhueta de um homem alto com os ombros largos. Ele ficou ali parado, como se estivesse medindo o ambiente, como se estivesse se perguntando se ela o mandaria embora, se não aprovaria aquele encontro clandestino inapropriado. Mas quando se tratava de Mick Trewlove, havia muito pouco entre eles que era apropriado. Embora isso logo fosse mudar quando ela se tornasse sua esposa.

Ele entrou no quarto, fechou a porta, seus passos leves quase sem fazer barulho à medida que ele se aproximava, parando quando chegou à cama, apoiando-se na coluna, cruzando os braços sobre aquele peito magnífico.

— Estou vendo que você está usando o camafeu.

Em uma fita em torno do pescoço. Era a única coisa que ela estava usando.

— Eu gostaria de saber se você estava pensando em mim quando o comprou.

— Estou sempre pensando em você.

— Estava torcendo para que você aparecesse.

— Minha mãe ficará no meu apartamento esta noite, e como só tenho um quarto mobiliado com uma cama... — Ele ergueu um ombro. — Decidi procurar por outro.

Eles haviam jantado mais cedo com o duque, a duquesa, e a mãe dele. Não fora constrangedor, mas também ninguém estava completamente relaxado. Aslyn não tinha dúvida de que isso mudaria com o tempo.

— Que sorte a minha você ter encontrado este quarto aqui.

— A cama está disponível?

Ela abriu a boca no que esperava ser um sorriso safado.

— Sempre posso abrir espaço para você.

— Ah, céus.

Adiantando-se, ele se esticou e a tomou em seus braços, encobrindo sua boca com a dele em um beijo intenso, cheio de desejo e necessidade. Ela deslizou os dedos pelo rosto dele, subindo até seus cabelos, segurando-o com firmeza enquanto ele a explorava e suas mãos largas escorregavam e acariciavam suas costas e suas nádegas desnudas. Subindo e descendo, repetidamente. As sensações aumentavam, o calor a consumia.

Aslyn sentira falta daquilo, ansiara por aquilo, esperara por aquilo. A maneira como a paixão dele a engolia e a arrebatava em uma onda crescente de excitação.

— Pensei que eu enlouqueceria de desejo por você — disse ele, deslizando a boca de maneira provocante pelo pescoço dela.

— Sinto falta da barba.

— Deixarei crescer de volta.

— Por que eu quero?

— Sim. Eu lhe darei qualquer coisa, tudo o que você quiser.

— Quero que você tire a roupa.

Ele se afastou dela. Aslyn o teria ajudado, mas ele foi rápido demais, um frenesi de ações que acabou com as roupas dele em um monte no chão em um piscar de olhos e com ela em seus braços novamente. Ela se perguntou se seria sempre assim, a vontade, o desejo, a paixão. Aslyn suspeitava de que seria para ela, e quando a cabeça dele se ergueu depois de ele ter lambido sua clavícula, ela olhou dentro daqueles olhos azuis ardentes e desconfiou que, para ele, também seria.

Mick a ergueu e a jogou na cama, capturando seu grito com a boca enquanto se deitava em cima dela.

— Vamos fazer isso em todos os quartos deste maldito hotel — grunhiu ele.

— Quantos quartos são?

— Nem de longe o suficiente.

Ela riu, então de repente foi silenciada quando os lábios dele se fecharam em torno de seu mamilo, chupando delicadamente, depois com força. Ela gritou, não de dor, mas de prazer, enrolando as pernas nos quadris dele, segurando-o perto, desesperada para que ele ficasse ainda mais perto, que fosse apenas um com ela, que ambos fossem apenas um.

— Agora. — A palavra saiu em um suspiro ofegante. —Faça-me sua agora.

— Ainda não. Não terminei de venerá-la.

Ele desceu. Sua língua circundou o umbigo de Aslyn, deixando-o molhado pelo caminho, fazendo acumular umidade entre as coxas dela.

Então a boca dele tocou naquele ponto açucarado, saboreando-o como se fosse o banquete mais delicioso que ele já provara e do qual nunca se cansaria, do qual nunca se encheria. E ela soube, naquele momento, que sempre seria assim entre os dois. O desejo nunca seria saciado, não completamente. Sempre emergiria e exigiria sua atenção, insistiria para que eles ao menos tentassem domá-lo, mas permaneceria selvagem e feroz, assustador em sua intensidade, satisfatório em seu poder.

Era poderoso à medida que a sacudia até seu cerne, fazendo-a gritar o nome de Mick até seus pulmões estarem esvaziados de ar. O riso intenso e presunçoso dele ecoou ao seu redor, e Aslyn ficou contente por ele se satisfazer tanto em provocar o prazer dela, pelo regozijo dela naquele ato ser tão importante para ele quanto o dele próprio.

Subindo pelo corpo dela, ele a penetrou em um único movimento longo e suave.

— Tão quente, tão molhada, tão apertada.

— Tão duro, tão grosso, tão prazeroso.

Repousando sobre os ombros, ele sorriu para ela.

— Que esposa libertina eu terei.

— Você iria querer alguma outra?

— Não a quero nada diferente de como você é. Eu te amo, Aslyn. Cada pedacinho por dentro e por fora.

Ele começou a movimentar os quadris lentamente, de modo provocante, sem tirar os olhos dos dela, seu olhar a desafiando a chegar mais uma vez ao êxtase ao qual ele estava decidido a levá-la.

E lá ela chegou, indo de encontro às investidas dele, deslizando as mãos por suas costas e seus ombros, apertando a cintura dele, enterrando os dedos em seus músculos sinuosos. Seus movimentos aceleraram, as respirações seguindo o mesmo ritmo. Mais rápidas, mais pesadas, até os dois gritarem, até que, encaixados em um abraço apertado, eles encontraram o caminho de volta um para o outro.

Capítulo 26

— VOCÊ É UM maldito duque? — indagou Aiden.

Sua família, juntamente com Aslyn, estava reunida no que funcionava como a sala de visitas da casa de sua mãe. Ela insistira em contar aos irmãos dele a verdade sobre sua filiação. Seu segredo estaria a salvo com eles, e ela achava importante que eles soubessem.

— Não. Meu pai é um duque, como vocês já sabiam. Legalmente, sou o herdeiro dele, mas, como expliquei, é complicado demais consertar isso agora.

— Nós temos que fazer reverência para você, então? — brincou Finn.

— Não seja tolo.

— Então você vai se casar com lady Aslyn — disse Aiden.

— Pode me chamar apenas de Aslyn — declarou Aslyn.

— Mas mesmo que você se case com ele, vai continuar sendo uma lady, certo?

Ela confirmou com a cabeça.

— Sim, mas não para a família.

— O duque não deve estar muito contente por ganhar uma família de bastardos — observou Fera. — Vai ser um escândalo entre os ricaços.

— Pode ser divertido — disse Finn.

— Vocês todos vão se comportar — advertiu Mick. — Eles vão acolhê-los na casa deles.

— Como lorde Kipwick está lidando com isso tudo? — perguntou Fancy.

— Com a mesma inquietação que nós todos, mas ele ainda é o herdeiro, aparentemente.

— Ele não tem aparecido no meu clube — comentou Aiden. — Nem ouvi rumores de estar se metendo em encrenca em outros lugares.

— Ele prometeu parar de jogar — esclareceu Aslyn. — Sabe que tem muita sorte por não ter perdido tudo.

— Promessas podem ser quebradas — ponderou Aiden, esfregando o polegar nos dedos. — Quando a Dona Sorte começa a sussurrar no seu ouvido...

— Que sorte nós temos, então, por ter um cunhado com experiência suficiente para saber quando ele está perdendo o controle — disse Aslyn docemente.

— Não sou inspetor dele.

— Mas vai ficar de olho mesmo assim — afirmou Mick com veemência.

Aiden deu de ombros, analisou as próprias unhas.

— Suponho que não haja mal algum em fazê-lo.

— Será um casamento magnífico — disse Fancy. — Mal consigo acreditar que, durante o banquete do casamento, estaremos em um grande salão lotado de aristocratas.

— Eu, não — afirmou Gillie. — Eu te amo, Mick, e gosto bastante de você, Aslyn, mas lugares sofisticados não são para mim.

— Gillie! — lamentou Fancy. — Vamos comprar um lindo vestido para você, e pôr algumas flores no seu cabelo.

— Flores no meu cabelo? Não, obrigada! Não sou uma porcaria de um jardim.

— Olha essa boca — repreendeu a mãe de todos eles.

— Mãe, sou proprietária de uma taberna. Já ouvi e disse coisas piores, quando necessário.

Ettie Trewlove soltou um suspiro martirizado.

— Está vendo onde você está se metendo, Aslyn, ao entrar para esta família?

A futura esposa de Mick sorriu.

— Eu não poderia estar mais feliz.

— Não sou o herdeiro verdadeiro — disse Kip baixinho enquanto ele e Aslyn caminhavam pelos jardins perto do anoitecer. — Sinto-me como um maldito impostor.

— Você é o herdeiro desde que nasceu. Foi criado para ser um duque.

— Como se isso requisesse um aprendizado tremendo. Trewlove conseguiria aprender em uma noite. — Ele suspirou. — Meu pai transferiu todas as propriedades não alienáveis para ele.

— E você ficará com as alienáveis.

— Ao menos não posso apostá-las.

— Você provavelmente não deveria apostar nada.

Ele concordou com a cabeça, lentamente, com um ar pensativo.

— Fiquei perdido por um tempo, Aslyn, e nesse processo perdi você também.

Com o braço enganchado no dele, Aslyn pressionou o corpo no de Kip.

— Eu já tinha começado a duvidar da nossa compatibilidade antes disso.

Franzindo o cenho, ele olhou para ela.

— Por quê?

— É difícil explicar. Minhas dúvidas começaram quando você me beijou.

— Você não gostou?

— Não tinha paixão.

— Foi o beijo de um cavalheiro.

— Mas não deveria ter sido. — Parando, ela se virou para ele. As flores estavam se fechando para a noite, mas sua fragrância ainda pesava no ar. — Eu o amo, Kip, mas não estou apaixonada por você.

— Existe uma diferença?

Ela sorriu delicadamente.

— Sim, e espero que um dia você encontre alguém que o intrigue de tal forma que você compreenda a diferença plenamente.

— Então você está apaixonada por Trewlove — disse ele com indiferença.

— Desesperadamente.

— Se não tivesse descoberto que ele é legítimo...

— As circunstâncias do nascimento dele não importam nem um pouquinho para mim. Eu já havia decidido que o aceitaria.

— Como futuro duque, não tenho a liberdade de seguir meu coração para onde quer que ele resolva me levar.

— Se você a amar e estiver apaixonado de verdade, não se importará, e não haverá nada forte o bastante para mantê-lo afastado dela.

Quando chegou o dia do casamento, em agosto, a barba de Mick havia crescido de volta, escura e cheia, aparada com precisão. Embora Aslyn sentisse falta de ver a covinha em seu queixo, ela sabia onde encontrá-la. Além disso, foram os olhos expressivos dele que a cativaram desde o princípio. O azul a atraíra.

O azul que agora olhava para ela enquanto eles se aninhavam um no outro em sua noite de núpcias.

— Não consigo acreditar que você é minha — disse ele, deslizando os dedos pelos cabelos dela até as pontas, que se curvavam sobre seu peito. — Minha esposa.

— Não havia muitos rostos assustados.

Ele sorriu.

— Ah, havia o bastante.

A igreja estivera lotada. Eles não podiam impedir que as pessoas entrassem na igreja, mas o café da manhã na Mansão Hedley fora um evento mais íntimo. O coração de Aslyn ficou dolorosamente apertado e alegre ao mesmo tempo quando Mick dançou com a mãe dele e depois com a duquesa.

— Não me importa o que as pessoas pensam. Você as conquistará. A maioria dos homens já o admira, e as mulheres estão com inveja por você ter se conformado comigo.

— Eu não me conformei. Se um de nós se conformou, foi você.

— Bem, eu certamente não me conformei, então cá estamos.

Abaixando-se, ele deu um beijo na ponta do nariz dela.

— Eu te amo, Aslyn. Quero que você seja feliz.

— Então me mostre os fogos de artifício, meu marido.

Foram os fogos mais brilhantes, coloridos e gloriosos que ela já vira na vida.

Epílogo

Dois anos depois

MICK NÃO SABIA SE um dia se acostumaria a ver sua mãe tomando chá com a duquesa nos jardins do hotel. Aquele tinha se tornado um ritual semanal para elas, e ele frequentemente encontrava uma desculpa para estar nos jardins quando elas estavam por ali só para poder ouvi-las rir. Naquele dia, ele estava empurrando um carrinho, levando sua filha pela trilha enquanto sua esposa caminhava ao seu lado, a mão enfiada na dobra de seu cotovelo.

— Elas fazem bem uma à outra — comentou Aslyn. — A duquesa está saindo muito mais, e as duas estão tão envolvidas na administração do Porto Seguro que quase não precisam de mim.

Ela abrira um lar para que mães solteiras e seus filhos vivessem sem se envergonharem. Os funcionários cuidavam das crianças enquanto suas mães trabalhavam, muitas nas lojas que Mick alugava.

— Eu preciso de você.

Ela sorriu para ele.

— Suponho que eu possa me contentar com isso.

— Minha mãe finalmente concordou em viver em outro lugar. Acho que está na hora de nos mudarmos, também.

Ele olhou para a barriga levemente protuberante da esposa.

— O que você tem em mente?

— Encontrei um terreno ótimo nos arredores de Londres. Pensei em construir um grande solar para nós, e também um pequeno chalé para minha mãe, para que ela não fique tão longe.

— Gosto dessa ideia.

— Vou comprar uma boa casa para nós aqui, também, para que fique fácil visitar o duque e a duquesa quando eles estiverem na cidade para a Temporada.

— Uma bela ideia, porque, qualquer dia desses, sua filha vai participar da Temporada.

— Ainda vai levar um tempo.

— Será provavelmente antes de você estar preparado, de qualquer forma.

— Você sabe que ela não vai se casar, não é? Não há nenhum rapaz em toda a Inglaterra bom o suficiente para ela, a quem eu possa dar minha bênção.

Alguns anos depois, ele deu sua bênção — a um duque. Deu sua bênção a cada uma de suas filhas e aos cavalheiros que as amavam. Com ou sem títulos, legítimos ou não. Mick não se importava com pedigree. Ele os julgava pelo amor que sentiam por suas filhas. Quanto às mulheres que se casaram com seus filhos, seus garotos puxaram ao pai e demonstraram bom senso ao se apaixonarem.

Com uma dúzia de filhos, metade deles adotada, ele se mantinha ocupado dando suas bênçãos para os casamentos, mas ainda encontrava tempo em tardes ensolaradas para escapulir para o parque com sua esposa para ter um pouco de paz.

Nota da autora

Usei-me um pouco da licença poética com esta história. Dificilmente qualquer bebê teria sido deixado à porta de Ettie Trewlove. Em geral as adotantes de bebês se encontravam com seus "clientes" em becos, nunca divulgavam seus nomes e raramente forneciam seus endereços. Embora a prática de "desovar" bebês fosse amplamente conhecida e utilizada, havia um aspecto clandestino que permitiu que ela crescesse de maneiras horrorosas.

Às vezes, quando uma autora está pesquisando alguma coisa, ela descobre por acaso outra, que planta uma sementinha e captura sua imaginação. A "desova" de bebês era um ponto de reviravolta em *The Viscount and the Vixen*, mas eu não conseguia tirar a questão da minha cabeça. Daí, os bastardos de Ettie Trewlove nasceram e sobreviveram.

Quanto ao erro da duquesa com relação ao bebê que carregava e às circunstâncias que a levaram a tal confusão, isso também foi baseado em um relato verdadeiro, embora tenha acontecido quase um século depois. Testes de DNA não eram disponibilizados quando a criança nasceu e foi entregue para adoção, mas, muitos anos depois, quando foram, os resultados indicaram uma correspondência de DNA com o marido da mulher. Essa história também me assombrou.

Os bastardos de Ettie Trewlove têm mais histórias para contar, mais pecados para revelar. Espero que você continue nessa jornada com eles.

Calorosamente,
Lorraine

Este livro foi impresso em 2022, pela Vozes, para a Harlequin.
A fonte usada no miolo é ITC Berkeley Oldstyle Std, corpo 10,5/14,75.
O papel do miolo é pólen natural 80g/m², e o da capa é cartão 250g/m².